O MAIS CRUEL
DOS MESES

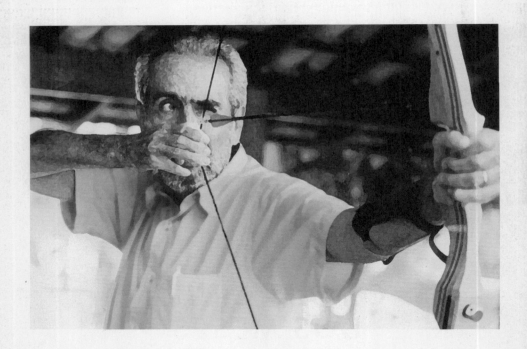

O Arqueiro

GERALDO JORDÃO PEREIRA (1938-2008) começou sua carreira aos 17 anos, quando foi trabalhar com seu pai, o célebre editor José Olympio, publicando obras marcantes como O menino do dedo verde, de Maurice Druon, e Minha vida, de Charles Chaplin.

Em 1976, fundou a Editora Salamandra com o propósito de formar uma nova geração de leitores e acabou criando um dos catálogos infantis mais premiados do Brasil. Em 1992, fugindo de sua linha editorial, lançou Muitas vidas, muitos mestres, de Brian Weiss, livro que deu origem à Editora Sextante.

Fã de histórias de suspense, Geraldo descobriu O Código Da Vinci antes mesmo de ele ser lançado nos Estados Unidos. A aposta em ficção, que não era o foco da Sextante, foi certeira: o título se transformou em um dos maiores fenômenos editoriais de todos os tempos.

Mas não foi só aos livros que se dedicou. Com seu desejo de ajudar o próximo, Geraldo desenvolveu diversos projetos sociais que se tornaram sua grande paixão.

Com a missão de publicar histórias empolgantes, tornar os livros cada vez mais acessíveis e despertar o amor pela leitura, a Editora Arqueiro é uma homenagem a esta figura extraordinária, capaz de enxergar mais além, mirar nas coisas verdadeiramente importantes e não perder o idealismo e a esperança diante dos desafios e contratempos da vida.

LOUISE PENNY

O MAIS CRUEL DOS MESES

— UM CASO DO INSPETOR GAMACHE —

ARQUEIRO

Título original: *The Cruellest Month*
Copyright © 2007 por Louise Penny
Trecho de *A Rule Against Murder* © 2008 por Louise Penny
Copyright da tradução © 2022 por Editora Arqueiro Ltda.

Todos os direitos reservados. Nenhuma parte deste livro pode ser utilizada ou reproduzida sob quaisquer meios existentes sem autorização por escrito dos editores.

Trechos de *Sarah Binks*, de Paul Hiebert © 1947 Oxford University Press Canada. Reproduzidos com permissão da editora. "Half-Hanged Mary", de *Morning In The Burned House* © Margaret Atwood 1995, reproduzido com permissão da Curtis Brown Ltd., Londres. Trecho de "Epilogue" reproduzido com permissão da The Society of Authors, representante do espólio de John Masefield. Trecho de "The Second Coming", de W. B. Yeats, reproduzido com a gentil permissão de AP Watt Ltd. em nome de Michael B. Yeats.

tradução: Natalia Sahlit
preparo de originais: Helena Mayrink
revisão: Rafaella Lemos e Sheila Louzada
diagramação: Abreu's System
capa: David Baldeosingh Rotstein
imagem de capa: John Halpern
adaptação de capa: Gustavo Cardozo
impressão e acabamento: Lis Gráfica e Editora Ltda.

CIP-BRASIL. CATALOGAÇÃO NA PUBLICAÇÃO
SINDICATO NACIONAL DOS EDITORES DE LIVROS, RJ

P465m
    Penny, Louise, 1958-
        O mais cruel dos meses / Louise Penny ; tradução Natalia Sahlit. – 1. ed.
– São Paulo : Arqueiro, 2022.
        400 p. ; 23 cm.   (Inspetor Gamache ; 3)

        Tradução de: The cruellest month
        Sequência de: Graça fatal
        Continua com: É proibido matar
        ISBN 978-65-5565-344-1

        1. Ficção canadense. I. Sahlit, Natalia. II. Título. III. Série.

22-78184
                    CDD: 819.13
                    CDU: 82-3(71)

Gabriela Faray Ferreira Lopes – Bibliotecária – CRB-7/6643

Todos os direitos reservados, no Brasil, por
Editora Arqueiro Ltda.
Rua Funchal, 538 – conjuntos 52 e 54 – Vila Olímpia
04551-060 – São Paulo – SP
Tel.: (11) 3868-4492 – Fax: (11) 3862-5818
E-mail: atendimento@editoraarqueiro.com.br
www.editoraarqueiro.com.br

Para meu irmão, Rob, e sua família maravilhosa,
Audi, Kim, Adam e Sarah, com amor

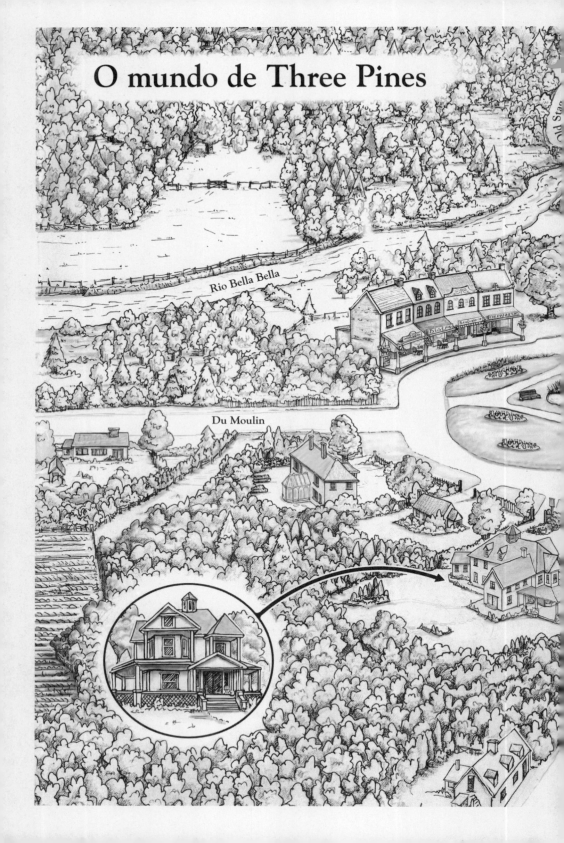

UM

Ajoelhada na grama úmida e perfumada da praça de Three Pines, Clara Morrow escondia cuidadosamente o ovo de Páscoa e pensava em invocar os mortos, algo que planejava fazer logo após o jantar. Ao afastar do rosto uma mecha embaraçada de cabelo, sem querer sujou a testa com pedacinhos de grama, lama e outras coisas marrons que podiam muito bem não ser lama. Os moradores perambulavam ao redor com cestas de ovos em cores vivas, procurando esconderijos perfeitos. Sentada no banco no meio da praça, Ruth Zardo lançava ovos ao acaso, embora de vez em quando tomasse impulso para acertar a nuca ou a bunda de alguém. Tinha uma mira surpreendentemente boa para uma mulher tão idosa e tão perturbada, pensou Clara.

— Você vai hoje à noite? — perguntou Clara, tentando distraí-la para que não mirasse em monsieur Béliveau.

— Está doida? Os vivos já são ruins o suficiente, por que eu ia querer trazer alguém do mundo dos mortos?

Com essa tirada, Ruth acertou monsieur Béliveau bem no cocuruto. Por sorte, ele usava uma boina. Também por sorte, nutria uma enorme afeição pela empertigada senhora de cabelos brancos ali no banco. Ruth escolhia bem suas vítimas. Quase sempre eram pessoas que gostavam dela.

Ser atingido por um ovo de chocolate não seria um grande problema, mas aqueles não eram de chocolate. Eles só cometeram esse erro uma vez.

Alguns anos antes, quando Three Pines decidira fazer uma caça aos ovos no domingo de Páscoa, todos ficaram empolgados. Os moradores se encontraram no Bistrô do Olivier e, entre drinques e pedaços de queijo brie, dividiram os sacos com os ovos de chocolate que seriam escondidos no dia seguinte. Exclamações com uma pontinha de inveja preencheram o ar. Quem dera fossem crianças de novo! Mas o prazer deles certamente viria de ver a alegria no rosto dos pequenos. Além disso, talvez as crianças não encontrassem todos os ovos, principalmente aqueles escondidos atrás do balcão do bistrô.

– São lindos – disse Gabri, pegando um pequeno ganso de marzipã esculpido com primor e arrancando sua cabeça com uma mordida.

– Gabri! – repreendeu Olivier, seu marido, tirando o que restava do ganso da mão enorme dele. – São para as crianças!

– Sei. Você quer é ficar com tudo – rebateu Gabri, virando-se para Myrna e murmurando para que todos ouvissem: – Genial. Gays oferecendo chocolates para crianças. Vamos alertar a patrulha da moral e dos bons costumes.

O rosto muito branco e tímido de Olivier ficou todo vermelho.

Myrna sorriu. Embrulhada em um vibrante cafetã roxo e vermelho, ela própria estava festiva como um ovo de Páscoa.

Grande parte do vilarejo se encontrava no bistrô, amontoada ao redor do longo balcão de madeira polida, embora alguns estivessem jogados nas velhas e confortáveis poltronas espalhadas pelo lugar, todas à venda. O bistrô também era um antiquário; discretas etiquetas pendiam de tudo que havia ali, inclusive de Gabri, quando ele se sentia pouco apreciado.

Era início de abril e o fogo crepitava alegremente nas lareiras do bistrô, lançando sua luz acolhedora nas largas tábuas de pinho do piso, tingidas de âmbar pelo tempo e pelo sol. Os garçons circulavam com desenvoltura pelo salão de vigas aparentes, oferecendo bebidas e o macio e cremoso queijo brie da fazenda de monsieur Pagé. O bistrô ficava no coração do antigo vilarejo quebequense, bem na praça. Dos seus dois lados, ligadas umas às outras por portas de comunicação, ficavam as outras lojas, envolvendo a vila em um abraço de tijolos envelhecidos. A mercearia de monsieur Béliveau, a *boulangerie* de Sarah, depois o bistrô e, finalmente, a livraria de Myrna. Os três pinheiros do outro lado da praça estavam ali desde sempre, como sábios que haviam encontrado o que procuravam. Ruas de terra batida irradiavam da praça, serpenteando em direção às montanhas e florestas.

Mas Three Pines em si era um lugar esquecido. O tempo girava, rodopiava e às vezes esbarrava ali, mas nunca se demorava muito ou deixava uma forte impressão. Aninhado no seio das escarpadas montanhas canadenses, o vilarejo ficava protegido, escondido, e raramente era encontrado sem ser por acaso. Às vezes um viajante exausto chegava ao topo da colina e, ao olhar para baixo, via, como Shangri-Lá, a convidativa circunferência de casas antigas. Algumas eram de pedras brutas desgastadas, construídas por colonos empenhados em limpar o terreno das árvores de raízes profundas e das rochas pesadas. Outras eram de tijolinhos vermelhos, erguidas por legalistas – indivíduos que se mantiveram leais à Coroa britânica à época da Guerra de Independência dos Estados Unidos e migraram para o Canadá desesperados por um refúgio. Outras, ainda, tinham os íngremes telhados de metal das casas quebequenses, com suas simpáticas empenas e seus alpendres amplos. No ponto mais distante da praça ficava o Bistrô do Olivier, que oferecia *café au lait*, croissants fresquinhos, boas conversas, companhia e gentileza. Uma vez encontrada, Three Pines jamais era esquecida. Mas só quem se perdia a encontrava.

Myrna olhou para Clara, que lhe mostrou a língua. Myrna mostrou a dela também. Clara revirou os olhos. Myrna fez o mesmo, enquanto se sentava ao lado dela no sofá macio de frente para a lareira.

– Você andou fumando adubo de novo enquanto eu estava em Montreal?

– Não dessa vez – respondeu Clara, rindo. – Tem uma coisa no seu nariz.

Myrna tateou o rosto e encontrou algo, que examinou.

– Hum, ou é chocolate, ou é pele. Só tem um jeito de descobrir – declarou ela, enfiando a coisa na boca.

– Meu Deus! – exclamou Clara, se encolhendo. – Depois não sabe por que está solteira.

– Não sei nem quero saber – respondeu Myrna, sorrindo. – Não preciso de um homem para me sentir completa.

– Ah, é? E o Raoul?

– Ah, o Raoul... – disse a outra, com um ar sonhador. – Ele era um doce.

– Era um docinho de coco mesmo – concordou Clara.

– Aquele, sim, me completou. E foi muito além – debochou Myrna, dando um tapinha na barriga.

Uma voz afiada cortou a conversa:

– Olhem só isso!

Ruth Zardo estava parada no meio do bistrô erguendo um coelho de chocolate como se fosse uma granada. Feito com um denso chocolate amargo, ele tinha orelhas compridas, empinadas e alertas, além de um rosto tão real que Clara quase achou que o bicho fosse mexer os bigodinhos doces. Com as patas, ele segurava uma cesta feita de chocolate branco e ao leite, contendo uma dúzia de ovos lindamente decorados. Clara rezou para que Ruth não estivesse prestes a atirá-lo em alguém, pois era uma graça.

– É um coelho! – resmungou a poeta.

– Eu adoro carne de coelho – disse Gabri a Myrna. – Ainda mais se for carne de chocolate.

Myrna riu, mas se arrependeu na mesma hora. Ruth a encarou.

Clara se levantou e foi até ela cautelosamente, segurando o copo de uísque do marido como isca.

– Ruth, deixa o coelho em paz.

Era uma frase que ela nunca tinha dito antes.

– É um coelho! – repetiu Ruth, como se falasse com crianças com dificuldade de aprendizagem. – O que ele está fazendo com isso aqui? – perguntou ela, apontando para os ovos. – Desde quando coelhos botam ovos? – insistiu, encarando os moradores perplexos. – Vocês nunca pensaram nisso, não é? De quem eles pegam esses ovos? Provavelmente de galinhas de chocolate. O coelho deve ter roubado esses ovos de galinhas confeitadas que agora estão procurando os bebês delas. Desesperadas!

O engraçado é que, enquanto ela falava, Clara imaginava as galinhas de chocolate correndo de um lado para outro, loucas atrás dos seus ovos. Ovos roubados pelo coelhinho da Páscoa.

Então Ruth largou o coelho de chocolate, que se espatifou no chão.

– Ai, meu Deus! – exclamou Gabri, correndo para recolher os pedaços. – Esse era para o Olivier!

– Sério? – disse Olivier, esquecendo que ele mesmo o havia comprado.

– Este é um feriado estranhíssimo – disse Ruth, em um tom sinistro. – Nunca gostei da Páscoa.

– E agora o sentimento é recíproco – comentou Gabri, segurando o coelho quebrado como se fosse uma criança ferida.

Ele é tão sensível, pensou Clara, não pela primeira vez. Gabri era tão grande e tão extravagante que as pessoas facilmente esqueciam seu lado frágil. Até momentos como aquele, em que o viam aninhando com cuidado um coelhinho de chocolate moribundo.

– Como a gente comemora a Páscoa? – perguntou Ruth, arrancando o uísque de Peter da mão de Clara e virando tudo de um gole só. – A gente caça ovos e come pão doce com uma cruz em cima.

– A gente também vai à igreja – argumentou monsieur Béliveau.

– A *boulangerie* da Sarah fica muito mais cheia que a igreja – retrucou Ruth. – As pessoas compram pães decorados com um instrumento de tortura. Sei que vocês acham que eu sou louca, mas talvez eu seja a única pessoa sã por aqui.

E, com aquele comentário desconcertante, ela foi mancando até a porta, onde parou e se voltou novamente para eles.

– Não deem esses ovos de chocolate para as crianças. Algo ruim vai acontecer.

E, como Jeremias, o profeta que se lamentava, ela tinha razão. Algo ruim aconteceu.

No dia seguinte, os ovos haviam desaparecido. Só restavam os invólucros. No início, os moradores suspeitaram que as crianças mais velhas, ou talvez até Ruth, tivessem sabotado o evento.

– Vejam só isso – disse Peter, erguendo os restos retalhados de uma caixa que um dia abrigara um coelho de chocolate. – Marcas de dentes. E de garras.

– Então foi a Ruth – anunciou Gabri, pegando a caixa e a examinando.

– Olhem isso aqui! – exclamou Clara, correndo atrás de uma embalagem que o vento fazia voar pela praça. – Também está toda destruída.

Após passar a manhã caçando embalagens e limpando a sujeira, os moradores foram até o bistrô para se aquecer na lareira.

– Sério? – disse Ruth para Clara e Peter durante o almoço no bistrô. – Vocês não imaginaram que isso ia acontecer?

– Admito que agora parece meio óbvio – respondeu Peter, rindo, ao cortar seu *croque-monsieur* dourado, o camembert derretido mal mantendo juntos o presunto defumado em xarope de bordo e o croissant de massa delicada.

Ao redor dele, pais e mães ansiosos tentavam subornar as crianças chorosas com comida.

– Todos os animais selvagens em um raio de quilômetros devem ter aparecido aqui ontem à noite – disse Ruth, girando lentamente os cubos de gelo do uísque. – E comido ovos de Páscoa. Raposas, guaxinins, esquilos...

– Ursos – completou Myrna, sentando-se à mesa. – Nossa, que medo. Imagina todos aqueles ursos saindo da toca, famintos depois de passarem o inverno inteiro hibernando.

– E imagina a surpresa deles ao encontrar ovos e coelhos de chocolate – acrescentou Clara, entre colheradas de ensopado cremoso de salmão, vieiras e camarão. Ela pegou uma baguete crocante e arrancou um pedaço, espalhou a manteiga especial de Olivier e só então continuou: – Devem ter se perguntado que milagre aconteceu enquanto eles dormiam.

– Nem tudo que surge é um milagre – disse Ruth, erguendo os olhos do líquido âmbar que era seu almoço para olhar pelas janelas. – Nem tudo que volta à vida deveria voltar. Esta época do ano é estranha. Chove um dia, neva no outro. Nada é certo. Tudo é imprevisível.

– Todas as estações são imprevisíveis aqui no Canadá – argumentou Peter. – Furacões no outono, nevascas no inverno e por aí vai.

– Você só confirmou o que eu disse – comentou Ruth. – Nas outras estações, a gente sabe o que esperar. Na primavera, não. As piores enchentes acontecem nesta época. Incêndios florestais, geadas mortais, nevascas e deslizamentos de terra. É um caos na natureza. Tudo pode acontecer.

– Mas a primavera também tem os dias mais lindos – opinou Clara.

– É verdade, o milagre do renascimento. Parece que tem religiões inteiras baseadas nesse conceito. Mas é melhor que algumas coisas continuem debaixo da terra. – A velha poeta se levantou e terminou o uísque. – Isso ainda não acabou. Os ursos vão voltar.

– Eu também voltaria se de repente encontrasse um vilarejo inteiro feito de chocolate – disse Myrna.

Clara sorriu, mas seus olhos estavam em Ruth, que pela primeira vez não irradiava raiva nem irritação. Em vez disso, havia algo bem mais desconcertante na expressão dela.

Medo.

DOIS

Ruth estava certa. Os ursos começaram a aparecer todo ano atrás dos ovos de Páscoa. Nunca mais encontraram nada, é claro, até que desistiram e preferiram ficar no bosque ao redor de Three Pines. Os moradores logo aprenderam a não fazer longas caminhadas por ali na época da Páscoa e a nunca, jamais, se aproximar de um ursinho recém-nascido e sua mãe.

É tudo parte da natureza, dissera Clara a si mesma. Mas continuava com a pulga atrás da orelha. De certa forma, eles mesmos tinham causado aquilo.

Mais uma vez, Clara se via ajoelhada na terra, agora com os lindos ovos de madeira que substituíam os verdadeiros. Tinha sido ideia de Hanna e Roar Parra. Originários da República Tcheca, eles tinham familiaridade com a tradição de ovinhos pintados.

Ao longo do inverno, Roar esculpia os ovos e Hanna os entregava a quem tivesse interesse em pintá-los. Em pouco tempo, gente de toda parte de Cantons de l'Est estava pedindo ovos. As crianças os usavam em trabalhos de artes da escola, os pais redescobriam talentos adormecidos e os avós retratavam cenas da juventude. Após passarem todo o inverno pintando, na Sexta-Feira Santa eles começavam a escondê-los. E, uma vez encontrados, as crianças trocavam a recompensa de madeira pelo ovo real. Ou melhor, pelo de chocolate.

– Ei, vejam isso! – gritou Clara, junto ao lago da praça.

Monsieur Béliveau e Madeleine Favreau foram até lá. Béliveau se abaixou, quase dobrando ao meio o corpo longo e esguio. Ali, na grama alta, havia um ninho com ovos.

– São de verdade – disse ele, rindo e afastando a grama para mostrá-los a Madeleine.

– Que lindeza! – disse Ma, estendendo a mão.

– *Mais, non* – advertiu ele. – A mãe vai rejeitar os filhotes se você tocar neles.

Ma afastou a mão imediatamente e olhou para Clara com um sorriso largo.

Clara sempre gostara de Madeleine, embora elas não se conhecessem muito bem. Ma vivia na área fazia poucos anos. Era um pouco mais nova que Clara e muito animada. Tinha uma beleza natural, cabelos curtos e escuros e olhos castanhos com um ar inteligente. Parecia estar sempre se divertindo. *E por que não?*, pensou Clara. Depois de tudo pelo que ela havia passado.

– São ovos de qual animal? – perguntou Clara.

Madeleine fez uma careta e deu de ombros. Não fazia ideia.

De novo, monsieur Béliveau se dobrou com um movimento gracioso.

– Não são de galinha. *Trop grands.* Talvez de pato ou ganso.

– Seria divertido – comentou Madeleine. – Ter uma família dessas na praça. – Ela se virou para Clara. – A que horas é a sessão espírita?

– Você vai? – perguntou Clara, surpresa, embora encantada. – Hazel também?

– Não, ela não quer ir. Sophie chega amanhã de manhã, e Hazel disse que precisa cozinhar e fazer faxina, *mais, franchement*? – disse Madeleine, inclinando-se para ela de maneira conspiratória. – Eu acho que ela tem é medo de fantasmas. Monsieur Béliveau concordou em ir.

– Mas a gente tem que agradecer a Hazel por ficar para cozinhar – disse ele. – Ela fez um ensopado incrível.

Aquilo era a cara de Hazel, pensou Clara. Sempre cuidando dos outros. Clara tinha receio de que as pessoas tirassem vantagem de sua generosidade, principalmente aquela filha dela. Porém, também sabia que aquilo não era da sua conta.

– Mas a gente tem muito trabalho a fazer antes do jantar, *mon ami* – declarou Madeleine, abrindo um sorriso radiante para monsieur Béliveau e tocando de leve o ombro dele.

O homem sorriu. Desde que a esposa morrera, ele não sorria muito, e Clara teve mais uma razão para gostar de Madeleine por conseguir isso. Ela os observou pegarem as cestas de ovos de Páscoa e caminharem ao sol do fim de abril, a mais jovem e terna das luzes iluminando o mais jovem e terno relacionamento. Alto, magro e ligeiramente encurvado, monsieur Béliveau parecia ter molas nos pés.

Clara se levantou, espreguiçou o corpo de 48 anos e olhou em volta. A praça parecia um campo de *derrières*. Todos os moradores estavam abaixados, escondendo ovos. Era uma pena ela não estar com o caderno de desenho.

Three Pines definitivamente não era estilosa, descolada, vanguardista ou qualquer uma das coisas que importavam para Clara na época em que ela se formara em Belas-Artes, 25 anos antes. Nada ali havia sido projetado. O vilarejo parecia ter seguido o exemplo dos três pinheiros da praça e simplesmente brotado da terra ao longo do tempo.

Clara inspirou o ar perfumado da primavera e olhou para a casa que dividia com Peter. Era uma construção de alvenaria com um alpendre de madeira e um muro de pedras brutas, com vista para a praça. Um caminho serpenteava do portão até a porta, passando por macieiras prestes a florescer. Dali, os olhos de Clara vagaram pelas construções ao redor da praça. Assim como os moradores, as casas de Three Pines eram fortes e moldadas pelo ambiente. Haviam resistido a tempestades e guerras, perdas e pesares. E o que havia emergido disso tudo tinha sido uma comunidade de imensa bondade e compaixão.

Clara amava aquele lugar. As casas, as lojas, a praça, os jardins perenes e até as ruas de terra com ondulações. Amava o fato de Montreal ficar a menos de duas horas de carro e de a fronteira com os Estados Unidos estar logo ali. Mas, acima de tudo, amava as pessoas que agora passavam aquela e todas as outras Sextas-Feiras Santas escondendo ovos de madeira para as crianças.

Era uma Páscoa tardia, quase no fim de abril. Eles nem sempre tinham tanta sorte com as intempéries. Pelo menos uma vez, a comunidade havia acordado no domingo de Páscoa e se deparado com uma camada grossa de neve de primavera, que enterrava os brotos e os ovos pintados. Muitas vezes a Páscoa era tão gelada que os moradores tinham que se enfiar no bistrô de vez em quando para tomar uma sidra ou um chocolate quente, envolvendo as canecas mornas e convidativas com os dedos congelados e trêmulos.

Mas não aquele dia. Havia certa glória naquele dia de abril. Era uma Sexta-Feira Santa perfeita, ensolarada e de calor agradável. A neve tinha desaparecido, mesmo nas sombras, onde geralmente se demorava. A grama estava crescendo e as árvores tinham uma suave auréola verde. Era como se a aura de Three Pines de repente tivesse se tornado visível. Tudo estava envolto em uma luz dourada com bordas verdes cintilantes.

Bulbos de tulipa começavam a despontar da terra e logo a praça seria inundada por flores primaveris, jacintos azul-escuros, narcisos alegres balançando ao vento, galantes e cheirosos lírios-do-vale, que encheriam a cidade com perfume e encanto.

Naquela Sexta-Feira Santa, Three Pines cheirava a terra fresca e promessas. E talvez a uma ou duas minhocas.

– Pode falar o que quiser, eu não vou.

Clara ouviu o sussurro agressivo e resoluto. Estava agachada de novo, perto da grama alta do lago. Não conseguia ver de quem era aquela voz, mas notou que a pessoa devia estar logo do outro lado da grama. Era uma voz feminina e falava francês, mas de um jeito tão tenso e chateado que não dava para identificá-la.

– É só uma sessão espírita – disse uma voz masculina. – Vai ser divertido.

– Pelo amor de Deus, é um sacrilégio. Uma sessão espírita na Sexta-Feira Santa?

Houve uma pausa. Clara estava desconfortável. Não por ouvir a conversa alheia, mas porque começava a ter cãibra nas pernas.

– Fala sério, Odile, você nem é religiosa. O que pode acontecer de mau?

Odile? A única Odile que ela conhecia era Odile Montmagny. E ela era…

A mulher sibilou:

O regelo invernal e os insetos
Primaveris deixarão sua marca
Tal como o dissabor abjeto
Da criança, do jovem, do patriarca.

Fez-se um silêncio estupefato.

... *uma péssima poeta*, completou Clara em pensamento.

Odile tinha declamado o poema solenemente, como se as palavras transmitissem algo além da evidente falta de talento da poeta.

– Eu vou estar do seu lado – disse o homem.

Agora Clara sabia quem era ele: o namorado de Odile, Gilles Sandon.

– Por que você quer tanto ir, Gilles?

– Porque vai ser divertido.

– É porque ela vai estar lá?

Fez-se um novo silêncio, exceto pelos protestos das pernas de Clara.

– Ele também vai estar lá, sabia? – pressionou Odile.

– Quem?

– Você sabe muito bem. Monsieur Béliveau – disse Odile. – Estou com um mau pressentimento, Gilles.

Mais uma pausa. Então Gilles falou com uma voz grave e controlada, como se estivesse fazendo um esforço imenso para sufocar qualquer tipo de emoção:

– Não se preocupe. Eu não vou matá-lo.

Clara já tinha esquecido completamente as pernas. Matar monsieur Béliveau? Quem cogitaria uma coisa dessas? O velho dono da mercearia nunca tinha sequer dado troco a menos. O que Gilles Sandon poderia ter contra ele?

Ela percebeu que os dois se afastavam e, um pouco dolorida, levantou-se e os observou: Odile tinha o corpo em formato de pera e andava como uma pata, e Gilles parecia um imenso urso de pelúcia, com sua característica barba ruiva visível mesmo de costas.

Clara olhou para os ovinhos de madeira que segurava. As cores alegres tinham manchado suas mãos.

De repente, a sessão espírita – que parecera uma ideia divertida alguns dias antes, quando Gabri colocara o aviso no bistrô anunciando a chegada da famosa médium Isadore Blavatsky – passou a lhe causar uma sensação diferente. Em vez de uma alegre expectativa, Clara agora sentia medo.

TRÊS

Naquela noite, madame Isadore Blavatsky estava bem diferente. Na verdade, não era sequer madame Isadore Blavatsky.

– Por favor, me chame de Jeanne. – A tímida mulher estava parada na sala dos fundos do bistrô, estendendo a mão. – Jeanne Chauvet.

– *Bonjour*, madame Chauvet – disse Clara, sorrindo e apertando a mão da outra. – *Excusez-moi*.

– Jeanne – lembrou a mulher, em uma voz quase inaudível.

Clara foi até Gabri, que oferecia uma travessa de salmão defumado aos convidados. A sala estava começando a encher.

– Salmão? – ofereceu ele, empurrando a travessa para Clara.

– Quem é essa? – quis saber Clara.

– Madame Blavatsky, a famosa médium húngara. Você não está sentindo a energia dela?

Madeleine e monsieur Béliveau acenaram para eles. Clara acenou de volta, depois olhou de relance para Jeanne, que dava a impressão de que iria desmaiar se alguém dissesse "Bu".

– Eu com certeza estou sentindo alguma coisa, meu jovem, e é irritação.

Gabri Dubeau não sabia se ficava feliz de ser chamado de "meu jovem" ou se entrava no modo defensivo.

– Aquela não é madame Blavatsky. E não está nem fingindo ser. O nome dela é Jeanne qualquer coisa – disse Clara, pegando um pedaço de salmão e dobrando-o sobre um pão de centeio de maneira distraída. – Você nos prometeu madame Blavatsky.

– Você nem sabe quem é madame Blavatsky.

– Bom, eu sei quem não é – replicou Clara, meneando a cabeça e sorrindo para a pequena mulher de meia-idade um tanto confusa no meio da sala.

– E você teria vindo se soubesse que a médium era ela? – perguntou Gabri, indicando Jeanne com a travessa.

Uma alcaparra caiu da borda e se perdeu no suntuoso tapete oriental.

Por que a gente nunca aprende?, pensou Clara, com um suspiro. *Sempre que Gabri tem um hóspede forasteiro na pousada, ele organiza um evento bizarro, como na vez em que o campeão de pôquer apareceu e levou o dinheiro de todo mundo ou quando aquela cantora fez até Ruth parecer Maria Callas.* Mesmo assim, por mais terríveis que aquelas reuniões sociais que Gabri organizava tivessem sido para os moradores, deviam ter sido ainda piores para os visitantes desavisados, persuadidos a entreter Three Pines quando tudo o que queriam era uma estadia tranquila no campo.

Ela observou Jeanne Chauvet dar uma olhada na sala, esfregar as mãos na calça de poliéster e sorrir para o retrato acima da lareira crepitante. A mulher parecia desaparecer. Era um truque e tanto, embora não tivesse muito a ver com habilidades mediúnicas. Clara se sentiu mal por ela. Sério, o que Gabri tinha na cabeça?

– O que você tem na cabeça?

– Como assim? Ela é médium. Ela me contou quando fez a reserva. É verdade que não é madame Blavatsky. Nem vem da Hungria. Mas ela faz leituras.

– Espere aí – disse Clara, começando a suspeitar de algo. – Ela sabe o que você planejou para hoje?

– Tenho certeza de que ela previu.

– Quando as pessoas começaram a chegar, talvez. Gabri, como você teve coragem de fazer isso com ela? E com a gente?

– Vai dar tudo certo. Olhe só para ela. Já está até se soltando.

Myrna tinha levado uma taça de vinho branco para Jeanne Chauvet, que bebia como se fosse água. Myrna arqueou as sobrancelhas para Clara. Se ela continuasse naquele ritmo, Myrna é que teria que conduzir a sessão espírita.

– Sessão espírita? – perguntou Jeanne um minuto depois, quando Myrna quis saber o que eles poderiam esperar do evento. – Quem vai conduzir uma sessão espírita?

Todos os olhos se voltaram para Gabri, que depositou a travessa cuidadosamente em uma mesa e foi até Jeanne. O porte e a exuberância natural dele pareceram fazer aquela mulher apagada se encolher ainda mais, até quase se tornar um punhado de peças de roupa em um cabide. Clara deduziu que ela devia ter uns 40 anos. O cabelo era de um castanho opaco e parecia ter sido cortado por ela mesma. Os olhos eram de um azul desbotado e as roupas pareciam ter saído do setor de promoções de uma loja de departamentos. Acostumada a muitos anos de pobreza por conta da vida de artista, Clara reconhecia os sinais. Ela se perguntou por que Jeanne tinha ido para Three Pines e pagado para ficar na pousada de Gabri, que, embora não fosse uma fortuna, tampouco era barata.

Jeanne já não parecia mais estar com medo, só confusa. Clara queria ir até lá e abraçar aquela pequena mulher, protegê-la do que estava por vir. Queria dar a ela um bom jantar, um banho quentinho de banheira e um pouco de gentileza. Quem sabe assim ela ficasse mais forte.

Clara olhou ao redor. Peter tinha se recusado terminantemente a ir ao evento, dizendo que aquilo era uma bobagem. Mas, antes de Clara sair de casa, ele havia segurado a mão dela por um instante a mais do que o necessário e lhe pedira que tomasse cuidado. Caminhando sob as estrelas enquanto cruzava a praça em direção ao animado bistrô, Clara havia sorrido. Peter tivera uma criação anglicana rigorosa. Aquele tipo de coisa o repelia. E também o apavorava.

Eles haviam tido uma pequena discussão durante o jantar, com Peter expondo sua visão previsível de que aquilo era uma loucura.

"Você está me chamando de louca?", havia perguntado Clara, sabendo que ele não tinha feito isso, mas amando ver o marido se remexer na cadeira.

Com seus exuberantes cachos grisalhos, ele tinha levantado a cabeça e olhado para ela com raiva. Alto, esguio, com um nariz aquilino e olhos inteligentes, Peter parecia presidente de um banco, não artista. No entanto, era isso que ele era. Mas um artista aparentemente desconectado do próprio coração. Vivia em um mundo extremamente racional, onde qualquer coisa inexplicável era "uma loucura", "bobagem" ou "insanidade". As emoções eram insanas. Com exceção de seu amor por Clara, que era pleno e obsessivo.

"Não, estou chamando *a médium* de louca. É uma charlatã. Esse negócio de prever o futuro, falar com os mortos... Que besteira. É o truque mais antigo de que se tem registro."

"E que registro é esse? A Bíblia?"

"Não começa, Clara", advertira Peter.

"Não, sério. Que livro fala de transformações? Da água em vinho? Do pão em carne? Ou de mágica, como caminhar sobre as águas? Ou abrir mares ao meio e fazer cegos verem e aleijados andarem?"

"Essas coisas foram milagres, não truques de mágica."

"Ahh", dissera Clara, assentindo com um sorriso no rosto e voltando a comer.

Então o par de Clara no evento acabou sendo Myrna. Madeleine e monsieur Béliveau estavam lá, não exatamente de mãos dadas, embora não fizesse diferença. Sob o suéter, o longo braço dele roçava o dela de leve, e ela não se afastava. Mais uma vez, Clara ficou impressionada com a beleza de Madeleine. Ela era uma daquelas mulheres que as outras queriam ter como melhor amiga e os homens, como esposa.

Clara sorriu para monsieur Béliveau e corou. Será porque ela os havia pego em um momento íntimo, visto uma demonstração de afeto que deveria ser privada? Ela pensou por um instante, mas percebeu que o rubor tinha mais a ver com ela do que com eles. Ela se sentia diferente em relação a monsieur Béliveau após ouvir Gilles naquela tarde. O gentil dono da mercearia tinha deixado de ser apenas uma presença amável e benigna na vida deles e se transformado em um mistério. Clara não gostava daquela transformação. E não gostava de si mesma por ser tão suscetível a fofocas.

Gilles Sandon estava em frente à lareira, esfregando vigorosamente a calça jeans, na tentativa de se esquentar. Ele era tão grande que quase bloqueava a lareira inteira. Odile Montmagny levou uma taça de vinho para ele. O homem a pegou de forma distraída, preferindo se concentrar em monsieur Béliveau, que, no entanto, se mantinha alheio àquele olhar.

Clara sempre havia gostado de Odile. Elas tinham quase a mesma idade e ambas eram artistas: uma pintora, a outra poeta. Odile afirmava estar trabalhando em um poema épico, uma ode aos ingleses do Quebec, o que era bastante suspeito, já que ela era francesa. Clara jamais se esqueceria da leitura a que assistira no Clube dos Veteranos, em St. Rémy. Diversos escritores locais tinham sido convidados, e Ruth havia feito a leitura de seu poema mais marcante, "Para a congregação":

Eu invejo a sua chama sempre acesa
alimentada pelo Livro de Louvores.
Eu invejo, vocês podem ter certeza,
que tantos sejam, juntos, apenas um,
E sei que talvez seja difícil entender
que eu precise estar sozinha para ser.

Então fora a vez de Odile. Ela dera um pulo e, sem qualquer pausa, declamara seu poema com enorme entusiasmo:

A primavera chega com grande esplendor
Com seu hálito fresco de cândido calor
E o bem-te-vi, o barbudinho e o borrador
Vão banir o frio e a escassez invernais
Enchendo a Terra de alegria uma vez mais.

"Que poema maravilhoso", mentira Clara, quando todos já tinham terminado e se amontoavam em volta do bar, sentindo certa urgência em beber. "Mas fiquei um pouco curiosa. Que pássaro é esse, 'borrador'? Eu nunca ouvi falar."

"Eu inventei", respondeu Odile, alegremente. "Precisava de uma rima para 'esplendor' e 'calor'."

"Tipo 'beija-flor'?", sugeriu Ruth.

Clara lançou a ela um olhar de advertência, e Odile pareceu pensar sobre a palavra.

"Não tem tanta força, infelizmente."

"Ao contrário da força da natureza que é 'borrador'", disse Ruth a Clara antes de se voltar para Odile. "Bom, eu certamente me sinto enriquecida, se não fertilizada. A única poeta que eu acho que posso comparar a você é a grande Sarah Binks."

Embora nunca tivesse ouvido falar de Sarah Binks, Odile sabia que seu conhecimento cultural havia sido prejudicado por uma educação que só admitia gênios francófonos. Sarah Binks devia ser uma grande poeta inglesa. Aquele elogio de Ruth Zardo alimentou a criatividade de Odile Montmagny, e quando sua loja, a Casa Orgânica de St. Rémy, estava calma, ela pegava o gasto caderninho infantil para escrever mais um poema, muitas vezes sem sequer fazer uma pausa para se inspirar.

Clara, que também lutava para viver de sua arte, se identificava com Odile e a encorajava. Peter, lógico, achava que Odile era louca. Mas Clara tinha outra opinião. Ela sabia que o que geralmente distinguia as grandes personalidades do mundo das artes não era a genialidade, mas a perseverança. E Odile perseverava.

ERAM OITO PESSOAS REUNIDAS na aconchegante sala dos fundos do bistrô para evocar os mortos naquela Sexta-Feira Santa, e a única pergunta parecia ser: quem faria aquilo?

– Eu, não – disse Jeanne. – Pensei que um de vocês fosse o médium.

– Gabri? – questionou Gilles Sandon, voltando-se para o anfitrião.

– Mas você disse que fazia leituras – disse Gabri a Jeanne, suplicante.

– Eu faço. Leituras de tarô, runas, esse tipo de coisa. Não faço contato com os mortos. Pelo menos não sempre.

É engraçado, pensou Clara, *se você esperar tempo suficiente e parar para ouvir, as pessoas acabam dizendo coisas estranhíssimas.*

– Não sempre? – perguntou ela a Jeanne.

– Às vezes – admitiu Jeanne, afastando-se um passo de Clara, como se tivesse levado um golpe violento.

Clara estampou um sorriso no rosto e tentou parecer menos assertiva, embora um coelhinho de chocolate provavelmente parecesse assertivo demais para aquela tal Jeanne.

– Você poderia fazer isso hoje à noite? Por favor – pediu Gabri, diante do fracasso iminente de sua festa.

A pequena, tímida e apagada Jeanne se encontrava no meio do círculo de pessoas. Então Clara teve um vislumbre de algo no rosto daquela mulher sem graça. Um sorriso. Mas com alguma malícia.

QUATRO

Em sua casa confortável e atulhada, Hazel Smyth andava de um lado para outro, ocupada. Tinha um milhão de coisas para fazer antes de a filha, Sophie, voltar da Universidade Queens. As camas estavam feitas, com lençóis limpos e passados. O feijão cozinhava lentamente no molho adocicado, o pão assava e a geladeira estava abastecida com as comidas preferidas de Sophie. Hazel desabou no desconfortável sofá estofado com crina de cavalo da sala de estar, sentindo a soma de todos os dias de seus 42 anos e ainda um pouco mais. O velho sofá parecia coberto por minúsculas agulhas que espetavam todos que se sentavam ali, como se tentasse repelir o peso. Mesmo assim, Hazel amava o móvel, talvez porque ninguém mais o valorizasse. Ela sabia que ali havia tanto crina de cavalo quanto lembranças, que às vezes também eram espinhosas.

"Eu não acredito que você ainda tem isto, Haze!", havia dito Madeleine alguns anos antes, rindo, quando entrara na sala abarrotada.

Madeleine tinha corrido até o velho sofá e subido nele, debruçando-se no encosto como se tivesse esquecido a forma correta de sentar, a bunda pequena acenando discretamente para Hazel, que assistia atônita à cena.

"Que loucura!", exclamou Ma, a voz abafada entre o sofá e a parede. "Lembra que a gente costumava espionar os seus pais daqui de trás?"

Hazel tinha esquecido. Mais uma lembrança para acrescentar ao já recheado sofá. De repente, Madeleine soltou uma gargalhada e, como se ainda fosse uma adolescente, se virou e quicou no sofá, sentando-se de frente para Hazel e estendendo a mão para ela. Ao se aproximar, Hazel viu algo entre os dedos delicados de Ma. Algo branco e imaculado.

Parecia um ossinho branco. Hazel se deteve, com medo do que o sofá havia produzido.

"É para você."

Com cuidado, Madeleine depositou o pequeno presente na palma da mão de Hazel. Estava radiante. Não havia outra palavra para descrevê-la. Um lenço cobria sua cabeça careca, e suas sobrancelhas mal desenhadas a lápis faziam com que ela parecesse um pouco surpresa. O tom levemente azulado debaixo dos olhos indicava um cansaço que ia além de noites mal-dormidas. Apesar de tudo isso, Madeleine estava radiante. E sua alegria extraordinária preencheu a sala sem graça.

Elas não se viam fazia vinte anos e, embora Hazel se lembrasse de cada momento da jovem amizade das duas, por algum motivo havia se esquecido de como se sentia viva perto de Madeleine. Ela olhou para a palma da mão. Não era um osso, mas um bilhete enroladinho.

"Isto ainda estava no sofá", disse Madeleine. "Olha só que coisa. Depois de todos esses anos. Acho que estava esperando pela gente. Esperando por este momento."

Madeleine parecia mágica, lembrou Hazel. E onde havia mágica, havia milagres.

"Onde você achou isto?"

"Ali atrás", disse Ma, apontando para o vão atrás do móvel. "Uma vez, quando você estava no banheiro, eu enfiei isto em um buraquinho."

"Em um buraquinho?"

"Um buraquinho feito com uma canetinha", explicou Madeleine, os olhos brilhando enquanto simulava enfiar e girar a caneta no sofá.

Hazel soltou uma risada ao imaginar a garota cavando um pequeno túnel no precioso móvel dos pais dela. Madeleine não tinha medo de nada. Enquanto Hazel era a monitora da escola, Madeleine era aquela aluna que tentava entrar sorrateiramente na aula, atrasada por ter ido fumar no bosque.

Hazel olhou para o minúsculo cilindro branco na palma da mão, nunca exposto à luz e à vida em geral, engolido pelo sofá e tossido por ele décadas depois.

Então o abriu. E ela sabia que tinha motivo para temer aquilo. Porque o que ele continha mudou sua vida imediatamente e para sempre. Em letras arredondadas escritas em tinta roxa e exuberante, havia uma única e simples frase:

Eu te amo.

Hazel não conseguiu encarar Madeleine. Em vez disso, desviou os olhos do minúsculo bilhete e notou que a sala de estar, tão sem graça naquela manhã, agora parecia confortável e acolhedora, suas cores desbotadas de repente vibrantes. Quando seus olhos se voltaram para Madeleine, o milagre já havia acontecido. Uma tinha se tornado duas.

Madeleine voltou para Montreal para terminar o tratamento, mas assim que pôde retornou ao chalé no campo, cercado por montanhas, florestas e campos de flores primaveris. Ela havia encontrado um lar, assim como Hazel.

Hazel pegou o cerzido. Estava preocupada. Preocupada com o que estava acontecendo no bistrô.

ELES TINHAM JOGADO AS RUNAS, os antigos símbolos nórdicos de adivinhação. Segundo elas, Clara era touro; Myrna, tocha; e Gabri era gado – mas Clara tinha dito que era "vaca".

– Que abusadas, essas runas – comentou Gabri, fazendo-se de ofendido. – Mas você com certeza é forte como um touro.

Monsieur Béliveau enfiou a mão na pequena cesta de vime e retirou dela uma pedra pintada com um símbolo de diamante.

– Casamento – sugeriu monsieur Béliveau.

Madeleine sorriu, mas não disse nada.

– Não – corrigiu Jeanne, pegando a pedra para examiná-la. – É Inguz.

– Deixa eu tentar – pediu Gilles Sandon.

Ele colocou a mãozona cheia de calos na delicada cesta, depois a retirou fechada em punho. Quando a abriu, revelou uma pedra com a letra R. Clara achou que aquilo parecia um pouco os ovos de madeira que eles haviam escondido para as crianças, que também tinham símbolos pintados. Só que, enquanto os ovos continham símbolos da vida, as pedras continham símbolos da morte.

– O que significa? – perguntou Gilles.

– Uma viagem. Uma aventura, uma jornada – explicou Jeanne, olhando para Gilles. – Geralmente acompanhada de grande esforço. De trabalho árduo.

– Conte uma novidade.

Odile riu, assim como Clara. Gilles era lenhador, e seu corpo de 45 anos era testemunha de anos de trabalho árduo: forte, robusto e quase sempre machucado.

– Mas – disse Jeanne, colocando a mão sobre a pedra ainda no meio da palma de Gilles, cercada por montanhas de calos – você pegou de cabeça para baixo. O R está invertido.

Então todos ficaram em silêncio. Gabri, que havia lido o pequeno panfleto das runas e descoberto que sua pedra significava "gado", e não "vaca", estava discutindo com Clara e ameaçando cortar o suprimento de patê e vinho tinto da amiga. Agora os dois se juntaram aos outros, inclinando-se para a frente no círculo apertado e tenso.

– O que isso indica? – quis saber Odile.

– Indica um caminho difícil pela frente. É um aviso para ter cautela.

– E o que o dele significa? – perguntou Gilles, apontando para monsieur Béliveau.

– Inguz? Fertilidade, masculinidade – explicou Jeanne, sorrindo para o discreto e gentil dono da mercearia. – Também é um lembrete poderoso para se respeitar tudo que é natural.

Gilles riu, e sua risada soou mesquinha, presunçosa e maldosa.

– Faz o da Madeleine – sugeriu Myrna, tentando dissipar a tensão.

– Ótimo – disse Ma, pegando uma pedra. – Tenho certeza de que a minha vai dizer que eu sou egoísta e sem coração. P. – Ela sorriu ao olhar o símbolo. – Combina, porque eu realmente preciso fazer pipi.

– O símbolo P significa alegria – disse Jeanne. – Mas sabe o que mais?

Madeleine hesitou. Clara observou a imensa energia que parecia envolver a mulher diminuir, se apagar. Foi como se ela murchasse por um instante.

– Também está invertido – disse Madeleine.

As mãos de Hazel cerziam as meias gastas, mas sua mente estava em outro lugar. Ela olhou de relance para o relógio. Dez e meia. Ainda é cedo, disse a si mesma.

Ela se perguntou o que estaria acontecendo no bistrô de Three Pines. Madeleine havia sugerido que elas fossem juntas, mas Hazel tinha recusado o convite.

"Não vai me dizer que você está com medo", dissera Madeleine em tom de provocação.

"É claro que não. Mas eu acho que isso é uma bobagem, uma perda de tempo."

"Não tem medo de fantasmas? Então você se mudaria para uma casa ao lado do cemitério?"

Hazel pensou por um instante.

"Provavelmente não, mas só porque seria difícil revender."

"Sempre prática", retrucou Madeleine, rindo.

"Você acredita que essa mulher pode entrar em contato com os mortos?"

"Não sei", admitiu Ma. "Sinceramente, nem pensei nisso. Só acho que vai ser divertido."

"Tem muita gente que acredita em fantasmas, em casas mal-assombradas", disse Hazel. "Eu estava lendo sobre uma casa dessas outro dia. Fica na Filadélfia. Parece que um monge vive aparecendo por lá, os visitantes veem sombras humanas nas escadas e tinha ainda outra coisa, o que era mesmo? Uma coisa que me deixou toda arrepiada. Ah, sim. Tem um ponto frio na casa. Bem ao lado de uma poltrona alta. Aparentemente, todo mundo que senta nela morre, mas não sem antes ver o fantasma de uma velha."

"Eu achei que você não acreditasse em fantasmas."

"Eu não acredito, mas tem muita gente que acredita."

"Várias culturas falam sobre espíritos", admitiu Madeleine.

"Mas a gente não está falando desses espíritos, não é? Eu acho que tem uma diferença. Os fantasmas são uma força malévola, perversa. Tem algo de vingativo e raivoso neles. Não acho que seja uma boa ideia brincar com isso. E a construção que hoje abriga o bistrô existe há séculos. Só Deus sabe quanta gente já morreu lá. Não. Eu vou ficar em casa, ver TV e levar o jantar para a pobre da madame Bellows aqui ao lado. E evitar fantasmas."

Agora Hazel estava sentada à luz fraca lançada pela única luminária da sala de estar. Lembrar-se daquela conversa a havia deixado gelada, como se um fantasma tivesse se empoleirado no sofá próximo a ela, criando um ponto frio na sala. Ela se levantou e acendeu todas as luzes. Mas o ambiente continuou sem vida. Sem Madeleine, ele parecia definhar.

A desvantagem de acender todas as luzes era que agora ela não conseguia mais olhar pela janela. Só via o próprio reflexo. Pelo menos, esperava que fosse seu reflexo. Lá estava uma mulher de meia-idade sentada no sofá, usando uma saia séria de tweed e um conjunto de pulôver e cardigã da mesma cor. Ao redor do pescoço, havia um modesto colar de pérolas. Aquela poderia ser a mãe dela. E talvez fosse.

PETER MORROW ESTAVA NA SOLEIRA DA PORTA do estúdio de Clara, espreitando a escuridão. Tinha lavado a louça, lido em frente à lareira da sala de estar e então, entediado, havia decidido ir até o próprio estúdio trabalhar por uma horinha em seu último quadro. Tinha atravessado a cozinha com essa intenção.

Então por que agora estava parado diante da porta aberta do estúdio de Clara?

Estava escuro e muito silencioso ali. Ele conseguia ouvir as batidas do próprio coração. Sentiu as mãos frias e percebeu que estava prendendo a respiração.

O ato era tão simples, banal até.

Ele acendeu as luzes. E entrou.

ELES FIZERAM UM CÍRCULO, SENTADOS em cadeiras de madeira. Jeanne as contou e pareceu desconcertada.

– Oito é um número ruim. É melhor a gente não fazer isso.

– O que você quer dizer com "número ruim"? – perguntou Madeleine, sentindo o coração acelerar.

– Vem logo depois do sete – respondeu Jeanne, como se aquilo explicasse tudo. – Oito representa o infinito – disse ela, desenhando com o dedo no ar o símbolo invisível. – A energia fica girando. Sem saída. Acaba ficando com raiva, frustrada e se torna muito poderosa – explicou, antes de soltar um suspiro. – Isso não parece nada bom.

As luzes estavam apagadas, e a única iluminação vinha da lareira, que crepitava e lançava sobre eles um brilho incerto. Algumas pessoas estavam no escuro, de costas para o fogo; as outras pareciam um conjunto de rostos preocupados, sem corpo.

– Quero que vocês limpem a mente – pediu Jeanne, com uma voz grave e ressonante.

Eles não conseguiam ver o rosto dela. Jeanne estava de costas para o fogo. Clara teve a impressão de que a mulher havia feito aquilo de propósito, mas talvez estivesse enganada.

– Respirem fundo e deixem a ansiedade e as preocupações fluírem para fora de vocês. Os espíritos sentem as energias. As energias negativas só vão atrair espíritos mal-intencionados. A gente quer encher o bistrô de energias positivas, bondade e amor, para atrair os bons espíritos.

– Merda – sussurrou Gabri. – Acho que isso não foi uma boa ideia.

– Cala a boca – sibilou Myrna ao lado dele. – Pensamentos positivos, idiota, anda logo.

– Eu estou com medo – murmurou ele.

– Bom, então é melhor parar. Vá para o seu lugar feliz, Gabri, para o seu lugar feliz – grunhiu Myrna.

– Este é o meu lugar feliz – retrucou Gabri com rispidez. – Por favor, leve a Myrna primeiro. Por favor, não me leve.

– Você é mesmo uma vaca – disse Myrna.

– Quietos, por favor – ordenou Jeanne, com mais autoridade que Clara pensara ser possível. – Se vocês escutarem um barulho alto e repentino, eu quero que segurem as mãos uns dos outros, entenderam?

– Por quê? – sussurrou Gabri para Odile, que estava a seu lado. – Ela está esperando algo ruim?

– Shhh – fez Jeanne baixinho, e todos os sussurros pararam. Todas as respirações pararam. – Eles estão vindo.

Todos os corações pararam.

PETER ENTROU NO ESTÚDIO DE CLARA. Ele tinha estado ali milhares de vezes e sabia que ela deixava a porta aberta por um motivo. Porque não tinha nada a esconder. No entanto, por algum outro motivo, ele se sentia culpado.

Dando uma olhada ao redor rapidamente, ele foi a passos largos em direção ao cavalete no meio do cômodo. O estúdio cheirava a óleo, verniz e madeira, com um leve aroma de café forte também. Anos e anos de criação e café tinham impregnado o lugar de sensações reconfortantes. Então por que Peter estava apavorado?

Ele parou diante do cavalete. Clara havia colocado um lençol sobre a tela. Ele ficou ali contemplando o quadro coberto, dizendo a si mesmo para ir embora, implorando a si mesmo para não fazer aquilo. Mal acreditando no que estava fazendo, viu sua mão direita alcançar o lençol. Como um homem que havia saído do próprio corpo, sabia que não tinha controle sobre o que estava prestes a acontecer. Aquilo parecia predestinado.

A mão dele agarrou o lençol velho e manchado e o puxou.

A SALA FICOU EM SILÊNCIO. CLARA ESTAVA desesperada para segurar a mão de Myrna, mas não ousou se mexer. Por precaução. Para evitar que o que estivesse vindo prestasse atenção nela.

Então ela ouviu. Todos ouviram.

Passos.

Uma maçaneta girando.

Alguém choramingou, como um cachorrinho assustado.

Então, de repente, uma série de batidas horríveis rompeu o silêncio. Um homem gritou, e Clara sentiu mãos agarrarem as dela pelos dois lados. Ela as segurou com força, como se sua vida dependesse disso, repetindo sem parar "Dignai-vos, Senhor, abençoar o alimento que vou tomar, para melhor vos servir e amar. Em nome do Pai, do Filho e do Espírito Santo. Amém".

– Me deixem entrar! – gemeu uma voz de outro mundo.

– Ai, meu Deus, é um espírito raivoso – disse Myrna. – É culpa sua – ela acusou Gabri, que estava com os olhos arregalados, apavorado.

– Saco – gemeu a voz desencarnada. – Saaaaco.

Uma vidraça balançou, e um rosto horrível apareceu no vidro. Ofegando, o círculo recuou.

– Pelo amor de Deus, Dorothy, eu sei que você está aí! – gritou a voz.

Aquelas não eram as últimas palavras que Clara tinha imaginado ouvir neste plano. Sempre pensou que ouviria "O que você tinha na cabeça?".

Gabri se levantou, tremendo.

– Meu Deus! – gritou ele, fazendo o sinal da cruz com os dedos. – São os mortos-vivos!

Da janela, Ruth Zardo semicerrou os olhos e devolveu a ele um meio sinal da cruz.

PETER FITOU A OBRA NO CAVALETE. Tensionou a mandíbula, e seu olhar endureceu. Era pior do que imaginava, pior do que temia, e isso considerando que seu temor era imenso. À sua frente estava o último trabalho de Clara, o que ela logo mostraria a Denis Fortin, o influente galerista de Montreal. Até então, Clara havia feito suas criações quase ininteligíveis na obscuridade. Ininteligíveis para Peter, pelo menos.

Então, de repente, Denis Fortin havia batido à porta deles. Peter tinha certeza de que o ilustre galerista, com contatos em todo o mundo das artes, estava ali para vê-lo. Afinal, era ele o artista famoso. Suas pinturas detalhadíssimas eram vendidas por milhares de dólares e ornavam as paredes mais elegantes do Canadá. Peter havia conduzido o galerista até seu estúdio com naturalidade, apenas para ser informado educadamente de que seus trabalhos eram muito bons, mas que Fortin na verdade queria ver Clara Morrow.

Se Fortin tivesse dito que gostaria de ficar verde e voar para a Lua, Peter teria ficado menos surpreso. Ver os trabalhos de Clara? O quê? O cérebro dele parou de funcionar, e ele ficou olhando para Fortin.

"Por quê?", gaguejou Peter.

Então foi a vez de Fortin encarar Peter.

"Ela é a Clara Morrow? A artista? Um amigo me mostrou o portfólio dela. É este aqui?"

Fortin havia tirado um portfólio da pasta e, dito e feito, era mesmo a árvore chorona de Clara. Chorando palavras. *Que espécie de árvore chora palavras?*, havia se perguntado Peter quando Clara mostrara o trabalho a ele pela primeira vez. E agora Denis Fortin, o galerista mais proeminente do Quebec, estava dizendo que aquela era uma obra de arte impressionante.

"Isto é meu", disse Clara, tentando se colocar entre os dois.

Estupefata, como se estivesse em um sonho, ela mostrou o próprio estúdio a eles. E descreveu seu último trabalho, escondido debaixo do invólucro da tela. Fortin fitou a tela sem tirar a cobertura ou sequer pedir que Clara o fizesse.

"Quando deve estar concluído?"

"Em alguns dias", respondeu Clara, perguntando-se de onde tirara isso.

"Podemos dizer primeira semana de maio, então?", indagou o galerista, sorrindo, antes de apertar a mão dela calorosamente. "Vou trazer meus curadores, para tomarmos a decisão em conjunto."

Decisão?

O grande Denis Fortin voltaria dali a pouco mais de uma semana para ver o mais recente trabalho de Clara. E, se ele gostasse da obra, a carreira dela deslancharia.

Agora Peter olhava para a tela.

De repente, ele sentiu que algo o agarrava. Por trás. A coisa avançou, entrou nele e o subjugou. Peter arfou de dor, uma dor cortante e lancinante. Lágrimas lhe vieram aos olhos enquanto ele era dominado por aquele fantasma que havia ameaçado a sua vida inteira. O fantasma do qual ele tinha se escondido quando era criança, do qual havia fugido e que enterrara e negara. Ele o havia perseguido e finalmente encontrado. Ali, no estúdio de sua amada esposa. O monstro terrível o havia encontrado, parado em frente à criação dela.

E o devorou.

CINCO

– E aí, o que a Ruth queria? – perguntou Olivier, servindo uísque *single malt* para Myrna e Gabri.

Odile e Gilles tinham ido para casa, mas todos os outros estavam no bistrô. Clara acenou para Peter, que estava tirando o casaco e o pendurando em um gancho perto da porta. Assim que a sessão espírita terminara, ela o havia convidado para a autópsia do evento.

– Bom, no início a gente pensou que ela estivesse gritando "saco" – explicou Myrna –, mas depois a gente percebeu que era "pato".

– Pato? Sério? – perguntou Olivier, sentando-se no braço da poltrona alta de Gabri e tomando um gole de conhaque. – Você acha que é isso que ela diz sempre?

– E a gente entende errado, talvez? – questionou Myrna. – Será que foi isso o que ela me disse outro dia?

– É possível. Ela tem um mau humor patológico.

Monsieur Béliveau riu e olhou para Madeleine, pálida e calada ao lado dele.

O belo dia de abril tinha dado lugar a uma noite fria e úmida. Era quase meia-noite, e agora só restavam eles no bistrô.

– O que ela queria? – perguntou Peter.

– Ajuda com uns ovos de pato. Lembra os ovos que a gente encontrou perto do lago hoje à tarde? – disse Clara, virando-se para Ma. – Você está bem?

– Estou, sim – respondeu Madeleine, sorrindo. – Só um pouco nervosa.

– Desculpa – disse Jeanne.

Ela se sentou em uma cadeira um pouco afastada. Jeanne tinha retomado a timidez, todas as evidências daquela médium forte e calma evaporando com o acender das luzes.

– Ah, não, não tem nada a ver com a sessão – assegurou Madeleine. – É que a gente tomou café depois do jantar. A cafeína me deixa assim.

– *Mais, ce n'est pas possible* – disse monsieur Béliveau. – Tenho certeza de que o café era descafeinado – insistiu ele, embora também estivesse um pouco nervoso.

– Mas o que tem os ovos? – perguntou Olivier, alisando o vinco de sua alinhada calça de veludo cotelê.

– Parece que Ruth foi até o lago depois que a gente saiu e pegou os ovos – explicou Clara.

– Ah, não – disse Ma.

– Aí os patos voltaram e não quiseram sentar no ninho – continuou Clara. – Exatamente como você previu. Então Ruth levou os ovos para casa.

– Para comer? – quis saber Myrna.

– Para chocar – respondeu Gabri, que tinha ido com Clara até a minúscula casa de Ruth para ver se podia ajudar.

– Ela não sentou em cima deles, né? – perguntou Myrna, em dúvida se a imagem a divertia ou repelia.

– Não, na verdade foi bem fofo. Quando a gente chegou, os ovos estavam acomodados em uma cesta forrada com uma manta de flanela macia. Ela tinha colocado tudo no forno, que estava ligado bem baixinho.

– Boa ideia – opinou Peter, que, assim como os outros, esperava que Ruth tivesse devorado, e não salvado os ovos.

– Acho que ela não ligava aquele forno há anos. Ela vive dizendo que gasta muita energia – comentou Myrna.

– Bom, agora ela ligou – disse Clara. – Para tentar chocar os ovos. Pobres dos pais.

Clara pegou o uísque e olhou de relance pela janela, para a escuridão da praça, imaginando os pais patos sentados perto do lago, no lugar que a jovem família ocupava antes, os bebês dentro de suas pequenas cascas, acreditando que a mamãe e o papai os manteriam seguros e aquecidos. Os patos têm o mesmo companheiro a vida toda. E era por isso que a temporada de caça aos patos era especialmente cruel. Vira e mexe, no outono, era possível avistar um pato solitário, grasnando. Chamando. Esperando o seu par. E, pelo resto da vida, ele seguiria esperando.

Será que os pais patos estavam esperando agora? Esperando seus bebês voltarem? Será que os patos acreditavam em milagres?

– Mesmo assim, deve ter sido um baita susto – continuou Olivier, rindo ao imaginar Ruth na janela.

– Por sorte, a Clara aqui contornou a crise espiritual repetindo uma bênção antiga – disse Gabri.

– Mais um drinque, alguém? – perguntou Clara.

– "Dignai-vos, Senhor" – começou Gabri, e os outros logo se juntaram a ele – "abençoar o alimento que vou tomar, para melhor vos servir e amar".

Peter soltou uma gargalhada e sentiu o uísque escorrer pelo queixo.

– "Em nome do Pai, do Filho e do Espírito Santo" – disse Peter, olhando diretamente para os olhos entretidos da esposa.

– "Amém" – completaram todos, inclusive Clara, que também ria.

– Você agradeceu pela sua refeição? – perguntou Peter.

– Bom, eu estava sentindo o meu jantar voltar.

Àquela altura, todos estavam rindo, e até o sério e correto monsieur Béliveau soltou uma imensa gargalhada, enxugando os olhos.

– A aparição da Ruth com certeza acabou com a sessão – disse Clara, depois de se recuperar.

– De qualquer forma, não acho que a sessão seria bem-sucedida – comentou Jeanne.

– Por que não? – perguntou Peter, curioso para ouvir a desculpa dela.

– Acho que este lugar é feliz demais – disse Jeanne a Olivier. – Suspeitei disso assim que cheguei.

– Droga – soltou Olivier. – Isso é intolerável.

– Então por que a senhora fez a sessão? – insistiu Peter, certo de que a pegaria.

– Bom, não foi ideia minha. Eu tinha planejado passar a noite comendo um linguine primavera e lendo edições antigas da revista *Country Life*. Sem nenhum espírito malvado por perto.

Jeanne encarou Peter enquanto o sorriso dele desaparecia.

– Só um – disse monsieur Béliveau.

Peter olhou para Béliveau, esperando ver o gentil dono da mercearia apontar um dedo torto *à la* Jacob Marley para ele. Mas, em vez disso, o perfil de falcão de monsieur Béliveau estava virado para a janela.

– Como assim? – perguntou Jeanne, seguindo o olhar dele, mas vendo apenas as luzes amareladas das casas do vilarejo através das cortinas de renda e do velho vidro chumbado.

– Lá em cima – respondeu monsieur Béliveau, apontando para a colina com a cabeça. – Depois do vilarejo. Você não vai ver a não ser que saiba o que está procurando.

Clara não olhou. Ela sabia do que ele estava falando e implorou em silêncio para que o homem não continuasse.

– Mas está lá – prosseguiu ele –, se você olhar para cima, para a montanha atrás da vila, vai notar que tem um ponto mais escuro do que o resto.

– E o que é? – perguntou Jeanne.

– O mal – respondeu o dono da mercearia.

Fez-se silêncio no bistrô. Até o fogo pareceu parar de crepitar.

Jeanne foi até a janela e seguiu as instruções dele. Demorou um pouco, mas acabou vendo: sobre as luzes de Three Pines, havia um ponto mais escuro que a noite.

– A antiga casa dos Hadleys – murmurou Madeleine.

Jeanne se voltou para eles, que agora já não estavam relaxados – pareciam tensos e alertas. Myrna tomou um gole de uísque.

– Por que o senhor diz que aquilo é o mal? – perguntou Jeanne a monsieur Béliveau. – É uma baita acusação, tanto para uma pessoa quanto para um lugar.

– Coisas ruins acontecem lá – disse ele simplesmente, virando-se para os outros em busca de apoio.

– Ele tem razão – comentou Gabri, pegando a mão de Olivier, mas virando-se para Clara e Peter. – Devo falar mais?

Clara olhou para o marido, que deu de ombros. A antiga casa dos Hadleys estava abandonada. Fazia meses que ninguém entrava lá. Mas Peter sabia que não estava completamente vazia. Ele havia deixado parte de si mesmo ali dentro. Não uma mão, um nariz ou um pé. Foram coisas menos palpáveis, mas que tinham um peso impressionante. Ele havia deixado sua esperança e sua confiança lá. E sua fé. A pouca fé que tinha havia perdido. Ali.

Peter Morrow sabia que a antiga casa dos Hadleys era perversa. Ela roubava coisas. Como vidas. E amigos. Almas e fé. Ela lhe havia roubado seu melhor amigo, Ben Hadley. Em troca, aquela monstruosidade da colina dava apenas sofrimento.

Jeanne Chauvet voltou para perto da lareira e aproximou a cadeira do grupo, até finalmente fazer parte do círculo. Apoiou os cotovelos nos joelhos magros e se inclinou para a frente, seus olhos mais brilhantes do que Clara havia visto a noite inteira.

Lentamente, todos os amigos se voltaram para Clara, que respirou fundo. Aquela casa a havia assombrado desde que ela chegara a Three Pines, depois de se casar com Peter, mais de vinte anos antes. O lugar a havia assombrado e quase matado.

– Teve um assassinato lá, além de um sequestro. E uma tentativa de homicídio. E assassinos já moraram lá.

Clara ficou surpresa que aquela lista soasse tão distante.

Jeanne aquiesceu, virando o rosto para as brasas, que se extinguiam devagar na lareira.

– Equilíbrio – disse ela finalmente. – Faz sentido.

Ela pareceu despertar e se endireitou na cadeira, como se mudasse o *modus operandi*. Depois prosseguiu:

– Assim que eu cheguei a Three Pines, senti isso. E estou sentindo isso hoje à noite, bem aqui, agora mesmo.

Monsieur Béliveau segurou a mão de Madeleine. Peter e Clara se aproximaram. Olivier, Gabri e Myrna se juntaram um pouco. Clara fechou os olhos e tentou sentir o mal que Jeanne pressentia. Mas só sentiu...

– Paz – disse Jeanne, sorrindo de leve. – Assim que eu cheguei, senti que havia uma enorme bondade aqui. Eu entrei naquela igrejinha, Igreja de St. Thomas, eu acho, antes mesmo de reservar um quarto na pousada, e fiquei sentada lá, em silêncio. Eu me senti tranquila e satisfeita. É uma vila antiga, com uma alma antiga. Eu li as placas nas paredes da igreja e observei o vitral. Este vilarejo sofreu perdas, de pessoas que morreram precocemente, e passou por acidentes, guerras e doenças. Three Pines não está imune a nada disso, mas vocês parecem aceitar que essas coisas são parte da vida e não se apegam à amargura. Em relação a esses assassinatos, vocês conheciam as pessoas?

Todos assentiram.

– E mesmo assim vocês não parecem amargurados ou presos a essas experiências terríveis. Mas o oposto. Vocês parecem felizes e tranquilos. Sabem por quê?

Eles olharam para o fogo, para os copos, para o chão. Como se explica a felicidade? A satisfação?

– Nós deixamos essas coisas irem embora – respondeu Myrna finalmente.

– Vocês deixam essas coisas irem embora – repetiu Jeanne, assentindo. – Mas...

Então ela se calou e olhou bem nos olhos de Myrna. Não como se a desafiasse. Mas quase como se implorasse para que ela entendesse a parte seguinte.

– Para onde vão essas coisas?

– Que coisas? – perguntou Gabri, após um momento de silêncio.

– O nosso sofrimento. Ele tem que ir para algum lugar – murmurou Myrna.

– Exatamente – disse Jeanne, sorrindo como se estivesse diante de uma discípula brilhante. – Nós somos energia. O cérebro e o coração são movidos por impulsos. Nossos corpos são alimentados por comida, que se converte em energia. É isso que são as calorias. Isto aqui – prosseguiu Jeanne, erguendo as mãos e dando um tapinha em seu corpo magro – é uma fábrica incrível de energia. Mas nós também somos seres emocionais e espirituais, e isso também é energia. Auras, vibrações, podem chamar como quiserem. Quando você está com raiva – continuou ela, virando-se para Peter –, não sente o seu corpo tremer?

– Eu nunca fico com raiva – respondeu ele, fitando a mulher com frieza e pensando que já bastava daquela baboseira.

– Você está com raiva agora, eu estou sentindo. Todos nós estamos sentindo.

Ela se virou para os outros, que não disseram nada em lealdade ao amigo. Mas eles sabiam que ela estava certa. Estavam sentindo a raiva dele. Ela irradiava.

Peter sentiu que aquela xamã tinha armado para cima dele e se sentiu traído pelo próprio corpo.

– É natural – disse Jeanne. – O seu corpo sente uma emoção forte e envia sinais.

– É verdade – comentou Gabri, virando-se para Peter como se pedisse desculpas. – Eu estou sentindo que você está com raiva e que todo mundo está desconfortável. Antes, eu senti a felicidade. Todo mundo estava relaxado. Ninguém precisou me dizer nada. Quando você entra em uma sala cheia de gente, não percebe isso de cara? Dá para sentir se as pessoas estão felizes ou tensas.

Gabri olhou em volta e todos concordaram, até monsieur Béliveau, que disse:

– Na minha loja, a gente aprende a ler as pessoas rápido. Se elas estão de mau humor, chateadas ou se podem ser uma ameaça.

– Uma ameaça? Em Three Pines? – perguntou Madeleine.

– *Non, c'est vrai* – admitiu ele. – Nunca aconteceu, mas mesmo assim eu presto atenção. Dá para saber assim que a pessoa entra.

– Mas isso é linguagem corporal e familiaridade. Não é energia – retrucou Peter, balançando as mãos na frente do corpo e baixando a voz, com um tom debochado.

Monsieur Béliveau não disse nada.

– Você não precisa acreditar. A maioria das pessoas não acredita – ponderou Jeanne, sorrindo para Peter de um jeito que ele achou condescendente. – Lança o teu pão sobre as águas – disse ela, do nada. – Se a gente lança a energia da raiva, é isso o que vai receber de volta. Simples assim.

Peter olhou ao redor. Todos escutavam atentamente aquela tal de Jeanne, como se acreditassem na xaropada que ela estava dizendo.

– Você falou de equilíbrio – comentou Myrna.

– Isso. A natureza é equilíbrio. Ação e reação. Vida e morte. Tudo está em equilíbrio. Faz sentido que a antiga casa dos Hadleys fique em Three Pines. Os dois se contrabalançam.

– Como assim? – quis saber Madeleine.

– Ela quer dizer que a antiga casa dos Hadleys é a sombra da nossa luz – explicou Myrna.

– Three Pines é um lugar feliz porque vocês deixam o sofrimento ir embora. Mas ele não vai para muito longe. Só sobe a colina. Até a antiga casa dos Hadleys.

Agora Peter sentia. A pele de seus braços se contraiu e os pelos se arrepiaram. Tudo que ele havia deixado ir tinha marcas de garras. E tinha ido direto para aquela casa. O casarão estava recheado do medo, do sofrimento e da raiva deles.

– Por que a gente não faz uma sessão espírita lá? – sugeriu monsieur Béliveau.

Todos se viraram para ele lentamente, estupefatos, como se a lareira de repente tivesse falado e dito algo extremamente improvável.

– Não sei, não – respondeu Gabri, mexendo-se inquieto na poltrona.

Instintivamente, eles se voltaram para Clara. De forma natural, ela havia se tornado o coração da comunidade. Aquela pequena mulher de meia--idade era uma rara combinação de sensatez e sensibilidade. Ela se levantou, pegou um punhado de castanhas-de-caju e o que restava de seu uísque e foi até a janela. Quase todas as luzes ao redor da praça estavam apagadas. Three Pines descansava. Após apreciar aquela paz por um instante, seus olhos viajaram até o buraco negro acima deles. Ela ficou parada ali por um tempo, bebendo, mastigando e contemplando.

Seria possível que a antiga casa dos Hadleys estivesse cheia de raiva e sofrimento? Era por isso que ela atraía assassinos? E fantasmas?

– Eu acho que a gente deve fazer – declarou ela, finalmente.

– Ah, pelo amor de Deus – disse Peter.

Clara olhou de relance para a janela de novo.

Já era hora de enterrar a maldade.

SEIS

Monsieur Béliveau abriu a porta do carro para Madeleine.
– Tem certeza que não quer que eu leve você em casa?
– Ah, não, não precisa. Já estou mais calma – mentiu ela, exausta e com o coração ainda acelerado. – Você me trouxe sã e salva até o meu carro. Nenhum urso.

Ele tomou a mão de Madeleine. A dele parecia feita de papel de arroz, seca e frágil, embora seu aperto fosse firme.

– Eles não machucam as pessoas. Só são perigosos se você se colocar entre a mãe e o filhote. Cuidado com isso.

– Vou anotar. "Não irritar os ursos." Você fica mais tranquilo?

Monsieur Béliveau riu. Madeleine gostava do som daquela risada. Gostava daquele homem. Ela se perguntou se deveria contar a ele o seu segredo. Seria um alívio. Abriu a boca, mas a fechou de novo. Ainda havia muita tristeza nele. Uma gentileza enorme. Não podia tirar isso dele. Ainda não.

– Não quer entrar para tomar um café? Eu confiro se é descafeinado.

Ela soltou a mão do aperto leve dele.

– Eu tenho que ir, mas amei o dia – disse ela, inclinando-se para lhe dar um beijo na bochecha.

– Embora nenhum fantasma tenha aparecido.

Ele parecia quase chateado. E estava.

Observou as lanternas traseiras do carro dela subirem a Du Moulin, passarem pela antiga casa dos Hadleys e sumirem de vista, depois se virou e foi até a porta da frente de sua casa. Havia uma pequena, quase imperceptível, alegria em seu caminhar. Algo minúsculo havia despertado dentro dele. Algo que antes ele tinha certeza de que havia enterrado junto com a esposa.

MYRNA ENFIOU ALGUMAS TORAS NO FOGÃO a lenha e fechou a porta de ferro fundido. Depois caminhou pelo loft, exausta, arrastando as pantufas pelo velho piso de madeira, movendo-se instintivamente de um tapete a outro, como um nadador talvez viajasse entre ilhas, apagando as luzes no caminho. O loft de tijolos antigos e vigas aparentes mergulhava lentamente na escuridão, restando apenas a luz ao lado da cama enorme e acolhedora. Myrna colocou a caneca de chocolate quente e o prato de cookies com gotas de chocolate na mesa de pinho antiga e pegou o livro. Ngaio Marsh. Estava relendo os clássicos. Por sorte, sua livraria de exemplares usados tinha um monte deles. Ela era a sua melhor cliente. Bom, ela e Clara, que lhe levava grande parte dos livros policiais. Uma bolsa de água quente aquecia seus pés e, após puxar o edredom, ela começou a ler. Bebericando o chocolate quente e mordiscando os biscoitos, Myrna percebeu que estava na mesma página fazia dez minutos.

Sua cabeça estava em outro lugar. Estava presa na escuridão entre as luzes de Three Pines e as estrelas.

ODILE ENFIOU O CD NO APARELHO e colocou os fones de ouvido. Ela estava aguardando aquele momento. Esperava por ele havia seis dias, com uma ansiedade crescente conforme a semana passava. Não que não gostasse de seu dia a dia. Na verdade, ficava até surpresa com a própria sorte. O fato de Gilles a ter procurado quando o casamento dele azedara ainda a surpreendia. Ela tinha uma queda por ele na época do colégio. Quando finalmente tomara coragem e o convidara para o baile de Sadie Hawkins, fora rejeitada. Mas ele não tinha sido cruel. Alguns garotos eram cruéis, principalmente com garotas como Odile. Mas Gilles, não. Ele sempre havia sido gentil. Sempre havia sorrido e dito *bonjour* nos corredores, mesmo quando os amigos estavam por perto.

Odile o adorava naquela época e o adorava agora.

Mesmo assim, todas as semanas ela ansiava por aquele momento. Todas as sextas, Gilles ia para a cama cedo e ela ficava na modesta sala de estar do casal em St. Rémy.

Ela ouviu as primeiras notas da primeira música e sentiu os ombros cederem e a tensão baixar. Também sentiu que os nós da vigilância se afrouxavam. A necessidade de vigiar cada palavra e cada ação. Ela fechou os olhos e tomou um enorme gole do vinho tinto, como alguém que se afoga talvez engula o ar. A garrafa estava pela metade, e Odile temeu que o vinho acabasse antes que a mágica acontecesse. A transformação.

Após alguns minutos, Odile estava de pé, de olhos fechados, caminhando por um palco repleto de flores. Em Oslo. Era Oslo, não era? Não importava.

O distinto público, de gravata, fraques e vestidos de gala, estava de pé. Aplaudindo. Não: chorando.

Odile parou no meio do caminho para agradecer. Colocou a mão no peito e fez uma discreta reverência, em um gesto de imensa modéstia e dignidade.

Então o rei a presenteou com a faixa de seda. Havia lágrimas em seus olhos também.

"É com grande prazer, madame Montmagny, que eu entrego à senhora o Prêmio Nobel de Poesia."

Mas, naquela noite, os aplausos apaixonados não a comoveram, não a inundaram nem a protegeram da suspeita de que todos haviam descoberto que ela era a coisinha patética que sabia ser. Da exaustão de tentar se encaixar em um mundo onde todos sabiam o código secreto, exceto ela.

Mas havia uma coisa que só Odile sabia. Era o segredinho dela. Todas aquelas pessoas na sessão espírita tinham medo de espíritos malignos, mas ela sabia que o monstro não vinha de outro mundo, e sim daquele mesmo. E Odile Montmagny sabia quem era esse monstro.

Hazel parecia distraída quando Madeleine chegou.

– Não consegui dormir – disse ela, servindo duas xícaras de chá. – Acho que eu estou animada demais com a chegada de Sophie.

Madeleine mexeu o chá e assentiu. Hazel sempre ficava um pouco nervosa quando Sophie voltava para casa. Aquilo interrompia a quietude da vida delas. Não que Sophie fosse festeira ou mesmo barulhenta. Não, era outra coisa. Uma tensão que de repente surgia no conforto da casa.

– Eu levei o jantar para a pobre da Sra. Bellows.

– Como é que ela está? – perguntou Ma.

– Melhor, mas as costas ainda doem.

– Você sabe que o marido e os filhos dela é que deviam estar fazendo isso.

– Mas eles não fazem – retrucou Hazel.

Às vezes ela se surpreendia com o tom duro de Madeleine. Era quase como se ela não se importasse com as pessoas.

– Você é uma boa alma, Hazel. Espero que ela tenha agradecido.

– Eu vou receber a minha recompensa no paraíso – disse Hazel, levando a mão à testa em um gesto teatral.

As duas riram. Aquela era uma das muitas coisas que Madeleine amava em Hazel. Não só a bondade, mas a recusa em se levar muito a sério.

– A gente vai fazer outra sessão espírita – comentou Ma, mergulhando o biscoito no chá e o colocando na boca bem a tempo, todo encharcado. – No domingo à noite.

– Fantasmas demais para encarar de uma vez só? Eles vão ter que aparecer em turnos?

– Fantasmas de menos. A médium disse que o bistrô é alegre demais.

– Tem certeza que ela não disse *gay* demais?

– É possível.

Ma sorriu. Ela sabia que Hazel e Gabri eram bons amigos. Tinham trabalhado juntos na Associação de Mulheres da Igreja Anglicana por anos.

– De qualquer forma, não tinha nenhum fantasma disponível – prosseguiu Madeleine. – Então a gente vai à antiga casa dos Hadleys.

Ela olhou por cima da xícara de chá. Hazel arregalou os olhos e, após um instante, falou:

– Tem certeza que é uma boa ideia?

– Você entrou aqui? – perguntou Clara, de dentro do estúdio.

Peter, que estava dando a Lucy o biscoito de boa-noite, parou de repente. O rabo da cadela balançava de um lado para o outro com uma energia crescente, a cabeça inclinada para o lado e os olhos grudados no biscoito mágico como se o desejo por si só pudesse mover os objetos. Se isso fosse verdade, a porta da geladeira nunca estaria fechada.

Clara colocou a cabeça para fora do estúdio e olhou para Peter. Embora o rosto dela só demonstrasse uma simples curiosidade, ele sentiu que ela o acusava. A mente dele acelerou, mas Peter sabia que não podia mentir para ela. Não sobre isso, pelo menos.

– Eu entrei quando você estava na sessão espírita. Tem problema?

– Se tem problema? Estou é emocionada. Você precisava de alguma coisa?

Será que ele deveria dizer que precisava de um pouco de amarelo de cádmio? Um pincel número 4? Uma régua?

– Precisava – respondeu ele, aproximando-se e envolvendo a cintura dela com o braço longo. – Eu precisava ver o seu quadro. Desculpa. Eu devia ter esperado você voltar para pedir.

Ele esperou a reação dela. Sentiu um aperto no peito. Clara estava sorrindo para ele.

– Você queria mesmo ver? Peter, isso é maravilhoso.

Ele se encolheu.

– Venha aqui de novo – disse ela, pegando a mão dele e conduzindo-o de volta até a coisa no meio do estúdio. – Me diga o que achou.

Ela arrancou o lençol do cavalete e lá estava de novo.

O quadro mais lindo que ele já tinha visto.

Era tão bonito que doía. Sim. Era isso. A dor que ele sentia vinha de fora. Não de dentro dele. Não.

– É incrível, Clara – disse ele, pegando a mão dela e olhando em seus olhos azuis translúcidos. – É a sua melhor obra. Estou muito orgulhoso de você.

Clara abriu a boca, mas nada saiu. Ela havia passado toda a carreira esperando que Peter entendesse, captasse um de seus trabalhos. Visse mais do que tinta em um quadro. Realmente sentisse a obra. Ela sabia que não deveria se importar tanto. Sabia que aquilo era uma fraqueza. Sabia que seus amigos artistas, inclusive Peter, diziam que se deve criar para si mesmo e não se importar com o que os outros pensam.

E ela não ligava para a opinião de ninguém, só para a dele. Ela queria que o homem com quem compartilhava a alma também compartilhasse sua visão. Pelo menos uma vez. Só uma vez. E lá estava. E, bênção das bênçãos, era a pintura que mais importava. Aquela que Clara mostraria para o galerista mais proeminente do Quebec dentro de poucos dias. Aquela em que ela havia colocado tudo de si.

– Mas as cores estão certas? – perguntou Peter, inclinando-se para o cavalete e depois dando um passo para trás, sem olhar para ela. – Quer dizer, claro que estão. Você sabe o que está fazendo.

Ele a beijou e sussurrou "parabéns" no ouvido dela. Depois saiu.

Clara deu um passo para trás e olhou para o quadro. Peter era um dos artistas mais respeitados e bem-sucedidos do Canadá. Talvez ele estivesse certo. O quadro parecia bom, mas...

– O QUE VOCÊ ESTÁ FAZENDO? – perguntou Olivier a Gabri.

Os dois estavam na sala de estar da pousada, no meio da noite. Ao esticar o braço, Olivier tinha sentido a cama fria ao seu lado. Agora ele apertava a faixa do robe de seda e, com os olhos turvos, observava o companheiro.

De calça de pijama amarrotada e pantufa, Gabri segurava um croissant, como se o tivesse levado para passear na sala de estar.

– Estou expulsando os espíritos ruins que podem ter me seguido da sessão até aqui.

– Com um croissant?

– Bom, a gente não tinha os pães doces com a cruz em cima, então foi o que deu. A lua crescente não é o símbolo do islã?

Olivier nunca deixava de se surpreender com Gabri. Com a sua profundidade inesperada e a sua imensa ingenuidade. Ele balançou a cabeça e voltou para a cama, confiante de que pela manhã todos os espíritos malignos e croissants teriam ido embora.

SETE

O domingo de Páscoa amanheceu cinzento, mas havia esperança de que a chuva só caísse depois da caça aos ovos. Durante o culto, os pais ignoraram o pastor e, em vez da voz dele, ficaram escutando as batidas no telhado da Igreja de St. Thomas.

A igreja cheirava a lírios-do-vale. Cachos com minúsculos sinos brancos e vívidas folhas verdes tinham sido colocados em todos os bancos. Era adorável. Até a pequena Paulette Legault lançar um buquê em Timmy Benson. Então a confusão começou. O pastor, lógico, ignorou tudo.

As crianças corriam para cima e para baixo no curto corredor e os pais ou tentavam detê-las, ou deixavam para lá. Acabava dando no mesmo. O pastor fez uma pequena leitura do rito do exorcismo, a congregação disse "Amém" e todos saíram correndo da capela.

Um almoço foi organizado pela Associação de Mulheres da Igreja Anglicana, conduzido por Gabri, e mesas de piquenique com toalhas xadrez vermelhas tinham sido postas ao redor da praça.

— Boa caça! — gritou o pastor, acenando de seu carro enquanto subia a Du Moulin em direção à capela seguinte na paróquia seguinte.

Ele tinha certeza de que seu pequeno culto não havia salvado ninguém. Mas como ninguém parecia perdido, estava tudo bem.

Ruth parou no degrau mais alto da igreja, carregando um prato com sanduíches grandes de presunto curado no bordo dentro do pão ainda fumegante da *boulangerie* de Sarah, salada de batatas caseira com ovos e maionese e uma imensa fatia de *tarte au sucre*. Myrna surgiu ao lado dela equilibrando na cabeça uma prancha de madeira cheia de livros, flores e chocolates. Os moradores passeavam pela praça ou se sentavam às mesas de piquenique, as mulheres com enormes e exuberantes chapéus temáticos de Páscoa e os homens tentando fingir que não viam aquilo.

Myrna parou ao lado de Ruth e, juntas, elas assistiram à caça. As crianças corriam pela vila, soltando gritinhos agudos contentes a cada novo ovo de madeira encontrado. A pequena Rose Tremblay foi jogada no lago por um dos irmãos, e Timmy Benson parou para ajudá-la. Enquanto madame Tremblay gritava com o filho, Paulette Legault batia em Timmy. *Com certeza um sinal de amor*, pensou Myrna, dando graças a Deus por não ter mais 10 anos.

– Vamos sentar juntas? – perguntou Myrna.

– Não, eu tenho que ir para casa – respondeu Ruth.

– Como estão os pintinhos? – quis saber Myrna, sem se ofender com Ruth, já que isso significaria viver ofendida.

– Não são pintinhos, são patos. Patinhos, no máximo.

– Onde a gente pega os ovos de verdade?

Rose Tremblay parou na frente de Ruth como Cindy Lou Quem diante do Grinch, segurando três belos ovos de madeira nas mãos rechonchudas e rosadas. Por alguma razão, as crianças de Three Pines sempre iam direto para Ruth, como cordeirinhos.

– E como eu vou saber?

– Você é a senhora dos ovos – respondeu Rose, enrolada em uma manta encharcada.

Myrna pensou que ela era meio parecida com um dos preciosos ovos de pato de Ruth, embrulhados na manta de flanela da poeta.

– Bom, os meus ovos estão em casa bem aquecidos, que é onde você também devia estar. Mas, se você insiste nessa bobagem, peça os ovos de chocolate para ela – disse Ruth, apontando a bengala como uma varinha torta para Clara, que estava tentando chegar a uma mesa de piquenique.

– Mas Clara não tem nada a ver com isso – argumentou Myrna, enquanto a pequena Rose saía correndo e chamava as outras crianças, até uma espécie de tornado avançar sobre Clara.

– Eu sei – respondeu Ruth, com um sorriso debochado, antes de descer a escada mancando.

Lá de baixo, ela se virou e olhou para a mulher negra enfiando um sanduíche na boca.

– Você vai hoje à noite?

– Para o jantar da Clara e do Peter? Vamos todos, não?

– Não foi isso que eu perguntei e você sabe muito bem – disse a poeta, sem que fosse necessário se virar para o casarão dos Hadleys. – Não faça isso.

– Por que não? Eu faço rituais o tempo todo. Lembra aquele que eu fiz depois que Jane morreu? Todas as mulheres foram, inclusive você, e a gente fez um ritual de purificação.

Myrna nunca se esqueceria do dia em que caminhara ao redor da praça com as mulheres, o ramo de sálvia fumegante na mão, espalhando aquela fumaça por Three Pines para livrar a cidade do medo e das suspeitas que a haviam tomado.

– É diferente, Myrna Landers.

Myrna não imaginava que Ruth soubesse o seu sobrenome – ou mesmo seu nome. Em geral, Ruth só acenava e dava ordens.

– Isso não é um ritual. É perturbar o mal deliberadamente. Não tem nada a ver com Deus ou com a Deusa, espíritos ou espiritualidade. Tem a ver com vingança. – Então ela recitou:

Fui enforcada por morar sozinha,
por ter olhos azuis e a pele queimada de sol,
saias esfarrapadas, faltando botões,
uma fazenda com ervas daninhas em meu nome
e uma cura infalível para verrugas.

Ah, sim, e peitos,
e uma doce pera escondida em meu corpo.
Sempre que se fala em demônios,
isso vem a calhar.

– Não faça isso, Myrna Landers – continuou Ruth. – Você sabe a diferença entre ritual e vingança. E o que quer que esteja naquela casa também sabe.

– Você acha que isso tem a ver com vingança? – perguntou Myrna, perplexa.

– É claro que tem. Não mexa com aquilo. Com o que quer que esteja naquela casa.

Ela apontou a bengala para a casa. Se fosse uma varinha de condão, Myrna tinha certeza de que lançaria um raio e destruiria o casarão sinistro da colina. Então Ruth se virou e voltou mancando para sua casa. Para seus ovos. Para sua vida. E Myrna ficou ali com a lembrança dos olhos azuis penetrantes da poeta, sua pele sempre queimada de sol e sua saia esfarrapada com botões faltando. Observou a velha mulher voltar para sua casa cheia de palavras e ervas daninhas.

A CHUVA AGUARDOU, E O DOMINGO DE PÁSCOA passou rápido como um coelho. Timmy Benson encontrou a maioria dos ovos e foi premiado com o coelho de chocolate gigante recheado de brinquedos. Paulette Legault roubou o presente dele, mas monsieur Béliveau a obrigou a devolvê-lo e pedir desculpas. Timmy, que podia prever o futuro, abriu a caixa, quebrou as orelhas de chocolate e deu o resto para Paulette, que deu um soco nele.

Naquela noite, Peter e Clara fizeram seu jantar anual de Páscoa. Gilles e Odile chegaram trazendo baguetes e queijo. Myrna levou um buquê extravagante, que colocou no meio da mesa de pinho da cozinha. A médium Jeanne Chauvet levou um pequeno buquê de flores silvestres, colhidas nos prados de Three Pines.

Sophie Smyth estava lá com a mãe, Hazel, e com Madeleine. Ela havia chegado no dia anterior, seu pequeno carro azul cheio de roupas para lavar. Agora conversava com os outros convidados, enquanto Hazel e Madeleine ofereciam a eles uma travessa de camarões.

– Então você é a médium – disse Sophie, pegando alguns camarões da mãe e mergulhando-os no molho.

– Meu nome é Jeanne.

– Como Jeanne D'Arc – comentou Sophie, rindo. – Joana D'Arc. É melhor tomar cuidado. Você sabe o fim que ela teve.

Alta e esguia, Sophie tinha um andar confiante, embora um pouco desleixado. Seu cabelo era louro-escuro, na altura do ombro. Ela era bastante atraente, na verdade. Ainda assim, havia algo estranho em Sophie. Algo que fez Jeanne recuar um pouco.

Monsieur Béliveau chegou bem nessa hora, com as tortas de mirtilo da *boulangerie*.

Velas foram acesas em toda a cozinha, e garrafas de vinho, abertas.

A casa cheirava a cordeiro assado no alho e no alecrim, batatas novas, alho-poró com creme e algo mais.

– Pelo amor de Deus, ervilhas enlatadas? – exclamou Clara, olhando para a panela que Gabri e Olivier tinham trazido.

– A gente teve o trabalho de tirá-las da lata – argumentou Olivier. – Qual é o seu problema?

– Olhe para elas. São nojentas.

– Eu consideraria isso um insulto pessoal, se fosse você – disse Gabri para monsieur Béliveau, que passava por ali carregando uma taça de vinho e uma baguete com um pedaço cremoso de brie. – Compramos as ervilhas na loja dele.

– Madame – disse o dono da mercearia, sério –, estas são as melhores ervilhas enlatadas que o dinheiro pode comprar. Le Sieur, a marca. Aliás, eu acho que é assim que elas crescem, direto da lata. Foi o complexo militar-industrial que criou o híbrido ridículo das ervilhas na vagem. Como se alguém fosse cair nessa. Nojento – concluiu monsieur Béliveau com tanta sinceridade que Clara teria acreditado nele, se não fosse por um brilho de malícia em seus olhos.

Logo os pratos estavam com pilhas altas de cordeiro assado, molho de hortelã e legumes. Cestas de pãezinhos recém-assados fumegavam na mesa, ao lado da manteiga e dos queijos. A mesa gemia debaixo do peso alegre, assim como os convidados. O enorme buquê de Myrna estava no centro, os galhos cheios de botões tentando tocar o teto. Ramos de macieira, salgueiros-gatos, brotos de sinos-dourados em tons delicadíssimos de amarelo e peônias de um vibrante cor-de-rosa estavam plantados na terra.

– E... – disse Myrna, agitando o guardanapo como uma mágica. – *Voilà*! – exclamou ela, enfiando a mão no arranjo e tirando dele um ovo de chocolate. – É o suficiente para todos nós.

– Renascimento – declarou Clara.

– Mas primeiro a gente precisa de uma morte – questionou Sophie, olhando em volta com fingida inocência. – Não precisa?

Ela se sentou entre Madeleine e monsieur Béliveau, ocupando a cadeira para a qual o dono da mercearia se dirigia. Então pegou o ovo de chocolate e o colocou à sua frente.

– Nascimento, morte e renascimento – disse Sophie com um tom sábio, como se estivesse propondo uma reflexão inédita, diretamente da Universidade Queens.

Tinha algo hipnotizante em Sophie Smyth, pensou Clara. Sempre havia tido. Sophie podia voltar da faculdade loura ou com cabelos ruivos brilhantes, rechonchuda ou magra, com piercings ou sem nenhum adorno. Você nunca sabia o que iria encontrar. No entanto, uma coisa parecia constante, pensou Clara, observando a garota com o ovo à sua frente. Ela sempre conseguia o que queria. Mas o que ela queria?, perguntou-se Clara, sabendo que provavelmente era mais do que um ovo de Páscoa.

UMA HORA DEPOIS, PETER, RUTH E OLIVIER assistiam aos amigos e cônjuges caminharem pesadamente pela noite, invisíveis exceto por suas lanternas, cada um deles representado por uma luz cambaleante. No início, estavam todos agrupados, mas conforme Peter os observava, as pequenas esferas luminosas se separavam e se enfileiravam, cada pessoa sozinha marchando em direção à casa escura na colina que parecia estar esperando por todos eles.

Deixa de ser covarde, disse ele a si mesmo. *É só uma casa idiota. O que pode acontecer?*

Mas Peter Morrow sabia que esse tipo de pensamento normalmente precedia uma tragédia.

CLARA NÃO SE SENTIA DAQUELE JEITO DESDE que era criança e buscava se assustar vendo *O exorcista* ou passeando na imensa montanha-russa do parque de diversões La Ronde, onde gritava, babava e uma vez até fizera xixi nas calças.

Era emocionante, apavorante e misterioso ao mesmo tempo. À medida que avançavam, Clara tinha a estranha sensação de que era a casa que se aproximava deles, e não o contrário. Não conseguia lembrar por que estavam fazendo aquilo.

Então ouviu um barulho e vozes atrás de si. Felizmente, lembrou que Madeleine e Odile eram as retardatárias. Ficou feliz em também lembrar que, nos filmes de terror, os retardatários eram os primeiros a ser pegos.

Mas, se isso acontecesse, ela seria a próxima. Acelerou o passo. Depois desacelerou, oscilando entre a vontade de sobreviver e a vontade de escutar a conversa das duas mulheres. Depois do que ouvira enquanto escondia os ovos de Páscoa, havia concluído que Odile não gostava de Ma. Então do que elas estavam falando?

– Mas não é justo – disse Odile.

Madeleine respondeu algo que Clara não conseguiu escutar, mas se ela desacelerasse mais ainda, acabaria com o feixe da lanterna de Ma num lugar um pouco inconveniente.

– Eu precisei de muita coragem para fazer isso – disse Odile, agora mais alto.

– Pelo amor de Deus, Odile, deixe de ser ridícula – respondeu Madeleine, com uma voz nítida e nada gentil.

Era um lado de Madeleine que Clara nunca tinha visto.

Clara estava prestando tanta atenção na conversa que tropeçou em um vulto. Gilles. Então ergueu o olhar.

Eles tinham chegado.

OITO

Eles se amontoaram no frio e no escuro. As luzes das lanternas exploravam a casa decrépita. A placa de "À venda" havia caído e ali ficado como uma lápide, o nariz enterrado na terra macia. Clara revelava mais e mais decadência à medida que apontava a lanterna de um lado para outro. Ela sabia que o casarão estava abandonado, mas não fazia ideia de que casas se rendiam à ruína tão rápido. Algumas persianas soltas batiam de leve nos tijolos. Umas poucas janelas estavam quebradas, o vidro como dentes afiados. Clara viu uma coisa branca na base da casa e seu coração deu um pulo. Algo morto e esfolado.

Relutante, ela avançou pelo caminho em frente à casa, com suas pedras soltas e irregulares. Quando já estava perto, parou e olhou para trás. Os outros continuavam aglomerados no meio-fio.

– Venham! – sibilou ela.

– Você está falando com a gente? – perguntou Myrna, congelada.

Ela também estava olhando para a mancha branca na base da casa.

– Não tem ninguém aqui além de nós, os covardes – respondeu Gabri.

– O que é aquilo? – perguntou Myrna, avançando lentamente pelo caminho até alcançar a amiga.

Ela apontou para a mancha e notou que seu dedo tremia.

Será que seu corpo estava mandando um sinal? Um código Morse? Nesse caso, Myrna sabia o que ele estava dizendo: "Corra."

Clara se voltou para a casa, respirou fundo, fez uma prece rápida e saiu do caminho de pedra. A terra fofa e molhada debaixo de seus pés parecia assobiar a cada passo que ela dava. Sem acreditar no que estava vendo,

Myrna teve vontade de correr e puxar a amiga de volta, agarrá-la, abraçá-la e dizer a ela para nunca mais fazer aquilo. Mas só observou.

Clara se aproximou da casa e se abaixou. Depois se levantou e caminhou rápido de volta para a relativa segurança do caminho de pedra e de Myrna.

– Vocês não vão acreditar, mas é neve.

– Não pode ser. Já não tem nem sinal de neve faz tempo.

– Aqui, sim – disse Clara, enfiando a mão no bolso e pegando uma chave imensa, antiquada, comprida, grossa e pesada.

– E eu achando que você só estava feliz de me ver – disse Myrna.

– Rá-rá-rá – respondeu Clara, sorrindo.

Clara abençoou Myrna por ter levado seu humor para junto dela naquele caminho escuro.

– A corretora ficou superfeliz de me emprestar a chave. Com certeza ela não mostra esta casa para ninguém há meses.

– O que foi que você disse para ela? – perguntou Madeleine.

Como Clara e Myrna ainda estavam vivas, os outros tinham decidido se juntar a elas.

– Que a gente ia convocar todos os demônios e exorcizar a casa.

– E ela te deu a chave?

– Ela praticamente a jogou em cima de mim.

Clara mal colocou a chave na fechadura e a porta se abriu. Ela a soltou e observou a chave e a maçaneta desaparecerem na escuridão.

– Por que mesmo a gente está fazendo isso? – sussurrou monsieur Béliveau.

– Por diversão – respondeu Sophie.

– Fale por você – pontuou Jeanne.

Contornando o grupo, a mulher pequena e apagada entrou direto na casa.

UM POR UM, ELES ADENTRARAM A ANTIGA casa dos Hadleys. Estava mais frio lá dentro e o lugar cheirava a mofo. A eletricidade tinha sido desligada havia muito tempo e os círculos luminosos das lanternas brincavam no papel de parede floral descascado e manchado por um líquido que todos esperavam que fosse água. Encorajados pelas luzes, como se o que empunhassem fossem espadas, eles avançaram ainda mais no interior da casa. O chão rangia e, à distância, se ouvia um bater de asas.

– Um passarinho, coitado – disse Gabri. – Ele está preso em algum lugar.

– A gente tem que encontrá-lo – sugeriu Madeleine.

– Você está louca? – sussurrou Odile.

– Ela está certa – disse Jeanne. – No mínimo, é uma alma presa. A gente não pode ignorar.

– Mas vamos supor que não seja um passarinho... – murmurou Gabri para Hazel, que ainda não acreditava que estava ali.

Agora juntos, eles pareciam um imenso inseto rastejante. Com muitos pés e muito medo, se moviam pela casa fria e úmida, parando de vez em quando para se orientar.

– É lá em cima – comentou Jeanne em voz baixa.

– É claro que é – disse Gilles. – Eles nunca ficam perto da porta. Nunca estão em um jardim de rosas durante o verão ou na sorveteria.

– Isso parece um jogo que eu costumava jogar com Peter – disse Clara a Myrna, que não estava prestando a menor atenção na amiga.

De novo, ela estava tentando descobrir se seria a última a conseguir sair dali. Talvez Hazel fosse mais lenta, pensou Myrna, animada, e os demônios ficassem com ela. Mas Hazel provavelmente aceleraria o passo para salvar a filha. Como era psicóloga, Myrna sabia que mães sempre davam um jeito quando algo ameaçava os filhos.

Maldito instinto materno, pensou Myrna, *sempre atrapalhando a minha vida*. Ela começou a subir a escada, a passadeira gasta e devorada por traças, e, ao pisar em um agonizante degrau de cada vez, percebeu que o furioso bater de asas ficava mais alto.

– Sempre que a gente via as pessoas entrarem em casas mal-assombradas em filmes de terror... – continuava dizendo Clara.

Maravilha, pensou Myrna. *Os demônios vão se concentrar nela.*

– ... a gente brincava de "Quando você iria embora?". Cabeças decepadas rolando, gritos de dor, amigos estripados, e mesmo assim eles ficam.

– Já acabou?

– Na verdade, já.

Clara conseguiu ficar ainda mais assustada e se questionou se, caso aquilo fosse um filme, Peter estaria gritando para a tela, mandando-a ir embora.

– Ali.

– É claro que é ali – murmurou Gilles.

Jeanne tinha parado em frente a uma porta fechada. A única porta fechada do andar inteiro. Agora a casa estava em silêncio.

De repente, ouviu-se um bater de asas alucinado contra a porta, como se a criatura misteriosa tivesse se atirado nela.

Jeanne estendeu a mão, mas monsieur Béliveau pousou a própria mão comprida e magra no pulso dela, afastando-a. Então deu um passo à frente de Jeanne e girou a maçaneta.

E abriu a porta.

NÃO DAVA PARA VER NADA. Por mais que forçassem a vista, os olhos deles não se ajustavam à escuridão. Mas algo ali os havia encontrado. Não o pássaro, que estava quieto por enquanto. Outra coisa. O quarto produzia ondas frias e, nelas, havia um leve traço de perfume.

Perfume de flores. Flores frescas de primavera.

Da porta, Clara foi tomada pela melancolia, uma tristeza que vinha de suas profundezas. Ela sentiu o sofrimento do quarto. O anseio do quarto.

Clara tentou tomar fôlego e percebeu que estava prendendo a respiração.

– Vamos – sussurrou Jeanne, e sua voz parecia estar dentro da cabeça de Clara –, vamos fazer o que a gente veio fazer.

O grupo observou primeiro Jeanne, depois Clara, entrar naquela escuridão. Os outros as seguiram, e as lanternas logo preencheram o quarto com manchas luminosas. Havia pesadas cortinas de veludo penduradas tortas nas janelas. Em uma das paredes havia uma cama de dossel ainda feita, com lençóis de renda cor de creme. O travesseiro estava afundado como se uma cabeça inquieta tivesse descansado ali.

– Eu conheço este quarto – afirmou Myrna. – Vocês também – disse para Clara e Gabri.

– É o quarto de Timmer Hadley – declarou Clara, chocada por não ter reconhecido o cômodo.

Mas aquele era o poder do medo. Clara havia estado naquele quarto várias vezes, cuidando da velha senhora moribunda.

Ela odiava Timmer Hadley. Odiava aquela casa. Odiava as cobras que tinha ouvido no porão. E, alguns anos antes, aquela casa quase a havia matado.

Clara sentiu uma onda de repulsa. Um desejo de botar fogo naquele lugar amaldiçoado. Aquele lugar que havia concentrado todo o sofrimento, a raiva e o medo deles, mas não porque fosse altruísta. Não. A antiga casa dos Hadleys havia gerado essas coisas primeiro, enviara sofrimento e terror ao mundo, e sua prole só estava voltando para a casa, como filhos e filhas na Páscoa.

– Vamos embora – disse Clara, virando-se para a porta.

– Não podemos – afirmou Jeanne.

– Por que não? – quis saber monsieur Béliveau. – Eu estou com a Clara. Isto aqui não me cheira bem.

– Espere – disse Gilles.

O homem grande parou de olhos fechados no meio do quarto, apontando a barba ruiva e espessa para a parede.

– É só uma casa – continuou ele, finalmente, com uma voz calma porém insistente. – Ela precisa da nossa ajuda.

– Isso não faz o menor sentido – opinou Hazel, tentando pegar a mão de Sophie, embora a garota a sacudisse para despachar a mãe. – Isto é só uma casa ou ela precisa da nossa ajuda? É uma coisa ou outra, não as duas. A minha casa nunca pede ajuda.

– Talvez você é que não esteja ouvindo – sugeriu Gilles.

– Eu quero ficar – declarou Sophie. – E você, Madeleine?

– A gente pode sentar?

– Pode até deitar, se quiser – disse Gabri, iluminando a cama.

– Não, obrigada, *mon beau* Gabri. Ainda não – respondeu Madeleine, sorrindo e quebrando a tensão.

Sem maiores discussões, o grupo entrou em ação. Cadeiras foram levadas ao quarto e dispostas em círculo.

Jeanne colocou a bolsa que havia levado em uma das cadeiras e começou a tirar os itens dela enquanto Clara e Myrna exploravam o lugar. Elas observaram a lareira, com sua cornija de mogno escuro e o severo retrato vitoriano logo acima. A estante estava repleta de volumes encadernados em couro, remanescentes de um tempo em que as pessoas realmente liam os livros, não apenas compravam um monte deles só para decorar a casa.

– Onde será que o passarinho está? – perguntou Clara, pegando os itens da cômoda.

– Deve estar se escondendo da gente, coitado. Provavelmente apavorado – respondeu Myrna, apontando a lanterna para um canto escuro.

Nada dele.

– Parece um museu – disse Gabri, juntando-se a elas e pegando um espelho de prata.

– Parece um mausoléu – corrigiu Hazel.

Quando eles se viraram, ficaram surpresos ao ver o lugar iluminado por velas. Devia haver umas vinte espalhadas pelo ambiente. Ele brilhava, mas, de alguma forma, a luz das velas, tão quentes e convidativas na casa de Clara e Peter, tinham um desempenho pífio naquele quarto. O pretume parecia ainda mais escuro e as chamas bruxuleantes criavam sombras grotescas no papel de parede intrincado. Clara teve vontade de extinguir chama por chama para derrotar os demônios que suas próprias sombras criavam. Até a sua, tão familiar, estava distorcida e horrível.

Agora sentada no círculo, de costas para a porta aberta, Clara notou que quatro velas estavam apagadas. Depois que cada um deles havia escolhido uma cadeira, Jeanne enfiou a mão em um pequeno saco. Então caminhou pelo círculo espalhando alguma coisa.

– Agora, este é o nosso círculo sagrado – entoou ela, seu rosto se alternando entre a sombra e a luz, os olhos afundados no crânio, parecendo restar apenas órbitas pretas e vazias. – Este sal vai abençoar o círculo e proteger todos os que estão dentro dele.

Clara sentiu Myrna segurar sua mão. O único som era o cair suave do sal que Jeanne espalhava ao redor do círculo. A cabeça de Clara estava formigando, alerta ao menor ruído. A imagem de um pássaro voando para fora da escuridão, com as garras estendidas, o bico aberto, gritando, a deixava apavorada. A pele de sua nuca estava arrepiada.

Quando Jeanne acendeu um fósforo, Clara quase morreu de susto.

– Convidamos a sabedoria dos quatro cantos da Terra ao nosso círculo sagrado, para nos proteger e guiar e acompanhar nosso trabalho hoje à noite, enquanto limpamos esta casa dos espíritos que a estão sufocando. Do mal que se apoderou deste lugar. De toda a maldade, do medo, do horror e do ódio que estão ligados a esta casa. A este quarto.

– Quando vai começar a parte da diversão? – sussurrou Gabri.

Jeanne acendeu as velas, uma por uma, e voltou à sua cadeira, recompondo-se. Ela era a única serena ali. Clara sentia o coração acelerado e a respiração entrecortada. Ao lado dela, Myrna se contorcia como se formigas percorressem seu corpo. Por todo o círculo, as pessoas estavam pálidas, com os olhos arregalados. *O círculo pode até ser sagrado*, pensou Clara, *mas está definitivamente apavorado*. Clara olhou em volta e se questionou: caso aquilo fosse um filme de terror a que ela e Peter estivessem assistindo enroscados no sofá, qual deles seria pego primeiro?

Monsieur Béliveau, medroso, esquelético e enlutado?

Gilles Sandon, imenso e forte, mais em casa no bosque do que em uma mansão vitoriana?

Hazel, tão gentil e generosa? Ou seria fraca? Ou a filha dela, a insaciável Sophie?

Não. O olhar de Clara pousou em Odile. Ela seria a primeira vítima. Pobre, doce Odile. Praticamente já perdida. A mais carente e a de quem menos sentiam falta. Ela tinha sido geneticamente projetada para ser devorada primeiro. Clara se sentiu mal com a brutalidade de seus pensamentos. Colocou a culpa na casa. Aquela casa bloqueava todo o bem e recompensava o resto.

– Agora vamos chamar os mortos – disse Jeanne, e Clara, que achava que não tinha como sentir mais medo, sentiu. – Nós sabemos que vocês estão aqui – continuou Jeanne, com uma voz cada vez mais forte e estranha. – Eles estão vindo. Vindo do porão e do sótão. Estão nos cercando agora. Estão vindo pelo corredor.

E Clara tinha certeza de que estava ouvindo passos. Passos que se arrastavam e mancavam no carpete do lado de fora. Podia ver a múmia, de braços abertos, com as bandagens imundas e podres, arrastando-se na direção deles pelo maldito corredor escuro. Por que eles tinham deixado a porta aberta?

– Apareçam – grunhiu Jeanne. – Agora! – exclamou, batendo palmas uma vez.

Ouviu-se um grito no quarto, dentro do círculo sagrado. Depois outro.
E um baque.
Os mortos tinham chegado.

NOVE

O inspetor-chefe Gamache olhou por cima do jornal e espiou a neta bebê. Sentada na beirada enlameada do lago Beaver, ela enfiava o dedão do pé imundo na boca. O rostinho estava coberto ou de lama ou de chocolate, ou até mesmo de algo totalmente diferente, que era melhor nem imaginar.

Era a segunda-feira seguinte à Páscoa, e toda Montreal parecia ter tido a mesma ideia. Uma caminhada matinal até o cume do Mont Royal, onde ficava o lago Beaver. Gamache e Reine-Marie tomavam sol em um dos bancos enquanto observavam o filho e a família dele aproveitarem a cidade antes de voltarem para Paris.

Com um gritinho alegre, a pequena Florence se desequilibrou e caiu na água. Gamache largou o jornal e já estava quase de pé quando sentiu que alguém o detinha.

– O Daniel já está lá, *mon cher*. Isso é trabalho dele agora.

Armand parou e observou, ainda pronto para agir. Ao lado dele, o jovem pastor alemão Henri se levantou, alerta, sentindo a mudança repentina no clima. Mas, dito e feito, Daniel riu, pegou a filha gotejante nos braços longos e firmes e enfiou o rosto na barriga dela, fazendo com que ela risse e abraçasse a cabeça do pai. Gamache soltou o ar, se virou para Reine-Marie, se abaixou e a beijou, sussurrando "Obrigado" no topo de sua cabeça grisalha. Então estendeu a mão, alisou o flanco de Henri e o beijou no topo da cabeça também.

– Bom garoto.

Sem conseguir se conter, Henri deu um salto, as patas quase na altura dos ombros de Gamache.

– *Non* – mandou Gamache. – Desce!

Henri desceu imediatamente.

– Deita.

Henri se deitou, arrependido. Não havia dúvidas de quem era o alfa ali.

– Bom garoto – repetiu Gamache, recompensando Henri com uma guloseima.

– Bom garoto – disse Reine-Marie para Gamache.

– Cadê a minha recompensa?

– Em um parque, *monsieur l'inspecteur*? – disse ela, olhando para as outras famílias, que passeavam pelo Mont Royal, a bela montanha no centro de Montreal. – Se bem que não seria a primeira vez.

– Para mim, seria – disse Gamache, sorrindo e corando de leve, feliz por Daniel e sua família não poderem ouvi-lo.

– Você é um doce, de um jeito um tanto brutal – comentou Reine-Marie, para depois beijá-lo.

Gamache ouviu um barulho e de repente notou que a seção literária do jornal levantava voo, folha por folha. Ele deu um pulo e, com movimentos ágeis aqui e ali, tentou pisar nas páginas antes que elas voassem para longe. Florence, agora embrulhada em uma manta, observava e apontava a cena, rindo. Daniel a colocou no chão, e ela começou a bater os pés também. Gamache então exagerou os movimentos, até que Daniel, a esposa Roslyn e a pequena Florence estivessem todos levantando as pernas e pisando em folhas imaginárias, embora o inspetor-chefe perseguisse o jornal de verdade.

– Que bom que o amor é cego – disse Reine-Marie, rindo, quando Gamache voltou para o banco.

– E não muito esperto – concordou Gamache, apertando as mãos dela. – Você está bem quentinha? Quer um *café au lait*?

– Ah, eu quero, sim – respondeu a esposa, tirando os olhos do próprio jornal, *La Presse*.

– Eu ajudo, pai.

Daniel entregou Florence para Roslyn e os dois homens caminharam a passos largos até o pavilhão da floresta, que não ficava muito longe do lago. Corredores passavam fazendo barulho pelas trilhas do Mont Royal, e vira e mexe um cavaleiro aparecia e desaparecia nos caminhos para cavalgadas.

Era um iluminado dia de primavera, e aquela luz nova realmente trazia o calor.

Reine-Marie observou os dois se afastarem, cara de um, focinho do outro. Tão parecidos. Altos, robustos como carvalhos, o cabelo castanho de Daniel começando a ficar mais ralo e o de Armand praticamente já extinto do topo da cabeça. Nos lados, o cabelo bem-aparado e escuro do marido estava ficando grisalho. Com 50 e poucos anos, Armand Gamache estava ótimo, e seu filho, agora com inacreditáveis 30, também.

– Você sente muita saudade dele? – perguntou Roslyn, sentando-se ao lado da sogra e olhando para aquele rosto relaxado e marcado por linhas de expressão.

Roslyn amava Reine-Marie desde o primeiro jantar que a sogra havia preparado para ela. Com pouco tempo de namoro, Daniel a havia apresentado para a família. Ela estava morrendo de medo. Não só porque já sabia que o amava, mas porque ia conhecer o famoso inspetor-chefe Armand Gamache. Sua abordagem firme e justa nos casos mais difíceis de homicídio o havia tornado praticamente uma lenda no Quebec. Ela tinha crescido com o rosto dele encarando-a do outro lado da mesa do café da manhã, já que seu pai costumava ler sobre as façanhas de Gamache. Ao longo dos anos, o homem havia envelhecido naquelas fotos, seu cabelo ficara grisalho e com entradas e o rosto tinha alargado um pouco. Um bigode bem aparado havia surgido, e linhas para além dos vincos do jornal tinham começado a aparecer.

Mas então, inacreditavelmente, era hora de conhecer a versão tridimensional do homem.

"*Bienvenue*", ele havia dito, sorridente, fazendo uma pequena mesura ao abrir a porta do apartamento deles em Outremont. "Eu sou o pai do Daniel. Entre."

Naquele almoço de domingo, ele estava usando uma calça de flanela cinza, um confortável cardigã de caxemira, camisa e gravata. Cheirava a sândalo, e apertar sua mão quente e firme era como se sentar em uma cadeira familiar. Ela conhecia aquela mão. Também era a mão de Daniel.

Isso tinha sido cinco anos antes, e muita coisa havia acontecido depois. Eles haviam se casado e tido Florence. Daniel havia chegado em casa um dia pulando de alegria com a notícia de que uma empresa de gestão tinha oferecido a ele um emprego em Paris. Era só um contrato de dois anos, mas o que ela achava disso?

Ela não precisava pensar. Dois anos em Paris? Agora, já estavam lá havia um ano e amavam a cidade. Mas sentiam falta da família e sabiam como tinha sido doloroso para os dois casais de avós se despedirem de Florence no aeroporto. Perder os primeiros passos e as primeiras palavras dela, os primeiros dentinhos e as mudanças constantes no rosto e no jeito da neta. Roslyn imaginara que quem mais sofreria seria a sua mãe, mas talvez tivesse sido o vovô Armand. Ela ficou de coração partido ao caminhar pelo corredor de vidro até o avião e ver a palma das mãos dele pressionada contra a janela da sala de espera.

Mas ele não dissera nada. Estava feliz por eles e fizera questão de que soubessem disso. E os tinha deixado ir.

– A gente sente muita saudade de vocês – respondeu Reine-Marie, segurando a mão da nora e sorrindo.

E agora havia outra criança a caminho. Eles tinham contado aos avós no jantar da Sexta-Feira Santa, deixando todos esfuziantes. O pai dela trouxera champanhe, Armand havia corrido até a loja para comprar uma sidra de maçã sem álcool e eles tinham brindado à sorte grande.

Enquanto esperavam o pedido chegar, Armand colocou a mão no braço do filho e o guiou para dentro do pavilhão, para longe de qualquer curioso. Enfiou a mão no bolso do casaco Barbour e entregou um envelope a Daniel.

– Pai, eu não estou precisando – murmurou Daniel.

– Pegue, por favor.

Daniel deslizou o envelope para dentro do próprio casaco.

– Obrigado.

O filho abraçou o pai, e foi como se os monólitos da Ilha de Páscoa se juntassem.

Mas Gamache não havia se afastado o suficiente. Alguém estava à espreita.

Roslyn e Florence tinham se juntado a outra jovem família, e Daniel foi até lá enquanto Gamache afundava no banco de novo, entregando o café à esposa e pegando o jornal. Reine-Marie tinha desaparecido atrás do primeiro caderno do *La Presse*. Não era comum que ela não o cumprimentasse, mas ele sabia que os dois vira e mexe eram absorvidos pela leitura. Aos pés deles, Henri dormia ao sol, e, tomando seu café, Gamache observava as pessoas passearem.

Era um dia belíssimo.

Após alguns minutos, Reine-Marie baixou o jornal. Tinha uma expressão perturbada. Quase apavorada.

– O que foi?

Gamache colocou a mão no antebraço na esposa, examinando seus olhos em busca de respostas.

– Você leu o jornal?

– Até agora, só a seção literária, por quê?

– É possível morrer de medo?

– Como assim?

– Parece que alguém morreu. De medo.

– *Mais, c'est horrible.*

– Em Three Pines – disse Reine-Marie, observando o rosto dele. – Na antiga casa dos Hadleys.

Armand Gamache empalideceu.

DEZ

– Entre, Armand. *Joyeuses Pâques*.

O superintendente Brébeuf apertou a mão dele e fechou a porta.

– *Et vous, mon ami* – disse Gamache, sorrindo. – Feliz Páscoa.

O choque da notícia dada por Reine-Marie já havia passado. Logo após ler a reportagem, o celular dele tinha tocado. Era seu amigo e superior na Sûreté du Québec, Michel Brébeuf.

"Temos um caso novo", dissera Brébeuf. "Desculpa, eu sei que Daniel e a família dele estão aqui. Mas você pode arranjar um tempinho?"

Gamache sabia que aquela pergunta era uma gentileza do chefe. Ele podia ter dado uma ordem. Mas os dois haviam crescido juntos, como melhores amigos, e entraram na Sûreté juntos. Tinham pleiteado o cargo de superintendente juntos. Brébeuf havia levado a melhor, mas isso não tinha abalado a amizade deles.

"Eles vão voltar para Paris hoje à noite", respondera Gamache. "Não se preocupe. A visita foi ótima, ainda que nunca seja o suficiente. Chego aí daqui a pouco."

Ele tinha se despedido do filho, da nora e de sua Florence.

"Eu ligo mais tarde", dissera a Reine-Marie antes de beijá-la.

Ela havia acenado para ele, observando-o caminhar de maneira decidida até o estacionamento, escondido por uma fileira de pinheiros. Ela o observara até que ele sumisse de vista. E depois disso também.

– Você leu o jornal? – perguntou Brébeuf, acomodando-se na cadeira de rodinhas atrás da mesa.

– Corri mais atrás dele do que li – respondeu, lembrando-se de tentar ler através da imensa pegada de bota deixada no papel. – Você não está falando do caso de Three Pines, está?

– Então você leu.

– A Reine-Marie me contou. Mas eles disseram que foi uma morte natural. Esquisita, mas natural. Ela realmente morreu de medo?

– Foi o que os médicos do hospital de Cowansville disseram. Infarte. Mas...

– Continue.

– Você vai ter que checar, mas eu ouvi dizer que ela parecia... – Brébeuf fez uma pausa, quase envergonhado de dizer aquilo – ... ter visto alguma coisa.

– No jornal dizia que ela estava em uma sessão espírita na antiga casa dos Hadleys.

– Uma sessão espírita – repetiu Brébeuf, pigarreando. – Que bobagem. Já vi crianças fazerem isso, mas adultos? Não entendo por que alguém perde tempo com uma coisa dessas.

Gamache se perguntou por que o superintendente estava trabalhando em seu dia de folga. Ele não se lembrava de ver Brébeuf discutindo um caso antes mesmo de começarem as investigações.

Então por que aquele?

– Só hoje de manhã o médico teve a ideia de fazer os exames de sangue. Aqui o resultado.

Brébeuf entregou a ele uma folha de papel. Gamache colocou os óculos meia-lua. Ele já tinha lido centenas de documentos como aquele e sabia exatamente o que procurar. O exame toxicológico.

Após um minuto, baixou a folha de papel, encarando Brébeuf por cima dos óculos.

– Efedrina.

– *C'est ça.*

– Mas será que foi assassinato? – perguntou Gamache, quase para si mesmo. – As pessoas não tomam efedrina por conta própria?

– É uma substância proibida – disse Brébeuf.

– É verdade, é verdade – concordou Gamache, distraído.

Ele estava analisando o relatório médico de novo. Após um instante, falou:

– Isto é interessante. Olha só – comentou, para depois ler um trecho em voz alta: – "O cadáver tem 1,70 metro de altura e pesa 61 quilos." Não parece que ela estivesse precisando de remédio para emagrecer – concluiu, tirando e dobrando os óculos.

– A maioria das pessoas não precisa – argumentou Brébeuf. – Está tudo na cabeça delas.

– Quanto será que ela pesava alguns meses atrás? – disse Gamache. – Talvez tenha sido assim que ela chegou a 61 quilos. – Gamache bateu os óculos no relatório. – Com a ajuda da efedrina.

– Talvez – concordou Brébeuf. – O seu trabalho é descobrir.

– Assassinato ou morte acidental?

Gamache se voltou para o papel que tinha em mãos, se perguntando se ele renderia mais alguma coisa. Porém, o inspetor-chefe sabia que papéis raramente respondiam às suas perguntas. Tinha sido assassinato? Quem era o assassino? Por que o assassino odiava ou temia tanto aquela mulher a ponto de matá-la? Por quê? Por quê? O porquê sempre vinha antes do quem.

Não, as respostas estavam nos seres humanos, não em livros ou relatórios. E, muitas vezes, nem sempre em coisas físicas, mas em algo que não podia ser segurado, contido e tocado. As respostas às perguntas residiam no passado obscuro e nas emoções escondidas nele.

O papel em suas mãos revelaria os fatos, mas não a verdade. Para descobri-la, ele precisaria ir até Three Pines. Para descobri-la, ele tinha que ir, mais uma vez, até a antiga casa dos Hadleys.

– Quem vai estar na sua equipe?

A pergunta trouxe Gamache de volta à sala do amigo. Brébeuf havia tentado soar natural, mas era impossível esconder a estranheza daquela pergunta. Ele nunca havia questionado Armand Gamache, chefe da Divisão de Homicídios, sobre seus procedimentos, e com certeza não sobre algo tão trivial como escolha de equipe.

– Por que está me perguntando isso?

Brébeuf pegou uma caneta e bateu rapidamente em uma pilha de trabalho para fazer.

– Você sabe muito bem por quê. Foi você mesmo que me chamou a atenção para o comportamento dela. Você vai colocar a agente Nichol neste caso?

E lá estava. A pergunta que tinha perseguido Gamache desde o Mont

Royal. Nichol deveria fazer parte da equipe? Já estava na hora? Sentado em seu Volvo no estacionamento quase vazio da sede da Sûreté, ficara tentando se decidir. Ainda assim, ficou surpreso com a pergunta do amigo.

– O que me aconselha?

– Você já está decidido ou existe alguma chance de eu fazê-lo mudar de ideia?

Gamache riu. Eles se conheciam muito bem.

– Tenho que lhe dizer que estou quase decidido, Michel. Mas você sabe quanto eu valorizo a sua opinião.

– *Voyons*, se você pudesse escolher, o que preferiria ter agora? A minha opinião ou um brioche?

– Um brioche – admitiu Gamache com um sorriso. – Mas você também.

– *C'est la vérité*. Escuta – disse Brébeuf, indo até o outro lado da mesa, sentando-se nela e inclinando-se para encarar o inspetor-chefe Gamache –, levar Nichol, bom, *c'est fou*. É loucura. Eu conheço você. Você quer salvar, reabilitar essa moça. Fazer com que ela se torne uma agente competente e leal. Não é verdade?

Michel Brébeuf já não estava sorrindo.

Gamache abriu a boca para falar, mas desistiu. Em vez disso, deixou o amigo desabafar. E ele desabafou.

– Um dia, esse seu ego vai matar você. Isso tudo é ego, você sabe. Você finge ser abnegado, o grande professor, o sábio e paciente Armand Gamache, mas nós dois sabemos que isso é ego. Orgulho. Cuidado, meu amigo. Ela é perigosa. Você mesmo disse.

Gamache sentiu um calor crescer dentro de si e teve que respirar fundo algumas vezes para manter a calma. Para não responder àquela raiva com mais raiva. Ele sabia que Michel Brébeuf estava dizendo aquilo porque era o superintendente, mas também porque eles dois eram amigos.

– Já está na hora de encerrar o caso Arnot – anunciou Gamache com firmeza.

Pronto. Tinha dito em voz alta.

Maldito Arnot, que mesmo apodrecendo na prisão ainda o assombrava.

– Foi o que pensei – disse Brébeuf, voltando à sua cadeira.

– O que você está fazendo aqui, Michel?

– No meu escritório?

Gamache ficou observando o amigo em silêncio. Finalmente, Brébeuf se debruçou, apoiando os cotovelos na mesa larga como se pretendesse rastejar por cima do móvel e se enrolar na cabeça de Gamache.

– Eu sei o que aconteceu com você na antiga casa dos Hadleys. Você quase foi morto lá...

– Não foi tão ruim assim.

– Não minta para mim, Armand – advertiu Brébeuf. – Eu queria lhe falar desse caso para ver como você se sente.

Gamache ficou em silêncio, comovido.

– Tem algo naquele lugar – admitiu ele, após um instante. – Você nunca foi lá, não é?

Brébeuf balançou a cabeça.

– Tem algo lá – prosseguiu Gamache. – Uma espécie de fome, uma necessidade que precisa ser satisfeita... Eu devo estar parecendo um maluco, falando essas coisas.

– Eu acho que existe uma necessidade igualmente destrutiva em você – disse Brébeuf. – Uma necessidade de ajudar as pessoas. Como a agente Nichol.

– Eu não quero ajudar Nichol. Quero expô-la e expor os chefes dela. Eu acho que ela está trabalhando para a facção que apoia Arnot. Eu já lhe disse isso.

– Então demita logo essa moça – retrucou Brébeuf, exasperado. – Eu só não fiz isso porque você me pediu para não fazer. Como um favor pessoal. Olha, o caso Arnot nunca vai acabar. Ele está enraizado muito fundo no sistema. Todos os policiais da Sûreté estão envolvidos em algum nível. A maioria está do seu lado, você sabe disso. Mas os que não o apoiam – prosseguiu Brébeuf, levantando as mãos em um gesto simples e eloquente de derrota – são poderosos, e Nichol é os olhos e os ouvidos deles. Enquanto ela estiver por perto, você corre perigo. Eles vão te derrubar.

– É uma via de mão dupla, Michel – disse Gamache, exausto.

Falar sobre o ex-superintendente Arnot sempre o exauria. Ele achava que aquele fosse um caso antigo. Morto e enterrado havia muito tempo. Mas agora estava de volta. Tinha ressuscitado. Gamache prosseguiu:

– Enquanto Nichol estiver por perto, eu posso observar e controlar o que ela vê e faz.

– Você é um tolo – concluiu Brébeuf, balançando a cabeça.

– Um homem orgulhoso, teimoso e arrogante – concordou Gamache, caminhando em direção à porta.

– Pode ficar com a sua Nichol – disse Brébeuf, virando-se para a janela.

– *Merci.*

Gamache fechou a porta e foi até sua sala fazer umas ligações.

Agora sozinho, o superintendente Brébeuf pegou o telefone e também discou um número.

– É o superintendente Brébeuf. Você vai receber uma ligação do inspetor-chefe Gamache em breve. Não, ele não suspeita de nada. Ele acha que o problema é Nichol.

Brébeuf respirou fundo algumas vezes. Tinha chegado a ponto de sentir ânsia de vômito só de olhar para Armand Gamache.

O inspetor Jean Guy Beauvoir dirigiu o Volvo até a ponte Champlain, atravessou o rio St. Lawrence e pegou a autoestrada de Eastern Townships, seguindo para o sul, na direção da fronteira com os Estados Unidos. Cerca de um ano antes, quando o último Volvo do chefe finalmente dera o último suspiro, Beauvoir havia sugerido a ele que comprasse um MG, mas, por alguma razão, Gamache tinha entendido que ele estava brincando.

– Então, qual é o caso?

– Uma mulher morreu de medo ontem à noite em Three Pines – respondeu Gamache, observando o campo pela janela.

– *Sacré.* Então o que a gente está procurando? Um fantasma?

– Você está mais perto do que imagina. Aconteceu no meio de uma sessão espírita. Na antiga casa dos Hadleys.

Gamache se virou para encarar o rosto fino e bonito do jovem inspetor. Seu contorno estava ainda mais marcado, os lábios se contraindo e empalidecendo.

– Maldito lugar – disse Beauvoir, finalmente. – Alguém devia botar aquilo abaixo.

– Você acha que a culpa é da casa?

– E você, não?

Era uma afirmação estranhíssima para os padrões de Beauvoir. Normalmente tão racional, ele não costumava dar crédito a coisas invisíveis, como emoções. Era o complemento perfeito para o chefe, que, na opinião do inspetor, gastava tempo demais envolvido com a cabeça e o coração das pessoas. Nesses lugares vivia o caos, algo de que Beauvoir não era um grande fã.

Mas, na experiência de Beauvoir, se o mal alguma vez havia se manifestado, tinha sido na antiga casa dos Hadleys. Ele se mexeu no banco do motorista, de repente desconfortável, e olhou para o chefe. Gamache o fitava, pensativo. Eles encararam um ao outro, os olhos firmes e calmos de Gamache, em seu castanho escuro, e os de Beauvoir, quase cinza.

– Quem é a vítima?

ONZE

A ESTRADA PARA THREE PINES A PARTIR da rodovia era uma das mais belas e traiçoeiras que Gamache conhecia. O carro estremeceu, bateu no chão e voou de buraco em buraco, até que Beauvoir e Gamache se sentissem como dois ovos mexidos.

– Cuidado! – exclamou Gamache, apontando para um buraco gigantesco na estrada de terra.

Ao tentar desviar daquele, Beauvoir caiu em um maior ainda, e então o Volvo praticamente novo patinou em uma série de ondas profundas na lama.

– Mais algum conselho? – rosnou Beauvoir, os olhos fixos na estrada.

– Eu só pretendo gritar "cuidado" de vez em quando – disse Gamache. – Cuidado!

Dito e feito, uma cratera de asteroide se abriu na frente deles.

– Merda! – soltou Beauvoir, puxando o volante para o lado e desviando do buraco por pouco. – É como se aquela casa não quisesse que a gente chegasse lá.

– E aí mandou a estrada se esburacar?

Até Gamache, que adorava se entreter com ideias existenciais, achou aquilo surpreendente.

– Será que não foi o degelo da primavera? – insistiu o chefe.

– Bom, talvez tenha sido. Cuidado!

Eles caíram em um buraco e o carro pulou para a frente. Pulando, desviando e xingando, os dois homens avançaram lentamente pelo interior da floresta. A estrada de terra serpenteava por bosques de pinheiros e bordos e ao longo de vales e subia encostas de pequenas montanhas. Ela passava por riachos que pulsavam com o escoamento da primavera e lagos cinzentos que só recentemente tinham perdido a cobertura de gelo do inverno.

Então eles chegaram.

Gamache se deparou com a visão familiar e estranhamente reconfortante dos veículos da equipe de perícia estacionados ao longo da estrada. Mas ainda não conseguia ver o casarão.

Beauvoir parou o carro perto do moinho abandonado que havia em frente à casa. Ao abrir a porta para sair, Gamache sentiu um perfume tão doce que precisou fechar os olhos e fazer uma pausa.

Inspirando fundo, ele identificou o cheiro de imediato. Pinheiros frescos. Brotos jovens, com uma fragrância nova e forte. Calçou as galochas, vestiu a jaqueta impermeável Barbour por cima do paletó e da gravata e colocou uma boina de tweed na cabeça.

Ainda sem olhar para a casa, foi até o topo da colina. Beauvoir vestiu a jaqueta de couro italiana por cima da blusa de gola rulê de lã e se olhou no espelho. Satisfeito, saiu e seguiu Gamache, até os dois pararem ombro a ombro, olhando para o vale.

Aquela era a vista preferida de Armand Gamache. As montanhas se misturavam graciosamente do outro lado, suas encostas cobertas por uma penugem de botões verde-amarelados. Agora, ele sentia não só a fragrância dos pinheiros, mas da própria terra, além de outros aromas. O denso perfume almiscarado das folhas secas de outono, o cheiro da fumaça das chaminés logo abaixo e algo mais. Ergueu a cabeça e inspirou de novo, desta vez de leve. Ali, por baixo dos aromas mais pungentes, havia um perfume mais sutil. O das primeiras flores da primavera. As mais jovens e valentes. Gamache se lembrou da capela simples e distinta, com sua torre branca de ripas de madeira. Estava logo abaixo, à direita. Ele já havia estado na Igreja de St. Thomas várias vezes e sabia que, naquela bela manhã, a luz de um velho vitral estaria se derramando nos bancos reluzentes e no piso de madeira. A imagem não era de Cristo ou das vidas e mortes gloriosas dos santos, mas de três jovens na Primeira Guerra Mundial. Dois estavam de perfil, marchando adiante. Mas um deles encarava a congregação. Não de maneira acusatória, nem triste ou com medo. Mas com grande amor, como se dissesse que aquele era seu presente para ela. Que ela o usasse bem.

Abaixo, estavam escritos os nomes dos soldados perdidos na guerra e uma frase:

Eles eram nossos filhos.

Agora de pé à beira da colina, olhando para a cidadezinha mais adorável e gentil que Gamache já tinha visto e sentindo o perfume das valentes flores novas, ele se perguntou se eram sempre os jovens os corajosos. Se, ao envelhecer, as pessoas se tornavam medrosas e covardes.

Será que ele mesmo havia ficado assim? Com certeza tinha medo de entrar na monstruosidade cujo hálito sentia no pescoço. Ou talvez fosse o de Beauvoir. Mas Gamache sabia que também tinha medo de outra coisa.

Arnot. Do maldito Arnot. E do que aquele homem era capaz de fazer mesmo da prisão. Principalmente da prisão, onde Gamache o havia colocado.

Mas até esses pensamentos sombrios evaporaram diante da visão à sua frente. Como poderia ter medo ao se deparar com aquilo?

Three Pines ficava aninhada no pequeno vale. As chaminés de pedra baforavam fumaça, e bordos, cerejeiras e macieiras exibiam seus botões. As pessoas se moviam para lá e para cá, algumas trabalhando no jardim, outras pendurando roupas no varal e outras varrendo amplas e graciosas varandas. Temporada de limpeza. Os moradores cruzavam a praça com sacolas de lona cheias de baguetes e outros produtos que Gamache não conseguia ver, mas imaginava. Queijos e patês produzidos nas redondezas, ovos frescos de fazenda e grãos de café densos e aromáticos, tudo comprado nas lojas da região.

Ele olhou para o relógio. Quase meio-dia.

Gamache já havia estado em Three Pines em investigações anteriores e sempre sentia que pertencia àquele lugar. Era uma sensação poderosa. Afinal de contas, o que mais as pessoas queriam, se não pertencer a algum lugar?

Ele queria descer a colina lamacenta, cruzar a praça e abrir a porta do Bistrô do Olivier. Lá, aqueceria as mãos na lareira, pediria cachimbos de alcaçuz e uma taça de Cinzano. Talvez uma sopa cremosa de ervilha. Leria edições antigas do *Times Literary Supplement* e conversaria com Olivier ou Gabri sobre o tempo.

Como podia seu lugar preferido no mundo estar tão perto do que mais odiava?

– O que é isto? – perguntou Jean Guy Beauvoir, pousando a mão no braço dele. – O senhor está escutando?

Gamache apurou os ouvidos. Ouviu pássaros. Uma leve brisa que fazia farfalhar as folhas velhas aos seus pés. E outra coisa.

Um barulho ressonante. Não, mais do que isso. Um rugido abafado. Teria a antiga casa dos Hadleys ganhado vida, atrás deles? Ela estava rosnando e crescendo?

Afastando os olhos da tranquilidade da vila, ele se virou devagar até finalmente encarar a casa.

Ela o encarou de volta, fria e desafiadora.

– É o rio, senhor – disse Beauvoir, com um sorriso tímido. – O rio Bella Bella. Escoamento de primavera. Só isso.

Beauvoir observou o inspetor-chefe fitar a casa, até que Gamache piscou e se virou para ele, com um leve sorriso.

– Tem certeza de que não era a casa rosnando?

– Absoluta.

– Eu acredito em você – disse Gamache, rindo e apoiando a mão grande na macia jaqueta de couro do outro, antes de se encaminhar para a casa.

À medida que se aproximava, ficou surpreso ao notar a tinta descascada e as janelas quebradas. A placa de "Vende-se" havia caído, e faltavam telhas no telhado e até alguns tijolos na chaminé. Era quase como se a casa estivesse se desfazendo de partes de si.

– Pare com isso – disse a si mesmo.

– Parar com o quê? – perguntou Beauvoir, quase correndo para alcançar o chefe, cujos passos largos ganhavam velocidade.

– Eu falei isso em voz alta, foi? – disse Gamache, parando de repente. – Jean Guy... – começou ele, sem saber o que queria dizer.

Enquanto Beauvoir aguardava, seu belo rosto indo de uma atenção respeitosa a uma expressão de curiosidade, Gamache pensou.

O que eu quero dizer a ele? Para tomar cuidado? Para prestar atenção, porque as coisas não são o que parecem? A casa dos Hadleys, este caso e até mesmo a nossa própria equipe da Homicídios?

Ele queria afastar aquele jovem da casa. Da investigação. Dele mesmo. Queria levar Beauvoir para o mais longe possível de si mesmo.

As coisas não eram o que pareciam. O mundo estava mudando, passando por uma reforma. Tudo o que antes ele dava como certo, como um fato, como real e inquestionável, havia desaparecido.

Mas Gamache não cairia com ele de jeito nenhum. Nem deixaria que ninguém que ele amava caísse.

– A casa está desmoronando – disse Gamache. – Tome cuidado.

Beauvoir aquiesceu.

– O senhor também.

Uma vez lá dentro, Gamache ficou surpreso com a banalidade do lugar. Sua aparência não era nada maligna. Pelo contrário, a casa parecia até um pouco patética.

– Aqui em cima, chefe! – gritou a agente Isabelle Lacoste, o cabelo castanho caindo no rosto quando ela olhou por cima do corrimão de madeira escura. – Ela morreu neste quarto – disse Lacoste, apontando para trás e desaparecendo de vista.

Gamache subiu a escada e entrou no quarto.

– *Joyeuses Pâques* – cumprimentou Lacoste.

A agente estava vestida com roupas confortáveis e estilosas, como a maioria das quebequenses. Com quase 30 anos, já tinha dois filhos e não estava preocupada em perder todo o peso ganho nas gestações. Simplesmente se vestia bem e estava feliz com o resultado.

Gamache observou a cena do crime. Em uma das paredes, estava encostada uma luxuosa cama de dossel. Do outro lado, havia uma lareira com uma pesada cornija vitoriana. No chão de madeira, um enorme tapete indiano com tons bonitos de azul e vinho. As paredes tinham um intrincado papel de parede de William Morris, e as luminárias, tanto de chão quanto de mesa, eram adornadas com borlas. Além disso, um lenço colorido cobria a luminária da penteadeira de forma engenhosa.

Era como se ele tivesse voltado cem anos no tempo. Exceto pelo círculo de cadeiras no meio do quarto. Ele as contou. Dez. Três estavam tombadas.

– Cuidado, a gente ainda não terminou – advertiu Lacoste, quando Gamache deu um passo em direção às cadeiras.

– O que é isto? – perguntou Beauvoir, apontando para o tapete e o que pareciam ser minúsculas pedrinhas de gelo.

– Sal, ao que tudo indica. No início, a gente pensou que podia ser metanfetamina ou cocaína, mas é só sal-gema.

– Para que colocar sal no tapete? – perguntou Beauvoir, sem esperar uma resposta.

– Para purificar o espaço, eu acho – respondeu Lacoste, de maneira inesperada.

Ela não parecia perceber a estranheza da própria resposta.

– Perdão? – disse Gamache.

– Aconteceu uma sessão espírita aqui, certo?

– Foi o que disseram – confirmou Gamache.

– Não entendi – disse Beauvoir. – Sal?

– Tudo será revelado – declarou Lacoste, sorrindo. – Existem várias maneiras de se fazer uma sessão espírita, mas só uma envolve sal em um círculo e quatro velas.

Ela apontou para as velas no tapete dentro do círculo. Gamache não tinha reparado nelas. Uma tinha até caído e, ao se aproximar, ele viu cera derretida no tapete.

– São os pontos cardeais – continuou Lacoste. – Norte, sul, leste e oeste.

– Eu sei o que é um ponto cardeal – rebateu Beauvoir, que não estava gostando nada daquilo.

– Você disse que só um tipo de sessão espírita envolve velas e sal – disse Gamache, com a voz calma e o olhar atento.

– Uma sessão wicca – explicou Lacoste. – Feitiçaria.

DOZE

MADELEINE FAVREAU TINHA MORRIDO DE MEDO.

Havia sido morta pela antiga casa dos Hadleys, Clara tinha certeza. Agora do lado de fora do casarão, ela a acusava. Na coleira, Lucy ia para a frente e para trás, ansiosa para deixar aquele lugar. Assim como sua dona. Mas Clara sentia que devia aquilo a Madeleine. Enfrentar a casa. Dizer a ela que sabia.

Alguma coisa havia despertado naquela noite. Alguma coisa os havia encontrado amontoados naquele pequeno círculo, um grupo de amigos fazendo algo tolo, bobo e adolescente. Era só isso. Não era para ninguém ter morrido. E ninguém teria, se eles tivessem feito a sessão espírita em qualquer outro lugar. Ninguém havia morrido no bistrô.

Alguma coisa naquele lugar grotesco tinha ganhado vida, atravessado o corredor, entrado no quarto cheio de teias de aranha e matado Madeleine.

Clara se lembraria daquilo para o resto da vida. Os gritos. Pareciam vir de todos os cantos. Depois, a batida. Uma vela se apagando. Cadeiras caindo, quando as pessoas pulavam ou para ajudar, ou para ir embora. Os cliques das lanternas se acendendo, e os fachos de luz se movendo freneticamente pelo quarto, até pararem. E iluminarem uma coisa. Aquele rosto. Mesmo sob o sol forte e brilhante do dia, Clara sentiu o pavor se apoderar de seu corpo, como uma capa que ela não conseguia tirar dos ombros.

"Não olhe!", Clara tinha ouvido Hazel gritar, provavelmente para Sophie.

"*Non!*", havia gritado monsieur Béliveau.

Os olhos de Madeleine estavam arregalados e fixos, como se tentassem escapar das órbitas. Sua boca estava aberta e os lábios, esticados, congelados em um grito. As mãos – quando Clara as pegou para oferecer um conforto que sabia ter chegado tarde demais – estavam fechadas em garra. Clara olhou para cima e viu um movimento fora do círculo. E ouviu algo.

Um bater de asas.

– *Bonjour!* – exclamou Armand Gamache ao sair da casa.

Clara levou um susto e voltou ao dia. Ela reconheceu a figura grande e elegante que caminhava, decidida, em sua direção.

– Você está bem? – perguntou ele, notando que ela parecia inquieta.

– Na verdade, não – respondeu Clara, com um meio sorriso. – Melhor agora que encontrei você.

Mas ela não parecia nada melhor. Na verdade, lágrimas começaram a rolar pelo rosto da mulher, e Gamache suspeitou que estivessem longe de ser as primeiras. Ele ficou em silêncio ao lado dela, sem tentar deter as lágrimas, permitindo que ela ficasse triste.

– Você estava aqui ontem à noite.

Era uma afirmação, não uma pergunta. Ele tinha lido o relatório e visto o nome dela. Aliás, Clara era a primeira na lista de pessoas a ser interrogadas. Ele valorizava a opinião dela e seu olhar clínico para os detalhes, para as coisas que eram visíveis e as que não eram. Sabia que deveria considerá-la suspeita, junto com todos os outros que estavam na sessão espírita, mas a verdade é que nem cogitava isso. Para ele, ela era uma testemunha preciosa.

Clara enxugou o rosto e o nariz na manga do sobretudo. Vendo o resultado, Armand Gamache tirou um lenço de algodão do bolso e o entregou a ela. Clara esperava que o pior já tivesse passado, mas as lágrimas pareciam a toda, como as águas do rio Bella Bella. Era um escoamento de tristeza.

Peter tinha sido maravilhoso na noite anterior. Correra para o hospital e não dissera "eu avisei" nem uma vez, embora ela mesma tivesse dito isso várias vezes enquanto contava a história para ele. Depois levara Myrna, Gabri e ela para casa de carro. Dera apoio e oferecera a uma chocada e arrasada Hazel e a uma estranhamente relaxada Sophie que ficassem na casa deles.

Estaria Sophie entorpecida pelo luto? Ou Clara só estava dando à jovem o benefício da dúvida, como sempre fizeram? A oferta tinha sido recusada, mas Clara seguia sem conseguir imaginar como devia ter sido terrível para Hazel voltar para casa, sozinha. Com Sophie, é claro, mas, no fundo, sozinha.

– Ela era sua amiga? – quis saber Gamache, os dois se afastando da casa, indo em direção à vila.

– Era. Ela era amiga de todo mundo.

Clara notou que Gamache estava em silêncio ao seu lado, com as mãos cruzadas nas costas e uma expressão pensativa.

– No que você está pensando? – perguntou ela, para, após um instante, responder à própria pergunta. – Você acha que ela foi assassinada, não é?

Eles pararam de novo. Clara não conseguia caminhar e processar aquele pensamento perturbador ao mesmo tempo. Mal conseguia lidar com ele estando de pé. Ela se virou e encarou Gamache. Será que sempre fora lenta daquele jeito? Lógico que ele achava aquilo. Por que mais o chefe da Divisão de Homicídios da Sûreté du Québec estaria ali, se não fosse por um assassinato?

Gamache apontou para um banco da praça.

– Para que estas mesas de piquenique? – perguntou ele, quando os dois se sentaram.

– A gente fez uma caça aos ovos de Páscoa e um piquenique.

Tinha sido realmente apenas um dia antes?

Gamache assentiu. Eles tinham escondido ovos para Florence e, depois, encontrado todos eles de novo. No ano seguinte, ela conseguiria procurar sozinha, pensou.

– Madeleine foi assassinada? – perguntou Clara.

– Estamos achando que sim – respondeu Gamache, dando a ela um instante para assimilar a informação. – Isso a surpreende?

– Sim.

– Não, espere. Pense um pouco sobre isso, por favor. Eu sei que, a princípio, todo mundo fica surpreso com um assassinato. Mas eu queria que você realmente pensasse na minha pergunta. Se Madeleine Favreau tivesse sido assassinada, isso a surpreenderia?

Clara se virou para Gamache. Ele tinha olhos castanho-escuros compassivos, o bigode bem-aparado e grisalho e o cabelo arrumado e ligeiramente ondulado. O rosto era forte, linhas de expressão irradiavam do canto dos olhos. Clara sabia que ele só falava com ela em inglês por gentileza. O inglês do inspetor-chefe era perfeito e, curiosamente, tinha sotaque britânico. Toda vez que o encontrava, Clara tinha vontade de perguntar a ele sobre isso.

– Por que você tem sotaque britânico?

Ele ergueu as sobrancelhas e olhou para ela, levemente surpreso.

– Essa é sua resposta à minha pergunta? – perguntou, com um sorriso.

– Não, professor. Mas é uma coisa que eu sempre quis lhe perguntar e vivo esquecendo.

– Eu estudei em Cambridge. Na Christ's College. História.

– E aperfeiçoou o seu inglês.

– E aprendi o meu inglês.

Agora era a vez de Clara ficar surpresa.

– Você não sabia falar inglês antes de ir para Cambridge?

– Bom, eu sabia falar duas coisas.

– Que eram…?

– "Atire nos Klingons!" e "Meu Deus, almirante, é horrível!".

Clara riu soltando ar pelo nariz.

– Eu assistia a alguns programas americanos quando dava. Dois em especial.

– *Star Trek* e *Viagem ao fundo do mar* – disse ela.

– Você ficaria surpresa de saber como essas frases são inúteis em Cambridge. Embora "Meu Deus, almirante, é horrível!" possa ser usada em caso de emergência.

Clara riu e imaginou o jovem Gamache em Cambridge. Quem vai fazer faculdade do outro lado do mundo sem saber a língua?

– Então? – perguntou Gamache, agora sério.

– Madeleine era adorável em todos os sentidos. Era fácil gostar dela e, eu suspeito, amá-la também. Com mais tempo, acho que eu poderia tê-la amado. Não dá para acreditar que alguém a tenha matado.

– Pelo que ela era ou pelo que alguém não era?

Aquela era a questão, pensou Clara. Aceitar um assassinato significava aceitar que havia um assassino. Entre eles. Por perto. Alguém naquele quarto, muito provavelmente. Um daqueles rostos familiares, sorridentes e risonhos escondia pensamentos vis a ponto de matar.

– Há quanto tempo Madeleine morava aqui?

– Bom, na verdade, ela morava fora do vilarejo, naquela direção – disse Clara, apontando para as colinas. – Com Hazel Smyth.

– Que também estava lá ontem, com uma moça chamada Sophie Smyth.

– É a filha dela. Madeleine foi morar com elas há mais ou menos cinco anos. Elas se conhecem há muito tempo.

Naquele instante, Lucy deu um puxão na guia, e Clara viu Peter atravessar o portão deles e avançar pela rua de terra, acenando. Ela checou se havia algum carro vindo e soltou Lucy. A velha cadela saltitou pela praça e pulou bem em cima de Peter, que dobrou o corpo para a frente. Gamache estremeceu.

Peter se endireitou e foi andando até o banco deles, com duas patas impressas em lama na virilha.

– Inspetor-chefe.

Peter Morrow estendeu a mão com mais dignidade do que Gamache achou que fosse possível. Gamache se levantou e apertou a mão do outro calorosamente.

– Que tristeza – disse Peter.

– Sim. Eu estava justamente dizendo a Clara que é possível que madame Favreau não tenha morrido naturalmente.

– Por que o senhor diz isso?

– O senhor não estava lá, certo? – perguntou Gamache, ignorando a pergunta de Peter.

– Não, a gente recebeu uns amigos para jantar ontem à noite, e eu fiquei para arrumar tudo.

– O senhor teria ido, se pudesse?

Peter mal hesitou.

– Não, eu não aprovei a ideia.

Peter soou como um vigário vitoriano até para si mesmo.

– Peter tentou me convencer a não ir – disse Clara.

Agora, os três estavam de pé, e Clara segurou a mão do marido.

– Ele estava certo. A gente não devia ter feito aquilo. Se todo mundo tivesse ficado longe dali – Clara meneou a cabeça para a casa da colina –, Madeleine ainda estaria viva.

Provavelmente era verdade, pensou Gamache. Mas por quanto tempo? Não dava para escapar de certas coisas, e a morte era uma delas.

O INSPETOR JEAN GUY BEAUVOIR OBSERVOU o último membro da equipe de perícia arrumar as coisas, saiu do quarto e fechou a porta. Ele rasgou um pedaço de fita adesiva do rolo amarelo e o colou de um batente ao outro. Depois repetiu o gesto várias vezes, muito mais do que normalmente fazia. Algo dentro dele sentiu a necessidade de isolar o que quer que estivesse naquele quarto. Ele nunca admitiria, é claro, mas Jean Guy Beauvoir tinha sentido algo crescer dentro de si. Quanto mais ficava ali, mais aquilo crescia. Um mau presságio. Não, não um mau presságio. Outra coisa.

Um vazio. Jean Guy Beauvoir sentia que estava sendo esvaziado. E de repente soube que, se ficasse ali, restaria apenas um fosso e um eco onde antes estavam suas entranhas.

Beauvoir estava louco para sair dali. Havia olhado para a agente Lacoste e se perguntado se ela sentia o mesmo. Ela sabia coisas demais sobre aquela bobagem de bruxaria para o gosto dele. Murmurou uma ave-maria enquanto lacrava o quarto e deu um passo para trás para admirar sua obra.

Se soubesse como o artista Christo havia embrulhado o Reichstag, poderia ter visto uma semelhança entre os trabalhos. A fita de isolamento amarela cobria a porta inteira.

Descendo a escada de dois em dois degraus, não demorou muito para que se visse no exterior ensolarado. Ao sair daquela tumba, o mundo lhe pareceu muito mais luminoso e o ar, muito mais fresco. Até o rumor do rio Bella Bella era reconfortante. Natural.

– Que ótimo, você ainda não foi embora.

Beauvoir se virou e viu o agente Robert Lemieux caminhando em sua direção com um sorriso no rosto jovem e ansioso. Lemieux não estava com eles havia muito tempo, mas já era o favorito de Beauvoir. Ele gostava de jovens agentes que o idolatravam.

Ainda assim, ficou surpreso.

– O inspetor-chefe te ligou?

Beauvoir sabia que o plano de Gamache era fazer uma investigação simples até que eles tivessem certeza de que se tratava de um assassinato.

– Não. Eu fiquei sabendo por um dos meus amigos policiais da área. Estou visitando os meus pais em Sainte-Catherine-de-Hovey. Pensei em dar um pulo aqui.

Beauvoir olhou para o relógio. Uma da tarde. Agora que estava fora daquela maldita casa, se perguntava se o vazio que havia sentido não era só fome. Sim, com certeza era isso.

– Venha comigo. O chefe está no bistrô, provavelmente comendo o último croissant.

Embora estivesse brincando, Beauvoir começou a ficar ansioso. E se fosse verdade? Ele correu até o carro e os dois dirigiram cerca de 90 metros até Three Pines.

Sentado em frente à lareira, Armand Gamache tomava uma taça de Cinzano e ouvia o crepitar das chamas. Mesmo no fim de abril, quando o verão já se aproximava, um fogo acolhedor era bem-vindo. Olivier o havia cumprimentado com um abraço e um cachimbo de alcaçuz.

– *Merci, patron* – disse Gamache, retribuindo o abraço e aceitando o doce.

– É um choque muito grande para assimilar – disse Olivier, bem-vestido, com uma calça de veludo cotelê e um grande suéter de caxemira, nenhum fio do cabelo louro fora do lugar, nenhuma mancha ou amassado estragando o look.

Seu companheiro, por outro lado, tinha se esquecido de colocar a prótese dentária e não havia feito a barba. Uma espessa barba negra por fazer tinha roçado a bochecha de Gamache quando ele e Gabri se abraçaram.

Peter, Clara e Gamache seguiram Gabri até o sofá desbotado pelo sol ao lado da lareira, enquanto Olivier pegava as bebidas. O grupo se acomodou, e Myrna se juntou a eles.

– Que bom ver o senhor – disse ela, sentando-se em uma poltrona alta.

Gamache olhou para a grande mulher negra com carinho. Ela era a dona de sua livraria preferida.

– O que o senhor veio fazer aqui? – perguntou Myrna, tentando suavizar a franqueza da pergunta com seu olhar gentil.

Ele sentiu certa empatia pelo encarregado de entregar os telegramas durante a guerra, em sua bicicleta bamba. O mensageiro das catástrofes. Sempre visto com desconfiança.

– Ele acha que ela foi assassinada, é claro – afirmou Gabri, que, sem a prótese dentária, pareceu ter dito que Madeleine havia sido "afafinada".

– Assassinada? – repetiu Myrna, bufando. – Aquilo foi horrível, violento até, mas não foi assassinato.

– Violento como?

– Eu acho que todos nós nos sentimos agredidos – disse Clara, e os outros aquiesceram.

Naquele exato momento, Beauvoir e Lemieux abriram a porta do bistrô, conversando. Gamache olhou para eles e levantou a mão. Os dois pararam de falar e foram até o grupo reunido perto da lareira.

O sol atravessava as janelas e, ao fundo, outros clientes murmuravam. Todos estavam quietos.

– Me contem o que aconteceu – pediu Gamache em voz baixa.

– A médium tinha espalhado sal e acendido as velas – disse Myrna, de olhos arregalados, ainda vendo a cena. – A gente estava em um círculo.

– De mãos dadas – lembrou Gabri.

A respiração dele começou a ficar aflita e parecia que ele ia desmaiar com a lembrança. Gamache teve a impressão de que quase podia ouvir as batidas do coração daquele homem.

– Eu nunca senti tanto medo na vida – disse Clara. – Nem dirigindo em uma autoestrada durante uma nevasca.

O grupo assentiu. Todos já tinham sentido a certeza chocante de que sua vida acabaria ali: em uma batida de carro monstruosa, girando fora de controle, invisíveis em meio ao caos da neve.

– Mas esse era justamente o objetivo, não era? – perguntou Peter, empoleirando-se no braço da poltrona alta de Clara. – Sentir medo?

Eles fizeram aquilo para se assustar?, ponderou Clara.

– Nós fomos purificar o lugar de espíritos malignos – disse Myrna, embora, à luz do dia, aquilo soasse um tanto ridículo.

– E talvez sentir um pouquinho de medo – admitiu Gabri. – Ah, gente, é verdade – acrescentou, ao ver a expressão dos outros.

E Clara tinha que admitir que era verdade. Eles eram mesmo tão bobos assim? A vida deles era tão pacata, tão chata, que eles precisavam fabricar o perigo? Não, não fabricar. O perigo sempre estivera lá. Eles o haviam cortejado. E ele, respondido à corte.

– Jeanne, a médium – explicou Myrna a Gamache –, disse que ouviu algo se aproximar. A gente ficou em silêncio por um instante e, bom, acho que eu também ouvi alguma coisa.

– Eu também – disse Gabri. – Na cama. Alguém estava se virando na cama.

– Não, vinha do corredor – retrucou Clara, desgrudando os olhos do fogo e fitando os amigos.

Aquilo a lembrava da noite anterior, todos os rostos iluminados pelo fogo, os olhos arregalados e os corpos tensos, como se estivessem prontos para fugir. Ela estava de volta naquele quarto terrível. Sentindo o cheiro das flores, como em uma funerária, e ouvindo aqueles passos arrastados atrás dela.

– Passos. Eram passos. Jeanne disse que eles estavam vindo. Que os mortos estavam vindo.

Beauvoir sentiu o coração se apertar e as mãos ficarem dormentes. Ele se perguntou se Lemieux se importaria caso ele segurasse a sua mão, mas percebeu que preferia morrer a fazer aquilo.

– Ela disse "Eles estão vindo" – concordou Myrna. – Depois falou outra coisa.

– Vindo do telhado e de algum outro lugar – disse Gabri, tentando se lembrar das palavras.

– Do sótão – corrigiu Myrna.

– E do porão – completou Clara, olhando para os olhos de Armand Gamache.

Ele sentiu o rosto empalidecer. O porão da antiga casa dos Hadleys ainda o assombrava.

– E foi aí que aconteceu – concluiu Gabri.

– Não exatamente – disse Clara. – Ela disse mais uma coisa.

– "Estão nos cercando agora" – murmurou Myrna. – "Apareçam. Agora!"

Ela bateu palmas uma única vez, e Beauvoir quase caiu duro.

TREZE

– E aí ela morreu – concluiu Gabri.

Olivier veio por trás e colocou as mãos no ombro dele. Gabri deu um berro.

– *Tabernacle!* Quer me matar?

O feitiço foi quebrado. A sala se iluminou de novo e Gamache percebeu que uma imensa bandeja de sanduíches tinha se materializado na mesa de centro.

– E o que aconteceu depois? – perguntou ele, pegando um pedaço de baguete quente recheada de queijo de cabra derretido e rúcula.

– Monsieur Béliveau carregou Madeleine até o andar de baixo e Gilles foi correndo pegar o carro – contou Myrna, servindo-se de um croissant recheado com frango e manga.

– Gilles? – perguntou Gamache.

– Sandon. Ele trabalha no bosque. Ele e a companheira dele, Odile, também estavam lá.

Gamache se lembrou de ter visto os nomes na lista de testemunhas, agora em seu bolso.

– Gilles dirigiu. Hazel e Sophie foram com ele – continuou Clara. – A gente pegou o carro da Hazel.

– Caramba. Hazel – disse Myrna. – Alguém já falou com ela hoje?

– Eu liguei – contou Clara, olhando para a bandeja sem muita fome. – Falei com Sophie. Hazel estava muito mal para atender.

– Hazel e Madeleine eram próximas? – perguntou Gamache.

– Melhores amigas – respondeu Olivier. – Desde o colégio. Elas moravam juntas.

– Não como um casal – explicou Gabri. – Quer dizer, pelo menos não que eu saiba.

– Não fala besteira, é óbvio que elas não eram um casal – disse Myrna. – Homens. Vocês acham que só porque duas mulheres adultas moram juntas e são afetuosas uma com a outra, elas são lésbicas.

– É verdade – debochou Gabri –, todo mundo acha isso da gente também. – Ele deu um tapinha no joelho de Olivier. – Mas a gente perdoa vocês.

– Madeleine já foi mais pesada?

A pergunta de Gamache foi tão inesperada que todos lhe lançaram olhares vazios, como se ele tivesse falado russo.

– Você quer dizer gorda? – perguntou Gabri. – Acho que não.

Os outros balançaram a cabeça.

– Mas ela não morava aqui há muito tempo – disse Peter. – Devia estar nesta área há uns... sei lá, uns cinco anos?

– Por aí – concordou Clara. – Mas ela se adaptou imediatamente. Entrou para a Associação de Mulheres da Igreja Anglicana com Hazel…

– *Merde* – resmungou Gabri. – Ela ia assumir este verão. E agora, o que eu vou fazer?

Ele estava ferrado, embora não tanto quanto Madeleine, precisava admitir.

– *Pauvre Gabri* – disse Olivier. – Que tragédia.

– Bom, por que você não tenta administrar a Associação, já que é assim tão tranquilo? – replicou Gabri, e então se dirigiu a Gamache. – Mas, voltando ao crime... Talvez Hazel tenha assassinado Madeleine. Sei lá.

– Não, ela não "afafinou" Madeleine, duvido – retrucou Olivier. – E é melhor você não perguntar isso para ela agora.

– É possível que mais alguém estivesse na casa? – perguntou Gamache. – Quase todos vocês ouviram barulhos…

Clara, Myrna e Gabri ficaram em silêncio, lembrando-se daqueles ruídos ímpios.

– O que você acha, Clara? – quis saber Gamache.

O que eu acho?, ela se perguntou. *Que o diabo matou Madeleine? Que o mal vive naquela casa, possivelmente plantado lá por nós mesmos?* Talvez a médium estivesse certa, e cada pensamento cruel e malevolente que eles já haviam tido fora expulso da vila idílica e devorado por aquela monstruosidade. E ela estava faminta. Talvez os pensamentos amargos fossem viciantes. Depois que você os provava, sempre queria mais.

Mas será que todas as pessoas realmente deixavam os pensamentos amargos irem embora? Não seria possível que alguém estivesse acumulando e ruminando os seus? Devorando-os, engolindo-os até se inchar de amargura e se tornar uma versão viva da casa da colina?

Havia uma versão humana daquele lugar maldito no meio deles?

O que eu acho?, ela se perguntou de novo. Não tinha uma resposta.

Após um instante, Gamache se levantou.

– Onde eu encontro madame Chauvet, a médium? – perguntou, enfiando a mão no bolso para pagar pelos sanduíches e bebidas.

– Ela está hospedada na pousada – disse Olivier. – Quer que eu peça para ela vir aqui?

– Não, a gente vai até lá. *Merci, patron.*

– Eu não fui – sussurrou Olivier para Gamache, quando deu o troco ao inspetor-chefe na caixa do comprido bar de madeira – porque estava morrendo de medo.

– Eu não culpo o senhor. Tem algo estranho naquela casa.

– E naquela mulher.

– Em madame Favreau? – sussurrou Gamache também.

– Não. Em Jeanne Chauvet, a médium.

Ao sair para aquele dia esplêndido, Gamache ainda podia ouvir o último aviso que Olivier havia sussurrado em seu ouvido: "Ela é uma bruxa, sabia?"

Os três policiais da Sûreté caminhavam pela rua que contornava a praça.

– Estou confuso – disse o agente Robert Lemieux, apressando o passo para acompanhar Gamache. – Foi mesmo assassinato?

– Eu também estou confuso, meu jovem – replicou Gamache, parando e olhando para ele. – O que você está fazendo aqui? Eu não o chamei.

Lemieux foi pego de surpresa pela pergunta. Ele achava que o inspetor-chefe ficaria encantado com a sua presença e até lhe agradeceria. Em vez disso, Gamache olhava para ele pacientemente e um tanto perplexo.

– Ele estava visitando os pais perto daqui, por causa da Páscoa – explicou Beauvoir. – Um amigo da Sûreté local falou sobre o caso.

– Eu vim por conta própria. Desculpe, agi mal?

– Não, não agiu mal. Só quero manter a investigação o mais discreta possível até que a gente saiba se foi assassinato ou não.

Gamache sorriu. Sua equipe precisava ter iniciativa, mas talvez não tanto quanto aquele rapaz. Ele logo aprenderia isso, contudo, e Gamache não sabia ao certo se o dia em que isso acontecesse seria exatamente feliz.

– Então a gente não tem certeza? – perguntou Lemieux, voltando a correr para acompanhar Gamache, que havia retomado a caminhada em direção à grande construção de tijolinhos da esquina.

– Eu não quero que ninguém saiba ainda, mas tinha efedrina no sangue dela – explicou Gamache. – Já ouviu falar dessa substância?

Lemieux balançou a cabeça.

– Estou surpreso. Você gosta de esportes, *n'est-ce pas*?

O jovem agente fez que sim com a cabeça. Aquela tinha sido uma das coisas que o haviam unido a Beauvoir. O amor dos dois pelo time de hóquei Montreal Canadiens. Os chamados "Habs".

– Já ouviu falar do Terry Harris?

– O *running back*?

– Ou do Seamus Regan?

– O *outfielder*? Que jogou pelo Lions? Os dois morreram. Eu li uma notícia sobre isso no *Allô Sport*.

– Eles tomaram efedrina. É muito usada em remédios para emagrecer.

– Foi isso mesmo. Harris desmaiou durante o treino e Regan estava no meio do jogo. Eu vi na TV. Era um dia quente, todo mundo achou que tivesse sido insolação. Não foi?

– Os treinadores disseram que eles precisavam perder peso rápido, então tomaram remédio para emagrecer.

– Isso já tem uns anos – comentou Beauvoir. – A efedrina depois foi proibida, não foi?

– Acho que foi, mas pode ser que eu esteja errado. Você checa isso para a gente? – pediu Gamache a Lemieux.

– Claro.

Gamache sorriu. Ele gostava do entusiasmo de Lemieux. Aquela tinha sido uma das razões pelas quais havia convidado o jovem a entrar na equipe. Lemieux fazia parte do destacamento de Cowansville quando Gamache estava investigando o último assassinato por lá, e ele havia impressionado o inspetor-chefe.

A vítima daquele caso anterior morava na antiga casa dos Hadleys.

Eles entraram na ampla varanda da pousada. A construção de tijolinhos de três andares já tinha sido uma parada entre Williamsburg e St. Rémy na rota das diligências e ficava na rua agora chamada de Old Stage Road. Certa vez, Olivier havia dito a ele que Gabri o fizera comprar a construção só para poder dizer aos amigos que estava "on stage", ou seja, "no palco".

Ao entrar, ele foi recebido por um piso de madeira, tapetes indianos exuberantes e requintados tecidos desbotados. O lugar parecia uma casa de campo antiga e convidava quem entrasse ali a relaxar.

Mas ele não estava ali para relaxar. Estava ali para descobrir quem havia matado Madeleine Favreau. Aquilo tinha sido um simples infarte causado por emoções afloradas? Ela tinha tomado efedrina por conta própria? Ou havia algo mais sinistro em ação, escondido atrás da fachada agradável de Three Pines?

Olivier disse que Jeanne Chauvet estava no pequeno quarto do andar principal.

– Fique aqui – ordenou Gamache a Lemieux enquanto ele e Beauvoir avançavam pelo curto corredor.

– O senhor acha que ela pode dominar a gente? – sussurrou Beauvoir para Gamache com um sorriso.

– Eu acho que sim – disse Gamache, sério, e bateu na porta.

QUATORZE

Silêncio.

Gamache e Beauvoir esperaram. Uma janela ligeiramente aberta no fim do corredor deixava entrar a luz do sol e o ar fresco, as cortinas brancas translúcidas movendo-se devagar na brisa.

Eles esperaram mais. A mão de Beauvoir estava coçando para bater na porta de novo. Com mais força desta vez, como se a insistência e a impaciência pudessem invocar uma pessoa. Quem dera fosse verdade. Ele estava ansioso para conhecer aquela mulher que socializava com fantasmas. Ela gostava deles? Era por isso que fazia aquilo? Ou quem sabe nenhuma pessoa de carne e osso quisesse ficar perto dela? Talvez ela só conseguisse arranjar companhia entre os mortos, que não eram tão exigentes quantos os vivos. Ela devia ser maluca, ele sabia. Afinal de contas, fantasmas, espíritos não eram reais. Não existiam. Com exceção, talvez, do Espírito Santo. Mas se... Não. Ele não iria enveredar por esse caminho. Beauvoir olhou para o perfil paciente de Gamache, que dava a impressão de que era exatamente assim que ele queria passar o dia. Parado em um corredor encarando uma porta fechada.

– Madame Chauvet? É o inspetor-chefe Armand Gamache, da Sûreté. Eu gostaria de conversar com a senhora.

Beauvoir sorriu de leve. Parecia que o inspetor-chefe estava falando com a porta.

– Eu estou vendo esse sorriso, monsieur. Você quer tentar?

Gamache deu um passo para o lado e Beauvoir se aproximou da porta, batendo com a palma da mão.

– Sûreté, abre a porta!

– Brilhante, *mon ami*. É exatamente o que vai atrair uma mulher sozinha – comentou Gamache, em seguida atravessando de volta o corredor sem tirar os olhos de Beauvoir. – Eu só deixei você fazer isso porque sabia que ela não estava aí.

– E eu só fiz isso porque sabia que o senhor ia se divertir.

– Tem uma chave no gancho da recepção – disse Lemieux, apontando para o objeto quando os dois voltaram. – A gente não pode entrar?

– Ainda não – respondeu Beauvoir. – Não sem um mandado de busca e não até a gente ter certeza de que foi assassinato.

Ainda assim, ele gostava daquela ideia. Beauvoir se virou para Gamache.

– E agora? – perguntou.

– Revistem o lugar.

Enquanto Beauvoir e Lemieux vasculhavam a sala de jantar, a cozinha gourmet, os banheiros e o porão, Gamache foi até a sala de estar e se sentou na enorme poltrona de couro.

Fechou os olhos e esvaziou a mente. Ele estava preocupado. Onde estaria Jeanne Chauvet? O que estaria fazendo? E sentindo? Culpa? Remorso? Satisfação?

A sessão espírita tinha sido um trágico fracasso ou um sucesso espetacular?

O agente Robert Lemieux parou na soleira da porta entre a sala de estar e a de jantar, observando o inspetor-chefe.

Às vezes, o jovem agente era assolado por dúvidas. Uma espécie de crise de fé como a que seus pais contavam ter sofrido décadas antes. Mas a igreja dele era a Sûreté, o lugar que o havia acolhido, que lhe dera um propósito. Embora os pais tivessem deixado a igreja deles, Lemieux nunca deixaria a sua. Nunca a deixaria e nunca a trairia. Os pais o haviam criado, alimentado, educado e amado. Mas a Sûreté tinha lhe dado um lar. Ele amava os pais e as irmãs, mas só os outros policiais sabiam como era estar na Sûreté. Sair de casa todo convencido e arrogante, mas tendo o cuidado de dizer ao gato que o amava, só por precaução.

Ao observar o inspetor-chefe Gamache de olhos fechados, com a cabeça inclinada para trás, Lemieux se perguntou só por um instante: e se o que tinha ouvido falar sobre Gamache fosse verdade? Antes, não fazia muito tempo, Lemieux o idolatrava. Em sua primeira visita à sede como recruta, tinha visto aquele homem famoso caminhando a passos largos pelo corredor, com subalternos a reboque, decifrando um caso brutal e intricadíssimo. Mesmo assim Gamache havia tido tempo de sorrir e cumprimentá-lo. Eles tinham estudado os casos dele. Tinham assistido e aplaudido quando Armand Gamache derrubara o corrupto superintendente Arnot. E salvado a Sûreté.

Mas as coisas nem sempre eram o que pareciam.

– Nada – disse Beauvoir, passando ao lado de Lemieux ao entrar na sala.

Gamache abriu os olhos, encarou Beauvoir e depois Lemieux. Os olhares se encontraram.

Então Gamache piscou e deu impulso para se levantar da poltrona.

– Vocês já descansaram o suficiente. Hora de trabalhar. Agente Lemieux, você fica aqui para o caso de Jeanne Chauvet voltar. Você e eu – disse ele a Beauvoir enquanto os dois iam em direção à porta – vamos falar com Hazel Smyth.

Enquanto observava Gamache e Beauvoir caminharem até o carro, Lemieux acessou a discagem rápida do celular.

– Superintendente Brébeuf? É o agente Lemieux.

– Alguma informação? – perguntou a voz confiante do outro lado.

– Algumas coisas que talvez sejam úteis.

– Ótimo. Algum sinal da agente Nichol?

– Ainda não. Eu devo perguntar?

– Deixa de ser bobo, é claro que não. Me conte tudo.

Houve uma pausa do outro lado da linha. Brébeuf retesou a mandíbula. Ele não era um homem paciente, embora tivesse esperado todo aquele tempo para pegar Gamache. Os dois tinham crescido juntos, entrado para a Sûreté juntos e subido na hierarquia juntos. Os dois haviam pleiteado o cargo de superintendente, Brébeuf lembrava com satisfação. Aquele era um pequeno presente mental que ele desembrulhava em momentos de estresse. Como naquele instante. Desdobrando as camadas de gestos sorridentes, aquiescentes e bajuladores que dedicava ao melhor amigo. Ele havia vencido. Tinha ganhado a promoção no lugar do grande Armand Gamache. E aquilo havia sido o suficiente por um tempo. Até o caso Arnot. Rapidamente, ele embrulhou o presente de novo e o jogou no fundo da mente. Precisava ter foco e cuidado agora.

– Você sabe por que estamos fazendo isso, meu jovem.

– Sim, senhor.

– Não se encante com ele, não se engane. Isso acontece com a maioria das pessoas. O superintendente Arnot se deixou levar, e olhe o que aconteceu com ele. Você precisa ter foco, Lemieux.

Quando Lemieux relatou os eventos do dia, Brébeuf fez uma pausa para pensar.

– Eu quero que você faça uma coisa. É arriscado, mas acho que não muito – disse ele.

Brébeuf passou as instruções a Lemieux. Depois, gentilmente, continuou:

– Isso tudo vai acabar logo e, no fim, os policiais que tiverem coragem de defender aquilo em que acreditam vão ser recompensados. Você é um jovem corajoso. E, pode acreditar, eu sei como isso é difícil.

– Sim, senhor.

Brébeuf desligou. Assim que aquele caso acabasse, ele teria que pensar no que fazer com Robert Lemieux. O jovem era impressionável demais.

Lemieux desligou com uma sensação estranha no peito. Não o aperto que sentia desde que o superintendente Brébeuf havia pedido a sua ajuda, mas um afrouxamento, uma euforia.

O superintendente Brébeuf tinha acabado de oferecer a ele uma promoção? Será que ele podia fazer a coisa certa e ainda por cima se beneficiar com aquela situação? Até onde aquilo podia levá-lo? Talvez tudo acabasse bem, no fim das contas.

HAZEL SMYTH ESTAVA ESPERANDO MADELEINE voltar para casa. Cada passo, cada rangido nas tábuas do assoalho, cada giro de maçaneta era ela.

Mas, depois, não era. A cada minuto do dia, Hazel perdia Madeleine de novo.

A porta da sala de estar se abriu e Hazel olhou para cima, esperando ver o rosto alegre de Ma e uma bandeja de chá – era hora do chá, afinal. Em vez disso, porém, viu o rosto alegre da filha.

Sophie entrou segurando uma enorme taça de vinho tinto para si e avançou pela sala atulhada até chegar ao sofá.

– Então, o que vai ser o jantar? – disse ela, jogando-se em uma poltrona e pegando uma revista.

Hazel encarou aquela estranha. Era como se tivesse perdido as duas na noite anterior. Madeleine morta e Sophie, possuída. Aquela não era a mesma garota. O que tinha acontecido com a mal-humorada e egoísta Sophie?

A coisa à sua frente estava radiante. Era como se o espírito de Madeleine tivesse entrado em Sophie. Só que sem o coração. Sem a alma. O que quer que estivesse irradiando de Sophie não era alegria, amor nem calor.

Mas felicidade. Madeleine tinha morrido, uma morte terrível e grotesca. E Sophie estava feliz.

Aquilo quase matava Hazel de medo.

Beauvoir dirigia e Gamache tentava ler o mapa enquanto o carro sacolejava pela estrada esburacada. Ele não conseguia ver nada à sua frente exceto rabiscos e pontos oscilantes. Foi sorte não ter vomitado.

– É um pouco mais para a frente – disse Gamache, fechando o mapa e olhando pelo para-brisa. – Cuidado!

Beauvoir virou o volante com força, mas eles caíram no buraco mesmo assim.

– Eu estava indo bem até você olhar para a estrada – disse ele.

– Você caiu em todos os buracos de Three Pines até aqui. Cuidado!

O carro se enfiou em outro buraco. Gamache se perguntou quanto tempo seus pneus aguentariam.

– Vamos passar pelo vilarejo de Notre-Dame-de-Roof Trusses. Depois, tem uma saída à direita. Chemin Erablerie.

– Notre-Dame-de-Roof Trusses?

Beauvoir não acreditou no que estava ouvindo.

– Você estava esperando algo como St. Roof Trusses?

Pelo menos "Three Pines" fazia algum sentido, pensou Beauvoir. Williamsburg e St. Rémy também. "Roof Trusses" não tinha algo a ver com construção, as estruturas que sustentam o telhado de uma casa?

Malditos ingleses. Aquilo era típico deles. Chamar uma vila de Banco

Real ou Fundação de Concreto. Sempre construindo, sempre contando vantagem. E o que era aquele novo caso? Ninguém morria de morte natural em Three Pines? Nem os assassinatos deles eram normais. Eles não podiam simplesmente esfaquear uns aos outros, usar uma arma ou um taco? Não. Era sempre algo complexo.

Nada quebequense. Os quebequenses eram diretos, objetivos. Quando gostavam de você, davam um abraço. Quando matavam você, simplesmente batiam na sua cabeça. Bum, feito. Condenado. Próximo.

Sem aquela merda de "será que foi isso?" ou "será que foi aquilo?".

Beauvoir estava começando a levar aquilo para o lado pessoal, embora estivesse grato de o caso tê-lo afastado da caça aos ovos de Páscoa com os sogros. Não havia nenhuma criança na brincadeira. Só ele e a esposa, Enid. Os pais dela queriam que eles passassem a manhã procurando ovos de chocolate que tinham escondido por toda a casa. Eles até brincaram dizendo que seria fácil para ele, que, afinal de contas, era investigador. Ele concluiu que a maneira mais fácil de encontrá-los seria colocar uma arma na cabeça do sogro e obrigá-lo a dizer onde estavam os malditos ovos. Então veio o chamado milagroso. Seu chamado.

Ele se perguntou como estaria a pobre Enid. Bom, que pena. Mas aqueles malucos eram pais dela, afinal.

Eles passaram pelo vilarejo de Notre-Dame-de-Roof Trusses bem rápido. Havia uma enorme placa desbotada no pátio de uma pequena fábrica, que dizia "Roof Trusses". Beauvoir balançou a cabeça.

A VELHA CASA DE TIJOLINHOS DAVA PARA A RUA. Havia alguns bordos altos no gramado da frente e, perto da casa e ao longo da entrada para carros, o que Gamache suspeitava que seriam exuberantes canteiros repletos de flores perenes dentro de algumas semanas. Era uma casa pequena e arrumadinha em que tudo parecia estar por vir. As folhas ainda não tinham despontado, as flores ainda não tinham brotado e a grama ainda não tinha começado a crescer.

Gamache adorava ver o interior da casa dos envolvidos em seus casos. Analisar as escolhas que eles haviam feito em seu espaço mais íntimo. As cores, a decoração. Os perfumes. Eles tinham livros? De que tipo?

Qual era a atmosfera do lugar?

Ele já estivera em barracos no meio do nada, com tapetes gastos, estofamentos rasgados e papel de parede descascando. Mas que, ao entrar, também cheirava a café e pão frescos. As paredes eram tomadas por imensas e sorridentes fotos de formatura e, em suportes de TV enferrujados, havia vasos modestos e lascados com narcisos bonitos, salgueiros-gatos ou florezinhas silvestres colhidas por mãos calejadas, para olhos que as adorariam.

Já havia estado também em mansões que pareciam mausoléus.

Estava ansioso para ver como era a casa de Madeleine Favreau. De fora, parecia triste, mas ele sabia que a maioria dos lugares era um pouco triste na primavera, quando a neve brilhante e divertida já tinha ido embora mas as flores e as folhas das árvores ainda não haviam brotado.

A primeira coisa que chamou a atenção dele ao entrar na casa foi que era quase impossível se mover ali. Até mesmo no estreito vestíbulo, elas tinham conseguido colocar um armário, uma estante de livros e um longo banco de madeira sob o qual havia pilhas de botas e sapatos enlameados.

– Meu nome é Armand Gamache – apresentou-se ele, curvando-se levemente para a mulher de meia-idade que havia aberto a porta.

Ela estava bem-vestida, com calças largas e um suéter. Parecia confortável, tradicional. Ela sorriu um pouco quando ele mostrou o cartão de identificação da Sûreté.

– Tudo bem, inspetor-chefe, eu sei quem o senhor é.

Ela se afastou e os deixou entrar.

A primeira impressão de Gamache foi de que estava diante de uma pessoa decente tentando descobrir como proceder em uma situação nada decente. Ela conversou com eles em francês, embora com um forte sotaque inglês. Era cortês e discreta. O único sinal de que havia algo errado com ela eram as olheiras, como se o luto a tivesse atingido fisicamente.

Mas Armand Gamache sabia de outra coisa. O luto às vezes demorava a se instalar. Para os parentes e amigos próximos das vítimas de assassinato, os primeiros dias eram abençoadamente entorpecidos. Quase sempre eles se mantinham firmes, seguiam a vida normalmente, de modo que alguém de fora jamais saberia o desastre que havia acontecido. A maioria das pessoas se despedaçava aos poucos – como a antiga casa dos Hadleys.

Enquanto observava, Gamache quase podia ver os inevitáveis cavaleiros na colina, acima de Hazel, bufando e batendo no chão, tentando se soltar. Eles traziam o fim de tudo o que Hazel conhecia, de toda a familiaridade e previsibilidade em sua vida. Aquela mulher contida refreava corajosamente o saqueador exército do luto, mas logo ele se libertaria e se lançaria sobre ela, e não restaria nada familiar ali.

– Clara Morrow ligou para saber como eu estava e me ofereceu comida. Ela disse que o senhor talvez viesse.

– Eu devia ter trazido a comida. Desculpe.

Ele tentava tirar o casaco sem esbarrar em Beauvoir, que estava espremido contra a porta agora fechada. Alguns livros caíram da estante, e Gamache sem querer bateu com o nó dos dedos no armário, mas o casaco acabou saindo.

– Não precisava – disse Hazel, pegando o casaco e tentando abrir o armário. – Eu falei para ela que a gente tem bastante comida. Aliás, eu não posso conversar muito. A pobre da madame Turcotte teve um derrame, e eu preciso levar o jantar dela.

Eles seguiram Hazel até o interior da casa.

Mal dava para transitar pela sala de jantar, e quando eles finalmente entraram na sala de estar, Gamache se sentiu como um explorador chegando em território desconhecido. Esperava que pudessem acampar ali por um tempo. Se conseguissem abrir espaço suficiente.

O pequeno cômodo tinha dois sofás, inclusive o maior que Gamache já tinha visto, além de uma variedade de cadeiras e mesas. A minúscula casa de tijolinhos estava atulhada, abarrotada, inchada e escura.

– É meio aconchegante aqui – disse ela, enquanto os três se sentavam, Gamache e Beauvoir no gigantesco sofá e Hazel na gasta poltrona alta logo à frente.

Nos pés de Hazel, havia uma bolsa com remendos. Aquela era a poltrona dela, Gamache sabia. Mas não era a melhor da casa. A melhor estava vazia e ficava perto da lareira. Na mesa, sob a luminária, havia um livro aberto.

Um livro escrito em francês por um escritor quebequense que Gamache admirava.

A poltrona de Madeleine Favreau. A melhor da sala. Como aquilo fora decidido? Teria Madeleine simplesmente se apossado dela? Ou Hazel a havia oferecido? Madeleine Favreau fazia bullying? Hazel costumava se vitimizar?

Ou talvez elas fossem apenas boas amigas que decidiam as coisas de maneira natural e amigável e se revezavam na escolha "dos melhores".

– Eu não consigo acreditar que ela se foi – disse Hazel, sentando-se como se as pernas tivessem cedido.

A perda era assim, Gamache pensou. Você não perdia só um ente querido. Você perdia o seu coração, as suas lembranças, a sua risada, a sua cabeça e até os seus ossos. Em algum momento, eles voltavam, mas diferentes. Rearranjados.

– A senhora conhecia madame Favreau há muito tempo?

– Parece que a vida inteira. Nós nos conhecemos no ensino médio. Fomos da mesma turma no primeiro ano e ficamos amigas. Eu era um pouco tímida, mas por algum motivo ela gostou de mim. O que facilitou a minha vida.

– Por quê?

– Ter um amigo, inspetor-chefe. A gente só precisa de um. Faz toda a diferença.

– A senhora com certeza teve outros amigos antes, madame.

– É verdade, mas não como Madeleine. Quando ela virava sua amiga, algo mágico acontecia. O mundo se tornava um lugar mais luminoso. Isso faz sentido?

– Faz, sim – respondeu Gamache, assentindo. – Um véu é levantado.

Ela sorriu para ele, agradecida. Ele entendia. Mas agora ela sentia que o véu começava, lentamente, a baixar de novo. Madeleine mal havia morrido e o crepúsculo já se aproximava. E, com ele, vinha aquele vazio. Tomando seu horizonte.

Uma tinha morrido, e a outra fora deixada para trás. Sozinha. De novo.

– Mas as senhoras sempre moraram juntas?

– Meu Deus, não.

Hazel riu, surpreendendo a si mesma. Talvez o crepúsculo fosse só uma ameaça.

– A gente seguiu cada uma o seu caminho depois do colégio, mas se encontrou de novo alguns anos atrás. Ela já estava morando aqui fazia uns cinco anos.

– Madame Favreau já sofreu com excesso de peso?

Ele já estava se acostumando aos olhares perplexos diante da pergunta.

– Madeleine? Não que eu saiba. Ela engordou um pouco depois do colégio, mas isso foi há 25 anos. É natural. Mas ela nunca foi gorda.

– Mas a senhora disse que passou alguns anos sem ver a sua amiga.

– É verdade – admitiu Hazel.

– Por que madame Favreau se mudou para cá?

– O casamento dela tinha acabado. Nós duas estávamos morando sozinhas, então decidimos dividir a casa. Ela morava em Montreal nessa época.

– Foi difícil abrir espaço na casa?

– Eu acho que o senhor está sendo diplomático, inspetor-chefe – disse Hazel, sorrindo, o que fez Gamache perceber que gostava dela. – Se ela tivesse trazido um palito de dente, a gente já teria um problema. Felizmente, ela não fez isso. Madeleine só trouxe a si mesma, e isso foi o suficiente.

Pronto, ali estava. Simples, natural e íntimo. Amor.

Diante dele, Hazel fechou os olhos e sorriu de novo. Então franziu as sobrancelhas.

De repente, a sala exalou uma dor. Gamache teve vontade de segurar aquelas mãos calmas da outra. Qualquer outro policial sênior da Sûreté acharia aquilo não só uma fraqueza, mas uma insensatez. Mas Gamache sabia que aquela era a única maneira de encontrar um assassino. Ele escutava as pessoas, fazia anotações e reunia evidências, como todos os seus colegas. No entanto, fazia mais uma coisa.

Ele reunia sentimentos. Coletava emoções. Porque assassinatos eram profundamente humanos. Não tinham a ver com o que as pessoas faziam. Não. Tinham a ver com o que as pessoas sentiam, porque era assim que tudo começava. Um sentimento humano e natural era distorcido. E se tornava grotesco. Ele se transformava em algo ácido e corrosivo, que destruía até o próprio recipiente. Deixando poucos vestígios do humano.

Demorava anos para que uma emoção chegasse àquele estágio. Anos em que ela era cuidadosamente nutrida, protegida, justificada, velada e, finalmente, enterrada. Viva.

Então, um dia, algo terrível abria caminho com suas garras.

Algo que tinha um único objetivo. Tirar uma vida.

Armand Gamache descobria os assassinos seguindo o rastro de emoções rançosas.

Ao lado dele, Beauvoir se contorceu. Não por impaciência, pensou Gamache. Pelo menos, ainda não. Mas porque o sofá parecia ter ganhado vida e começava a espetá-los.

Hazel abriu os olhos e o encarou com um leve sorriso. Agradecida, pensou Gamache, por ele não ter interferido.

Do andar de cima, veio uma batida.

– É a minha filha, Sophie. Ela veio da faculdade para me visitar.

– Ela estava na sessão espírita ontem à noite, acredito – disse Gamache.

– Aquilo foi tão idiota, tão idiota… – disse Hazel, batendo com o punho no braço da poltrona. – Eu sabia.

– Então por que a senhora foi?

– Eu não fui à primeira sessão e tentei dissuadir Madeleine…

– Primeira sessão? – perguntou Beauvoir, ajeitando-se e esquecendo-se dos milhões de microalfinetes que espetavam sua bunda.

– É, os senhores não sabiam?

Gamache sempre ficava surpreso e um pouco desconcertado com o fato de que as pessoas pareciam pensar que eles ficavam sabendo de tudo imediatamente.

– Conte, por favor.

– Teve uma outra sessão espírita na sexta à noite. Na Sexta-Feira Santa. No bistrô.

– E madame Favreau estava lá?

– Ela e várias outras pessoas. Mas não aconteceu muita coisa, então eles decidiram fazer outra sessão. Desta vez, naquele lugar.

Gamache se perguntou se Hazel Smyth tinha evitado mencionar a antiga casa dos Hadleys de propósito, como os atores que chamam *Macbeth* de "a peça escocesa" para não causar nenhum desastre.

– As pessoas fazem muitas sessões espíritas em Three Pines? – quis saber Gamache.

– Que eu saiba, nunca tinham feito antes.

– Então por que fazer duas em um único fim de semana?

– Foi culpa daquela mulher.

Ao falar, parte da fachada de Hazel desmoronou, e ele teve um vislumbre de algo. Não tristeza, nem perda.

Raiva.

– Quem, madame? – perguntou Gamache, embora já soubesse a resposta.

As agulhas cravaram mais fundo na bunda de Beauvoir e não faziam menção de parar.

– Por que o senhor está aqui? – questionou Hazel. – Madeleine foi assassinada?

– De quem a senhora está falando? Que mulher? – insistiu Gamache com firmeza.

– Daquela bruxa. Jeanne Chauvet.

Todos os caminhos levam a ela, pensou Gamache. Mas onde ela estava?

QUINZE

O inspetor-chefe Armand Gamache abriu a porta do quarto de Madeleine Favreau. Ele sabia que aquilo era o mais perto que chegaria de conhecer a mulher.

– Então Madeleine foi assassinada?

As palavras cruzaram o corredor do andar de cima e os alcançaram na porta do quarto.

– Você deve ser Sophie – disse Beauvoir, indo em direção à jovem que havia falado, seu longo cabelo escuro ainda molhado do banho.

Mesmo a alguns passos de distância, ele conseguia sentir o perfume frutado e fresco do xampu.

– Bom palpite.

Ela sorriu abertamente para Beauvoir e inclinou a cabeça para o lado, estendendo a mão. Sophie Smyth era magra e vestia um robe atoalhado branco. Beauvoir se perguntou se a jovem sabia o efeito que aquilo produzia.

Ele sorriu de volta e pensou que provavelmente sim.

– Você perguntou sobre assassinato – disse Beauvoir, com uma expressão pensativa, como se ponderasse seriamente sobre a pergunta. – Você tem muitos pensamentos perigosos?

Ela riu como se ele tivesse dito algo ao mesmo tempo hilário e inteligente e depois o empurrou de brincadeira.

Gamache entrou no quarto de Madeleine, deixando Jean Guy Beauvoir fazer sua mágica duvidosa.

O QUARTO TINHA UM LEVE CHEIRO DE perfume ou, mais precisamente, de *eau de toilette*. Algo sutil e sofisticado. Não o aroma forte e inebriante da jovem que ele havia encontrado no corredor.

Gamache se virou, absorvendo aquele cheiro. O quarto era pequeno e claro, mesmo com o sol fraco. Cortinas brancas e leves emolduravam a janela, com o objetivo de escurecer o lugar mas sem bloquear a luz. O quarto estava pintado com um branco limpo e a colcha era de chenile, com suas protuberantes fibras de algodão. A cama de casal – Gamache duvidava que qualquer uma maior que aquela coubesse ali – tinha estrutura de latão. Era uma bela antiguidade e, ao passar por ela, o inspetor-chefe se permitiu passar a mão pelo metal frio. Havia luminárias nas duas mesas de cabeceira, uma pilha de livros e revistas em uma e um despertador na outra. O relógio digital marcava 16h19. Gamache puxou um lenço do bolso e apertou o botão de alarme. Ele piscou sete horas.

No armário, estavam pendurados vestidos, saias e blusas. A maioria tamanho 42, apenas uma peça 40. Na cômoda de pinho amarelado, a primeira gaveta tinha calcinhas limpas, mas não dobradas. Ao lado delas, sutiãs e meias. Nas outras gavetas, suéteres e algumas camisetas, embora estivesse claro que ela ainda não tinha trocado as roupas de inverno pelas de verão.

E não faria mais isso.

– ENTÃO – DISSE BEAUVOIR, APOIANDO-SE na parede do corredor. – Me conte sobre ontem à noite.

– O que o senhor quer saber? – perguntou Sophie, apoiando-se também, a uns 30 centímetros de distância.

Ele se sentiu desconfortável, como se tivessem invadido seu espaço pessoal. Mas sabia que havia pedido por isso. E era melhor do que aquele sofá espinhento.

– Bom, por que você participou da sessão espírita?

– Está brincando? Três dias aqui, no meio do nada, com duas velhas? Se eles tivessem dito que iam nadar em óleo fervente, eu teria ido junto.

Beauvoir riu.

– Na verdade, eu estava ansiosa para voltar para casa. Tinha roupa para lavar e tal. E a minha mãe sempre faz minhas comidas preferidas. Mas, meu Deus, depois de algumas horas você pensa: já chega.

– Qual a sua opinião sobre Madeleine?

– Quando, neste fim de semana ou em geral?

– Teve alguma diferença?

– Quando ela chegou aqui era legal, eu acho. Eu só fiquei um ano, porque fui para a faculdade. Depois disso, eu só encontrei com ela e a minha mãe nos feriados e no verão. Eu gostava dela no início.

– No início?

– Ela mudou.

Sophie se virou e se recostou na parede, o peito e os quadris projetados para fora. Fitou a parede branca do outro lado. Beauvoir ficou em silêncio. Esperando. Sabia que tinha mais coisa ali e suspeitava que ela quisesse contar a ele.

– Ela não estava tão legal desta vez. Não sei.

Ela olhou para baixo, deixando o cabelo cair no rosto. Beauvoir não conseguia mais ver sua expressão, mas a garota murmurou alguma coisa.

– O quê?

– Eu não lamento a morte dela – disse Sophie, com as mãos na boca. – Ela pegava coisas.

– Como o quê? Joias, dinheiro?

– Não, não essas coisas. Outras coisas.

Beauvoir fitou o cabelo de Sophie, depois as mãos da jovem. Uma agarrava a outra como se ela precisasse daquele apoio e não houvesse ninguém para lhe oferecer um abraço.

GAMACHE PEGOU OS LIVROS DA MESA de cabeceira de Madeleine. Tanto em inglês como em francês. Biografias, um de história da Europa após a Segunda Guerra Mundial e uma ficção literária de um autor canadense famoso. Um gosto eclético.

Em seguida, ele vasculhou debaixo do colchão. Toda a sua experiência havia lhe provado que quando as pessoas tinham livros ou revistas de que se envergonhavam, era ali que os escondiam.

O esconderijo seguinte era menos para camuflar e mais para manter a privacidade. A gaveta da mesa de cabeceira. Ao abri-la, ele encontrou um livro.

Por que ela o havia separado dos outros? Era um segredo? Parecia bem inofensivo.

Gamache pegou o livro e olhou para a foto de capa, uma senhora sorridente em um conjunto de tweet, com colares compridos e exuberantes. Em uma das mãos, segurava um coquetel. *Sarah Binks*, de Paul Hiebert, dizia a capa. Ele abriu o livro e leu uma passagem aleatória. Então se sentou na cama e leu mais.

Cinco minutos depois, ele ainda estava lendo, sorrindo. Às vezes, rindo alto. Ele olhou em volta, sentindo-se culpado, depois fechou o livro e o guardou no bolso.

Finalizou a busca após alguns minutos, terminando na penteadeira perto da porta. Madeleine tinha algumas fotos emolduradas ali. Ele pegou uma delas, que mostrava Hazel com uma outra mulher. Ela era magra, com cabelo escuro bem curto e olhos castanhos brilhantes. Olhos de corça, que o corte de cabelo destacava. Seu sorriso era largo, sem segundas intenções. Hazel também estava relaxada e sorridente.

As duas pareciam à vontade juntas. Hazel calma e satisfeita, e a outra radiante.

Enfim Armand Gamache havia conhecido Madeleine Favreau.

– Que casa triste – comentou Beauvoir, olhando pelo espelho retrovisor. – O senhor acha que já foi feliz um dia?

– Eu acho que já foi uma casa muito feliz – respondeu Gamache.

Beauvoir contou ao chefe a conversa que tivera com Sophie. Gamache escutou e depois olhou pela janela, vendo apenas a luz solitária à distância. A noite caía enquanto eles sacolejavam de volta para Montreal.

– Qual foi a sua impressão? – quis saber Gamache.

– Eu acho que Madeleine Favreau expulsou Sophie da própria casa. Talvez não de propósito, mas acho que não tinha espaço suficiente para ela. Ali mal tem espaço para as pessoas se moverem, e ainda acrescentar Madeleine deve ter sido demais. Alguém tinha que ceder.

– Alguém tinha que ir embora – disse Gamache.

– Sophie.

Gamache assentiu na escuridão e pensou em um amor tão intenso que havia devorado tudo e cuspido fora a própria filha. Como aquela filha teria se sentido?

– O que o senhor descobriu? – perguntou Beauvoir.

Gamache descreveu o quarto.

– Nada de efedrina? – quis saber Beauvoir.

– Não. Nada no quarto dela, nem no banheiro.

– O que o senhor acha?

Gamache pegou o celular e discou.

– Acho que Madeleine não tomou efedrina por conta própria. Deram a ela uma dose.

– Suficiente para morrer.

– Suficiente para matar.

DEZESSEIS

– Oi, pai – disse a voz aflita de Daniel ao telefone. – Onde está o coelhinho dela? A gente não tem como passar sete horas em um avião sem esse coelho. E sem o ruto.

– Quando vocês vão para o aeroporto? – perguntou Gamache, olhando a hora no painel do Volvo.

17h20.

– A gente já tinha que ter saído há meia hora. Mas não estamos conseguindo encontrar o ruto da Florence.

Aquilo fazia total sentido para o inspetor-chefe. O outro avô de Florence, vovô Grégoire, tinha dado a ela uma chupeta amarela que a menina adorava. Vovô Grégoire dissera de passagem que Florence chupava a chupeta do mesmo jeito que ele costumava fazer com o charuto. Florence ouviu, e a chupeta se tornou o "ruto" dela. Seu bem mais precioso. Sem ruto, nada de voo.

Gamache queria ter tido a sacada de escondê-la.

– O quê, amor? – disse Daniel, se afastando do bocal. – Ah, ótimo. Pai, a gente achou. Tenho que ir. Te amo.

– Eu também te amo, Daniel.

A linha ficou muda.

– Quer que eu leve o senhor para o aeroporto? – perguntou Beauvoir.

Gamache olhou a hora de novo. O voo para Paris era às sete e meia. Em duas horas.

– Não, tudo bem. Tarde demais. *Merci*.

Beauvoir ficou feliz por ter oferecido e mais feliz ainda pela recusa do chefe. Uma florzinha de satisfação se abriu em seu peito. Daniel tinha ido embora. Gamache era só dele de novo.

NÃO DESANIME, EMBORA TUDO ESTEJA MAL,
   E terrível seja, sim,
   Embora os ventos soprem forte...

Odile olhou para os sacos de cereal orgânico nas prateleiras, em busca de inspiração.

– Embora os ventos soprem forte – repetiu, travada naquele pedaço.

Ela tinha que encontrar algo que rimasse com "mal".

– Milharal? Anormal? Carnaval? Embora os ventos soprem forte como um grande Carnaval? – tentou, esperançosa.

Não. Estava quase lá, mas ainda não era aquilo.

Ela passara o dia todo inspirada. As palavras haviam fluído com facilidade, e agora o balcão da loja que administrava com Gilles em St. Rémy estava inundado com seus trabalhos, rabiscados no verso de recibos e em sacos de papel pardo vazios. A maioria dos poemas era boa o suficiente para ser publicada, tinha certeza. Ela os digitaria e os enviaria à revista *Hog Breeder's Digest*. Quase sempre, eles aceitavam os poemas dela, muitas vezes sem nenhuma mudança. A musa nem sempre era tão generosa, mas naquele dia Odile sentiu o coração mais leve pela primeira vez em meses.

O dia todo, a maioria das pessoas que haviam entrado na loja queria fazer uma compra pequena e pedir várias informações, que Odile ficou feliz de dar, após alguma insistência – não queria parecer ansiosa demais. Ou satisfeita demais.

– Você estava lá, querida?

– Deve ter sido horrível.

– Coitado do monsieur Béliveau. Ele estava completamente apaixonado por ela. E tem só dois anos que perdeu a esposa.

– Ela realmente morreu de medo?

Aquela era a única lembrança que Odile não queria revisitar. O rosto de Madeleine congelado em um grito, como se ela tivesse visto algo tão horrível que a havia transformado em pedra, como um daqueles mitos, o da

115

cabeça com cobras. Ele nunca parecera muito assustador para Odile, cujos monstros sempre assumiam a forma humana.

Sim, Madeleine havia morrido de medo, e tinha sido bem feito para ela, por todo o terror que causara a Odile nos últimos meses. Mas agora o terror tinha chegado ao fim, como uma tempestade que passava.

Uma tempestade. Odile sorriu e agradeceu à musa por aparecer de novo.

Embora os ventos soprem forte, um chuvaral,
O que é isso, o que é isso para você e para mim?

Já passava das cinco, e era hora de fechar. Tinha sido um bom dia de trabalho.

O INSPETOR-CHEFE GAMACHE LIGOU para o agente Lemieux, que ainda estava na pousada.

– Ela ainda não voltou, chefe. Mas Gabri está aqui.

– Passe o telefone para ele, por favor.

Após um instante, ele ouviu aquela voz familiar.

– *Salut, patron.*

– *Salut, Gabri.* Madame Chauvet chegou a Three Pines de carro?

– Não, ela se materializou aqui. Claro que ela veio de carro. De que outra forma alguém chega aqui?

– O carro dela ainda está aí?

– Ah, boa pergunta.

Ele ouviu Gabri andar com o telefone, provavelmente até a varanda.

– *Oui, c'est ici.* Um pequeno Echo verde.

– Então ela não deve ter ido longe.

– O senhor quer que eu abra a porta do quarto dela? Posso fingir que estou limpando. Eu peguei a chave – disse Gabri, e Gamache ouviu a chave tilintar ao ser retirada do gancho – e agora estou no corredor.

– Pode entregar a chave para o agente Lemieux, por favor? É melhor que ele faça isso.

– Ok.

Gamache podia sentir a irritação de Gabri. Um instante depois, Lemieux falou:

– Abri, chefe.

Houve um silêncio angustiante enquanto o agente Lemieux entrava no quarto e acendia a luz.

– Nada. O quarto está vazio. O banheiro, também. Quer que eu reviste as gavetas?

– Não, a gente já foi longe demais. Eu só queria ter certeza de que ela não estava aí mesmo.

– Morta? Também pensei nisso, mas ela não está.

Gamache pediu para falar com Gabri de novo.

– *Patron*, talvez a gente precise de uns quartos para amanhã à noite.

– Até quando? – perguntou Gabri.

– Até o caso ser resolvido.

– E se ele não for resolvido? Vocês vão ficar aqui para sempre?

Gamache se lembrou dos quartos elegantes, convidativos, com travesseiros fofos, lençóis bem-passados e camas tão altas que eles precisavam de banquinhos para alcançá-las. Das mesas de cabeceira com livros, revistas e água. Dos belos banheiros com azulejos antigos e encanamento novo.

– Se o senhor fizer ovos à fiorentina todo dia, eu fico – disse Gamache.

– Suas ideias não são nada razoáveis – respondeu Gabri –, mas eu gosto do senhor. E não se preocupe com os quartos, temos vários.

– Mesmo no recesso de Páscoa? A casa não está cheia?

– Cheia? Ninguém sabe que a gente existe, e espero que continue assim – disse Gabri, rindo.

Gamache pediu que Gabri o avisasse quando Jeanne Chauvet voltasse, depois dispensou Lemieux pela noite e então desligou. Ao observar os carros zunirem pela janela do carro, o inspetor-chefe se perguntou:

Onde estaria a médium?

Secretamente, ele sempre torcia para que certas respostas fossem sussurradas em seus ouvidos, embora não soubesse o que faria se começasse de fato a ouvir vozes.

Ele esperou um instante e, como nenhuma voz respondeu, pegou o telefone e fez outra ligação.

– *Bonjour*, superintendente. Ainda no trabalho?

– Saindo agora. Alguma novidade, Armand?

– Foi assassinato.

– Isso é uma intuição sua ou um fato concreto?

Gamache sorriu. Seu velho amigo o conhecia bem e, como Beauvoir, desconfiava um pouco de suas "intuições".

– Na verdade, o meu guia espiritual me disse.

Fez-se silêncio do outro lado da linha, e então Gamache caiu na risada.

– Foi uma piada, Michel. *Une blague.* Desta vez, eu tenho um fato concreto. Efedrina.

– Se eu bem me lembro, fui eu que lhe falei da efedrina.

– É verdade, mas não tinha efedrina no quarto nem no banheiro dela, nem em qualquer outro lugar plausível. Todas as evidências indicam que a vítima era uma mulher que não achava que precisasse perder peso. Não tinha nenhum transtorno alimentar que pudesse fazer com que ela usasse uma droga sabidamente perigosa. Nenhuma obsessão com peso e dietas. Nenhum livro ou revista sobre o assunto. Nada.

– Você acha que alguém deu a efedrina para ela.

– Acho. Vou tratar este caso como uma investigação de assassinato.

– Eu concordo. Desculpa ter tirado você da sua folga. Vai chegar a tempo de ver Daniel antes de ele ir?

– Não, ele já está indo para o aeroporto.

– Armand, desculpa...

– Não é culpa sua – disse Gamache, embora Brébeuf, que o conhecia tão bem, sentisse um pesar em sua voz. – Mande um beijo meu para Catherine.

– Mando, sim.

Ao desligar, Gamache ficou aliviado. Já tinha alguns meses, talvez até mais, que ele sentia que seu amigo havia mudado, como se algo tivesse se interposto entre eles. Obscurecido a intimidade que sempre existira entre os dois. Não era nada óbvio, e Gamache até havia se perguntado se estava imaginando coisas e conversara sobre isso com Reine-Marie depois de um jantar nos Brébeufs.

"Não é nada que eu consiga definir", esforçou-se para explicar. "Só uma..."

"Intuição?", perguntou Reine-Marie, que confiava nas intuições dele, sorrindo.

118

"Talvez um pouco mais do que isso. O tom de voz dele está diferente, o olhar, mais duro. E às vezes parece que ele diz coisas ofensivas de propósito."

"Como aquele comentário sobre os quebequenses que se mudam para Paris pensando que são melhores do que os outros?"

"Pois é, você também reparou. Ele sabe que Daniel foi morar lá. Aquilo foi uma alfinetada?"

Se sim, tinha sido uma de muitas de Michel nos últimos tempos. Por quê?

Ele havia vasculhado a memória, mas não tinha conseguido encontrar um motivo para Michel querer machucá-lo. Não conseguia se lembrar de nada que pudesse ter causado aquilo.

"Ele te ama, Armand. Dê um tempo para ele. Catherine disse que eles estão preocupados com o filho. Ele se separou."

"Michel não me contou", dissera Gamache, surpreso com a dor que aquilo lhe causava.

Ele pensava que os dois contassem tudo um para o outro. E começou a se perguntar se deveria ser mais cauteloso, mas captou esse instinto a tempo. *Como é fácil*, pensou, *tentar responder na mesma moeda*. Daria a Michel o espaço e o tempo de que ele precisasse e deixaria o amigo descontar um pouco de sua frustração nele. Era natural estourar com as pessoas próximas.

Michel estava preocupado com o filho. É claro que era algo desse tipo. Não podia ter a ver com ele ou com a amizade deles.

Mas agora, ao desligar o telefone, Gamache sorria. Michel parecia seu amigo de sempre. Seu ânimo estava de volta. O que quer que tivesse acontecido entre eles ficara no passado.

MICHEL BRÉBEUF DESLIGOU O TELEFONE E ENCAROU a parede, sorrindo.

Pronto. Brébeuf tinha a resposta para a pergunta que o havia atormentado por meses. Como? Como ele derrubaria um homem satisfeito?

Agora Michel Brébeuf sabia.

DEZESSETE

No dia seguinte, a agente Yvette Nichol acordou cedo, animada demais para continuar dormindo. Finalmente, havia chegado. O dia tão esperado. Quando Gamache finalmente veria do que ela era capaz.

Ela se olhou no espelho. Cabelo curto levemente ruivo, olhos castanhos, pele com marcas arroxeadas onde ela havia cutucado. Embora fosse magra, seu rosto sempre parecia um pouco inchado, como um balão com cabelo.

Ela sugou as bochechas, mordendo-as entre os molares. Melhor, embora não pudesse viver daquele jeito.

Ela era fisicamente parecida com o pai, mas tinha a personalidade da mãe. Todo mundo lhe dizia isso, embora Nichol nunca tivesse gostado muito da mãe e se perguntasse se os tios falavam isso para irritá-la. A mãe havia morrido de repente: um dia estava lá e, no outro, não mais.

A mãe sempre fora meio excluída. Era tolerada pelos tios e tias faladeiros da família do pai, mas nunca tinha sido amada. Nem respeitada. Nem aceita. Nichol sabia que ela havia tentado, concordando com os preconceitos e opiniões mesquinhos dos Nickolevs. Mas eles só riam dela e mudavam de opinião.

Ela era patética. Sempre tentando se encaixar para conquistar o afeto de pessoas que nunca, jamais a amariam e a desprezavam por tentar.

"Você é igualzinha à sua mãe." As palavras no sotaque forte pesavam sobre a cabeça de Yvette Nichol. Aquela era, talvez, a única frase que os tios e tias sabiam em francês. Memorizada como um palavrão. Porra. Merda. Você é igualzinha à sua mãe. Inferno.

Não, era o pai que ela amava. E que a amava de volta. Ele a protegia daquele monte de sotaques, cheiros e insultos dentro da própria casa.

– Não passe maquiagem.

A voz dele entrou pela porta do banheiro. Nichol sorriu. Ele com certeza já a achava bonita o suficiente.

– Assim você vai parecer mais jovem. Mais vulnerável.

– Pai, eu sou uma policial da Sûreté. Da Divisão de Homicídios. Eu não quero parecer vulnerável.

Ele sempre tentava convencê-la a usar truques para que as pessoas gostassem dela. Mas Nichol sabia que eram inúteis. As pessoas não iam gostar dela. Nunca gostavam.

O chefe havia ligado no dia anterior, interrompendo o almoço de Páscoa com os parentes. Todos estavam contando como era melhor na Romênia ou na República Tcheca. Falando na própria língua e depois fazendo um escarcéu quando ela não entendia. Mas ela entendia o suficiente para saber que, todos os anos, eles perguntavam ao pai por que ela nunca pintava ovos ou assava o pão especial. Sempre apontando alguma falha. Ninguém falava sobre as roupas ou o corte de cabelo novo, nem perguntava sobre o trabalho dela. Ela era uma agente da Sûreté du Québec, caramba. A única pessoa bem-sucedida de toda aquela família patética. E eles perguntavam sobre isso? Não. Se ela fosse um maldito ovo pintado, eles teriam demonstrado mais interesse.

Ela havia atravessado o corredor às pressas com o telefone na mão e entrado no quarto, para que o chefe não ouvisse o deboche às custas dela, a gargalhada que passava por risada.

"Você se lembra do que a gente conversou há alguns meses?"

"Sobre o caso Arnot?"

"É, mas nunca mais cite este nome. Entendeu?"

"Sim, senhor."

Ele a tratava como uma criança.

"Nós temos um caso novo. Não é certo que foi assassinato, mas, se tiver sido, você vai estar na equipe. Eu dei um jeito. Está na hora. Você tem certeza que consegue fazer isso, agente Nichol? Porque se não tiver, precisa me dizer agora. Tem muita coisa em jogo."

"Eu consigo."

E ela realmente acreditava que conseguiria quando dissera aquilo. No dia anterior. Mas, de repente, já era hoje. Tinha sido assassinato. Estava na hora.

E ela estava morrendo de medo. Em menos de duas horas, estaria em Three Pines com a equipe. Mas, enquanto eles tentavam encontrar um assassino, ela tentaria encontrar um traidor da Sûreté. Não, encontrar, não. Levar à Justiça.

A agente Yvette Nichol gostava de segredos. Ela gostava de reunir os segredos dos outros e de ter os próprios. Colocava todos em seu jardim secreto particular, construía um muro ao redor deles e os mantinha vivos, prosperando e crescendo.

Nichol era boa em guardar segredos. E se perguntava se talvez o chefe a tivesse escolhido por causa disso. Mas suspeitava de que a razão fosse mais banal. Ele a havia escolhido porque ela já era desprezada.

– Você consegue – disse ela à estranha jovem do espelho cujo medo havia tornado feia de repente. – Você consegue – repetiu, com mais convicção. – Você é brilhante, corajosa e linda.

Ela levou o batom aos lábios, a mão trêmula. Abaixando-a por um instante, lançou um olhar sério para a garota do espelho.

– Não estrague tudo.

Agarrando o pulso com a outra mão, Nichol conduziu o tom vermelho vivo da farmácia pelos lábios, como se sua cabeça fosse um ovo de Páscoa que estivesse prestes a pintar. Ela deixaria os parentes orgulhosos, no fim das contas.

A AGENTE ISABELLE LACOSTE ESTAVA PARADA sob a luz clara da manhã na rua em frente à antiga casa dos Hadleys, observando o caminho sinuoso e íngreme. Parecia que algo estava tentando se desprender da terra.

Sua coragem tinha finalmente encontrado o próprio limite. Após mais de cinco anos com o inspetor-chefe Gamache, na Divisão de Homicídios, encarando assassinos insanos, ela finalmente tinha sido detida. Por aquela casa. Ainda assim, Lacoste se forçou a ficar ali por mais um instante. Depois se virou e foi embora, sentindo que a casa a observava. Acelerou o passo até se ver correndo até o carro.

Respirou fundo e se virou para encarar a casa de novo. Precisava entrar ali. Mas como? Não conseguiria sozinha – sabia que nunca passaria da soleira da porta. Precisava de companhia. Olhou para a vila logo abaixo, para a fumaça saindo das chaminés e as luzes das casas, imaginando as pessoas se sentando para tomar a primeira xícara de café do dia, com pão recém-torrado e geleia, e se perguntou quem escolheria. Era uma sensação estranhamente poderosa, e ela ponderou se era assim que os juízes se sentiam quando o Canadá ainda tinha pena de morte.

Então seu olhar pousou sobre uma casa específica. E ela percebeu que nunca houvera muitas dúvidas sobre quem escolheria.

– Eu atendo! – gritou Clara, do estúdio.

Ela havia se levantado cedo na esperança de ver, na luz da manhã, o que Peter tinha visto alguns dias antes. A falha no quadro. As cores erradas. Talvez o tom errado de azul? Ou de verde? Ela deveria ter usado verde-cromo em vez de verde-acinzentado? Tinha ficado longe do azul-mariano de propósito, mas talvez aquele fosse justamente o erro.

Agora só tinha uma semana para completar a pintura antes que Denis Fortin voltasse.

O tempo estava se esgotando. E havia algo de errado com o quadro, mas ela não sabia o quê. Ela se sentou no banquinho, bebericando o café forte e comendo um bagel, na esperança de que o sol de primavera lhe contasse.

Mas ele ficou em silêncio.

Meu Deus, o que eu vou fazer?

Naquele exato instante, alguém bateu na porta. Ela se perguntou se era Deus, mas concluiu que ele provavelmente não bateria na porta.

– Não, você está trabalhando! – gritou Peter da cozinha, olhando de soslaio para o relógio. Era pouco depois das sete. – Eu atendo!

Ele se sentia péssimo pelo que dissera sobre o trabalho de Clara. Desde então, tinha tentado dizer a ela que havia exagerado. Não tinha nada de errado com a pintura. Era exatamente o oposto. Mas ela achava que ele estava tentando amenizar as coisas. Jamais lhe ocorreria que ele havia mentido na primeira vez. Que o quadro dela era brilhante. Era luminoso, extraordinário e todas as palavras que ele sonhava que um dia seriam ditas a respeito de suas próprias obras.

Era bem verdade que os galeristas e decoradores adoravam suas pinturas. Ele pegava um objeto cotidiano, um galho, por exemplo, e se aproximava tanto dele que se tornava irreconhecível, abstrato. Por alguma razão, a ideia de obscurecer a verdade o atraía. Os críticos usavam palavras como "complexo", "profundo" e "fascinante". E tudo isso tinha sido suficiente até ele ver o quadro de Clara. Agora ele queria que alguém, só uma pessoa, olhasse para seu trabalho e o chamasse de "luminoso".

Peter torcia para que Clara não mudasse nada naquele quadro. E torcia para que ela mudasse.

Ele foi até a porta e, ao abri-la, deparou com a agente Isabelle Lacoste.

– *Bonjour* – disse ela, sorrindo.

– É Deus? – gritou Clara, do estúdio.

Peter olhou para Lacoste, que balançou a cabeça se desculpando.

– Não, não é Deus, amor! Desculpa!

Clara apareceu limpando as mãos em um pano e sorriu calorosamente.

– Oi, agente Lacoste. Há quanto tempo. Quer um café?

Isabelle Lacoste definitivamente queria um café. A casa deles cheirava a café recém-passado, bagels e lareira quente naquela manhã fria de primavera. Ela queria se sentar e conversar com aquelas pessoas gentis, aquecendo as mãos em uma caneca. E não voltar para aquela outra casa. E podia fazer isso. Ninguém da equipe de Homicídios sabia que ela estava lá. Seu propósito era profundamente pessoal, um pequeno ritual íntimo.

– Eu preciso da sua ajuda – disse a agente a Clara, que arqueou as sobrancelhas, surpresa, para depois abaixá-las quando ouviu o que Isabelle Lacoste queria.

Myrna Landers estava cantarolando sozinha e moendo o café que usaria na prensa francesa. O bacon estava fritando e dois ovos caipiras a aguardavam na bancada de madeira da cozinha, prontos para ser quebrados na frigideira. Ela não costumava comer mais do que torradas e café logo cedo, mas de vez em quando gostava de fazer um desjejum completo. Uma vez tinha ouvido alguém dizer que o que os ingleses desejavam secretamente era tomar café da manhã três vezes ao dia. De sua parte, aquilo era pura verdade. Ela podia viver de bacon, ovos, croissants, linguiças, panquecas com xarope de bordo e mingau de aveia com um denso açúcar mascavo. Suco de laranja natural e café forte. E óbvio que estaria morta em um mês.

Morta.

A espátula de Myrna pairou sobre o bacon que ela estava mexendo. A gordura espirrou na mão dela, mas Myrna não reagiu. Ela estava de novo naquele quarto terrível, naquela noite terrível. Virando Madeleine de barriga para cima.

– Meu Deus, que cheiro bom – disse uma voz familiar do outro lado do loft.

Myrna voltou a si e se virou. Clara e uma outra mulher estavam paradas ali, tirando as botas enlameadas. A outra olhava em volta, maravilhada.

– *C'est magnifique* – disse Lacoste, arregalando os olhos.

Agora, tudo que Lacoste queria era se sentar na longa mesa retangular, comer bacon com ovos e nunca mais ir embora. Ela deu uma olhada na sala. Havia vigas de madeira aparentes no alto, escurecidas pelo tempo. As quatro paredes eram de tijolos quase cor-de-rosa, com pinturas abstratas marcantes penduradas, em um fluxo interrompido apenas por estantes repletas de livros e grandes janelas maineladas. Em frente ao fogão a lenha no centro da sala havia um sofá largo e duas poltronas gastas, uma de cada lado. O piso era feito de tábuas largas de pinho amarelado. E Lacoste suspeitava que as duas portas levavam a um quarto e um banheiro.

Ela estava em casa. De repente, Lacoste teve vontade de pegar a mão de Clara. A casa dela era ali. Naquele loft. Mas também com aquelas mulheres.

– *Bonjour* – disse a grande mulher negra de cafetã que caminhava em sua direção, com os braços estendidos e um sorriso adorável. – *C'est agent Lacoste, n'est-ce pas?*

– *Oui.*

Lacoste deu e recebeu dois beijinhos nas bochechas. Então Myrna se virou e repetiu o ritual com Clara, abraçando-a.

– Querem tomar café? Eu fiz bastante. E posso fazer mais. O que foi?

Ela podia ver a tensão no rosto de Clara.

– A agente Lacoste precisa da nossa ajuda.

– Como eu posso ajudar?

Myrna olhou para a jovem vestida de maneira simples e elegante, como a maioria das quebequenses. Perto dela, Myrna parecia uma casa. Um lar confortável e feliz.

Sentindo que suas palavras maculavam aquele lugar maravilhoso,

Lacoste explicou. Quando terminou, Myrna ficou quieta e fechou os olhos. Até que enfim os abriu.

– Claro que vamos ajudar você, criança.

DEZ MINUTOS DEPOIS, COM O BACON FORA do fogão, a chaleira desplugada e Myrna completamente vestida, as três mulheres caminhavam lentamente pela vila, que começava a se agitar. Uma ligeira névoa pairava sobre o lago e se agarrava às montanhas.

– Eu lembro que quando a sua vizinha morreu – disse Lacoste a Clara –, vocês fizeram um ritual.

Myrna assentiu. Ela se lembrava de ter caminhado por Three Pines com um ramo fumegante de sálvia e *sweetgrass*. O objetivo era trazer a alegria de volta a um lugar queimado pelo ato brutal do assassinato. Tinha funcionado.

– Um antigo ritual pagão de um tempo em que "pagão" significava "camponês", "camponês" significava "trabalhador" e ser trabalhador era uma coisa significativa – explicou Myrna.

A agente Isabelle Lacoste ficou em silêncio. Baixou a cabeça, fitando as galochas, que guinchavam na rua lamacenta. Ela amava aquele vilarejo. Em nenhum outro lugar podia caminhar no meio da rua e confiar que ninguém a atropelaria. Sentiu o cheiro da terra e dos pinheiros que as acompanhavam dos dois lados.

– Madeleine foi assassinada? – perguntou Clara. – É por isso que você quer fazer isso?

– Foi.

Myrna e Clara pararam.

– Não acredito – disse Myrna.

– Coitada da Madeleine – soltou Clara. – Coitada da Hazel. Ela faz tudo para os outros, e agora isso.

Se gentilezas pudessem nos proteger da tragédia, pensou Lacoste, *o mundo seria um lugar melhor.* Muita coisa seria feita por puro interesse, pode ser, mas pelo menos seria um interesse gentil. *É isso o que eu estou fazendo agora? Tentando conseguir um favor? Tentando provar que sou bondosa para qualquer que seja o poder que decide sobre a vida e a morte e distribui recompensas?*

126

As três mulheres olharam mais uma vez para o local de destino, acima da vila. *Maldita casa dos Hadleys*, pensou Clara enquanto avançavam com dificuldade. *Tirou mais uma vida.*

Clara esperava que ela estivesse satisfeita, que estivesse cheia. Deu graças a Deus por não ter tomado café da manhã ainda e torceu para não estar cheirando a ovos e bacon.

– Por que você faz isso? – perguntou Myrna a Lacoste em voz baixa.

– Porque eu acho que é possível... – Ela parou e começou de novo: – Porque nunca se sabe...

Myrna se virou e pegou a mão dela. A agente Lacoste não estava acostumada a dar a mão a suspeitos e testemunhas, mas não recuou.

– Está tudo bem, criança. Olhe para a gente. Somos duas velhas, Clara e eu. A gente colocou fogo em uma porcaria de um ramo de sálvia e defumou o vilarejo para proteger de espíritos malignos. Eu acho que a gente vai entender.

Isabelle Lacoste riu. Durante toda a vida adulta ela tivera vergonha de suas crenças. Havia sido criada na religião católica, mas em uma manhã fria e sombria, ao olhar para a mancha vermelha no asfalto onde um jovem tinha sido atropelado sem receber socorro, fechara os olhos e conversara com o morto.

Disse que ele não seria esquecido. Nunca seria. Que ela descobriria quem tinha feito aquilo com ele.

Aquela havia sido a primeira vez. Tinha parecido algo inocente, mas um outro instinto havia despertado dentro dela. E lhe falou para ter cuidado. Não com os mortos, mas com os vivos. E, quando Lacoste foi surpreendida por um colega, seus medos provaram ter fundamento. Ela acabou sendo ridicularizada sem piedade. Perseguida pelos corredores da Sûreté, pelos colegas que riam e zombavam dela por se comunicar com espíritos.

Quando estava prestes a desistir, quando estava com a carta de demissão nas mãos, esperando do lado de fora do escritório do supervisor, a porta se abriu e o inspetor-chefe Gamache surgiu ali. Todo mundo o conhecia, é claro. Mesmo sem a notoriedade do caso Arnot, ele já era famoso.

Ele olhou para ela e sorriu. E depois fez uma coisa extraordinária. Estendeu a mão para ela, se apresentou e disse:

"Vai ser um privilégio para mim, agente Lacoste, se você vier trabalhar comigo."

Ela pensou que fosse uma brincadeira. Os olhos dele estavam grudados nos dela.

"Por favor, aceite."

E ela aceitou.

Ela suspeitava que o inspetor-chefe Gamache soubesse que, em todas as cenas de homicídio, quando a atividade cessava, quando as equipes iam para casa e o ar assentava de novo no lugar, Isabelle Lacoste continuava lá.

Falando com os mortos. Assegurando a eles que o inspetor-chefe Gamache e sua equipe cuidariam do caso. Dizendo que não seriam esquecidos.

Debaixo daquela luz suave, segurando as mãos ásperas de Myrna e olhando para os calorosos olhos azuis de Clara, ela baixou a guarda.

– Eu acho que o espírito de Madeleine Favreau ainda está aqui – disse ela, olhando para a desolada casa da colina. – Esperando pela gente para se libertar. Eu quero que Madeleine saiba que a gente está tentando e que ela não vai ser esquecida.

– Isso que você faz é uma coisa sagrada – comentou Myrna, apertando as mãos dela. – Obrigada por pedir a nossa ajuda.

Isabelle Lacoste se perguntou se elas ainda estariam agradecidas dentro de alguns minutos. Finalmente, as três pararam, ombro a ombro, de frente para o casarão.

– Vamos – disse Clara. – Não adianta, que isso não vai ficar mais fácil.

Ela foi rápido pelo caminho irregular até a porta da frente e girou a maçaneta.

– Está trancada – declarou, em sua imaginação voltando à casa de Myrna e se maravilhando com o bacon curado no bordo, os ovos, torradas quentes e geleia caseira.

Elas tinham tentado, feito tudo o que podiam, ninguém teria como…

– Eu tenho a chave – disse Lacoste.

Droga.

NAQUELE EXATO MOMENTO, ARMAND GAMACHE e Jean Guy Beauvoir entravam no Hospital de Cowansville. Umas poucas pessoas estavam do lado de fora fumando, uma delas carregando um tanque de oxigênio atrás de si. Os dois homens se afastaram dela.

– Por que vocês demoraram tanto?

A agente Yvette Nichol estava parada na porta da lojinha de suvenires, com a barra de seu terninho azul de caimento ruim suja de lama, o cabelo em corte de pajem fora de moda desde o século XVII e um batom que dava a impressão de que alguém tinha usado um descascador de batatas em seus lábios.

– Agente Nichol – disse Beauvoir, cumprimentando-a com a cabeça.

Aquele rosto carrancudo e mal-humorado revirou o estômago dele. Ele sabia, simplesmente sabia, que Gamache havia cometido um tremendo erro ao incluí-la na equipe. Ele não fazia ideia do motivo de o chefe ter feito aquilo.

Mas podia adivinhar. A missão pessoal de Gamache era ajudar todas as criaturas disfuncionais, defeituosas e degeneradas. E não apenas ajudar com uma carta de recomendação, por exemplo, mas incluí-las na equipe. Ele as recolhia e as colocava na Divisão de Homicídios, a unidade mais prestigiosa da Sûreté, para trabalhar com o detetive mais famoso do Quebec.

O próprio Beauvoir tinha sido o primeiro.

Ele era tão desprezado no destacamento de Trois-Rivières que tinha sido designado permanentemente para a sala de evidências. Que era quase literalmente uma jaula. Só não havia pedido demissão porque sabia que só de estar ali já irritava os chefes. E estava com ódio. Provavelmente era melhor ficar numa jaula mesmo.

Então o inspetor-chefe o encontrara, o levara para a Divisão de Homicídios e, alguns anos depois, o promovera a inspetor, o segundo no comando. Mas Jean Guy Beauvoir nunca havia saído totalmente da jaula. Na verdade, agora era ela que ficava dentro dele e, lá, o inspetor guardava o pior de sua raiva, onde ela não poderia causar estragos.

Ao lado dessa jaula, havia outra, mais silenciosa. Nela, enroscado em um canto, havia algo que o assustava muito mais do que a sua fúria. Beauvoir vivia com medo de que um dia a criatura que vivia ali dentro escapasse.

Nessa jaula, ele mantinha o seu amor. Que, se um dia saísse de lá, iria direto para Gamache.

Jean Guy Beauvoir olhou para a agente Nichol e se perguntou o que tinha em sua jaula. O que quer que fosse, ele torcia para que estivesse bem trancado. O que ela deixava sair já era malévolo o suficiente.

Eles desceram ao último piso do hospital e entraram em uma sala que não tinha nada de natural. Nem a luz, nem o ar, que cheirava a produtos químicos, nem os móveis, que eram de alumínio. Nem mesmo a morte.

Um técnico de meia-idade puxou de forma impassível a gaveta onde jazia Madeleine Favreau. Abriu o zíper da bolsa casualmente e deu um pulo para trás.

– Ah, merda! – gritou. – O que aconteceu com ela?

Embora eles estivessem preparados para aquilo, demorou um instante para que o espírito dos calejados investigadores da equipe de homicídios voltasse ao corpo. Gamache foi o primeiro a se recuperar.

– O que isso parece para o senhor? – perguntou.

O técnico se aproximou um pouco, esticando a cabeça até o limite do pescoço, e espiou dentro da bolsa de novo.

– Cacete – disse ele, suspirando. – Não sei, mas tenho certeza de que não quero morrer assim – comentou, virando-se para Gamache. – Assassinato?

– Morreu de medo – declarou Nichol, em transe, sem conseguir desgrudar os olhos daquele rosto.

Madeleine Favreau estava congelada em um grito. Os olhos estavam esbugalhados, os lábios esticados sobre os dentes e a boca aberta. Era horrível.

O que poderia ter causado aquilo?

Gamache olhou de novo. Então respirou fundo.

– Que horas a Dra. Harris vai chegar? – perguntou ele.

O técnico consultou a escala.

– Às dez – respondeu com uma voz grave, tentando compensar o gritinho anterior.

– *Merci* – disse Gamache, e saiu.

Os outros dois o acompanharam, assim como o cheiro de formol.

Myrna, Lacoste e Clara foram direto para a escada. As pernas curtas de Clara se esforçavam para acompanhar as de Myrna, que subia de dois em dois degraus. Clara tentou se esconder atrás da outra, na esperança de que os demônios encontrassem a amiga primeiro. A não ser que eles estivessem vindo por trás.

Ao se virar por um momento, Clara se chocou contra Myrna, que tinha parado de repente no corredor.

– Se meu pai visse isso – disse Myrna –, ele insistiria para a gente casar.

– Que bom saber que ainda existem homens antiquados.

Myrna havia parado porque a agente Lacoste, que liderava o trio, também tinha interrompido o trajeto. De repente. No meio do corredor.

Clara deu uma espiadinha de trás de seu escudo de Myrna e viu Lacoste parada e alerta.

Ai, meu Deus, pensou. *O que foi agora?*

Devagar, Lacoste avançou. Myrna e Clara a seguiram. Então Clara viu. Tiras de fita amarela espalhadas pelo chão. Tiras de fita amarela pendendo do batente da porta.

A fita da polícia tinha sido violada: não simplesmente removida ou cortada, mas retalhada. Alguma criatura quisera muito entrar ali.

Ou sair.

Pela porta aberta, Clara viu a sala escura. Bem no meio do círculo de cadeiras, dentro do círculo de sal, jazia um passarinho, um tordo.

Morto.

DEZOITO

O agente Robert Lemieux enfiou mais lenha no imenso fogão preto que ficava no meio da estação ferroviária desativada. Ao redor dele, os técnicos colocavam mesas e quadros-negros, computadores e impressoras. A estação abandonada pela Canadian National Railway estava irreconhecível. Seria até difícil reconhecê-la como a atual sede do corpo de bombeiros voluntário de Three Pines, não fosse pelo imenso caminhão vermelho estacionado ali. Os técnicos removiam cuidadosamente alguns pôsteres de segurança contra incêndios e outros do Prêmio do Governador-Geral para Poesia em Língua Inglesa. Em um deles, na premiação da própria chefe dos voluntários, Ruth Zardo, ela fitava a todos com um olhar mal-encarado, como se alguém lhe tivesse jogado cocô.

O inspetor Beauvoir havia ligado para Lemieux na noite anterior e ordenado que ele fosse até Three Pines mais cedo para ajudar a preparar o espaço. Até então, ele só tinha evitado ficar no meio do caminho dos técnicos e acendido a lareira. Além de ter dado um pulo na lanchonete Tim Horton de Cowansville para comprar cafés com duas colheres de creme e duas de açúcar e caixas de donuts.

– Ótimo, você está aqui – disse o inspetor Beauvoir, marchando para dentro da sala, seguido pela agente Nichol.

Nichol e Lemieux se encararam.

Por mais que tentasse, ele não conseguia entender o que havia feito para gerar tamanha hostilidade na agente. Tinha tentado ser amigo dela. Aquela era a ordem do superintendente Brébeuf. Fazer amizade com todos. E ele tinha conseguido. Era bom nisso. Sempre havia feito amigos com facilidade.

Com exceção dela. E aquilo o irritava. *Ela* o irritava, talvez porque realmente mostrava o que sentia, e isso o confundia e incomodava. Ela era como uma espécie nova e perigosa.

Ele sorriu para Nichol e recebeu de volta um sorriso de desdém.

– Onde está o inspetor-chefe? – perguntou Lemieux a Beauvoir.

Havia cinco mesas dispostas em círculo, com uma mesa de reunião no centro. Cada uma delas tinha um computador, e os telefones estavam sendo plugados.

– Ele está com a agente Lacoste. Vão chegar daqui a pouco. Ah, chegaram – disse Beauvoir, meneando a cabeça para a porta.

De casaco impermeável e boina de tweed, o inspetor-chefe Gamache atravessou a sala, com a agente Lacoste logo atrás.

– Estamos com um problema – declarou Gamache após fazer um aceno de cabeça para Lemieux e tirar a boina. – Sentem-se, por favor.

A equipe se reuniu ao redor da mesa de reunião. Familiarizados com os métodos de Gamache, os técnicos tentaram diminuir o barulho.

– Agente Lacoste?

Gamache não se deu ao trabalho de tirar o casaco, e agora Beauvoir estava preparado para ouvir algo sério. Isabelle Lacoste, também ainda de casaco e galochas, tirou as luvas e estendeu as mãos na mesa.

– Alguém invadiu o quarto da antiga casa dos Hadleys.

– A cena do crime? – perguntou Beauvoir.

Aquilo quase nunca acontecia. Poucas pessoas eram tão burras. Instintivamente, ele olhou para Nichol, mas logo descartou a ideia.

– Eu estava com o meu kit, então tirei fotos e colhi impressões digitais. Assim que os técnicos estiverem prontos, vou mandar para o laboratório, mas vocês já podem dar uma olhada nas fotos.

Ela entregou a câmera digital a eles. Aquilo ficaria muito mais claro quando as imagens fossem transferidas para os computadores, mas, ainda assim, era o suficiente para deixá-los em silêncio. Gamache, que já tinha visto as imagens, foi falar com os técnicos.

Por um instante, até o inspetor Beauvoir ficou sem palavras.

– A fita não estava só rasgada, estava despedaçada.

Ele odiava se sentir daquele jeito. Com o corpo todo dormente, a cabeça leve como se algo tivesse se desconectado dela e agora flutuasse sobre ele.

Ele queria aquele algo de volta, e fechou os punhos com mais e mais força até que as unhas curtas estivessem cravadas nas palmas.

Funcionou.

– O que é isto? – perguntou Nichol. – Parece que alguém fez cocô ali.

– Agente Nichol – disse Gamache. – A gente precisa de comentários construtivos, não infantis.

– Bom, mas que parece, parece – insistiu Nichol, olhando para Lemieux e Lacoste, que não ajudariam nem se concordassem com ela.

E Beauvoir, aliás, concordava. No chão, no meio do círculo de cadeiras, havia um montinho escuro. Parecia um cocozinho. Aquilo era cocô de urso? Será que um urso havia despedaçado a fita? Será que uma ursa tinha se abrigado na antiga casa dos Hadleys com sua prole?

Fazia sentido.

– É um passarinho – explicou Lacoste. – Um filhote de tordo.

Beauvoir ficou feliz de ter mantido a boca fechada. Urso. Filhote de passarinho. Tanto faz.

– Coitadinho – disse Lemieux, recebendo um olhar fulminante de Nichol e um leve sorriso de Gamache.

– Este aqui já está pronto, senhor – avisou um dos técnicos, acenando de um dos computadores.

O técnico se sentou e estendeu a mão. Lacoste entregou a câmera e o kit de impressões digitais a ele. Em segundos, as digitais foram enviadas a Montreal e as fotos surgiram na tela. Logo, um por um, os computadores ganharam vida, todos com a mesma cena perturbadora, uma espécie de descanso de tela macabro. Uma foto tirada do corredor mostrava a fita policial destroçada em primeiro plano e o pequeno pássaro morto no meio do círculo de cadeiras.

O que essa casa quer?, perguntou-se Gamache. Tudo que entrava vivo ali saía morto ou mudado.

– *Alors* – disse Beauvoir quando eles voltaram para a mesa de reunião. – Como vocês sabem, isto agora é uma investigação de homicídio. Vou atualizar vocês.

Ele pegou um dos copos grandes, prendendo a tampa de plástico para beber, depois abriu uma caixa de donuts com cobertura de chocolate.

De maneira sucinta, o inspetor Beauvoir relatou o que eles sabiam sobre a vítima e o assassinato. Conforme descrevia a sessão espírita, o barulho da sala foi diminuindo, até que houvesse silêncio total. Gamache notou que outro círculo havia se formado em volta deles, do pessoal da equipe técnica, atento àquela narração como campistas ao redor da fogueira ouvindo histórias de fantasmas.

– Por que eles fizeram uma sessão espírita? – quis saber Lemieux.

– Seria melhor perguntar de quem foi a ideia – replicou Nichol.

– Parece que quem teve a ideia de fazer a primeira sessão, no bistrô, foi Gabri Dubeau – contou Beauvoir. – Mas a gente não sabe quem sugeriu a sessão na casa dos Hadleys.

– Por que você disse que é importante saber quem sugeriu a sessão espírita? – perguntou Gamache.

– Bom, é óbvio, não é? Se você quiser matar alguém de medo, não vai para a Disney. Você escolhe um lugar que por si só já assusta as pessoas. Tipo a antiga casa dos Hadleys.

Nichol quase disse "Dããã" bem na cara do inspetor-chefe. Todos ficaram em silêncio, aguardando a reação dele. Depois de um instante, ele assentiu.

– Talvez você tenha razão.

– Mas ela não morreu de medo – disse Beauvoir, virando-se para Nichol. Ele estava com raiva dela pela insubordinação e furioso com Gamache por permitir aquilo. Qual era o problema dele? O que ele estava fazendo, permitindo que ela fizesse parte da equipe, para início de conversa? Por que ele passava a mão na cabeça dela, mais do que faria com qualquer outra pessoa? Entre tantos outros argumentos, aquilo simplesmente era péssimo para a disciplina do grupo. No entanto, ao ver o olhar de desprezo estampado no rosto de todos, ele entendeu que ninguém daquela sala usaria a agente Yvette Nichol como modelo.

– Se você ficasse calada e escutasse, saberia que ela foi envenenada.

– Efedrina – disse o inspetor-chefe. – O médico primeiro pensou que a vítima tivesse morrido de infarte, mas, como ela era muito jovem, decidiu fazer um exame de sangue. O resultado indicou um nível altíssimo de efedrina.

Nichol cruzou os braços e ficou em silêncio.

– Eu pesquisei sobre efedrina ontem à tarde – comentou Lemieux, pegando seu caderninho. – Na verdade, não é uma substância química. Vem de uma planta. Uma erva chamada *Ephedra dis-ta-chya*. – Ele pronunciou devagar e com cuidado, embora provavelmente ninguém ali fosse corrigi-lo. – É cultivada no mundo inteiro.

– É como a maconha? – perguntou Lacoste.

– Não, não é alucinógena, nem relaxante. É exatamente o oposto. Costumava ser encontrada em lojas chinesas na forma de chá, para aliviar... – disse ele, consultando o caderninho de novo – ... resfriados e asma, mas imagino que alguém...

– É melhor não imaginar – murmurou Gamache.

– Desculpa.

Lemieux baixou a cabeça e folheou rapidamente as anotações, indo para a frente e para trás, enquanto a equipe inteira o encarava. Finalmente, encontrou o rabisco.

– Uma empresa farmacêutica chamada Saltzer percebeu que também funcionava como suplemento dietético. Acelera o metabolismo, o que queima gordura. O mercado para isso era imenso, muito maior do que para descongestionantes ou remédios para resfriado. Todo mundo quer emagrecer.

– Mas nem todo mundo precisa – disse Lacoste. – Esse é o problema. Eles criaram uma demanda onde não deveria haver.

– Você está familiarizada com a efedrina? – perguntou Gamache.

– Já ouvi falar, só isso. Mas estou familiarizada com problemas de autoimagem. A maioria das mulheres se acha gorda, sabe?

Ela cometeu o erro de olhar para Nichol, que deu de ombros. Afinal de contas, Lacoste não a havia apoiado quando ela fizera o comentário do cocô, então agora ela que se virasse sozinha.

– Isso não tem nada a ver com autoimagem – disse Beauvoir, tentando trazer de volta o foco da discussão.

– Talvez tenha – argumentou Gamache. – Madeleine Favreau estava com 44 anos, no início da meia-idade. Uma busca no quarto dela demonstrou que ela não tinha problemas com o corpo, nenhum livro de dieta ou revistas com matérias sobre perda de peso, nem mesmo bebidas ou produtos para emagrecer na geladeira.

Nichol sorriu para Lacoste. Gamache não tinha concordado com a generalização grosseira dela.

– Não temos nenhuma razão para pensar que ela estivesse tomando efedrina para perder peso – disse ele.

136

– Ela podia estar tomando por causa de um resfriado? – perguntou Lacoste, sem se intimidar com a perturbada da Nichol.

– A efedrina não é mais vendida para isso – explicou Lemieux.

– E, mesmo se fosse, não encontramos nenhum remédio desses no quarto nem no banheiro dela. Vamos fazer uma nova busca, mas, a não ser que Madeleine tenha escondido a efedrina, e não tinha razão para fazer isso, alguém deu o medicamento para ela.

– E é por esse motivo que o senhor afirma que foi assassinato – disse Beauvoir.

– É por esse motivo que eu acho que pode ter a ver com autoimagem.

Todos olharam para ele, perplexos, sentindo que haviam perdido o fio da meada.

– Madeleine Favreau não estava tomando efedrina, mas alguém estava. Alguém comprou essa substância, provavelmente para si mesmo, e depois usou nela.

– Mas a efedrina foi proibida aqui no Canadá. Há anos – disse Lemieux.
– E também foi proibida nos Estados Unidos e no Reino Unido.

– Por quê? – quis saber Lacoste.

O agente Lemieux consultou suas anotações de novo. Não queria cometer um erro.

– Houve 155 mortes nos Estados Unidos e mais de mil acidentes foram relatados por médicos. Principalmente derrames e problemas de coração. E não em idosos. A maioria dessas pessoas era jovem e saudável. Eles abriram uma investigação e chegaram à conclusão de que a efedrina queima mesmo gordura, mas também aumenta a frequência cardíaca e a pressão arterial.

– Depois, dois atletas morreram – disse Beauvoir.

– Isso, um jogador de beisebol e um de futebol americano – confirmou Lemieux. – Foi quando realmente jogaram o filhote de tordo no ventilador – completou ele, fazendo até Gamache sorrir, mas não Nichol. – Eles abriram uma investigação e descobriram que a efedrina afeta o coração, mas geralmente de pessoas com doenças pré-existentes.

– Então ela aumenta a frequência cardíaca de todo mundo – relembrou Beauvoir, que havia conseguido o que queria: fatos. – Mas só mata as pessoas que já têm problema de coração?

– Não tinha nenhum remédio no armário do banheiro – disse Gamache. – O relatório da legista só sai no fim do dia.

– Quantas pessoas já devem ter ouvido falar de efedrina? – questionou Beauvoir. – Eu nunca tinha ouvido, mas também não faço dieta. Faz sentido afirmar que a maioria das pessoas que faz dieta já ouviu falar disso?

Ele se virou para Lacoste, que parou para pensar. De vez em quando ela fazia dieta. Como a maioria das mulheres, tinha um espelho que um dia a mostrava gorda e, no outro, magra.

– Acho que todo mundo que faz dieta com frequência já ouviu falar – respondeu ela, devagar, pensando sobre o assunto. – As pessoas que fazem dieta ficam obcecadas por perder peso. Qualquer produto que prometa que você vai emagrecer sem fazer muito esforço chama a atenção.

– Então a gente está procurando alguém que faz dieta? – perguntou Nichol, confusa.

– Mas tem um problema – interveio Lemieux. – Não dá para comprar efedrina aqui. Nem nos Estados Unidos.

– Isso é mesmo um problema – admitiu Gamache.

– A não ser que… – disse uma voz atrás deles.

O técnico que tinha baixado as informações para o computador estava sentado em uma das mesas e os olhava por trás da tela plana.

– Dá para comprar on-line – completou ele, apontando para a tela.

O grupo se levantou e foi até a estação em que ele estava. Na tela, havia uma longa lista de sites encontrados no Google, todos oferecendo o envio da perfeitamente segura efedrina a qualquer pessoa desesperada e estúpida o suficiente para desejá-la.

– Mesmo assim – ponderou Gamache, endireitando-se –, a efedrina sozinha não faria isso. Uma vez no corpo de Madeleine, o potencial estava lá, mas o assassino precisava de mais uma coisa. Um acessório. A antiga casa dos Hadleys.

Para a surpresa de todos, ele se virou para Nichol:

– Você estava certa. Ela morreu de medo.

DEZENOVE

Clara se recostou e pegou a caneca. À sua frente jaziam os restos do café da manhã. Migalhas. O prato parecia tão desamparado que ela resolveu colocar duas fatias de pão na torradeira.

Ela e Myrna tinham acompanhado a agente Lacoste à antiga casa dos Hadleys e aguardaram enquanto ela fazia o que precisava fazer. Demorou um pouquinho demais para o gosto delas, aliás. Durante a maior parte do tempo, Clara ficou dentro do quarto olhando para o passarinho, enroscado de lado, as pernas na altura do peito, não muito diferente de Madeleine, embora menor. E com penas. Bom, talvez um pouco diferente de Madeleine. Mesmo assim, havia uma semelhança. Os dois estavam mortos.

Mas, embora Clara se sentisse péssima por Madeleine, não carregava nenhuma culpa. Com aquela criaturinha, era diferente. Ela sabia que tinha ajudado a matá-la. Todos sabiam que havia um pássaro no lugar. Na verdade, tinha sido justamente por isso que haviam decidido usar aquele quarto específico, na esperança de, quem sabe, salvá-lo.

Mas ela havia ao menos tentado? Não. Em vez disso, ficou morrendo de medo de que o bicho surgisse das sombras e os atacasse. Havia chegado a odiá-lo. Tinha desejado que ele morresse, ou que pelo menos fosse embora ou tentasse atacar outra pessoa.

E agora ele estava ali. Morto. Um bebê. Um tordo pequenino e assustado, que provavelmente tinha caído de um ninho na chaminé e só queria voltar para casa e reencontrar a mãe.

Por fim, a agente Lacoste anunciara que estava pronta. As três mulheres se deram as mãos, olhando para o círculo de sal. E cada uma enviou pensamentos para Madeleine. A agente Lacoste tinha visto apenas a casca grotesca, mas Clara e Myrna se lembravam dela viva. Era libertador ver Madeleine sorrindo. Rindo. Brilhando. Ouvindo e assimilando tudo com aqueles olhos interessados. A Madeleine viva tinha se tornado ainda mais real. Como deveria ser.

Então Clara pensou no passarinho, pediu desculpas a ele e prometeu melhorar.

Aqueles foram os momentos mais tranquilos que Clara já havia passado na antiga casa dos Hadleys. Mesmo assim, nenhuma delas protestou na hora de ir embora.

Quando estavam saindo, o inspetor-chefe Gamache ia passando por ali, e a agente Lacoste acenou para ele. Myrna e Clara o cumprimentaram e voltaram para o loft, e, enquanto Myrna recolocava o bacon no fogo, Clara ligou para Peter para avisar onde estava.

"Você viu o jornal?", perguntou ele.

"Não, estávamos muito ocupadas fazendo um exorcismo."

"Você está na casa da Myrna? Não saia daí. Já estou chegando."

Myrna colocou mais bacon na frigideira e moeu um pouco de café enquanto Clara arrumava a mesa e cortava o pão. Quando Peter chegou, o café da manhã estava pronto.

– É da *boulangerie* da Sarah – disse ele, segurando um saco de papel.

Clara o pegou e beijou o marido. Croissants.

Vinte minutos depois, Peter lambia os dedos e tirava um pouco de manteiga da bochecha de Clara. Que não estava nem perto da boca da mulher. *Como ela faz isso?*, perguntou-se ele, maravilhado. Era como ter um superpoder que não servia para nada.

– Eu dei uma passada na loja do monsieur Béliveau também – comentou ele, servindo os cafés.

– Ele abriu a mercearia? – perguntou Myrna. – Eu nem reparei.

– Como sempre. Ele foi jantar lá em casa ontem, sabe? – disse Peter, abrindo alguns potes de geleia.

Um deles ainda estava com o lacre de cera, e Peter precisou abri-lo com a faca.

– Ele não comeu quase nada.

– Não me surpreende – disse Myrna. – Eu acho que ele amava Madeleine.

Os outros dois assentiram. Coitado do homem. Perder as duas mulheres que havia amado em um período de poucos anos. Ele tinha sido tão doce no jantar da noite anterior… Até havia levado uma torta da *boulangerie*. Mas a energia dele acabara diminuindo e, em meia hora, ele estava ali, quieto, mexendo a comida no prato. Peter continuava enchendo a taça dele de vinho, e Clara seguia tagarelando sobre terminar o jardim. Ela sabia que aquela era a beleza da amizade. Ninguém esperava nada de monsieur Béliveau e ele sabia disso. Às vezes, era bom não estar sozinho.

Ele tinha ido embora cedo, logo depois do jantar. E parecia um pouco mais animado. Clara e Peter haviam levado Lucy e acompanhado monsieur Béliveau até a casa dele, do outro lado da praça. Na varanda, os dois o haviam abraçado, mas sem tentar dizer nada para reconfortá-lo – aquilo seria mais para eles do que para o amigo. Monsieur Béliveau precisava se sentir mal. Só assim ele se sentiria melhor.

Agora, durante o café da manhã, Clara e Myrna contavam a Peter sobre a manhã que tiveram. Ele ouvia, espantado com a coragem delas de voltar àquela casa e chocado com a estupidez das duas. Elas realmente acreditavam que o espírito de Madeleine estava pairando pela casa e podia ouvi-las? Sem falar no espírito de um pássaro morto. E, o que era ainda mais desconcertante, uma policial da Sûreté acreditava nisso? Mas aquilo o lembrou de uma coisa. Ele pegou o jornal que havia trazido e o abriu.

– Escutem só isso.

– É o placar do golfe? – perguntou Myrna, servindo-se de mais café e oferecendo uma caneca a Clara.

Peter estava escondido atrás das páginas do *La Journée*, o jornal diário de Montreal.

– Isso é da coluna da cidade – respondeu ele, tirando a cabeça de trás das páginas abertas.

Myrna estava colocando leite em seu café, e Clara, retirando com cuidado o pão da torradeira. Ela deu uma fatia para Myrna, pegou a geleia e começou a espalhar uma camada generosa em sua torrada. As duas não estavam prestando nenhuma atenção, e Peter voltou a se esconder atrás do jornal, com um sorriso. Sabia que aquilo ia mudar em breve. Começou a ler em voz alta:

– "É preocupante que um policial sênior da Sûreté du Québec esteja vivendo muito além de suas posses. Segundo minhas fontes, um homem na posição dele não deve ganhar mais do que 95 mil dólares ao ano. Até isso, na minha opinião, é muito. Mesmo com esse salário extremamente generoso, o estilo de vida dele excede a renda aparente. Ele usa roupas de grife, a maioria inglesa. Passa férias na França. Tem uma vida glamourosa em Outremont. E recentemente comprou um Volvo."

Peter abaixou lentamente o jornal. Myrna e Clara o encaravam com os olhos quase tão abertos quanto a boca. Cada uma segurando uma torrada suspensa no ar.

Ele ergueu o jornal de novo, para ler a última frase. O golpe fatal.

– "E tudo isso desde o triste caso do superintendente Pierre Arnot. O que ele precisou fazer para ganhar esse dinheiro?"

GABRI OBSERVOU SUA HÓSPEDE TOMAR O ÚLTIMO gole do chá e pousar a xícara no pires. Da cozinha, ele espiava pela porta de vaivém e viu pela fresta que ela se levantava.

Jeanne Chauvet tinha voltado para a pousada depois do jantar. Gabri havia sorrido, dado a ela a chave do quarto e, discretamente, ligado para a casa de Gamache.

"Ela voltou", sussurrara ele.

"*Pardon?*"

"Ela voltou", repetira, com mais vigor.

"Quem está falando?"

"Ai, pelo amor de Deus, a bruxa voltou!", gritara Gabri ao telefone.

"Gabri?"

"Não, Glinda. Óbvio que sou eu. Ela voltou tem uns cinco minutos. O que é que eu faço?"

"Nada, *patron*. Pelo menos hoje. Mas não deixe que ela vá embora enquanto eu não chegar. *Merci.*"

"Quando o senhor chega? Como é que eu vou impedir a mulher de ir embora? *Allô?* Gamache, *allô?*

Ele havia fitado o teto a noite inteira, tentando descobrir uma maneira de segurar aquela mulher miúda no andar de baixo. E, agora, o momento tinha chegado. Ela estava se levantando da mesa.

Será que aquela mulherzinha tímida era uma assassina? Provavelmente, sim, pensou ele. Ela com certeza tinha sido a responsável por aquela sessão espírita, e aquela sessão espírita havia matado Madeleine. Na verdade, também tinha quase matado ele mesmo. Será que essa era a intenção dela? Aquela mulher terrível estava tentando matá-lo? Ele era o verdadeiro alvo? Mas quem o queria morto?

De repente, uma longa lista surgiu, começando pela garotinha que Gabri tinha atormentado no ensino fundamental, passando por amigos cujas receitas ele havia roubado e culminando nos alvos de comentários propositalmente ofensivos que ele fizera pelas costas, mas em alto e bom som. Muito inteligentes e cortantes. As pessoas haviam rido, e Gabri tinha se deleitado, tentando não reparar nos olhares de dor, confusão e mágoa do rosto daqueles que o consideravam um amigo.

Não tinha sido por isso que ele e Olivier haviam decidido se mudar para lá? Em parte, para fugir da montanha de lixo que tinham criado na vida antiga, mas principalmente para viver em um lugar onde a bondade superava a atitude espertinha?

Ele tinha recomeçado ali, mas será que sua vida antiga o havia encontrado? Será que uma daquelas bichas velhas tinha achado Gabri e contratado aquela bruxa para pegá-lo?

Sim, era a única explicação possível. Se aquela mulher não o matasse agora, e talvez não fizesse isso com Gamache ali, ela ao menos o amaldiçoaria. Faria algo murchar e cair. Gabri torcia para que não fosse o seu cabelo.

Jeanne deu uma olhada na sala e caminhou lentamente pelo corredor até o quarto.

Será que ela vai sair pela janela do outro lado?, perguntou-se Gabri. Era o tipo de coisa traiçoeira que ela faria. Ele abriu a porta um pouco mais e colocou a cabeça para fora da cozinha. O gato escapou e caminhou despreocupadamente para a sala de jantar.

– Procurando a sua dona, seu merdinha? – sussurrou Gabri, agora convencido de que o maldito gato de Olivier tinha se tornado íntimo de Jeanne.

E, o que quer que aquilo significasse, boa coisa não era. Esticando o pescoço, ele viu que o caminho estava livre. Espremeu o corpo largo pela nesga na porta, tentando manter a abertura o mais estreita possível, mas escancarando-a no meio do processo. Então, caminhando pé ante pé, ele espiou o corredor. A janela estava aberta, mas a tela de proteção ainda estava no lugar.

Gabri decidiu que a posição mais estratégica seria na recepção. Após cerca de trinta segundos de intensa vigilância, porém, decidiu que talvez fosse melhor jogar FreeCell no computador enquanto esperava Gamache chegar ou a bruxa matá-lo. Não havia a menor necessidade de ficar entediado. Ao mover o mouse, uma imagem apareceu na tela.

Efedrina, dizia. Gabri leu, pensou em encomendar, mas em vez disso acabou ligando para Olivier.

– Será que ele viu? – perguntou Clara, baixando a torrada.

Finalmente, estava satisfeita, se não farta.

– Ele parecia bem relaxado quando a gente se encontrou hoje de manhã – disse Myrna.

– Ele não ia demonstrar, não é? – comentou Peter, pegando a torrada de Clara.

– E essa história do caso Arnot? Isso foi há muitos anos – comentou Myrna.

– Há uns cinco, pelo menos – concordou Peter.

Ele se sentou e colocou as mãos na mesa de uma maneira relaxada e estudada. Ruth já o havia acusado de ser pomposo e pedante. O que era uma injustiça, ele sabia, mas ainda assim aquilo havia doído. Desde então, tomava cuidado para não parecer muito formal ou ter um ar de superioridade quando contava às pessoas coisas que elas poderiam não saber. Por exemplo, como cortar um tomate direito, ou como segurar o jornal, ou informações sobre o caso Arnot.

Peter tinha lido sobre aquilo na época. Estava em todos os jornais e tinha sido a *cause célèbre* por meses.

– Estou lembrando agora – disse Myrna, virando-se para Peter. – Você ficou obcecado por esse assunto.

– Eu não fiquei obcecado. Foi um caso importante.

– Foi interessante – concordou Clara. – É claro que a gente ainda não conhecia Gamache, mas todo mundo já tinha ouvido falar dele.

– Ele era uma das estrelas da Sûreté – disse Myrna.

– Até o caso Arnot – afirmou Peter. – A defesa pintou Gamache como um hipócrita interesseiro. Contente de receber as honras que vêm com o poder, mas fundamentalmente um fraco. Movido por inveja e orgulho.

– É verdade – concordou Myrna, lembrando-se de mais detalhes aos poucos. – A defesa também não insinuou que ele armou para Arnot?

Peter assentiu.

– Arnot era superintendente da equipe de crimes graves. Durante o julgamento, eles revelaram que Arnot ignorou alguns crimes violentos, até mesmo assassinatos. Ele simplesmente deixou que acontecessem.

– Principalmente quando envolvia pessoas indígenas – disse Myrna, aquiescendo.

– Eu ia dizer isso. Pierre Arnot chegou a dar ordens para que os policiais de maior confiança dele matassem.

– Por quê? – perguntou Clara, tentando acessar aquelas lembranças remotas.

Peter deu de ombros.

– A versão que jornais como este apresentaram – explicou, erguendo o exemplar do *La Journée* – foi a de que Arnot só estava deixando que os criminosos matassem uns aos outros em vez de pessoas inocentes. Fazendo um serviço comunitário.

O loft de Myrna ficou em silêncio, os três se lembrando daquelas revelações chocantes. Elas eram ainda mais chocantes porque os quebequenses, tanto ingleses quanto franceses, costumavam ter um grande respeito, e até carinho, pela Sûreté. Até aquele momento. O julgamento tinha acabado com isso.

Peter se lembrava de ter visto as notícias na TV. De assistir aos policiais seniores da Sûreté chegando todos os dias com o rosto fechado. Os microfones e câmeras enfiados na cara deles. No início, eles chegavam juntos para demonstrar união. Mas, no final, dois foram cortados do grupo.

Gamache e seu superior direto. Superintendente sei lá quem. O superintendente tinha sido o único a se posicionar publicamente a favor de Gamache. Era quase comovente ver os dois homens ficando cada vez mais exaustos e abatidos à medida que as revelações, as acusações e a amargura aumentavam.

Mas, ainda assim, Gamache sorria ao ouvir as mesmas perguntas estúpidas, manipuladoras e ofensivas dos repórteres. Seguia calmo, antiquado em sua gentileza. Mesmo quando foi acusado de ser desleal. Mesmo quando, finalmente, foi acusado de ser cúmplice. De saber sobre os assassinatos e ter dado sua tácita aprovação. Afinal, segundo havia insinuado Arnot, como o chefe da Divisão de Homicídios poderia não saber?

– Foi horrível – disse Clara. – Como ver o desastre do Hindenburg várias vezes, em câmera lenta. Algo nobre foi destruído.

Peter se perguntou se Clara estava se referindo a Gamache ou à própria Sûreté.

– Os jornais ficaram bem divididos – lembrou ele. – A maioria apoiou o Gamache, mas alguns queriam que ele renunciasse.

– Esse daí – disse Myrna, indicando com a cabeça o *La Journée*, dobrado ao lado de Peter – fez vários editoriais dizendo que Gamache deveria estar na mesma cela que Arnot. Que era para deixar os dois se matarem.

– E que fim levaram Arnot e os outros? – perguntou Clara.

– Estão em alguma penitenciária. É surpreendente que eles ainda não tenham sido mortos pelos outros presos.

– Aposto que o babaca do Arnot agora é o chefe da cadeia – disse Myrna, amassando e jogando o guardanapo na mesa, que atingiu o tampo com tanta força quanto era possível para um pedaço de papel.

Os outros dois a encararam, surpresos com aquela raiva repentina.

– O que foi? – perguntou Clara.

– Vocês não veem? A gente acabou de falar desse caso como se fosse o episódio de uma série. Mas isso aconteceu de verdade. Esse Arnot matou outras pessoas. Matou as pessoas que ele devia ajudar. Por quê? Porque eram indígenas desesperados. E o único que colocou um fim nisso, que teve coragem de peitar Arnot e toda a hierarquia da Sûreté, eles também tentaram destruir. Arnot é um psicótico, e eu sei do que eu estou falando. Eu conheço os sinais. Diagnostiquei e trabalhei com pessoas psicóticas por anos. Vocês não entendem?

Ela olhou para Peter e Clara, se inclinou e pegou o jornal, jogando-o logo depois de volta na mesa, como se o punisse.

– Isso não acabou. O caso Arnot ainda está em curso.

O telefone tocou, e Clara atendeu.

– É o Olivier – disse ela, cobrindo o bocal. – Uau, obrigada. Vou contar para eles.

Clara desligou e se virou para os outros.

– Vocês já ouviram falar de efedrina?

VINTE

Jean Guy Beauvoir distribuiu as tarefas.

A agente Isabelle Lacoste tinha que investigar a vida de Madeleine Favreau, a agente Nichol precisava descobrir, a partir de uma lista, se algum fornecedor de efedrina havia enviado uma encomenda para a área nos últimos tempos e Robert Lemieux ia acompanhar o inspetor Beauvoir e o inspetor-chefe Gamache.

– Mas isso não é justo! – protestou Nichol, perplexa com o mau julgamento de Beauvoir. – Ele já estava pesquisando sobre aspirina, ou sei lá o quê.

– Efedrina – corrigiu Beauvoir. – Você não estava nem escutando?

– Bom, está no computador, não está?

Beauvoir se virou e encarou Gamache, para ter certeza de que o chefe estava vendo como aquela mulher era ridícula.

– A questão é... – continuou Nichol, aparentemente alheia à impressão que havia causado – se ele começou, ele termina.

– O quê? É uma regra nova? – perguntou Beauvoir. – A gente não está no pátio da escola, e isso não está em discussão. Você vai seguir as ordens que receber.

– Está bem. Senhor.

Nichol marchou de volta para a mesa, ignorando a tentativa de Lemieux de fazer contato visual e sorrir como em um pedido de desculpas.

Depois que eles foram embora e os técnicos se ocuparam de outra parte da sala, Nichol pegou o celular. O aparelho havia vibrado a reunião inteira, e ela tinha se controlado para não atender. Teria sido um desastre.

– *Oui, allô* – disse ela, nem um pouco surpresa ao ouvir aquela voz conhecida.

– Me conte o que está acontecendo – disse ele.

Ela obedeceu, e houve uma pausa do outro lado.

– Eu não estou gostando nada disso. Você devia estar com o Gamache. Você fez alguma coisa errada? Irritou ele?

– Claro que não. Eu até descobri a causa da morte. Todo mundo estava falando que era um lance de drogas, e eu disse que ela tinha morrido de medo. O chefe até concordou comigo e falou para qualquer um que quisesse ouvir.

– Espere um pouco, você está me dizendo que peitou o Gamache na frente da equipe inteira?

– Não é muito difícil.

– Mas o que foi que eu lhe disse? O que foi que eu lhe ensinei? Não contrarie o homem.

– O quê? Como assim, eu tenho que concordar com tudo?

– Tem mais coisa em jogo do que um simples caso. Você sabe disso. Não estrague tudo.

– Pare de me dizer isso.

– Pare de estragar tudo.

A linha ficou muda.

Armand Gamache cumprimentou de longe duas pessoas sentadas a uma mesinha redonda do lado de fora do Bistrô do Olivier. Sempre que possível, os quebequenses ficavam nos *terrasses* até o fim do outono e voltavam logo no iniciozinho da primavera. Com seus suéteres de gola rulê, casacos, gorros e luvas, eles procuravam o sol.

Aqueles dois mergulhavam *biscotti* nos cappuccinos e conversavam animadamente. A parte da conversa que Gamache ouviu era bem parecida com as palavras que ele havia captado no ar ao passar por pessoas passeando com o cachorro na praça.

A cidade parecia cantar uma única música naquele dia, com uma única letra.

Efedrina.

Gamache parou e encarou o agente Lemieux, que tinha um sorriso no rosto e parecia aproveitar o agradável dia de primavera.

– Você ouviu isso? – perguntou Gamache.

Lemieux inclinou a cabeça para o lado, tentando escutar.

– É um tordo?

O inspetor Beauvoir balançou a cabeça.

– Preste mais atenção, por favor – pediu Gamache.

Lemieux ficou bem quieto, apurou os ouvidos e fechou os olhos. Ele ouviu a correnteza do rio. Ouviu o canto de alguns passarinhos, embora talvez não fossem tordos. Ouviu a conversa das pessoas. E ouviu a palavra "efedrina".

Abriu os olhos e encarou Gamache.

– Aqueles dois na mesa do bistrô devem ter algo a ver com o assassinato – sussurrou ele.

Então ele ouviu "efedrina" de novo. Desta vez, vindo de onde ficava a mercearia de monsieur Béliveau.

– Agente, talvez você possa me dizer como fez a sua pesquisa ontem – disse Gamache, lançando-lhe um olhar sério.

– Bom, eu estava esperando a médium voltar e reparei que tinha um computador na mesa, então comecei a pesquisar.

– Usando o computador do Gabri.

– É.

– E você fechou os sites que abriu? – perguntou o inspetor Beauvoir.

– Fechei, eu tenho certeza.

– Eu nunca usaria efedrina, é muito perigoso – disse uma moradora para a companheira ao passarem pelos homens, parando para sorrir para Gamache, que levantou a boina para elas. – Mas eu ouvi dizer que Gabri costumava usar, ou era Olivier?

Gamache recolocou a boina e fitou Lemieux. Aquele era um dos olhares mais desconcertantes que o agente já havia recebido. Um olhar que, ao mesmo tempo, demandava uma resposta e o analisava.

– Talvez eu não tenha fechado. Desculpe. Eu sou um idiota – disse Robert Lemieux, baixando e balançando a cabeça. – Desculpe, senhor.

– Você sabe o que isso significa? – perguntou Beauvoir.

– Sei, senhor. Significa que todo mundo da vila, provavelmente da província, agora sabe que nós estamos interessados em efedrina. E eles são espertos o suficiente para entender por quê.

– Significa que o assassino sabe que a gente sabe e com certeza vai se desfazer dos comprimidos, caso ainda não tenha feito isso – declarou Gamache. – Agora, esta deve a única comunidade do Quebec completamente livre de efedrina.

Lemieux levantou a cabeça e a deixou cair para trás, apontando o nariz para o céu azul.

– Desculpe. O senhor está certo. Eu não pensei direito.

– Como você pode não ter pensado direito? Bom, pense agora. O que você acha que a gente está fazendo? – sibilou Beauvoir, evitando levantar a voz para que os moradores não o ouvissem. – Alguém aqui é um assassino. Alguém aqui não tem medo de matar. Você sabe o que impede a maioria das pessoas de matar? Medo. Medo de ser pega. A gente está lidando com alguém que não tem medo. Com uma pessoa muito assustadora, Lemieux. E você acabou de dar uma enorme vantagem para ela.

Gamache ouviu com interesse, embora não concordasse. O medo podia até impedir algumas pessoas de matar, mas com certeza era esse sentimento que levava a maioria das pessoas a cometer assassinatos. Era o que estava por baixo de todas as outras emoções. Era ele que distorcia e transformava as outras emoções em algo doentio. Ele era um alquimista que convertia a luz do dia em noite, a alegria, em desespero. Uma vez enraizado, o medo bloqueava o sol. E Gamache sabia o que crescia na escuridão. Ele ia atrás disso todos os dias.

– O senhor está certo, completamente certo – disse Lemieux. – Desculpe.

Ele encarou Gamache, que o fitou de volta com um olhar severo. Então Lemieux notou um leve abrandamento. E relaxou. Brébeuf estava certo. Vaze a informação sobre a efedrina de propósito, deixe que eles fiquem com raiva de você e depois se desculpe até não poder mais.

Todo mundo ama um pecador, mas ninguém mais do que Gamache. E por que não? Depois de todos os pecados que ele tinha cometido... Depois de armar para Arnot e quase destruir a Sûreté, é claro que o grande Gamache amaria os pecadores.

Lemieux imaginou como seria quando ele próprio fosse o chefe da Divisão de Homicídios. O que não aconteceria agora, é claro. Mas Brébeuf tinha prometido recompensá-lo. E ele subiria rápido. Quando aquilo acabasse, haveria promoções a seu alcance.

– Cuidado – advertiu Gamache em voz baixa e, por um terrível instante, Lemieux se perguntou se os olhos inquisidores de Gamache podiam ler a mente dele.

Será que ele sabia?

– O que o senhor quer dizer? – perguntou ele.

– Você precisa prestar mais atenção – disse Gamache, ainda olhando para ele.

Eu não vou ser fraco como ele, pensou Lemieux. *E não vou parar em inspetor-chefe.*

– Vamos ter que avançar mais rápido – disse Gamache. – Inspetor, eu quero que você e o agente Lemieux se separem e investiguem todas as pessoas que testemunharam o assassinato.

– E o senhor? – perguntou Beauvoir.

– Eu vou falar com Jeanne Chauvet.

Beauvoir puxou o chefe pelo cotovelo e se afastou um ou dois passos de Lemieux.

– Eu devia ir com o senhor – disse Beauvoir.

– Para interrogar a médium, Jean Guy? Por quê?

– Bom… – Beauvoir olhou para a antiga casa dos Hadleys. – Pode ser melhor. Aquilo não foi só uma simples leitura de tarô ou uma sessão com tabuleiro Ouija, como a minha mãe e os amigos dela costumavam fazer. Jeanne Chauvet é uma bruxa.

– E você acha que ela vai conjurar espíritos malignos contra mim?

Gamache não estava sorrindo nem zombando de Beauvoir. Parecia genuinamente interessado.

– Eu não acredito em fantasmas – disse Beauvoir. – Acho que eles são fabricados para servir a um propósito.

– Que propósito?

– A minha mulher fala de anjos. Ela quer acreditar em anjos da guarda, porque isso faz com que tenha menos medo, se sinta menos sozinha.

– E os espíritos malignos, eles também são fabricados?

– Eu acho que sim. Pelos pais e pela Igreja, assim a gente fica com medo e faz o que eles mandam.

– Então os espíritos malignos criam o medo e os anjos acalmam o medo – disse Gamache, pensando sobre o assunto.

– Eu acho que está tudo na nossa cabeça – explicou Beauvoir. – Acho que a gente é que quer acreditar. Madeleine Favreau acreditava em fantasmas, e isso a matou. Se ela não acreditasse, não teria ficado com tanto medo e a efedrina não teria feito o coração dela parar. O senhor mesmo disse isso. Ela morreu de medo. Morreu por causa das próprias crenças. Uma pessoa se aproveitou delas. O senhor acredita em coisas que eu não acredito. Eu tenho medo que ela tire vantagem disso. Entre na sua cabeça.

– A médium? Você acha que ela vai se esgueirar para dentro da minha cabeça e usar as minhas crenças contra mim?

Beauvoir assentiu e se recusou a desviar o olhar, embora quisesse fazer isso. Ele detestava aquele tipo de assunto. As coisas impalpáveis.

– Eu sei que você está dizendo isso porque se importa comigo – disse Gamache, sustentando o olhar de Beauvoir. – Mas as minhas crenças são uma fonte de conforto, não de sofrimento. Elas são quem eu sou, Jean Guy. Elas não podem ser usadas contra mim porque são a minha essência.

– O senhor acredita em espíritos – insistiu Beauvoir, que não estava disposto a deixar aquilo para lá. – Eu sei que o senhor não vai à igreja, mas acredita em Deus. Se ela dissesse que vai conjurar espíritos malignos, o que o senhor faria?

– Eu acho que eu teria que chamar os anjos – respondeu Gamache, sorrindo. – Olha, Jean Guy, em algum momento da vida, a gente se depara exatamente com essa pergunta. No que você acredita? Pelo menos, eu tenho uma resposta, e se isso me matar, me matou. Mas eu não vou fugir.

– Não estou pedindo ao senhor que fuja, só que aceite ajuda. Deixe eu ir junto.

Gamache hesitou.

– A gente tem muito trabalho a fazer. Você já tem uma tarefa.

Beauvoir encarou Gamache ainda por um instante, depois desviou o olhar. Então soube o que mataria Gamache. Não um espírito maligno, um *ghoul* ou um fantasma. Mas seu próprio orgulho.

VINTE E UM

– Ouvi falar que a senhora é uma bruxa.
– Prefiro wiccana. Imagino que o senhor seja católico.

Gamache franziu a testa. A mulher à sua frente provavelmente tinha uns 40 e poucos anos, embora fosse difícil dizer ao certo. Ele suspeitava que ela parecesse estar na meia-idade desde o jardim de infância. Vestia uma saia séria e sapatos baixos. O suéter era de boa qualidade, embora também um pouco antiquado. Gamache se perguntou de onde teria vindo aquela peça. Da mãe dela? De um brechó? Ela só precisava de um avental para parecer uma personagem dos livros de Beatrix Potter que ele havia comprado para Florence. As feições da mulher eram pequenas e pontudas, e os olhos, cinzentos. Ele tinha a impressão de estar interrogando uma criatura da floresta. De mente bastante afiada.

– Não praticante – disse Gamache.

Será que Beauvoir tinha razão? Aquela mulher estava tentando entrar na cabeça dele? Só que, apesar do que Beauvoir poderia pensar, suas crenças não estavam nem perto da cabeça.

– Wiccana? – perguntou ele.
– Praticante – respondeu a mulher, assentindo e brindando-o com um discreto porém caloroso sorriso.

Os dois estavam sentados na sala de estar da pousada, diante da lareira. O dia prometia ser ameno, mas o fogo ainda era bem-vindo. O cômodo era elegante e simples, uma surpresa para qualquer um que conhecesse Gabri antes de conhecer sua casa. Gamache se perguntou o que era genuíno, a personalidade extravagante do dono da pousada ou aquela casa confortável e ajeitadinha.

– Nós procuramos a senhora ontem. Se importaria de me dizer onde estava?

– Nem um pouco. Mas eu tenho uma pergunta para o senhor primeiro. Madame Favreau foi assassinada?

– Gabri não contou para a senhora?

– Bom, na verdade, contou, sim. Mas ele também me disse que escreveu *Os produtores*, que Mel Brooks roubou a ideia para o filme e que Ruth é o pai dele.

Gamache riu.

– Ele deve contar só uma verdade por dia, e infelizmente dessa vez foram as notícias sobre Madeleine Favreau. Ela foi assassinada, sim.

Jeanne fechou os olhos por um instante e suspirou.

– Efedrina?

Maldito Lemieux, pensou ele.

– Duas verdades – admitiu.

– O que é efedrina?

Ela perguntou aquilo com tanta naturalidade que ele ficou em dúvida se Jeanne estava curiosa ou só sendo esperta. Se ela realmente não sabia, então era inocente.

– A minha pergunta primeiro, por favor. Onde a senhora foi ontem à tarde?

– Só ali na colina.

– Na antiga casa dos Hadleys?

A repulsa no rosto dela foi instantânea, como se uma cortina de repente tivesse sido levantada e ele pudesse vislumbrar o que havia por trás.

– Não, não naquele lugar. Espero nunca mais voltar lá.

Ela esquadrinhou o rosto de Gamache atrás de algum indício de que o inspetor-chefe pediria a ela para fazer justamente aquilo. Um dentista reconheceria aquele olhar, pensou Gamache. De pacientes assustados implorando com os olhos: "Por favor, não me machuque."

Então o momento se foi.

– Eu estava no outro extremo. Na igrejinha.

– Na Igreja de St. Thomas?

– Essa mesma. É linda. Eu estava precisando de silêncio, de um lugar tranquilo para rezar.

Ela notou a confusão dele.

– Que foi? Bruxas não rezam? Ou a gente só reza para os anjos caídos, e não para os que aparecem na Igreja de St. Thomas?

– Eu não sei nada sobre os wiccanos – disse Gamache. – Mas estou interessado em saber.

– O senhor iria comigo?

– Para onde?

– O senhor está com medo?

Ela não estava rindo dele.

Ele pensou sobre o assunto. Tentava não mentir para os suspeitos. Não por ética ou moral, mas porque sabia que, se fosse descoberto, aquilo enfraqueceria a sua posição. E o inspetor-chefe Gamache jamais faria isso. Não por algo tão besta quanto uma mentira.

– Eu sempre tenho um pouco de medo do desconhecido – admitiu. – Mas não tenho medo da senhora.

– O senhor confia em mim?

– Não – disse ele, com um sorriso. – Eu confio em mim mesmo. Além disso, eu tenho uma arma, e a senhora, provavelmente não.

– Não uma arma como esta, é verdade. Está um dia tão lindo que é uma pena ficar trancado em casa. Só estou sugerindo uma caminhada. Talvez a gente possa voltar à capelinha.

Eles ficaram parados na ampla varanda por um instante, cercados por cadeiras de balanço e mesas de vime, depois desceram a escada curvilínea e começaram a andar juntos. Caminharam em silêncio por um ou dois minutos. O dia estava claro, com todos os tons de verde imagináveis. A estrada de terra finalmente havia secado e o ar cheirava a brotos e grama fresca. Crocus roxos e amarelos pontilhavam os gramados e a praça do vilarejo. Imensos campos de narcisos novos balançavam, tendo se espalhado por Three Pines inteira, suas trombetas amarelas brilhando ao sol. Gamache tirou o casaco impermeável e o pendurou no braço.

– É muito tranquilo aqui – disse Jeanne.

Gamache não respondeu. Só caminhou e esperou.

– É como uma vila mística que só aparece para as pessoas que precisam dela.

– E a senhora precisava?

– Sim, eu precisava de um descanso. Ouvi falar da pousada e fiz uma reserva no último minuto.

– Como a senhora ouviu falar da pousada?

– Eu vi um panfleto. Gabri deve ter feito propaganda.

Gamache aquiesceu, sentindo o sol levemente quente no rosto.

– Isso nunca tinha acontecido comigo. Ninguém nunca tinha morrido nos meus rituais. E ninguém nunca foi ferido. Não fisicamente.

Gamache queria saber mais, mas decidiu não perguntar.

– Às vezes as pessoas ficam chateadas com as coisas que ouvem – explicou Jeanne. – Os espíritos parecem não se importar muito com os sentimentos dos vivos. Mas, para a maioria, falar com os mortos é uma experiência muito boa; doce, até.

Ela parou e olhou para ele.

– O senhor disse que não sabe nada sobre os wiccanos. Eu imagino que isso signifique que o senhor também não sabe nada sobre os nossos rituais.

– Correto.

– As sessões espíritas não têm nada a ver com assombrações, fantasmas ou demônios. Nem servem para fazer exorcismos. Não mesmo. A morte não é nem o foco, embora a gente faça contato com o espírito dos mortos.

– E qual é o foco delas, então?

– A vida. E a cura. Quando as pessoas pedem uma sessão espírita, quase sempre é porque precisam se curar de alguma coisa. À primeira vista, pode parecer que elas só estão atrás de alguma coisa empolgante, divertida, ou de uma brincadeira para passar o tempo e assustar uns aos outros, mas alguém ali sempre precisa resolver alguma coisa para seguir com a própria vida. Tem que deixar algo ou alguém para trás. E é isso o que eu faço. Esse é o meu trabalho.

– A senhora é uma curandeira?

Jeanne parou e olhou bem dentro dos olhos castanho-escuros de Gamache.

– Sou. Todas as wiccanas são. Nós somos as anciãs, as parteiras, as xamãs. Usamos ervas e rituais, usamos o poder da terra, da mente e da alma. Usamos a energia do universo e os espíritos. Fazemos tudo que podemos para ajudar as almas feridas a se curarem.

– Existem muitas almas feridas.

– Por isso eu vim para cá.

– Para encontrar mais trabalho ou descansar?

Jeanne estava prestes a responder, quando sua expressão de repente mudou. Seu rosto foi de convicto e concentrado a perplexo. Ela estava olhando para algo atrás de Gamache.

Ele se virou e, de repente, também ficou perplexo.

Ruth Zardo mancava lentamente diante de sua casa, grasnando.

Jean Guy Beauvoir não teve dificuldade para encontrar a Casa Orgânica de St. Rémy. A loja de produtos naturais ficava na Rue Principale, bem em frente à *dépanneur* onde as pessoas compravam cigarros, cervejas e bilhetes de loteria. As duas lojas tinham mais em comum do que se poderia imaginar: ambas lidavam com a esperança. A esperança de ganhar na loteria e a esperança de que não fosse tarde demais para reverter o aquecimento global; a esperança de que a comida orgânica compensasse os efeitos da nicotina. A própria Odile Montmagny dava seus tragos de vez em quando, geralmente depois de uma taça, ou garrafa, de um vinho barato comprado na *dépanneur*.

Quando entrou na loja vazia, o inspetor Beauvoir notou um cheiro estranho. Um perfume almiscarado e denso, como se todas as ervas, flores secas, incensos e pós estivessem brigando uns com os outros.

Em resumo, o lugar fedia.

De pé atrás do balcão, estava uma mulher bonita e atarracada de uns 30 ou 40 anos, com a mão espalmada sobre um caderno fechado. O cabelo emoldurava o rosto em um corte e tintura baratos, sem vida. Ela parecia agradável, bem normal. Por um breve instante, também pareceu irritada, como se ele estivesse invadindo seu espaço, mas depois sorriu. O sorriso treinado de alguém acostumado a agradar.

– *Oui? Est-ce que je peux vous aider?*

– A senhora…

Beauvoir pegou o papel que o inspetor-chefe tinha lhe dado com os nomes de todos que estavam na sessão espírita. Olhou para ele, demorando-se na performance. Queria a atenção total dela. Sabia muito bem qual era o nome da mulher, é claro. Só queria mexer um pouco com a cabeça dela.

Desequilibrá-la. Ao encará-la, porém, ele notou que ela olhava para baixo, para o caderno vermelho debaixo da mão. Tinha se dispersado assim que ele fez a pausa. Em vez de mexer com sua cabeça, ele só tinha conseguido fazê-la se voltar para os próprios interesses.

– A senhora é Odile Montmagny? – perguntou, alto.

– Sim – respondeu ela, com um sorriso agradável e quase vago.

– Eu sou o inspetor Beauvoir. Trabalho na Sûreté du Québec. Na Divisão de Homicídios.

– É o Gilles?

Ela se transformou. Seu corpo ficou rígido, e o rosto, alerta e assustado. Ela tirou a mão do caderno e a cravou no balcão de madeira, como se tentasse cavar a superfície com os dedos.

– Gilles? – repetiu ele.

Ele entendeu imediatamente o que ela estava pensando, mas ainda não queria acalmá-la.

– O que aconteceu? – perguntou, como se implorasse.

Odile pensou que fosse desmaiar. A cabeça ficou dormente e o coração se atirava contra as costelas, desesperado para sair e encontrar Gilles.

– Eu vim falar sobre Madeleine Favreau.

Ele a observou com atenção. O rosto flácido e vazio da mulher de repente havia ganhado vida. Os olhos brilhavam, a mente estava focada. Ela parecia iluminada. Apavorada. E linda. Então tudo aquilo se dissolveu. A cabeça dela, antes projetada na direção dele, murchou. Todos os músculos desabaram. Em um piscar de olhos, a velha Odile estava de volta. Bonita, apagada e ansiosa. Mas ele tinha visto o que havia por trás daquela fachada. Tinha visto o que suspeitava que poucos soubessem que existia, talvez nem mesmo a própria Odile: a mulher brilhante, linda e dinâmica que vivia presa debaixo de uma camada segura de apatia e sorrisos, de tintura e objetivos sensatos.

– Madeleine foi assassinada? Mas ela sofreu um infarte, tenho certeza disso.

– *Oui, c'est vrai.* Mas o infarte contou com uma ajuda. Alguém deu uma droga para ela que causou isso.

– Uma droga?

Ninguém de Three Pines havia ligado para Odile? Todo mundo tinha ido até o Bistrô do Olivier para saber das últimas notícias. Aquele era o noticiário deles, em que Gabri era o âncora. Beauvoir se viu interrogando a única pessoa da área para quem ninguém havia pensado em ligar. De repente, sentiu muita pena daquela mulher, com seu rosto ávido e indagador. Sentiu pena e um pouco de repulsa. Fracassados sempre lhe causavam repulsa, o que era uma das razões pelas quais nunca gostara da agente Nichol. No instante em que a vira, alguns anos antes, ele soubera que ela não era apenas um problema, mas pior do que isso. Ela era uma fracassada. E, pela experiência de Beauvoir, os fracassados eram os mais perigosos. Porque, em algum momento, eles chegavam a um ponto em que não tinham mais nada a perder.

– O nome é efedrina – disse ele.

Ela pareceu pensar sobre a palavra.

– E isso parou o coração dela? Por que alguém mataria Madeleine desse jeito?

Não "por que alguém mataria Madeleine?", mas "por que desse jeito?".

– A senhora conhecia bem madame Favreau?

– Ela era cliente daqui. Comprava frutas e legumes. Além de algumas vitaminas.

– Uma boa cliente?

– Uma cliente assídua. Vinha uma vez por semana.

– Vocês se encontravam socialmente?

– Nunca. Por quê?

Ela estava na defensiva?

– Bom, vocês jantaram juntas no domingo à noite.

– É verdade, mas não foi ideia nossa. Clara nos convidou antes da sessão espírita. A gente nem sabia que Madeleine estaria lá.

– E vocês teriam ido se soubessem?

Beauvoir sabia que ali tinha coisa. Ele conseguia sentir. Dava para ver na expressão defensiva no rosto de Odile, para ouvir no tom de voz dela.

A mulher hesitou.

– Provavelmente. Eu não tinha nada contra Madeleine. Como eu disse, ela era uma cliente.

– Mas a senhora não gostava dela.

– Eu não a conhecia.

Beauvoir deixou que o silêncio se estendesse. Depois observou a loja com mais atenção. Era um amontoado de itens. As frutas, os vegetais e todos os produtos comestíveis pareciam ocupar um dos lados, e as roupas e os móveis, o outro. No lado da comida, havia potes de argila com tampas de madeira e conchas de servir penduradas. Ele também viu sacos de tecido grosso e, nas prateleiras espalhadas pelas paredes, centenas de potes de vidro cheios do que parecia ser grama. Será que era maconha? Ele se aproximou, notando que Odile o observava, e examinou os potes. Tinham nomes como "monarda", "Ma Huang", "bardana" e, seu favorito, *Erythranthe cardinalis*. Ele pegou o pote, tirou a tampa e inspirou, hesitante. Tinha um cheiro doce. Não dava para acreditar que o papa havia ordenado um cardeal Erythranthe. Será que havia um vilarejo com o nome dele perto de Notre-Dame-de-Roof Trusses?

Em uma estante, havia livros sobre como administrar uma pequena fazenda orgânica, como construir uma casa sustentável e como começar a fazer tecelagem. Quem iria querer fazer essas coisas?

Jean Guy Beauvoir não era completamente alheio ao movimento ambientalista, tinha até contribuído com algumas campanhas de arrecadação de fundos relacionadas à camada de ozônio, ao aquecimento global ou coisas do gênero. Mas escolher viver uma vida primitiva pensando que aquilo salvaria o mundo era ridículo. No entanto, uma coisa o atraiu na loja. Uma cadeira de madeira simples. Uma madeira com nós, polida e lisinha. Beauvoir acariciou o móvel e, de repente, não quis mais tirar a mão dali. Olhou para ele por um bom tempo.

– Experimente – sugeriu Odile, ainda atrás do balcão.

Beauvoir voltou a olhar para a cadeira. Era funda e convidativa, como uma poltrona, só que de madeira.

– Não se preocupe, ela aguenta o senhor.

Ele queria que ela parasse de falar. E deixasse que ele se deleitasse observando aquela peça maravilhosa. Era como uma obra de arte que ele entendia.

– Foi Gilles que fez – disse ela, interrompendo de novo o fluxo de pensamentos dele.

– Gilles Sandon? Daqui?

Ela sorriu, animada.

– É. O meu Gilles. É isso que ele faz.

– Eu pensei que ele trabalhasse no bosque.

– Encontrando árvores para fazer móveis.

– Ele escolhe as próprias árvores?

– Na verdade, Gilles diz que elas é que o encontram. Ele vai caminhar no bosque e escuta. Quando uma árvore chama, ele vai até ela.

Beauvoir a encarou. Ela tinha dito aquilo como se fosse exatamente o que a Ikea fazia. Como se fosse supernatural e normal ouvir as árvores, sem falar em atender ao chamado delas. Ele voltou a olhar para a cadeira.

Será que eles são todos loucos?, perguntou-se Beauvoir. A cadeira já não lhe dizia mais nada.

VINTE E DOIS

Robert Lemieux esperou sua vez na mercearia de monsieur Béliveau. A princípio, ele pensou que encontraria ali uma *dépanneur* cheia de besteiras, cigarros, cervejas e vinhos baratos, além de bugigangas das quais as pessoas precisavam de repente, como envelopes e velas de aniversário. Mas, em vez disso, se deparou com uma mercearia de verdade. Uma que sua *grand-mère* teria reconhecido. As prateleiras de madeira escura tinham latas de legumes e conservas, cereais, massas, sopas e biscoitos. Tudo de boa qualidade, limpo e organizado. Nada amontoado, nenhuma guloseima. O piso estava gasto, mas era de um linóleo limpo, e um ventilador girava lentamente no teto de ripas de madeira.

Atrás do balcão, um senhor alto se abaixou para ouvir uma senhora mais idosa ainda, que tagarelava enquanto contava moedas para pagar pelas compras. Ela falou sobre os próprios quadris. Sobre o filho. Sobre quando tinha visitado a África do Sul e como havia amado o lugar. E, finalmente, com uma voz suave e gentil, disse que sentia muito pela perda dele. Ela colocou a mão com marcas senis e cheia de veias salientes sobre os dedos finos, longos e branquíssimos dele. E a deixou ali. Ele não reagiu. Não retirou a mão. Em vez disso, fitou os olhos violeta dela e sorriu.

– *Merci, madame Ferland.*

Lemieux observou a mulher ir embora, dando graças a Deus por ela finalmente ter parado de falar, e tomou o lugar dela.

– Que senhora gentil – disse ele, sorrindo para monsieur Béliveau, que observava madame Ferland abrir a porta da loja, parar na varanda, olhar para os dois lados como se estivesse perdida e depois se afastar bem devagar.

– *Oui.*

A vila inteira sabia que madame Ferland tinha perdido o filho um ano antes, embora ela preferisse não falar disso. Até aquele dia. Até aquele momento em que ela falou do filho para monsieur Béliveau, que reconheceu o presente da dor compartilhada.

Ele se virou para o jovem à sua frente, de cabelo escuro em um corte sério, a barba feita e uma expressão simpática. Parecia um bom rapaz.

– Meu nome é Robert Lemieux. Estou com a Sûreté.

– *Oui, monsieur.* Eu deduzi. O senhor está aqui por causa da morte de madame Favreau.

– Eu soube que o senhor tinha uma relação especial com ela.

– É verdade.

Monsieur Béliveau não tinha nenhuma razão para negar aquilo agora, embora não soubesse ao certo qual havia sido sua relação com Madeleine, pelo menos não da parte dela. Ele só tinha certeza de como se sentia.

– E que relação era essa? – quis saber o agente Lemieux.

Ele se perguntou se estava sendo direto demais, mas também sabia que não teria a atenção daquele homem por muito tempo. Outro cliente poderia entrar a qualquer momento.

– Eu amava Madeleine.

As palavras pairaram entre eles, ocupando o ponto antes aquecido pelas moedas de madame Ferland.

O agente Lemieux estava pronto para aquela resposta. O chefe lhe dissera que aquele provavelmente era o caso. Ou, pelo menos, que o relacionamento deles era mais do que casual. Mesmo assim, ao olhar para o velho esquelético, grisalho e solene à sua frente, não conseguia entender. Aquele homem devia ter mais de 60 anos, e Madeleine Favreau tinha só 40 e poucos. No entanto, não era a diferença de idade que o surpreendia. Pelas fotos, ele tinha visto como a vítima era bonita. Em todas as imagens, ela aparecia sorrindo ou rindo, divertindo-se. Cheia de vida. Lemieux suspeitava de que ela pudesse ter quem quisesse. Então por que havia escolhido aquele homem velho, encovado, corcunda e calado?

Talvez ela não o tivesse escolhido, afinal. Talvez ele a amasse, mas ela não sentisse o mesmo. Talvez ela tivesse partido o coração dele, e ele, feito o dela parar.

Será que aquele homem que cheirava a biscoitos de água e sal e parecia um pano seco tinha matado Madeleine Favreau? Por amor?

O jovem agente Lemieux não conseguia acreditar.

– Vocês eram amantes?

Aquele pensamento, por si só, o enojava, mas ele fez uma cara solidária e torceu para que monsieur Béliveau se lembrasse de um filho ao olhar para ele.

– Não. Nós nunca fizemos amor.

Monsieur Béliveau disse isso sem nenhum constrangimento. Não se importava com essas coisas.

– O senhor tem família?

– Não tenho filhos. Mas tive uma esposa. Ginette. Ela morreu há dois anos e meio. No dia 22 de outubro.

O inspetor-chefe Gamache tinha se sentado com Robert Lemieux assim que ele entrara para a Divisão de Homicídios e lhe dado um curso intensivo de como capturar assassinos.

"Você precisa ouvir. Enquanto estiver falando, não vai descobrir nada, e este trabalho se resume basicamente a descobertas. Não só descobrir os fatos. A coisa mais importante que você descobre em uma investigação de homicídios não é visível ou tangível. É como as pessoas se sentem. Porque…", e então o inspetor-chefe tinha se inclinado, e o agente Lemieux teve a impressão de que Gamache estava prestes a pegar as mãos dele. Mas não foi o que ele fez. Em vez disso, olhou bem nos olhos de Lemieux. "Porque nós estamos procurando alguém que não é muito normal. Estamos procurando alguém que parece ser saudável e age normalmente. Mas que está muito doente. Não encontramos essas pessoas simplesmente coletando fatos, mas coletando impressões."

"E eu faço isso ouvindo", dissera o agente Lemieux, que sabia dizer às pessoas o que elas queriam escutar.

"Existem quatro frases que levam à sabedoria. Eu quero que você se lembre delas e siga isso à risca. Preparado?"

O agente Lemieux tinha puxado o caderninho e, de caneta em punho, escutara.

"Você precisa aprender a dizer 'Eu não sei', 'Me desculpa', 'Eu preciso de ajuda' e 'Eu estava errado.'"

O agente Lemieux tinha anotado tudo. Uma hora depois, estava no escritório do superintendente Brébeuf mostrando a lista a ele. Em vez de soltar a risada que Lemieux esperava, o superintendente Brébeuf tensionou a mandíbula e seus lábios ficaram finos e pálidos.

"Eu tinha esquecido", disse Brébeuf. "O nosso próprio chefe falou essas coisas quando a gente começou. Isso foi há trinta anos. Ele disse isso uma vez só, para nunca mais. Eu tinha esquecido."

"Bom, não vale muito a pena lembrar", soltou Lemieux, julgando que fosse o que o superintendente queria escutar.

Mas ele estava errado.

"Você é um tolo, Lemieux. Você tem ideia de com quem está lidando? Onde eu estava com a cabeça quando achei que você podia fazer alguma coisa contra Gamache?"

"Sabe", disse Lemieux, como se não tivesse ouvido a crítica, "quase parece que o inspetor-chefe acredita mesmo nessas coisas."

Assim como eu já acreditei, disse Brébeuf para si mesmo. *Há algum tempo, quando eu amava Armand. Quando confiávamos um no outro e prometemos proteger um ao outro. Quando eu podia admitir que estava errado, que precisava de ajuda, que não sabia. Quando eu ainda podia dizer "me desculpe".*

Mas isso já faz muito tempo.

"Eu não sou tão tolo", murmurou Lemieux.

Brébeuf aguardou os resmungos inevitáveis, as dúvidas, a necessidade de ser tranquilizado, sim, você está fazendo a coisa certa, sim, o Gamache traiu a Sûreté, você é um jovem inteligente, eu sei que você consegue enxergar essa farsa dele. Brébeuf precisava repetir aquelas coisas com tanta frequência para Lemieux que ele mesmo quase chegara a acreditar.

Brébeuf olhou para o agente e esperou. Mas só viu um policial equilibrado e confiante.

Ótimo.

No entanto, uma brisa suave e fria envolveu o coração de Brébeuf.

"Ele também me disse outra coisa", disse Lemieux já na soleira da porta, sorrindo de maneira apaziguadora. "Mateus 10:36."

Impassível, Brébeuf observou o agente Lemieux fechar a porta às suas costas suavemente. Então voltou a respirar, uma respiração superficial e curta, quase ofegante. Ao olhar para baixo, notou que sua mão estava fechada em um punho e, enchendo aquele punho, amassado em uma bola, estava o papel com aquelas quatro frases simples.

E, enchendo a cabeça dele, como um punho, estavam as últimas palavras de Lemieux.

Mateus 10:36.

Ele tinha esquecido aquilo também. Mas se havia uma coisa de que se lembraria por um bom tempo era a expressão do rosto de Lemieux. O que ele tinha visto ali não era o conhecido olhar nervoso, carente e suplicante de um homem que queria ser convencido. Era o olhar de um homem que já não se importava mais. Não tinha sido a inteligência que o havia surpreendido, mas a ardileza.

AGORA O AGENTE ROBERT LEMIEUX ESCUTAVA e esperava que monsieur Béliveau lhe contasse mais, mas o velho dono da mercearia parecia satisfeito em também esperar.

– Como sua esposa morreu?

– Ela teve um derrame. Tinha pressão alta. Não morreu imediatamente, ainda voltou para casa, e eu consegui cuidar dela por alguns meses. Mas outro derrame levou minha Ginette embora. Ela está enterrada atrás da Igreja de St. Thomas, no cemitério de lá, com os pais dela e os meus.

Lemieux pensou que não poderia haver nada pior do que ser enterrado ali. Ele planejava ser enterrado em Montreal, Quebec ou Paris, como o reverenciado primeiro-ministro aposentado do Quebec. Até pouco tempo antes, a Sûreté lhe dava um lar, um propósito. Mas o superintendente Brébeuf sem querer lhe dera outra coisa. Algo que antes faltava em sua vida. Um plano.

O plano de Robert Lemieux não incluía ficar muito tempo na Sûreté. Só o suficiente para subir na hierarquia, fazer seu nome e depois concorrer a um cargo público. Tudo era possível. Ou seria, uma vez que ele derrubasse Gamache. Ele se tornaria um herói. E heróis eram recompensados.

– *Bonjour*, monsieur Béliveau – disse Myrna Landers ao entrar, enchendo a loja de luz e sorrisos. – Estou interrompendo?

– Não, claro que não – respondeu o agente Lemieux, fechando o caderninho. – A gente só estava conversando. Como vai?

– Nada mau. – Ela se virou para monsieur Béliveau. – Como está? Eu soube que você jantou com Clara e Peter ontem à noite.

– Sim. Foi muito bom. E eu estou exatamente como é de se esperar.

– É um momento muito triste – disse Myrna, decidindo não tentar arrancar o homem de seu legítimo sofrimento. – Eu vim comprar um jornal. O *La Journée*, por favor.

– Tem muita gente comprando esse jornal hoje.

– Saiu um artigo estranho.

Ela se perguntou se deveria ficar calada, mas concluiu que era tarde demais. Pagou pelo jornal e folheou as páginas até encontrar a coluna da cidade.

Os três se debruçaram sobre ela e depois se levantaram ao mesmo tempo, como devotos que terminavam uma oração ancestral. Dois deles estavam chateados. Um, extasiado.

Naquele exato momento, um grasnado os levou até a varanda.

VINTE E TRÊS

— Monsieur Sandon! — gritou o inspetor Beauvoir pela milionésima vez.

Parado no meio do bosque que cercava St. Rémy, ele estava ficando um pouco preocupado. Odile dissera a ele onde encontrar a caminhonete e o rastro de Gilles. A caminhonete tinha sido fácil, Beauvoir só se perdera duas vezes a caminho daquele beco sem saída, mas encontrar o homem se provara mais difícil. Como as folhas das árvores ainda estavam começando a brotar, não tinham obscurecido a visão dele, mas era difícil avançar diante de tantas árvores caídas, áreas pantanosas e rochas. Aquele não era seu habitat natural. Ele havia tropeçado em pedras viscosas e poças de lama, escondidas debaixo de uma camada de folhas. Seus belos sapatos de couro — uma escolha nada sensata, ele sabia, embora não conseguisse se rebaixar à borracha — estavam cheios de água, lama e gravetos.

Quando ele reencontrara o ar fresco, após deixar para trás os aromas enjoativos da loja de produtos orgânicos, Odile havia gritado uma frase que ainda ressoava em seus ouvidos:

"Cuidado com os ursos!", dissera ela alegremente.

Ele havia pegado uma vara e entrado no bosque. Para atingir o urso no nariz. Ou isso era com tubarões? Bom, de qualquer forma, ele estava pronto. Qualquer coisa, o urso poderia usar a vara como palito de dentes depois de comê-lo.

Ele tinha uma arma, mas havia sido tão bem treinado por Gamache para só sacá-la quando tivesse certeza de que iria usá-la que ela permanecia no coldre.

Beauvoir tinha visto notícias suficientes sobre ataques de ursos para saber que os ursos-negros geralmente não eram perigosos, a menos que você ficasse entre a mãe e o filhote. Ele também sabia que eles se tornavam perigosos se ficassem assustados. Então, gritar "Monsieur Sandon" servia a um duplo propósito.

– Monsieur Saaaandonnnn!

– Aqui! – veio a resposta repentina.

Beauvoir parou e olhou em volta.

– Onde? – gritou de volta.

– Aqui! Eu encontro você!

Beauvoir ouviu passos entre as folhas de outono e o estalar de gravetos. Mas não viu ninguém. O som começou a ficar mais alto, e ainda sem sinal de homem nenhum. Era como se um fantasma estivesse se aproximando.

Droga, eu não devia ter pensado nisso, pensou Beauvoir, ficando cada vez mais ansioso. *Eu não acredito em fantasmas. Eu não acredito em fantasmas.*

– Quem é você?

Beauvoir se virou. No topo de uma pequena elevação, viu um homem imenso, de peito largo, forte e alto. Ele usava um gorro de tricô grosso e tinha uma barba ruiva arrepiada. Estava coberto de lama e cascas de árvore.

O Abominável Homem das Neves. O Pé Grande. Aquela criatura antiga sobre a qual a avó lhe contara. O Homem Verde. Metade homem, metade árvore. Era ele.

Beauvoir agarrou a vara com mais força.

– Inspetor Beauvoir, da Sûreté du Québec.

Aquela frase nunca havia soado tão frouxa. Então o Homem Verde riu. Não uma risada maliciosa, do tipo "Eu vou arrancar cada membro seu", mas uma risada sincera. Ele desceu da pequena elevação, serpenteando graciosamente por entre as árvores antigas e novas.

– Eu pensei que o senhor fosse uma árvore falando comigo.

Ele estendeu a mão enorme e imunda, e Beauvoir a apertou. Ele também riu. Era difícil não ficar alegre na companhia daquele homem.

– Embora elas geralmente sejam um pouco menos óbvias quando falam.

– As árvores?

– Ah, é. Mas o senhor provavelmente não veio até aqui para falar sobre as árvores. Nem com elas.

Gilles colocou a mão em um tronco enorme ao seu lado. Não para se apoiar, mas para usá-la como uma espécie de pedra de toque. Mesmo sem os comentários de Odile, dava para notar que aquele homem tinha uma relação especial com o bosque. Se Darwin tivesse concluído que o homem tinha evoluído das árvores, Gilles Sandon seria o elo perdido.

– É verdade. Eu estou investigando o assassinato de Madeleine Favreau. Acredito…

Beauvoir se interrompeu. O imenso homem à sua frente tinha dado um passo para trás como se Beauvoir o tivesse empurrado.

– Assassinato? Como assim?

– Desculpe, eu achei que o senhor soubesse. O senhor sabe que ela morreu, certo?

– Eu estava lá. Eu levei Madeleine para o hospital.

– Infelizmente, o relatório da legista afirma que a morte dela não foi natural.

– Bom, é claro que não foi natural. Aquela noite não teve nada de natural. A gente nunca devia ter chamado aqueles espíritos para o quarto. Foi aquela médium.

– Ela é uma bruxa – soltou Beauvoir, mal acreditando que tinha deixado aquilo escapar.

Mas era verdade. Ele achava.

– Não me surpreende – disse Gilles, recompondo-se. – Eu devia ter pensado direito. Todos nós, mas principalmente ela. Este mundo tem muita coisa estranha, rapaz. E muita coisa estranha feita contra o próximo. Mas eu vou lhe dizer uma coisa.

Ele se aproximou de Beauvoir, que se preparou para sentir o fedor de trabalho duro e falta de limpeza. Em vez disso, porém, o homem cheirava a ar fresco e pinheiros.

– O mais estranho de tudo – continuou ele – é o que acontece entre os mundos. É lá que esses espíritos vivem, presos. Não é natural.

– E ouvir árvores é?

O rosto de Gilles, tão sério e perturbado por um instante, mais uma vez foi tomado por um sorriso.

– Um dia o senhor também vai ouvi-las. No meio do silêncio, vai ouvir um sussurro que confundiu com o vento a vida inteira. Mas serão elas. A natureza fala com a gente o tempo todo, ouvir é que é o problema. Eu não consigo ouvir as águas, as flores nem as pedras. Bom, na verdade, consigo, mas só um pouco. Agora, as árvores? A voz delas é bem nítida para mim.

– E o que elas dizem?

Beauvoir não conseguia acreditar que tinha perguntado aquilo e muito menos que realmente queria saber a resposta.

Gilles olhou para ele por um momento.

– Um dia, eu lhe conto, mas não agora. Eu acho que o senhor não ia acreditar, então seria uma perda de tempo para nós dois. Mas, um dia, se eu achar que o senhor não vai fazer piada ou ferir os sentimentos delas, eu lhe conto o que as árvores estão dizendo.

O inspetor Beauvoir ficou surpreso ao notar que seus próprios sentimentos tinham sido feridos. Ele queria que o homem confiasse nele. E queria saber a resposta. Mas também sabia que Gilles estava certo. Ele achava que aquilo era papo furado. Talvez.

– O senhor pode me falar um pouco de Madeleine Favreau?

Gilles se abaixou e pegou um graveto. Beauvoir achou que ele fosse quebrá-lo e dilacerá-lo em suas mãos de couro, mas, em vez disso, ele só o segurou como alguém que segura uma mão pequena.

– Ela era linda. Eu não sou bom com as palavras, inspetor. Ela era como isso aqui – disse ele, apontando para o bosque com o graveto.

Beauvoir olhou à sua volta e viu a luz brilhando nos botões verde-claros e derramando-se nas folhas de outono douradas. Ele não precisava dizer mais nada.

– Ela era nova nesta área – disse Beauvoir.

– Tinha chegado há alguns anos. Morava com Hazel Smyth.

– O senhor acha que elas eram um casal?

– Hazel e Madeleine?

Aquela parecia uma ideia inédita para Gilles, embora não repugnante. Ele pensou um pouco.

– Talvez tenham sido. Madeleine era cheia de amor. Pessoas assim às vezes não fazem distinção entre homens e mulheres. Eu sei que elas se amavam, se é isso o que o senhor quer dizer, mas me parece que é outra coisa.

– É, sim. E o senhor está dizendo que isso não seria uma surpresa?

– Não, mas só porque eu acho que Madeleine amava um monte de gente.

– Inclusive monsieur Béliveau?

– Eu acho que se ela sentia alguma coisa por aquele homem era pena. A esposa dele morreu há alguns anos, sabe? E agora Madeleine morreu também.

A raiva emergiu naquele homem com tanta rapidez que pegou Beauvoir de surpresa. Gilles parecia querer bater em alguma coisa, ou em alguém. Ele olhou à sua volta de um jeito indócil, os punhos fechados, lágrimas escorrendo. Beauvoir conseguia ver a cabeça dele fazendo cálculos. Árvore ou homem, árvore ou homem. Qual ele iria esmagar?

Árvore, árvore, árvore, suplicou Beauvoir. Mas a raiva passou, e Gilles se apoiou em um enorme carvalho. O investigador viu que ele o abraçava, mas não teve vontade de fazer piada com aquilo.

Ele se virou de volta para Beauvoir e passou a manga quadriculada pelo rosto, enxugando lágrimas e outras coisas.

– Desculpe. Eu achei que já tivesse colocado tudo para fora, mas parece que não.

O homem enorme sorria para Beauvoir timidamente por cima da manga gigantesca que segurava contra o rosto. Então abaixou o braço.

– Eu vim aqui ontem. É onde eu me sinto mais em casa. Andei até o córrego e gritei. O dia inteiro. Coitadas das árvores. Mas elas não pareceram se importar. Às vezes, elas também gritam, quando está tendo corte raso. Elas conseguem sentir o terror das outras árvores, sabe? Pelas raízes. Elas gritam e depois choram. Ontem eu gritei. Hoje eu chorei. Eu pensei que tivesse acabado. Desculpe.

– O senhor amava Madeleine?

– Sim. Eu desafio o senhor a encontrar alguém que não a amasse.

– Alguém não a amava. Alguém a matou.

– Eu ainda não consegui entender isso. O senhor tem certeza?

Quando Beauvoir ficou em silêncio, Gilles assentiu, embora ainda parecesse estarrecido diante daquela ideia.

– Existe uma droga chamada efedrina. O senhor já ouviu falar?

– Efedrina? – perguntou Gilles, parando para pensar. – Acho que não, mas eu não sou muito fã de farmacêuticos. Eu tenho uma loja de produtos naturais.

– A Casa Orgânica de St. Rémy, eu sei. Passei lá mais cedo e conversei com Odile. Ela sabe?

– O quê?

– Que o senhor amava Madeleine?

– Provavelmente, mas ela deve saber que não era esse tipo de amor. Madeleine era do tipo que você adora a certa distância, mas eu nem sonhava em me aproximar dela. Quer dizer, olhe para mim.

Beauvoir entendeu o que Gilles queria dizer. Imenso, imundo, em casa no bosque. Poucas mulheres cairiam de amores por ele. Mas Odile tinha caído, e Beauvoir sabia o suficiente sobre mulheres e com certeza o suficiente sobre assassinatos para reconhecer um motivo.

RUTH ZARDO DESCIA LENTAMENTE O CAMINHO que ia de sua casinha de ripas de madeira até a abertura do muro de pedra que dava para a praça. Gamache e Jeanne observavam. Do outro lado da praça, Robert Lemieux, Myrna e monsieur Béliveau também observavam. Algumas pessoas interromperam o que estavam fazendo para acompanhar a cena.

Todos os olhos estavam naquela mulher idosa mancando e grasnando.

Com a cabeça descoberta e o cabelo branco esvoaçando levemente na brisa, Ruth olhou para o chão atrás de si e parou. Então fez algo que Gamache nunca a tinha visto fazer. Sorriu. Um sorriso fácil. Em seguida, voltou a andar.

Ela passou pelo muro, avançando devagar. E, de trás dela, veio o grasnar. Duas aves minúsculas e felpudas.

– Uma anciã wiccana – afirmou Jeanne.

– Ruth Zardo – disse Gamache.

Jeanne se virou para ele, perplexa.

– Ruth Zardo? A poeta? Ela é a Ruth Zardo? Que escreveu "Eu não senti a palavra apontada acertar/ e penetrar como uma bala macia./ Eu não senti a carne esmagada/ se fechar sobre ela como água/ ao redor da pedra atirada"? Essa Ruth Zardo?

Gamache sorriu e fez que sim com a cabeça. Jeanne havia citado um de seus poemas preferidos de Ruth, "Mary semienforcada".

– Uau – disse Jeanne, quase tremendo. – Eu pensei que fosse uma autora que já tivesse morrido.

– Só algumas partes dela – comentou Gamache. – Ela parece estar fazendo isso aos poucos.

– Ela é uma lenda nos meus círculos.

– Nos círculos de bruxas?

– Ruth Zardo. Sabe esse poema, "Mary semienforcada"? É sobre uma mulher real, Mary Webster. Eles achavam que ela fosse uma bruxa, então a enforcaram em uma árvore. Isso foi na época da caça às bruxas. No fim do século XVI.

– Aqui? – perguntou Gamache.

Ele estudava a história do Quebec e, embora já tivesse se deparado com vários eventos estranhos e brutais, nenhum se comparava à caça às bruxas.

– Não, em Massachusetts.

Ela ainda olhava para Ruth, assim como todos os outros. Ruth havia avançado uns 30 centímetros na praça, os patinhos atrás dela batendo as asas minúsculas, que mais pareciam projetinhos de asas, enquanto levantavam os pezinhos palmados.

– Uma mulher incrível – disse Jeanne, como se estivesse sonhando.

– Ruth ou Mary?

– As duas. O senhor já leu os poemas dela?

Gamache assentiu e recitou:

Fui enforcada por morar sozinha,
por ter olhos azuis e a pele queimada de sol,
saias esfarrapadas, faltando botões,
uma fazenda com ervas daninhas em meu nome
e uma cura infalível para verrugas.

– Esse mesmo – disse Jeanne, seguindo Ruth com o olhar como uma glória-da-manhã acompanhando o sol. – "Para cima, eu vou, no caminho inverso do fruto,/ uma maçã escurecida devolvida à árvore." Inacreditável. No entanto – continuou Jeanne, finalmente deixando de olhar para Ruth e dando meia-volta devagar –, eu acredito, sendo nesta vila. Para onde mais as pessoas iriam para se sentir seguras? Para se afastar do tempo das fogueiras?

– Foi por isso que a senhora veio para cá?

– Eu vim porque estava cansada.

Os dois voltaram a caminhar na direção da capelinha de ripas brancas de madeira ao lado da colina.

– Mesmo assim, a senhora concordou em fazer uma sessão espírita.

– É o treinamento. É difícil dizer não.

– O treinamento ou ser mulher? Não é preciso ser uma curandeira para achar difícil dizer não.

– Eu sempre achei isso difícil, é verdade – concordou ela.

Eles chegaram à Igreja de St. Thomas e subiram a meia dúzia de degraus de madeira que davam na pequena varanda. Gamache abriu a larga porta de madeira, mas Jeanne estava de costas para ele. Ela ainda observava Ruth e depois desviou o olhar para os três grandes pinheiros na praça do vilarejo.

– É só uma coincidência? Uma vila chamada Three Pines com três pinheiros na praça?

– Não. Esta vila foi criada pelos legalistas do Império Unido que fugiram pela fronteira com os Estados Unidos durante a guerra contra a Inglaterra. Isso aqui era só floresta. Ainda é, eu acho.

Gamache havia se juntado a ela, e agora os dois estavam lado a lado, olhando para a vila e a densa mata logo além.

– Os legalistas não tinham como saber quando estavam seguros. Então criaram um código. Quando eles viam três pinheiros em uma clareira, sabiam que podiam parar de fugir.

– Eles estavam seguros – disse Jeanne, que pareceu sucumbir ao peso do próprio corpo. – Ai, meu Deus, obrigada – murmurou.

Gamache ficou ali, debaixo do sol suave e dourado, esperando que ela estivesse pronta para entrar.

– A gente tinha feito um círculo, e aquela bruxa despejou sal no chão – disse Gilles.

Os dois homens estavam sentados em pedras do córrego, que corria cheio. Beauvoir escutava, jogando pedrinhas na água. O outro fitava o riacho e sua superfície coberta de pontos prateados, que dançavam onde o sol captava o movimento.

– Eu devia ter ido embora nessa hora, mas, sei lá, a gente foi fisgado. Foi uma espécie de histeria, acho. Eu ouvi coisas no escuro. Foi assustador.

Beauvoir lançou um rápido olhar para Gilles, mas o homem não parecia constrangido com a confissão.

– Então ela começou a chamar os espíritos, a dizer que estava ouvindo eles, e eu também estava ouvindo. Foi horrível. Ela tinha acendido umas velas, que, de alguma forma, deixavam a escuridão ainda mais densa. Depois eu ouvi um movimento. Tinha alguma coisa ali, disso eu sei. Aquela bruxa trouxe alguma coisa de volta dos mortos. Até eu sei que isso é errado.

– E o que aconteceu depois?

A respiração de Gilles ficou pesada. Ele estava de volta àquele quarto perverso, cercado pela escuridão, pelo terror e por algo mais.

– Ela ouviu alguma coisa se aproximar. Então bateu palmas, uma vez. Achei que eu fosse morrer. Eu ouvi dois gritos, talvez mais. Sons horríveis. E, depois, um baque. Eu estava quase cego de medo, mas vi Madeleine cair. No início, eu estava muito apavorado para me mexer, mas Clara foi até lá, e depois Myrna. Quando eu consegui me mexer, algumas pessoas já estavam em volta da Madeleine.

– Inclusive monsieur Béliveau?

– Não, ele não. Eu cheguei antes dele. Pensei que ela só tivesse desmaiado. Sinceramente, dei graças a Deus por ter sido ela, e não eu. Então a gente a virou para cima.

– Eu não conseguia acreditar – disse Jeanne, lembrando-se do rosto do qual havia passado os últimos dois dias fugindo. – A gente tentou sentir os batimentos dela, fazer a reanimação cardíaca, mas ela estava tão rígida que era impossível. Era como se tivesse sido petrificada, como se a vida tivesse sido arrancada de dentro dela. O senhor diz que uma droga chamada…

Ela se interrompeu, como se estivesse fazendo um esforço para se lembrar do nome. Gamache deixou que ela continuasse, perguntando-se se aquilo era uma encenação.

– Eu esqueci o nome, mas o senhor disse que uma droga fez isso, certo?

– Efedrina. Na verdade, é uma erva, uma substância natural. É usada por pessoas que querem emagrecer, mas foi proibida. É muito perigosa. Qual foi a sua primeira impressão do grupo?

– Na verdade, essa foi a segunda sessão espírita que a gente fez. A primeira foi na sexta à noite, no bistrô.

– Na Sexta-Feira Santa – disse Gamache.

– Eu estava sentindo uma tensão, principalmente da parte de dois dos homens. Não do Gabri. Dos outros dois. O homem alto e triste e o grandão barbudo. Mas os homens costumam ser assim nas sessões. Eles ou não acreditam e acumulam energias negativas ou acreditam e têm vergonha do próprio medo. O que, mais uma vez, é energia negativa. Mas eu tive a impressão de que eles não estavam só irritados de estar ali. Eu acho que eles não se bicam. O grandão não disfarçava muito, mas o dono da mercearia...

– Monsieur Béliveau – disse Gamache.

– Tem uma coisa sombria nele.

Gamache olhou para ela, surpreso. Ele gostava do pouco que conhecia do homem. Ele parecia cortês, quase tímido.

– Ele está escondendo alguma coisa – afirmou Jeanne.

– Todos nós estamos – retrucou Gamache.

– VOCÊ VEM SEMPRE AQUI? – perguntou Beauvoir, depois que Gilles terminou a história.

Aquilo pareceu uma cantada, e Beauvoir tentou não ficar vermelho.

– Aham. Venho pegar madeira para os meus móveis.

– Eu vi umas peças na loja. São incríveis.

– As árvores me deixam fazê-las.

– As árvores deixam que você as corte? – perguntou Beauvoir, surpreso.

– É claro que não, o que o senhor acha que eu sou?

Um assassino?, completou Beauvoir em pensamento. Ele achava isso?

– Eu ando pelo bosque e espero a inspiração aparecer. Eu só uso árvores mortas. Parece que nós temos muito em comum, o senhor e eu.

Por alguma razão, aquilo deixou Beauvoir satisfeito, apesar de ele não fazer ideia do que tinham em comum.

– Nós dois lidamos com a morte e até lucramos com ela, pode-se dizer assim. Sem árvores mortas, eu não faria os meus móveis, e sem pessoas mortas, o senhor não teria trabalho. É claro que o seu pessoal às vezes apressa um pouco as coisas.

– O que o senhor quer dizer?

– Ora, o senhor dever ter lido o jornal de hoje – disse Gilles, puxando um tabloide dobrado e amassado do bolso de trás da calça.

Ele entregou o jornal a Beauvoir, apontando um artigo com o dedo sujo.

– Viu? Eu pensei que eles tivessem colocado toda a banda podre da polícia na cadeia, mas parece que ainda tem um solto por aí. Ou por aqui. O senhor parece ser decente. Deve ser difícil ter um chefe corrupto.

Beauvoir mal ouviu o comentário. Era como se ele tivesse caído dentro do jornal e ficado preso naquelas palavras. Em uma palavra.

Arnot.

JEANNE FICOU EM SILÊNCIO POR UM INSTANTE, contemplando a capelinha de madeira. Lírios-do-vale brancos e verdes simples preenchiam o espaço com seu perfume, de modo que o lugar cheirava a madeira antiga, lustra-móveis, livros e flores. E parecia uma joia. A luz do sol se tornava verde, azul e vermelha ao atravessar os vitrais, sendo o mais proeminente deles não o de Cristo ressuscitado, atrás do altar, mas o que ficava na lateral da capela. Com os três jovens de uniforme. O sol derramava as cores deles em Gamache e Jeanne, fazendo, assim, com que os dois se sentassem no calor e na essência dos garotos.

– Cuidado.

Ela se afastou de Gamache e olhou para uma mancha de luz vermelha aos pés dele.

– Por quê?

– Em volta do senhor, eu estou vendo. Cuidado. Tem alguma coisa vindo.

VINTE E QUATRO

Jean Guy Beauvoir encontrou Gamache sentado em um banco da Igreja de St. Thomas. O chefe e a bruxa estavam lado a lado, olhando para a frente. Ele sabia que talvez estivesse interrompendo um interrogatório, mas não se importava. Trazia na mão aquele jornal imundo. Gamache se virou e, ao ver Beauvoir, sorriu e se levantou. O outro hesitou, depois enfiou o jornal no bolso da jaqueta.

– Inspetor Beauvoir, esta é Jeanne Chauvet.
– Madame.

Beauvoir pegou a mão dela e tentou não recuar. Se, ao acordar naquela manhã, soubesse que apertaria a mão de uma bruxa, bom... Bom, não sabia ao certo o que teria feito diferente. Ele tinha que admitir que essa era uma das coisas que amava naquele trabalho. Era imprevisível.

– Eu já estava de partida – disse a bruxa, que, por algum motivo, não largava a mão de Beauvoir. – O senhor acredita em espíritos, inspetor?

Beauvoir quase revirou os olhos. Ele conseguia imaginar aquele interrogatório se transformando em uma conversa entre o chefe e a bruxa sobre espíritos e Deus.

– Não, madame, eu não acredito. Acho que isso tudo é uma farsa, uma maneira de influenciar mentes fracas e tirar vantagem de pessoas de luto. Eu acho que é pior do que uma farsa – concluiu, puxando a mão.

A raiva dele chacoalhava a jaula, e Beauvoir sabia que ela podia escapar. Não era uma raiva normal, saudável, mas uma raiva cortante, que arranhava indiscriminadamente. Intensa, poderosa e sem qualquer consciência ou controle.

No bolso da jaqueta, dobradas junto ao peito, estavam palavras que, no mínimo, iriam ferir Gamache. Talvez mais do que isso. E era ele quem tinha que desferir o golpe. Beauvoir despejou toda a sua raiva na mulher minúscula, sem graça e anormal à sua frente.

– Eu acho que a senhora se aproveita de pessoas tristes e solitárias. É indecente. Se eu pudesse, colocava toda a sua laia na cadeia.

– Ou pendurava a gente em uma macieira.

– Não precisava nem ser macieira.

– Inspetor Beauvoir!

Gamache raramente levantava a voz, mas tinha acabado de fazer aquilo. E Beauvoir sabia que havia passado dos limites. Passado e ido além.

– Peço desculpas, madame – disse Beauvoir com um sorriso de escárnio, mal contendo a raiva.

Mas a pequena mulher à sua frente, tão insignificante em tantos aspectos, não havia nem se movido. Ela se mantinha calma e pensativa diante da agressividade de Beauvoir.

– Tudo bem, inspetor – garantiu ela, caminhando em direção à porta.

Ao abri-la, Jeanne se voltou para ele. Agora ela era só uma silhueta escura contra um fundo dourado.

– Eu nasci empelicada – disse ela a Beauvoir. – E acho que o senhor também.

A porta se fechou, e os dois homens ficaram sozinhos na capela.

– Ela estava falando do senhor – comentou Beauvoir.

– Suas habilidades de observação seguem aguçadas como sempre, Jean Guy – disse Gamache, sorrindo. – O que foi isso? Você queria ter certeza de que ela não tinha mexido com a minha cabeça?

Beauvoir estava inquieto. A verdade era que, ao que tudo indicava, a bruxa havia se comportado civilizadamente. Era ele quem estava prestes a mexer com a cabeça de Gamache. Em silêncio, Beauvoir pegou o jornal do bolso da jaqueta e o entregou ao outro. O inspetor-chefe parecia animado, mas, ao encontrar os olhos de Beauvoir, seu sorriso se apagou. Ele pegou o jornal, colocou os óculos de leitura meia-lua e começou a ler.

Gamache não se mexia. Era como se o mundo ao seu redor de repente estivesse em câmera lenta. Tudo parecia mais intenso. Ele viu um fio branco no cabelo escuro de Beauvoir. Tinha a sensação de que podia dar um passo à frente, arrancá-lo e voltar para o seu lugar sem que Beauvoir sequer notasse.

De repente, Armand Gamache via coisas que antes parecia ignorar.

– O que isso quer dizer? – perguntou Beauvoir.

Gamache olhou para o nome do periódico. *La Journée*. Um jornaleco de Montreal. Um dos tabloides que o tinham ridicularizado durante o caso Arnot.

– Notícia velha, Jean Guy – respondeu Gamache, dobrando o jornal e colocando-o sobre o casaco impermeável.

– Mas por que trazer o caso Arnot à tona de novo? – quis saber Beauvoir, tentando manter a voz calma e centrada como a do chefe.

– Falta de notícia. Este jornal é uma piada, *une blague*. Onde você conseguiu isto?

– Gilles Sandon me deu.

– Você encontrou Gilles? Ótimo. O que ele disse?

Gamache pegou o casaco e o jornal, e Beauvoir contou a ele tudo sobre os interrogatórios daquela manhã com Gilles e Odile, enquanto os dois voltavam para o sol, caminhando em direção à antiga estação ferroviária. Beauvoir estava grato pela normalidade da situação. Grato pelo chefe ter simplesmente dado de ombros diante dos comentários do jornal. Agora ele também podia fingir que aquilo não significava nada.

Os dois caminhavam no mesmo ritmo, de cabeça baixa. Quem os visse poderia pensar que eram pai e filho, passeando casualmente naquele belo dia de primavera, envolvidos em uma conversa. Mas algo tinha acabado de mudar.

Eu não senti a palavra apontada acertar
e penetrar como uma bala macia.

A carne dilacerada se fechou sobre a palavra, e Armand Gamache continuou a caminhar, escutar e dar atenção total ao inspetor Beauvoir.

HAZEL SMYTH TINHA IDO ATÉ A FUNERÁRIA de Cowansville. Sophie havia se oferecido para acompanhar a mãe, mas de um jeito tão mal-humorado que Hazel achou melhor ir sozinha. É verdade que vários amigos também tinham se prontificado a ir, mas ela não queria incomodá-los.

Ela sentia que havia sido sequestrada e levada a um mundo de sussurros e empatia por algo que ainda não acreditava que tivesse acontecido. Em vez de ler o Guia do Tricô, ela folheava um catálogo de caixões. Em vez de levar a pobre da Aimée para a quimioterapia, ou tomar chá com Susan e ouvi-la se queixar dos filhos problemáticos, ela tentava escrever um obituário.

Como ela se descreveria? Amiga? Companheira? Sua ausência será sentida por sua... Por que nenhuma palavra servia? Por que não havia palavras que, quando tocadas, faziam você sentir o que significavam? O abismo deixado pela perda de Madeleine. O nó dolorido na garganta. O pavor de adormecer sabendo que, ao acordar, teria que reviver a perda, como Prometeu, acorrentado e torturado dia após dia. Tudo havia mudado. Até a sua gramática. De repente, ela vivia no tempo passado. E no singular.

– Mãe! – gritou Sophie da cozinha. – Mãe! Você está aí? Preciso da sua ajuda.

Hazel voltou de muito longe e foi até a filha, caminhando devagar no início, mas acelerando o passo à medida que as palavras penetravam em seus ouvidos.

Preciso da sua ajuda.

Na cozinha, ela encontrou Sophie recostada na bancada, com um pé levantado e uma expressão de dor no rosto.

– O que foi? O que aconteceu?

Hazel se curvou para tocar no pé dela, mas Sophie o puxou.

– Não! Isso dói.

– Senta aqui. Deixa eu ver isso.

Ela conseguiu convencer Sophie a ir até a mesa da cozinha e se sentar em uma cadeira. Hazel colocou uma almofada em outra cadeira e, com carinho, apoiou sobre ela a perna da filha.

– Eu torci em um buraco aqui na entrada de casa. Quantas vezes eu já disse para consertar aqueles buracos?

– Eu sei, desculpa.

– Eu vou pegar a sua correspondência, e aí acontece isso.

– Deixa eu dar uma olhada.

Hazel se inclinou e, com seu toque delicado e experiente, começou a explorar o tornozelo.

Dez minutos depois, Sophie estava no sofá da sala de estar com o controle remoto na mão, um sanduíche de presunto e queijo em um prato e um refrigerante diet em uma bandeja. Hazel tinha imobilizado o tornozelo da filha com uma atadura elástica e encontrado um par de muletas velhas que Sophie havia usado na última vez que se machucara.

Curiosamente, a tontura, a distração e a confusão mental tinham desaparecido. Agora ela estava concentrada na filha, que precisava dela.

OLIVIER LEVOU A BANDEJA DE SANDUÍCHES até a sala dos fundos do bistrô. Ele também colocou uma panela com sopa de cogumelos e coentro no aparador, além de uma variedade de cervejas e refrigerantes. Quando a equipe da Sûreté chegou para o almoço, Olivier puxou Gamache pelo braço.

– O senhor viu o jornal de hoje? – perguntou Olivier.

– O *La Journée*?

Olivier aquiesceu.

– Eles estão falando do senhor, não é?

– Eu acho que sim.

– Mas por quê? – sussurrou Olivier.

– Não sei.

– Eles fazem isso com frequência?

– Não com frequência, mas acontece.

Ele disse aquilo com tanta naturalidade que Olivier relaxou.

– Se o senhor precisar de qualquer coisa, me avise.

Olivier se afastou para encarar a correria do almoço, e Gamache se serviu de uma tigela de sopa e um sanduíche de legumes grelhados e queijo de cabra antes de se sentar. A equipe se acomodou em volta dele, comendo e lançando olhares para o chefe. Com exceção de Nichol, que mantinha a cabeça baixa. De alguma forma, embora eles estivessem sentados em círculo, ela conseguia dar a impressão de estar em uma mesa separada, em um recinto totalmente diferente.

Será que ele tinha cometido um erro ao trazê-la?

Já fazia uns dois anos que Gamache trabalhava com ela, e nada parecia ter mudado. Isso era o mais preocupante. A agente Nichol parecia cole-cionar ressentimentos – não só colecioná-los, como criá-los. Ela era uma pequena produtora de desprezos, feridas e irritações. A fábrica dela funcio-nava dia e noite, produzindo raiva em grande escala. Ela transformava boas intenções em agressões, presentes em insultos e a felicidade dos outros em um ataque pessoal. Sorrisos e até risadas pareciam machucá-la fisicamente. Ela se agarrava a cada ressentimento. Não desapegava de nada, com exceção da própria sanidade.

Ainda assim, a agente Yvette Nichol havia demonstrado aptidão para solucionar assassinatos. Ela era uma espécie de *idiot savant*, tinha uma única habilidade, talvez porque reconhecesse mentes parecidas com a sua.

Mas havia uma razão para ela estar naquele caso. Uma razão que ele precisava manter em segredo.

Ele observou Yvette Nichol se aproximar tanto da sopa que acabou mer-gulhando o cabelo na tigela. Os fios ficaram pendurados, criando uma cor-tina quase impenetrável. Mas, por entre aquela massa, ele viu a colher dela vacilar e derramar o líquido enquanto balançava a caminho da boca.

– Vocês provavelmente já viram isto – disse ele, erguendo uma cópia do *La Journée*.

Todos assentiram.

– Estão falando de mim, é claro, mas isso não significa nada. Eles tiveram um dia de poucas notícias depois de um longo final de semana e resolveram ressuscitar o caso Arnot. Só isso. Eu não quero que isso interfira no nosso trabalho. *D'accord?*

Ele olhou ao redor. O agente Lemieux fazia que sim com a cabeça, e a agente Nichol, que secava a sopa das pontas do cabelo com um guardanapo de papel, parecia não ter ouvido. O inspetor Beauvoir olhou para ele atenta-mente, assentiu de leve e pegou um imenso sanduíche de rosbife e raiz-forte no croissant.

– Agente Lacoste?

Isabelle Lacoste estava olhando para ele, imóvel. Não comia, não assen-tia, nem falava. Só olhava.

– Pode dizer – incentivou Gamache, afastando as mãos da comida e cruzando-as no colo para dar atenção total a ela.

– Eu acho que isso significa alguma coisa, senhor. O senhor sempre diz que tudo acontece por um motivo. Eu acho que existe um motivo para isso estar no jornal.

– E qual seria?

– O senhor sabe. O de sempre. Eles querem se livrar do senhor.

– E quem são "eles"?

– As pessoas da Sûreté que ainda são leais a Arnot.

Ela nem hesitou, nem precisou refletir sobre o que dizia. É claro que o fato de ter passado a manhã inteira pensando sobre o assunto a havia ajudado a chegar àquela conclusão.

Ela observou o chefe assimilar suas palavras.

Armand Gamache a encarava. Seus olhos castanhos estavam seguros, pensativos e calmos. Aqueles mesmos olhos que, a despeito de todo o caos, ameaças e estresse, ataques físicos e verbais, haviam permanecido firmes na busca de tantos assassinos. Era assim que ela se lembrava dele. O inspetor--chefe Gamache, calmo, forte e no comando. Ele era o líder do grupo por uma razão. Nunca vacilava. E não vacilaria agora.

– A motivação dessas pessoas é problema delas – disse ele, finalmente. – Eu não tenho que me importar com isso.

Ele deu uma olhada no restante da equipe. Até a agente Nichol o estava encarando, com a boca ligeiramente aberta.

– E os outros? – perguntou Lacoste. – O pessoal daqui? Ou os outros agentes da Sûreté? As pessoas vão acreditar nisso.

– E...?

– Bom, isso pode afetar a gente.

– O que você quer que eu faça? Coloque um anúncio no jornal dizendo que não é verdade? Eu só posso fazer duas coisas: ficar chateado e preocupado ou deixar para lá. Adivinha qual das opções eu escolho?

Ele sorriu. A tensão deixou a sala pela primeira vez, e eles continuaram a almoçar e apresentar os relatórios. Quando Olivier recolheu os pratos e trouxe a tábua de queijos, Beauvoir e Gamache já tinham atualizado todos. Robert Lemieux havia relatado a sua conversa com monsieur Béliveau.

– O que a gente sabe sobre a esposa dele? – perguntou Beauvoir. – O nome dela era Ginette, certo?

– Nada, ainda – disse Lemieux –, só que ela morreu há alguns anos. Isso é importante?

– Pode ser. Gilles Sandon pareceu insinuar que talvez não seja coincidência que duas mulheres com quem monsieur Béliveau se envolveu tenham morrido.

– É, deve ter sido uma árvore que contou para ele – murmurou Nichol.

– O que foi que você disse, agente? – perguntou Beauvoir, virando-se para ela.

– Nada.

A sopa tinha pingado do cabelo para os ombros acolchoados do blazer barato e havia migalhas grudadas no peito dela.

– É só que eu acho que a gente não pode levar muito a sério nada do que Gilles Sandon diz – continuou Nichol. – É lógico que ele é um louco. Pelo amor de Deus, ele fala com árvores. A mesma coisa vale para aquela bruxa. Ela espalha sal e velas no chão e fala com os mortos. E o senhor vai prestar atenção no que ela diz? – concluiu ela, desta vez voltando-se para Gamache.

– Venha comigo, agente Nichol – disse Gamache, colocando o guardanapo cuidadosamente sobre a mesa e se levantando.

Sem falar mais nada, ele abriu as portas francesas que davam para o pátio atrás do bistrô e para o rio.

Beauvoir se entregou a uma breve fantasia em que o chefe a jogava no rio. Em sua última visão da cena, Nichol agitava as mãos e desaparecia na espuma branca, para ser despejada uma semana depois no pobre Oceano Atlântico.

Em vez disso, a equipe observou Nichol gesticular como uma louca e literalmente bater o pé enquanto Gamache ouvia, com o rosto sério. Eles não conseguiam ouvir nada por causa do barulho do rio. Quando ele levantou a mão, ela se acalmou e ficou quieta. Então ele falou. Ela assentiu e foi embora.

Gamache voltou para a sala com uma expressão preocupada.

– Ela foi embora? – quis saber Beauvoir.

– Voltou para a sala de investigação.

– E depois?

– Depois ela vai me acompanhar até a antiga casa dos Hadleys. Eu quero que você vá também – disse Gamache para a agente Lacoste.

Jean Guy Beauvoir conseguiu ficar calado e até ouvir o relatório de Isabelle Lacoste, embora sua cabeça não parasse um segundo. Por que a agente

Nichol estava ali? Por quê? Se tudo acontecia por um motivo, qual era o motivo para ela estar ali? Com certeza havia um, ele sabia disso.

– Madeleine Favreau tinha 44 anos – relatou Lacoste, com sua voz clara e precisa. – Madeleine Marie Gagnon nasceu em Montreal e foi criada no quartier Notre-Dame-de-Grâce. Na Harvard Street. Vinha de uma família de classe média e recebeu uma educação inglesa.

– Inglesa? – perguntou Lemieux. – Com um nome desses?

– Bom, semi-inglesa – admitiu Lacoste. – O pai era francês e a mãe era inglesa. O nome era francês, mas a criação foi basicamente inglesa. Frequentou a escola pública e o ensino médio em Notre-Dame-de-Grâce. Aliás, a secretária da escola se lembrava dela. Disse que tem algumas fotos dela no corredor. Ela foi eleita Atleta do Ano e presidente do grêmio estudantil. Uma daquelas crianças que simplesmente se destacam. Também foi líder de torcida.

Gamache deu graças a Deus por Nichol não estar lá. Ele podia imaginar como ela reagiria àquela ladainha de sucesso.

– E as notas dela? – perguntou ele.

– A secretária está checando para mim. Eu já devo ter a resposta quando a gente voltar para a sala de investigação. Depois do colégio…

– Um segundo – interrompeu Gamache. – E Hazel Smyth? Você perguntou sobre ela também? Elas estudaram na mesma escola.

– Perguntei. Hazel Lang. Também 44 anos. Morou na Melrose Avenue, em Notre-Dame-de-Grâce.

Gamache conhecia a área. Tinhas casas antigas, robustas. Árvores e jardins modestos.

– A secretária também está procurando as notas dela.

– Mas não se lembrou dela imediatamente?

– Não, mas isso seria difícil depois de tantos anos. Depois do colégio, Madeleine foi estudar Engenharia na Universidade Queens e conseguiu trabalho na empresa de telecomunicações Bell Canada. Ela saiu de lá há quatro anos e meio.

Beauvoir olhou para Gamache. Ele não conseguia tirar o confronto com Nichol da cabeça. Se qualquer um deles tivesse falado com Gamache daquele jeito em uma reunião, estaria fora da equipe em um piscar de olhos, e com razão. E, francamente, nenhum deles sequer pensaria em falar assim com Armand Gamache. Não por instinto de sobrevivência, mas porque todos respeitavam muito o chefe.

Por que Nichol o tratava daquele jeito, e por que Gamache permitia?

– A mulher com quem eu falei trabalhava em outro departamento e ocupava um cargo mais baixo – continuou Lacoste –, mas ela disse que Madeleine Favreau era uma chefe justa e muito inteligente. As pessoas gostavam dela. Eu também falei brevemente com o chefe dela. Paul Marchand – prosseguiu Lacoste, consultando as anotações. – Ele é vice-presidente do departamento de pesquisa e desenvolvimento. Madeleine era chefe de desenvolvimento de produtos. E também colaborava com o marketing.

– Então, quando produtos novos, como um telefone ou algo parecido, eram lançados – disse Lemieux –, ela é que fazia o projeto?

– A especialidade dela era tecnologia da informação. É um campo muito em alta. Segundo Paul Marchand, ela recebeu esse dossiê pouco antes de sair.

Gamache esperou. Isabelle Lacoste era a melhor agente com quem ele já tinha trabalhado e, se um dia o inspetor Beauvoir saísse da equipe por qualquer razão, ela seria sua escolha natural para segunda em comando. Os relatórios dela eram completos, claros e sem ambiguidades.

– Ela se casou com François Favreau, mas eles se divorciaram poucos anos depois. Paul Marchand não acha que tenha sido por isso que ela foi embora da empresa. Ele perguntou o motivo, mas ela foi bem vaga e estava decidida sobre a demissão. Ele respeitou isso.

– Ele tem alguma teoria? – perguntou Gamache.

– Tem – respondeu Lacoste, sorrindo. – Há seis anos, Madeleine Favreau foi diagnosticada com câncer de mama. Monsieur Marchand acha que isso, talvez combinado ao divórcio, tenha sido o motivo. Ele ficou chateado com toda a situação. Deu para sentir no tom de voz dele que gostava dela.

– Amava? – perguntou Gamache.

– Não sei. Mas me pareceu que existia algum carinho ali, algo mais que um simples respeito. Ele ficou triste quando ela foi embora.

– E aí ela veio para cá – concluiu Gamache, recostando-se na cadeira.

Olivier bateu na porta e entrou com cafés e uma bandeja de sobremesas. Gamache reparou que ele levou um pouco mais de tempo que o necessário para servir, mas por fim foi embora, tendo que se satisfazer com várias migalhas de baguete e nenhuma de informação.

– Filhos? – perguntou Lemieux.

Lacoste balançou a cabeça e pegou uma mousse de chocolate que transbordava da taça de vidro lapidado, decorada com creme e uma framboesa. Ela puxou um café preto e forte para si, satisfeita com o seu relatório e o seu almoço.

Beauvoir percebeu que só restava uma mousse. Lemieux tinha escolhido uma salada de frutas, o que o deixou aliviado, mas também um pouco desconfiado. Quem escolheria frutas em vez de mousse de chocolate? Mas agora ele próprio estava diante de um dilema terrível, uma escolha de Sofia culinária. Uma mousse. Ele deveria pegá-la ou deixar o doce para Gamache?

Ele observou a mousse e, ao erguer os olhos, viu que Gamache também estava olhando. Mas não para a mousse. Para ele. Ele tinha um sorrisinho no rosto e algo mais. Algo que Beauvoir raramente via ali.

Tristeza.

Então Beauvoir entendeu. Entendeu tudo. Entendeu por que Nichol ainda estava na equipe. Entendeu por que ele ia, inclusive, levá-la com ele aquela tarde.

Se os policiais leais a Arnot queriam munição para derrubar Gamache, qual seria a melhor forma de fazer aquilo? Plantar alguém na equipe dele. Armand Gamache sabia disso. E, em vez de demiti-la, ele havia decidido jogar um jogo perigoso. Ele a mantivera no time. Mais do que isso: ele a mantivera bem perto. Para poder observá-la. E, assim, também mantê-la afastada do resto deles. Armand Gamache estava se jogando na granada que era Yvette Nichol. Por eles.

Jean Guy Beauvoir pegou a mousse de chocolate e a colocou na frente de Armand Gamache.

VINTE E CINCO

Clara Morrow passou as mãos no cabelo e encarou a pintura no cavalete. Como havia ido de brilhante a lixo em um piscar de olhos? Ela pegou o pincel novamente, depois o deixou de lado. Precisava de um mais fino. Ao encontrá-lo, passou-o na tinta a óleo verde, deu a ele apenas um toque de amarelo e o aproximou do quadro.

Mas não conseguia. Já não sabia o que queria fazer.

Havia mechas azuis e amarelas nas laterais do seu cabelo. Ela poderia ter ganhado a vida como Clara, a Palhaça. Até seu rosto estava manchado de tinta. Mas seus olhos assustariam qualquer criança que se aproximasse.

Olhos assombrados e temerosos. Agora faltava menos de uma semana para Denis Fortin aparecer. O galerista havia ligado naquela manhã e dito que gostaria de levar alguns colegas com ele. "Colegas" era uma palavra que sempre animava e intrigava Clara. Pintores não tinham colegas. A maioria mal tinha amigos. Mas agora ela detestava aquela palavra. Detestava o telefone. E detestava a coisa no cavalete, que deveria tirá-la da obscuridade e fazer com que o mundo das artes finalmente a notasse.

Clara se afastou do cavalete, com medo do próprio trabalho.

– Olha só isso!

A cabeça de Peter apareceu na porta. Ela precisava fechar aquela porta, pensou. Não podia mais lidar com interrupções. Ela nunca o interrompia quando ele estava trabalhando, então por que ele achava normal não só falar com ela, como esperar que ela saísse do estúdio para ver... o quê? Um pedaço de pão com um buraco que parecia a rainha da Inglaterra? Lucy deitada com a cabeça debaixo do tapete? Um cardeal no comedouro para pássaros?

Qualquer coisa, desde que fosse insignificante, era motivo suficiente para Peter interromper o trabalho dela. Mas Clara sabia que estava sendo injusta. Se tinha certeza de uma coisa era de que Peter, embora não necessariamente entendesse o seu trabalho, era quem mais a apoiava.

– Venha, rápido! – disse ele, gesticulando para ela animadamente antes de desaparecer.

Clara tirou o avental, sujando a camisa de tinta a óleo, e saiu do estúdio, tentando ignorar o alívio que sentia ao apagar as luzes.

– Olha! – disse Peter, praticamente arrastando a mulher até a janela.

Lá estava Ruth na praça, falando com alguém. Só que ela estava sozinha. Não havia nada de estranho naquela cena. Na verdade, o estranho seria que houvesse alguém ali disposto a ouvi-la.

– Espere – pediu Peter, sentindo a impaciência de Clara. – Olhe! – exclamou ele, triunfante.

Ruth fez um último comentário, se virou e começou a cruzar a praça bem devagar em direção à própria casa, carregando ecobags com compras. Enquanto ela caminhava, duas pedras pareceram se mover com ela. Clara olhou com mais atenção. Eram pedras meio felpudas. Passarinhos. Provavelmente os onipresentes chapins. Então o da frente bateu as asas e se levantou um pouco.

– Patos – disse Clara, sorrindo, a tensão se dissipando enquanto ela observava Ruth e os dois patinhos caminharem em fila para a pequena casa do outro lado da praça.

– Eu não vi quando ela foi até a mercearia de monsieur Béliveau, mas Gabri viu. Ele me ligou e disse para eu olhar pela janela. Parece que esses carinhas ficaram do lado de fora da loja esperando Ruth sair e depois a seguiram até a praça.

– O que será que ela estava falando para eles?

– Devia estar ensinando eles a xingar. Já pensou? Nosso pequeno destino turístico, o vilarejo dos patinhos falantes.

– E o que eles diriam? – perguntou Clara, olhando para Peter de um jeito travesso.

– Saco! – exclamaram os dois ao mesmo tempo.

– Só uma poeta ensinaria um pato a falar saco – disse Clara, rindo.

Então ela notou que os policiais da Sûreté estavam saindo do bistrô e se dirigiam para a antiga estação ferroviária. Ela estava pensando em ir até lá dizer "oi" e talvez tentar conseguir alguma informação, quando viu o inspetor Beauvoir chamar o inspetor-chefe Gamache de lado. Pelo que Clara podia ver, o homem mais jovem falava e gesticulava, enquanto o inspetor-chefe ouvia.

– É ISSO QUE O SENHOR ESTÁ FAZENDO? – perguntou Beauvoir, tentando manter a voz baixa.

Ele enfiou a mão no casaco de Gamache e tirou o jornal dobrado do bolso de onde ele se projetava.

– Não é verdade que isso não é nada. É alguma coisa, não é?

– Eu não sei – admitiu Gamache.

– É o Arnot, não é? Sempre o merda do Arnot – disse Beauvoir, erguendo a voz.

– Você precisa confiar em mim, Jean Guy. Essa coisa do Arnot já foi longe demais. Já está na hora de isso acabar.

– Mas o senhor não está fazendo nada. Ele o chamou para a briga com isto aqui! – insistiu Beauvoir, balançando o jornal no ar.

Da janela, Peter e Clara viram o jornal balançar como um bastão. Clara sabia que, se eles estavam assistindo, outras pessoas também estavam. Gamache e Beauvoir não poderiam ter escolhido um lugar mais público para a discussão.

– Há meses, anos, que o senhor sabe que esse caso não acabou – continuou Beauvoir. – Mas, mesmo assim, não disse nada. Ninguém mais consulta o senhor para tomar decisões importantes...

– Mas isso é diferente. Os policiais seniores não estão fazendo isso por concordarem com Arnot. Eles estão me punindo por ter ido contra a decisão deles. Você sabe disso. É diferente.

– Mas não está certo.

– Você acha que não? Você realmente acha que quando prendi Arnot eu não sabia que isso ia acontecer?

Beauvoir parou de balançar o braço e ficou quieto. Gamache parecia envolvê-lo em uma espécie de bolha. Seus olhos castanhos eram intensos, sua voz era grave e forte. Ele manteve Beauvoir ali, congelado.

– Eu sabia que isso ia acontecer. O conselho sênior não podia permitir que eu desobedecesse às ordens e saísse impune. Essa é a punição deles. E está certa. Da mesma forma que o que eu fiz também está certo. Não confunda as coisas, Jean Guy. O fato de eu nunca mais conseguir uma promoção e de não decidir que direção a Sûreté vai tomar não é importante. Eu sabia que isso ia acontecer.

Gamache pegou o jornal de Beauvoir e baixou a voz até quase sussurrar. Nada se movia em Three Pines. Era como se os esquilos e até os pássaros tentassem ouvi-lo. E ele sabia muito bem que era o que as pessoas estavam fazendo.

– Isto é diferente – disse, erguendo o jornal. – Isto aqui é trabalho de Pierre Arnot e das pessoas que ainda são leais a ele. Isto é vingança, não censura. Isto aqui não é a força policial da Sûreté.

Vamos torcer para que não seja, pensou Beauvoir.

– Isto eu não sabia que ia acontecer – admitiu Gamache, olhando para o jornal. – Não anos depois da prisão e do julgamento. Não depois de os assassinatos de Arnot virem a público. Eu fui avisado que esse caso não tinha acabado, mas não tinha a dimensão da influência que Arnot ainda exerce. Estou surpreso.

Ele guiou Beauvoir até a ponte de pedra que cortava o rio Bella Bella. Uma vez nela, parou e, por um instante, observou as águas espumosas correrem, a força do rio normalmente calmo, que agora carregava folhas e nacos de lama.

– Ele pegou o senhor desprevenido – disse Beauvoir.

– Não totalmente – contestou Gamache. – Embora eu tenha que admitir que isto me surpreendeu. – Ele voltou a bater no bolso onde o artigo estava. – Eu sabia que ele ia tentar alguma coisa, só não sabia o quê nem quando. Achei que o ataque seria mais direto. Isso demonstra uma sutileza e uma paciência que eu não imaginava que ele tivesse.

– Mas não é Arnot que está fazendo disso. Não diretamente. Ele deve ter pessoas dentro da Sûreté. O senhor sabe quem são?

– Consigo imaginar.

– O superintendente Francoeur?

– Não sei, Jean Guy. Eu não posso falar sobre isso. São só suspeitas.

– Mas Nichol trabalhou com Francoeur na Narcóticos. Francoeur e

Arnot eram melhores amigos. O superintendente quase foi preso por ser cúmplice dos assassinatos. No mínimo, ele devia saber o que Arnot estava fazendo.

– A gente não sabe – insistiu Gamache.

– E Nichol trabalhou com ele. Foi ele quem a transferiu de volta para a Homicídios. Eu lembro que o senhor discutiu com ele por causa disso.

Gamache também se lembrava. Daquela voz enjoativa e racional escorrendo feito xarope pela linha telefônica. Naquele momento, Gamache soubera. Soubera que havia uma razão para Nichol ter sido devolvida depois de ele tê-la demitido.

– Ela está trabalhando para Francoeur, não é? – disse Beauvoir, nitidamente uma pergunta retórica. – Ela está aqui para espionar o senhor.

Gamache encarou Beauvoir, tenso e sério.

– Você sabe o que é nascer empelicado?

– O quê?

– Jeanne Chauvet disse que nasceu empelicada e que acha que você também. Você sabe o que isso significa?

– Não faço ideia e não dou a mínima. Ela é uma bruxa. O senhor vai mesmo prestar atenção no que ela diz?

– Eu vou prestar atenção em todo mundo. Cuidado, Jean Guy. Estes são tempos perigosos, e estas pessoas são perigosas. A gente precisa de toda ajuda que conseguir.

– Inclusive das bruxas?

– E talvez das árvores – disse Gamache, sorrindo e erguendo as sobrancelhas com uma expressão debochada.

Então ele apontou para a água corrente, cujo barulho impedia os outros de ouvir a conversa.

– A água já é nossa aliada. Se nós conseguirmos encontrar algumas pedras falantes, seremos invencíveis.

Gamache olhou para o chão e Beauvoir se viu fazendo o mesmo. Ele pegou uma pedra, ainda quente do sol, mas a esta altura o chefe já estava caminhando devagar para a sala de investigação, com as mãos cruzadas às costas e o rosto virado para cima. Beauvoir vislumbrou um pequeno sorriso no rosto de Gamache. Estava prestes a jogar a pedra no rio, mas hesitou. Não queria afogá-la. *Merda*, pensou, jogando a pedra para cima conforme se encaminhava para a sala de investigação. *Depois que a semente é plantada, ela de fato acaba com a sua vida.* Como iria derrubar árvores ou até cortar a grama agora, se tinha medo de afogar uma pedra?

Maldita bruxa.

Maldito Gamache.

VINTE E SEIS

Hazel Smyth se afastou da porta limpando as mãos em seu avental de algodão xadrez.

– Entrem – disse ela, sorrindo educadamente, mas não mais do que isso.

Beauvoir e Nichol a seguiram até a cozinha. Todas as panelas estavam fora do armário, algumas em uso e outras na pia. No fogão, havia uma marrom de barro em forma de jarra, com uma alça de cada lado. Feijão com melaço, açúcar mascavo e torresmo. Um clássico prato quebequense. A cozinha tinha sido preenchida por aquele intenso aroma doce.

Fazer *baked beans* dava muito trabalho, mas parecia que Hazel tinha decidido mesmo trabalhar naquele dia. As caçarolas estavam alinhadas na bancada como um batalhão de tanques de guerra. E Beauvoir de repente soube em que batalha elas estavam lutando. Era a guerra contra o luto. Uma tentativa heroica e desesperada de deter o inimigo. Mas aquilo era inútil. Para Hazel Smyth, os visigodos estavam na colina, prestes a descer, queimando e destruindo tudo. Implacáveis, sem a menor piedade. Ela podia adiar o luto, mas não detê-lo. Fugir talvez até piorasse as coisas.

Olhando para Hazel, Jean Guy Beauvoir sabia que ela estava prestes a ser dominada, atacada. No fim das contas, seu coração a trairia e abriria as portas para o luto. Tristeza, perda e desespero marchavam, rindo, empinando os cavalos e reunindo-se para o ataque final. *Será que aquela mulher sobreviveria?*, se perguntou Beauvoir. Algumas pessoas não sobreviviam. A maioria, no mínimo, mudava para sempre. Algumas ficavam mais sensíveis, mais compassivas. Muitas, no entanto, se tornavam duras e amargas. Fechadas. Não se arriscavam a sofrer outra perda.

– Biscoitos?

– *Oui, merci.*

Beauvoir pegou um e Nichol, dois. As mãos de Hazel voavam em direção à chaleira, à pia, à tomada, ao bule. E como ela falava... Criando uma distração com as palavras. Sophie tinha torcido o tornozelo. A pobre Sra. Burton precisava que alguém a levasse à quimioterapia no final da tarde. Tom Chartrand estava mal, e é claro que seus próprios filhos jamais viriam de Montreal para ajudá-lo. E assim ela seguiu, até que Beauvoir estivesse prestes a se render, embora o luto resistisse.

O chá foi servido. Hazel tinha preparado uma bandeja, que carregava escada acima.

– É para a sua filha? – perguntou Beauvoir.

– Ela está no quarto, coitada. Não está conseguindo andar muito, por causa do machucado.

– Eu posso levar.

Ele pegou a bandeja e subiu a escada estreita, cercada por um papel de parede floral antigo. Ao chegar ao andar de cima, foi até uma porta fechada e bateu nela com o pé. Ouviu dois passos pesados, e a porta se abriu.

Sophie estava com uma expressão entediada até olhar para ele, então sorriu, inclinou de leve a cabeça para o lado e, devagarzinho, levantou o pé machucado.

– Meu herói – disse, mancando para trás e gesticulando para que ele pusesse a bandeja em uma cômoda.

Ele olhou para ela por um instante. Ela era atraente, não havia como negar. A pele bonita e o cabelo brilhante e cheio. Mas, para Beauvoir, parecia repulsiva. Sentada em seu quarto fingindo uma lesão e esperando que a mãe enlutada a servisse. E era o que Hazel fazia. Aquilo era insano. Que tipo de pessoa, que tipo de filha faria isso? Tudo bem que estava difícil acompanhar Hazel agora, com todo aquele trabalho obsessivo na cozinha e aquela conversa acelerada, mas será que Sophie não podia pelo menos ficar perto dela? Ela não precisava necessariamente ajudar, mas com certeza não tinha que aumentar o fardo da mãe.

– Posso fazer umas perguntas?

– Depende.

Ela tentou dizer aquilo de forma sedutora. Beauvoir percebeu que a garota era daquele tipo de pessoa desajeitada que tenta deixar tudo que fala sedutor, mas não dá certo.

– Você sabia que Madeleine teve câncer de mama? – perguntou ele, ao empurrar uma bolsa de maquiagem para a borda da cômoda e pousar a bandeja.

– Sabia, mas ela ficou boa, não ficou? Ela estava bem.

– Estava mesmo? Pensei que levasse uns cinco anos para que as pessoas fossem consideradas curadas, e não fazia tanto tempo assim, certo?

– Quase isso. Ela parecia bem. Disse para a gente que estava.

– E isso foi o suficiente para você.

Todos os jovens de 21 anos eram egocêntricos daquele jeito? Insensíveis daquele jeito? Sophie realmente parecia não se importar que a mulher com quem dividia a casa e a vida tivesse tido câncer e sido brutalmente assassinada bem na frente dela.

– Como foi viver aqui depois da chegada de Madeleine?

– Não sei. Eu fui para a universidade, né? No início, Madeleine fazia uma festa quando eu voltava, mas depois de um tempo ela e a minha mãe pararam de se importar.

– Duvido que isso seja verdade.

– Bom, mas é. Eu nem ia para a Queens. Eu fui aceita na McGill. A minha mãe queria que eu fosse para lá. Mas Madeleine tinha estudado na Queens e falava muito de lá. Do campus lindo, dos prédios antigos, do lago... Ela fez tudo soar muito romântico. Enfim, eu me inscrevi sem contar para ninguém e fui aceita. Então decidi ir para a Queens.

– Por causa de Madeleine?

Sophie o encarou. Seus olhos estavam duros e seus lábios, brancos. Foi como se seu rosto se tornasse pedra. Então ele entendeu. Enquanto a mãe estava desesperada para afastar o luto, Sophie enfrentava outra batalha: a de escondê-lo.

– Você amava Madeleine?

– Ela não estava nem aí para mim, não mesmo. Só fingia. Eu fiz tudo por ela, tudo. Até mudei a merda da faculdade. Fui até Kingston. Você faz ideia de onde fica isso? São oito malditas horas de carro daqui.

Beauvoir sabia que Kingston não ficava a oito horas de carro de lá. Talvez a cinco ou seis.

– Eu levo um dia inteiro para chegar em casa – esbravejou Sophie, que parecia estar perdendo o controle, seu rosto de pedra pegando fogo. – Se eu estivesse na McGill, poderia vir todo fim de semana. Então eu finalmente entendi. Meu Deus, como eu fui burra! – Sophie se virou e deu um tapa tão forte na lateral da cabeça que doeu até em Beauvoir. – Ela não estava nem aí para mim. Só queria me ver longe. Bem longe. Não era a mim que ela amava. Eu finalmente entendi – concluiu Sophie, cerrando os punhos e batendo nas coxas.

Beauvoir deu um passo à frente e segurou as mãos dela. Ele se perguntou quantos hematomas ela escondia.

ARMAND GAMACHE PAROU NA PORTA DO QUARTO e olhou para dentro. Ao lado dele, os dois agentes estavam inquietos.

A luz do sol da tarde atravessava as janelas da antiga casa dos Hadleys, mas parecia parar no meio do caminho. Em vez de iluminar de fato o lugar, deixá-lo até um pouco alegre, os feixes de luz estavam espessos de tanta poeira. Meses, anos de negligência e decadência rodopiavam no ar, contorcendo-se como se estivessem vivos. Os passos dos três policiais erguiam a poeira e a decadência, que ficavam cada vez mais densas. Até que a própria luz pareceu diminuir.

– Eu queria que vocês olhassem em volta e me dissessem se algo mudou.

Os três pararam na porta, onde a fita amarela pendia do batente e jazia ali rasgada. Gamache pegou uma tira. Tinha sido puxada e esticada, não simplesmente cortada. Alguém a havia dilacerado.

De um dos lados, ele ouviu a respiração pesada da agente Lacoste, que parecia estar tomando fôlego. Do outro, o agente Robert Lemieux não parava de mudar o peso do corpo de um pé para o outro.

A porta emoldurava a cena do crime: a pesada mobília vitoriana, a lareira com a cornija escura e a cama de dossel que parecia recém-usada, embora Gamache soubesse que ninguém morava na casa havia anos. Todas aquelas coisas eram opressivas, mas naturais. Então seus olhos se voltaram para o que não era.

O círculo de cadeiras. O sal. As quatro velas. E aquele outro elemento. O pequeno pássaro, caído de lado, com as asinhas ligeiramente abertas, como se tivesse sido abatido em pleno voo. As patas próximas ao peito vermelho, os olhinhos arregalados e fixos. Será que antes ele estava na chaminé com os irmãos, observando aquele mundo imenso e preparando-se para voar? Será que os outros tinham finalmente se lançado no ar? Mas o que havia acontecido àquele pequenino? Em vez de voar, será que tinha caído? Será que alguém sempre falhava, sempre caía?

Era um filhote de tordo. Um símbolo da primavera, do renascimento. Morto.

Teria ele também morrido de medo? Gamache suspeitava que sim. Tudo que entrava naquele quarto morria?

Armand Gamache entrou.

YVETTE NICHOL COMEÇOU A VAGAR PELA COZINHA. Não aguentava mais aquela ladainha. A mulher não parava. No início, Hazel havia se sentado com ela à mesa de fórmica, mas depois tinha se levantado para ver se os biscoitos já tinham esfriado e colocá-los em uma lata.

– São para madame Bremmer.

Como se Nichol se importasse. Enquanto Hazel falava e trabalhava, Nichol perambulava pelo cômodo, observando livros de culinária, uma coleção de pratos azuis e brancos. Ela foi até a geladeira, repleta de fotos, a maioria de duas mulheres. Hazel e uma outra. Madeleine, Nichol concluiu, embora a mulher sorridente e bonita e a coisa de boca aberta do necrotério não fossem nada parecidas. Na frente de uma árvore de Natal, em um lago, esquiando, cuidando do jardim no verão, fazendo caminhadas – em cada uma das fotos, Madeleine Favreau sorria.

Yvette Nichol então percebeu uma coisa, algo que sabia que ninguém mais enxergaria. Madeleine Favreau era uma farsa. Uma mentira, uma personagem. Porque Nichol sabia que ninguém podia ser tão feliz.

Uma das imagens mostrava uma festa de aniversário. Hazel Smyth tinha o olhar fixo em algo fora de quadro e usava um chapéu azul-bebê engraçado com estrelinhas soltando faíscas; Madeleine Favreau estava de perfil, ouvindo, a cabeça apoiada na mão. Ela olhava para Hazel com nítida adoração. Ao lado de Madeleine, uma jovem gorda comia um bolo com voracidade.

O celular de Nichol vibrou. Ela enfiou a foto no bolso e foi até a sala de estar atulhada, chutando a perna de um sofá no caminho.

– *Merde. Oui, allô?*

– Você disse "merda" para mim?

– Não – reagiu ela rapidamente, acostumada à repreensão.

– Você pode falar?

– Rapidinho. A gente está na casa de uma suspeita.

– Como está indo a investigação?

– Devagar. O senhor conhece o Gamache. As coisas se arrastam com ele.

– Mas você está de volta com ele agora. Isso é bom. Não perca esse homem de vista. Tem muita coisa em jogo.

Nichol odiava aquelas ligações e odiava a si mesma por atender o telefone. Odiava ainda mais a empolgação que sentia quando o telefone tocava. E, depois, a inevitável decepção. De ser tratada como uma criança de novo. Ela não admitiria de jeito nenhum que, na verdade, estava com Beauvoir. Deveria estar com o inspetor-chefe, mas, no último minuto, os dois tinham entrado no minúsculo escritório ao lado da sala de investigação e, ao sair, Beauvoir havia caminhado decididamente até a porta e a chamado.

E foi assim que Nichol se viu sozinha naquela sala de estar opressiva. Parecia a casa de vários de seus tios, cheias de coisas. Coisas do Velho Mundo, eles diziam, mas quem conseguiria contrabandear uma sala de estar ou de jantar inteira da Romênia, da Polônia ou da República Tcheca? Onde você esconderia aqueles tapetes felpudos cor-de-rosa, aquelas cortinas pesadas e aqueles quadros espalhafatosos ao atravessar a fronteira? No entanto, de alguma forma, as casas minúsculas deles estavam abarrotadas de coisas que tinham se tornado heranças de família. Cadeiras, mesas e sofás haviam sido espalhados feito lixo, jogados pelos cômodos. A cada nova visita que Nichol fazia aos tios, mais heranças de família surgiam, e o espaço para as pessoas diminuía. Talvez esse fosse justamente o objetivo.

Ela tinha a mesma impressão daquela sala. Coisas. Coisas demais. Mas uma delas chamou a atenção de Nichol. Um anuário, no sofá. Aberto.

Um som agudo e alto rompeu o silêncio do cômodo. Lacoste conge-
lou. Ao lado dela, o inspetor-chefe Gamache se virou para ver o que havia
causado aquilo.

– Perdão – disse Lemieux, timidamente, da porta, com um pedaço de
fita amarela na mão, após arrancá-la da madeira. – Vou tentar fazer isso
com menos barulho.

Isabelle Lacoste balançou a cabeça e sentiu o coração voltar ao ritmo
normal.

– Algo mudou neste quarto? – perguntou Gamache a ela.

Lacoste olhou em volta.

– Me parece igual, *patron*.

– Alguém invadiu este lugar. Imagino que essa pessoa tivesse um objetivo. Mas qual?

Armand Gamache olhou ao redor lentamente, observando aquele quarto
agora familiar, embora estivesse longe de ser aconchegante. Faltava alguma
coisa? Por que alguém arrancaria a fita da polícia para entrar ali? Para pegar
algo? Ou para substituir algo?

Haveria outro motivo?

A única coisa obviamente diferente no quarto era o passarinho. Ele tinha
sido morto de propósito? Poderia ser um ritual de sacrifício? Mas por que
um passarinho? Os sacrifícios não exigiam animais maiores, como bois,
cachorros ou gatos? Ele percebeu que estava inventando aquilo tudo. Na
verdade, não sabia nada sobre sacrifícios. A coisa toda parecia macabra.

Gamache se ajoelhou, esmagando o sal grosso com os pés enquanto in-
clinava a cabeça para ver melhor o pássaro.

– O senhor quer que eu ensaque o passarinho? – perguntou Lacoste.

– Depois. Alguma ideia?

Gamache sabia que Lacoste tinha estado ali de manhã não para analisar
a cena do crime, mas para fazer seu ritual particular.

– O passarinho parece apavorado, mas talvez seja só a minha imaginação.

– Nós temos um comedouro para pássaros na varanda – disse Gamache,
levantando-se. – Tomamos nosso café lá fora de manhã quando o tempo
está bom. Todos os passarinhos que se aproximam parecem apavorados.

– Bom, o senhor e madame Gamache são pessoas muito assustadoras –
argumentou Lacoste.

– Ela é mesmo – concordou ele, sorrindo. – Eu morro de medo.

– Coitado.

– Infelizmente, acho que a gente não vai conseguir descobrir muita coisa analisando a expressão facial do passarinho morto – disse Gamache.

– Que bom que a gente ainda pode contar com as folhas de chá e as vísceras – comentou Lacoste.

– É o que madame Gamache sempre diz.

Ao olhar para o passarinho enroscado aos seus pés – uma mancha escura no sal branco, o olho vazio, vazio, o sorriso de Gamache desapareceu. Ele ficou se perguntando qual teria sido a última coisa que o animal havia visto.

HAZEL SMYTH FECHOU O ANUÁRIO E ALISOU a capa de couro falso, apertando-a contra o peito, como se aquilo pudesse curar a ferida. Hazel conseguia sentir que estava ficando cada vez mais fraca. O livro espetava seus seios à medida que ela o pressionava com mais e mais força, não mais abraçando o objeto, mas agarrando-o, afundando o anuário e todos aqueles sonhos juvenis cada vez mais fundo no peito. Aliviada pela dor física, ela desejava que as bordas ficassem tão afiadas que a cortassem em vez de simplesmente machucar. Essa dor ela conseguiria entender. A outra era assustadora – escura, vazia e aparentemente infinita.

Quanto tempo ela conseguiria viver sem Madeleine?

Todo o horror de sua perda estava começando a ganhar definição.

Com Ma, ela havia encontrado uma vida cheia de gentileza e empatia. Com Ma, Hazel era uma pessoa diferente. Despreocupada, relaxada e alegre. Ela até expressava suas opiniões. Formulava opiniões de verdade. E Madeleine as escutava. Nem sempre concordava, mas sempre escutava. Para quem via de fora, aquela devia parecer uma vida banal, chata até. Mas, por dentro, era um caleidoscópio.

E, pouco a pouco, Hazel havia se apaixonado por Madeleine. Não de uma forma física. Não tinha vontade de dormir com Ma, nem mesmo de beijá-la. Embora às vezes, à noite, quando Ma se sentava no sofá com um livro e Hazel ocupava a poltrona alta com o tricô, ela se visse levantando, indo até a outra e colocando a cabeça dela no peito. Exatamente onde o anuário estava agora. Hazel acariciou o livro e imaginou aquela adorável cabeça no lugar dele.

– Madame Smyth – chamou o inspetor Beauvoir, interrompendo o devaneio de Hazel.

A cabeça no peito dela se tornou fria e dura. Voltou a ser um livro. E a casa ficou fria e vazia. Hazel havia perdido Madeleine de novo.

– Posso ver o livro? – perguntou Beauvoir, estendendo a mão timidamente.

Quando a agente Nichol encontrara o anuário aberto na sala de estar e o levara até a cozinha, não esperava aquela reação de Hazel. Ninguém teria esperado uma reação daquelas.

"Isto é meu! Me dá", rosnara Hazel, aproximando-se de Nichol com tanto veneno que a jovem agente entregou o livro sem hesitar. Hazel então pegou o anuário, se sentou e abraçou o livro. Pela primeira vez desde que eles tinham chegado, o lugar ficou em silêncio.

– Posso? – perguntou Beauvoir mais uma vez, estendendo a mão.

Hazel parecia não entender. Pela reação da mulher, era como se ele quisesse desatarraxar o braço dela. Por fim, ela largou o livro.

– É do ano da nossa formatura – disse ela, inclinando-se sobre o anuário e virando as páginas até chegar às fotos daquela época. – Esta aqui é Madeleine.

Ela apontou para uma garota feliz e sorridente. Abaixo da foto estava escrito: *Madeleine Gagnon. Provavelmente vai acabar em Tanguay.*

– Era uma brincadeira – explicou Hazel, já que Tanguay era a prisão feminina do Quebec. – Todo mundo sabia que Ma seria um sucesso. Eles estavam tirando sarro dela.

Jean Guy Beauvoir estava disposto a aceitar que Hazel acreditava naquilo, mas ele sabia que a maioria das brincadeiras tinha um fundo de verdade. Será que alguns amigos do colégio viam alguma coisa diferente nela?

– A senhora se importa se a gente ficar com este anuário? Ele vai ser devolvido.

Obviamente, Hazel se importava, mas ela balançou a cabeça.

O livro fez com que Beauvoir se lembrasse de outra coisa. Algo que Gamache havia pedido que ele perguntasse a Hazel.

– O que a senhora sabe sobre Sarah Binks?

Pela cara de Hazel, Beauvoir percebeu que aquela pergunta tinha soado meio sem sentido. Blá-blá-blá-binks.

– O inspetor-chefe encontrou um livro chamado *Sarah Binks* na gaveta da mesinha de cabeceira de Madeleine.

– Sério? Que estranho. Nunca ouvi falar. É um livro...

– Um livro picante? Acho que não. O inspetor-chefe estava lendo e rindo à beça.

– Desculpa, não posso ajudar.

Ela respondeu de maneira educada, mas Beauvoir percebeu que havia algo ali. Hazel tinha ficado desconcertada. Pelo livro ou pelo fato de a melhor amiga ter escondido algum segredo dela?

– A senhora contou como foi a noite em que Madeleine morreu, mas teve uma outra sessão espírita alguns dias antes.

– Na sexta à noite, no bistrô. Eu não fui.

– Mas madame Favreau foi. Por quê?

– Eu já não contei isso? Quando o senhor veio com o inspetor-chefe?

Tudo estava um pouco confuso para Hazel.

– Contou, mas às vezes as pessoas estão com a cabeça um pouco nebulosa quando a gente conversa com elas pela primeira vez. É sempre bom ouvir a história de novo.

Hazel se perguntou se aquilo era verdade. Os pensamentos dela estavam longe de clarearem. Ficavam era cada vez mais embaralhados.

– Eu realmente não sei por que a Ma foi. Gabri tinha colocado um anúncio na igreja e no bistrô dizendo para todo mundo que a grande médium Madame Blavatsky estava hospedada na pousada e tinha concordado em trazer os mortos de volta à vida. Por apenas uma noite – disse Hazel, sorrindo. – Acho que ninguém levou a sério, inspetor. Com certeza, Madeleine não levou. Acho que era só uma noite divertida. Uma coisa diferente.

– Mas a senhora não aprovava?

– Eu acho melhor não brincar com certas coisas. Na melhor das hipóteses, seria uma perda de tempo.

– E na pior?

Hazel não respondeu logo. Os olhos dela vagaram pela cozinha como se buscassem um lugar seguro onde pousar. Não o encontrando, voltaram ao rosto dele.

– Era Sexta-Feira Santa, inspetor. *Le Vendredi Saint.*

– E...?

– Pense bem. Por que a Páscoa é o feriado cristão mais importante?

– Porque é a data em que Cristo foi crucificado.

– Não. Porque é a data em que Cristo ressuscitou.

VINTE E SETE

Enquanto Lacoste fotografava o quarto da antiga casa dos Hadleys e Lemieux ensacava a fita, Gamache abria e fechava as gavetas dos armários, da mesa de cabeceira e da penteadeira. Depois, ele foi até a estante.

O que havia ali que tinha deixado alguém desesperado a ponto de romper a fita da Sûreté?

Gamache sorriu ao ver a série de livros *Parkman's Works*, a odiosa história do Canadá ensinada nas escolas mais de um século antes a crianças dispostas a acreditar que os indígenas eram selvagens errantes e que os europeus realmente tinham levado a civilização àquelas terras.

Gamache abriu um dos volumes ao acaso.

Sob a forma de bestas ou com outros aspectos abomináveis e indescritivelmente medonhos, a prole infernal, uivando em uma fúria descontrolada, despedaçou os galhos da habitação silvestre.

Gamache fechou o livro e olhou de novo para a capa, chocado. Era mesmo aquela coleção? Ressecada e pronta para matar o leitor de tédio? A prole infernal? Ele confirmou que de fato era a coleção, e a seção que havia aberto falava sobre o Quebec.

— Agente Lacoste, pode dar um pulo aqui?

Quando a agente se aproximou, ele entregou o livro a ela.

— Pode abrir, por favor?

— Só abrir?

— S'il vous plaît.

Isabelle Lacoste segurou o volume de couro rachado entre as mãos e abriu a capa lentamente. As frágeis páginas a seguiram e, após um momento, caíram do outro lado, expondo o livro. Gamache se debruçou e leu: *Sob a forma de bestas ou com outros aspectos abomináveis e indescritivelmente medonhos...*

O livro tinha aberto na mesma página.

Gamache o fitou por um momento e, finalmente, o devolveu para a estante, para depois pegar o volume que estava ao lado. Uma Bíblia. Ele se perguntou se aquilo era só coincidência ou se quem havia colocado os livros juntos sabia que um precisava do outro. Mas qual precisava de qual? Ele olhou de soslaio para a Bíblia e a guardou no bolso. Sabia o que ainda precisava fazer, e todos os detalhes ajudavam. A fenda escura na estante, onde a Bíblia havia estado, revelava a capa do próximo livro. Um livro sem informação na lombada.

Lacoste, que tinha voltado ao trabalho, não viu Gamache enfiar o segundo livro no bolso também. Mas Lemieux viu.

Gamache sabia que estava perdendo tempo. O sol logo iria se pôr e ele não queria fazer aquilo no crepúsculo de jeito nenhum.

– Vou fazer uma busca na casa. Vocês estão bem aqui?

Lacoste e Lemieux olharam para Gamache do mesmo jeito que seus filhos, Daniel e Annie, tinham feito quando ele dissera que já estava na hora de os dois tentarem atravessar a baía a nado sem colete salva-vidas. "Vocês são bons nadadores", afirmou. Mas ainda assim os dois não acreditavam que o pai tivesse pedido aquilo para eles. "E eu vou estar bem ao lado, no barco a remo", completou ele.

Ele ainda conseguia ver a hesitação nos olhos de Daniel. Mas Annie mergulhou direto. Como Daniel não podia ficar para trás de jeito nenhum, o jeito foi encarar a baía.

Robusto e atlético, o filho havia completado o trajeto com facilidade. Annie mal conseguira chegar ao outro lado. Ela era pequena e magrinha, como Reine-Marie naquela idade. Mas, ao contrário de Daniel, não gastava energia com o medo. Ainda assim, era tão miúda e a baía, tão grande que a menina penou para atravessá-la, lutando para vencer os últimos metros. O pai a encorajava, praticamente arrastando-a para a margem com as palavras, que agiam como cordas amarradas àquele corpinho. Por duas vezes, ele quase a havia agarrado e a puxado das águas, mas tinha esperado, e ela encontrara forças para continuar.

Animados, os filhos tinham sido enrolados em toalhas aquecidas pelo sol e, enquanto os abraçava e esfregava com os braços grandes e fortes, Armand Gamache se perguntava se havia cometido um erro ao fazer Annie atravessar a baía junto com Daniel. Não porque quase não havia conseguido, mas justamente porque ela havia conseguido. Ele sentiu Daniel se afastar de seus braços no início, mas depois se acalmar e finalmente se deixar abraçar, confortar e parabenizar.

Daniel, apesar de todo o tamanho e força, era o mais frágil. O mais carente. E isso não tinha mudado.

Ao olhar para Lacoste e Lemieux, ele teve a mesma impressão. Mas qual dos dois era o forte e qual era o carente? E será que aquilo importava? Assim como acreditava nos filhos, ele acreditava nos dois.

– O senhor quer ajuda? – perguntou Lacoste, disposta a enfrentar aquela tarefa terrível, se o chefe assim desejasse.

– Vocês já têm muita coisa para fazer, obrigado. Quando terminarem, voltem para a sala de investigação. Eu espero que a legista já tenha dado alguma notícia até lá.

Isabelle Lacoste o observou desaparecer na escuridão como se a casa o engolisse.

Ele se foi, e ela estava sozinha. Com Lemieux. Ela gostava de Robert Lemieux. Ele era jovem e entusiasmado. Com ele, nunca havia uma luta pelo poder. Ao contrário do que acontecia com Nichol, era um prazer trabalhar com o agente. Nichol era um desastre total. Presunçosa, mal-humorada e egoísta. O que perturbava Lacoste era não saber por que o inspetor-chefe Gamache a mantinha na equipe. Ele a havia dispensado uma vez, mas quando Nichol fora redesignada para a Divisão de Homicídios, ele simplesmente havia cedido. Sem oferecer resistência.

E lá estava ela de novo. Gamache poderia ter designado Nichol para casos em regiões remotas. Poderia ter dado a ela trabalhos administrativos na sede da Sûreté. Mas, em vez disso, ele a incluía na equipe dos casos mais difíceis, em campo. Com ele.

"Tudo acontece por um motivo", dizia Gamache. Tudo. E Lacoste sabia que havia um motivo para Nichol estar lá. Só queria saber qual era.

– Como estão as coisas por aí? – perguntou Lemieux.

– Estou quase terminando. E você?

– Eu só tenho mais umas coisas para fazer. Por que você não vai voltando?

– Não, eu espero – disse Lacoste, que não pretendia abandonar Lemieux naquele lugar horrível.

O telefone de Lemieux já estava vibrando tinha cinco minutos. Tudo que ele queria era atender. Por que ela não ia embora?

– Por quê?

– Você não está sentindo isso?

Ele sabia que deveria ao menos fingir estar desconfortável ali, mas a verdade é que a antiga casa dos Hadleys não o impressionava. Mas ele via que os outros, e até Gamache, ou talvez principalmente Gamache, reagiam a ela.

– É como se tivesse algo aqui com a gente – disse Lacoste. – Como se alguma coisa estivesse observando a gente.

Eles ficaram em silêncio, Lacoste hipervigilante, prestando atenção a cada rangido, a cada fresta, enquanto Lemieux só pensava no celular que vibrava em seu bolso.

– Cuidado – disse ele. – Você pode acabar morrendo de medo.

– O assassino escolheu bem. Este lugar assustaria até o próprio diabo.

– Olha, você está cheia de trabalho na sala de investigação. Eu vou ficar bem. Mesmo.

– Tem certeza? – perguntou ela, louca para acreditar nele.

Vai!, ele queria gritar.

– Tenho. Eu sou burro demais para ter medo – disse ele, sorrindo. – Acho que o diabo não leva os burros.

– E eu acho que ele só leva os burros – argumentou Lacoste, desejando que eles não estivessem parados no meio da antiga casa dos Hadleys falando sobre o diabo. – Está bem, vejo você mais tarde. Você está com o celular, caso precise...

– Caso precise? – repetiu ele, sorridente, provocando-a e tentando fazê-la ir embora. – Sim, eu estou com o celular.

Isabelle Lacoste pisou no corredor escuro, de carpete gasto cheirando a mofo e velharia. Assim que Lemieux virou as costas, ela atravessou o corredor às pressas, desceu a escada quase tropeçando nos próprios pés e saiu porta afora, como se expelida de um útero sombrio para o mundo.

– A senhora sabia que Madeleine Favreau teve câncer de mama? – perguntou o inspetor Beauvoir.

– Claro que eu sabia – respondeu Hazel, surpresa.

– Mas não nos contou.

– Devo ter esquecido. Eu nunca pensava nela como uma mulher que tinha tido câncer, nem ela. Ela praticamente não falava mais disso. Só seguia com a vida.

– Deve ter sido um choque quando ela descobriu. Ela devia estar com 40 e poucos anos.

– É verdade. Parece que as mulheres estão tendo essa doença cada vez mais cedo. Mas, quando ela me procurou, já estava em tratamento. Eu acho que isso acontece muito. Os amigos antigos se tornam mais importantes. A gente tinha perdido o contato depois do colégio e, de repente, ela me ligou e apareceu aqui. Foi como se o tempo não tivesse passado. Ela estava fraca por causa da quimioterapia, mas continuava maravilhosa como sempre. Ainda parecia aquela mesma menina de 18 anos, só que careca, e até mais bonita. É estranho. Eu às vezes me pergunto se a quimioterapia não leva as pessoas quase que para outro mundo. Muitas pessoas parecem super-tranquilas. O rosto delas fica macio, os olhos, mais intensos... Madeleine quase brilhava.

– Tem certeza de que ela não estava recebendo radiação? – perguntou Nichol.

– Agente Nichol! – esbravejou Beauvoir.

Ele sentiu que a pedra que havia encontrado no Bella Bella e guardado no bolso queria voar. Para esmagar um osso, para penetrar na cabeça da agente até atingir o cérebro minúsculo e atrofiado dela. E substituí-lo. Quem notaria a diferença?

– Isso foi bem inapropriado.

– Foi só uma brincadeira.

– Foi cruel, agente Nichol, e você sabe a diferença. Peça desculpas.

Nichol se virou para Hazel com os olhos duros.

– Me desculpe.

– Tudo bem.

Nichol sabia que tinha ido longe demais. Mas só estava seguindo ordens. O trabalho dela era irritar, chatear e desestabilizar a equipe.

212

Estava fazendo aquilo pelo bem da Sûreté. Pelo chefe, que ela adorava e odiava. Ao olhar para o rosto bonito do inspetor Beauvoir, agora inchado e furioso, ela sabia que tinha conseguido.

– Madeleine voltou para Montreal e terminou a quimioterapia – continuou Hazel após um silêncio constrangedor. – Mas, depois disso, ela passou a vir para cá todos os finais de semana. Ela não estava feliz no casamento. E eles não tinham filhos.

– Por que ela estava infeliz?

– Ela disse que eles simplesmente se afastaram. Ela também achava que ele talvez não conseguisse lidar com uma esposa bem-sucedida. Madeleine se destacava em tudo o que fazia, sabe? Sempre foi assim. Era uma coisa dela – concluiu Hazel, fitando Beauvoir como uma mãe orgulhosa.

Ele achava que ela devia ser uma boa mãe. Gentil, carinhosa. Dessas que dão sempre o maior apoio. No entanto, ela havia criado aquela garota mimada do andar de cima. Alguns filhos, ele sabia, eram simplesmente ingratos.

– Deve ser difícil – disse Hazel.

– O quê? – quis saber Beauvoir, que tinha se perdido em seus pensamentos.

– Viver perto de alguém que é sempre bem-sucedido. Principalmente quando a pessoa é insegura. O marido da Ma devia ser muito inseguro, não?

– A senhora sabe como a gente pode falar com ele?

– Ele ainda mora em Montreal. Chama-se François Favreau. É um bom homem. A gente se viu algumas vezes. Se o senhor quiser, tenho o telefone e o endereço dele.

Hazel se levantou da mesa da cozinha e foi até o armário. Abriu a gaveta de cima e remexeu dentro dela, de costas para ele.

– Por que a senhora foi à segunda sessão espírita, madame Smyth?

– Porque Madeleine me pediu – respondeu Hazel, vasculhando os papéis da gaveta.

– Mas ela também pediu da primeira vez e a senhora não foi. Por que foi na segunda?

– Achei – disse Hazel, virando-se para eles e entregando uma agenda para Beauvoir, que a repassou a Nichol. – O que o senhor perguntou, inspetor?

– A segunda sessão espírita, madame.

213

– Ah, sim. Bom, foi um misto de coisas, pelo que eu me lembro. Madeleine realmente parecia ter se divertido na primeira. Ela disse que tinha sido uma bobagem, mas como ir a um parque de diversões. Da mesma forma que a gente costumava ficar com medo na montanha-russa ou no trem-fantasma, sabe? Pareceu emocionante, e eu meio que me arrependi de ter perdido a primeira.

– E Sophie?

– Ah, essa gostou da ideia desde o início. Um pouco de diversão neste burgo, que é como ela chama Three Pines. Sophie passou o dia animada com essa história.

O rosto alegre de Hazel foi desmontando aos poucos. Beauvoir viu a lembrança daquela noite percorrer o rosto dela, até que a lembrança de Madeleine viva se tornasse a lembrança de Madeleine morta.

– Quem poderia querer matar Madeleine? – perguntou Beauvoir.

– Ninguém.

– Mas alguém matou.

Ele tentou tornar aquela afirmação um pouco mais suave e gentil, como Gamache faria, mas mesmo aos seus próprios ouvidos as palavras soaram como uma acusação.

– Madeleine era... – começou Hazel, mexendo as mãos graciosamente na frente do corpo, como se conduzisse ou delicadamente garimpasse o ar em busca das palavras. – Ela era a luz do sol. Iluminava todas as vidas em que entrava. E ela nem se esforçava para isso. Eu me esforço – disse, apontando para o batalhão de panelas. – Vivo tentando ajudar as pessoas, mesmo quando ninguém me pede nada. E eu sei que isso pode ser irritante. Madeleine fazia as pessoas se sentirem bem só de passar um tempo com elas. É difícil explicar.

No entanto, pensou Beauvoir, *você está viva e ela, morta*.

– Nós achamos que alguém deu a efedrina para ela no jantar. Ela reclamou de alguma comida?

Hazel pensou, depois balançou a cabeça.

– Ela reclamou de alguma coisa naquela noite?

– De nada. Parecia feliz.

– Eu soube que ela estava saindo com monsieur Béliveau. O que a senhora acha dele?

– Ah, eu gosto dele. A esposa dele e eu éramos amigas, sabe? Ela morreu há quase três anos. Madeleine e eu meio que o adotamos depois disso. A morte da Ginette dilacerou monsieur Béliveau.

– Ele parece ter se recuperado bem.

– É, parece – disse ela, talvez fazendo um pouco de esforço demais para soar indiferente.

Ele se perguntou o que estava acontecendo por trás daquele rosto plácido e um tanto triste. O que Hazel Smyth realmente achava de monsieur Béliveau?

VINTE E OITO

Gamache cantarolava um pouco enquanto caminhava pela cozinha da antiga casa dos Hadleys. O ruído não era nem alto o suficiente para assustar um fantasma, nem melodioso o suficiente para chegar a ser reconfortante. Mas era humano, natural e, no fim das contas, uma companhia.

Então a cozinha acabou e o conforto também. Ele se deparou com outra porta fechada. Como integrante da Divisão da Homicídios, havia desenvolvido certa cautela em relação a portas fechadas, tanto as literais quanto as metafóricas, embora soubesse que as respostas sempre estavam atrás delas.

Mas às vezes outras coisas também espreitavam de lá. Coisas velhas, apodrecidas e distorcidas pelo tempo e pela necessidade.

Gamache sabia que as pessoas eram como as casas. Algumas eram alegres e iluminadas e outras, sombrias. Algumas pareciam boas por fora, mas tinham o interior deplorável. E algumas das casas menos atraentes por fora eram gentis e calorosas por dentro.

Ele também sabia que os primeiros ambientes da casa eram para consumo público. Era preciso ir mais fundo para encontrar a realidade. E, finalmente, havia o último quarto, aquele que mantemos trancado a sete chaves, até para nós mesmos. Principalmente para nós mesmos.

Era aquele quarto que Gamache vasculhava em todas as investigações de assassinato. Era lá que os segredos estavam guardados. Era lá que os monstros aguardavam.

– Por que você demorou tanto? – perguntou Michel Brébeuf ao telefone, frustrado e irritado.

Ele não gostava de esperar. E gostava menos ainda quando novatos ignoravam suas ligações.

– Você sabia que era eu – continuou Brébeuf.

– Eu sabia, mas não podia atender. Tem outras coisas acontecendo aqui.

O tom de Robert Lemieux já não era mais obediente. Algo havia mudado desde aquela última conversa na sala de Brébeuf. De alguma forma, o poder tinha trocado de lugar, mas ele não sabia como. Ou por quê. Ou mesmo o que fazer a respeito.

– Isso não pode acontecer de novo – declarou.

Embora a intenção de Brébeuf fosse dar um aviso, a frase soou petulante e irritadiça. Lemieux solidificou sua posição ignorando o comentário.

– Onde você está agora? – perguntou Brébeuf.

– No casarão dos Hadleys. Gamache está fazendo uma busca no resto da casa e eu estou no quarto onde a vítima foi assassinada.

– Ele está perto de resolver o caso?

– Você está brincando? Alguns minutos atrás, ele estava conversando com um pássaro morto. O inspetor-chefe Gamache está bem longe de resolver esse caso.

– E você?

– Eu o quê?

– Descobriu quem matou a mulher?

– Esse não é o meu trabalho, lembra?

O superintendente Brébeuf percebeu que já não havia mais nenhum fingimento sobre quem estava no comando. Até o "senhor" havia desaparecido. Aquele jovem policial simpático, maleável, ambicioso mas um tanto estúpido tinha se tornado outra pessoa.

– Como a agente Nichol está se saindo?

– Ela é um desastre. Não sei por que está aqui.

– Ela tem uma função.

Brébeuf relaxou os ombros. Ele ainda guardava um segredo de Lemieux. Yvette Nichol.

– Olha, eu preciso saber por que ela está aqui – disse Lemieux, e, após uma pausa, acrescentou: – Senhor.

Brébeuf sorriu. Deus abençoe a agente Nichol. A miserável e perdida agente Nichol.

– O inspetor-chefe viu o jornal?

Lemieux fez uma pausa enquanto se esforçava para deixar o assunto "Nichol" de lado.

– Viu. Ele falou sobre isso no almoço.

– E...?

– Ele não pareceu ter se incomodado muito. Até riu do artigo.

Gamache riu, pensou Brébeuf. Ele tinha sido pessoalmente atacado e havia rido.

– Está bem. Na verdade, era o que eu esperava.

E era mesmo. Mas ele tinha esperanças de que fosse diferente. Em seus devaneios, ele havia visto aquele rosto familiar atordoado e magoado. Tinha até imaginado Gamache telefonando para o melhor amigo em busca de apoio e conselhos. E que conselhos Michel Brébeuf havia preparado e ensaiado?

"Não deixe que eles vençam, Armand. Concentre-se na investigação e deixe o resto comigo."

E Armand Gamache relaxaria, sabendo que o amigo o protegeria. Ele voltaria toda a sua atenção para o assassino e não veria o que se erguia às suas costas. De dentro da longa e escura sombra que ele mesmo havia criado.

ATÉ AQUELE MOMENTO, GAMACHE havia espiado dentro do sótão, iluminando-o com uma lanterna e assustando alguns morcegos e a si mesmo. Tinha dado uma boa olhada em todos os quartos, banheiros e armários. Havia examinado a sala de estar repleta de teias de aranha, com sua lareira pesada e seus frisos nas paredes, e ido até a sala de jantar.

Lá, uma coisa estranha aconteceu. De repente, ele sentiu um aroma delicioso. Era um cheiro de assado de domingo, com molho quente, batatas e pastinacas. Ele conseguia sentir o cheiro das cebolas caramelizadas, do pão fresco fumegante e até do vinho tinto.

E conseguia ouvir risadas e conversas. Ele parou no meio da sala de jantar escura, hipnotizado. Será que a casa estava tentando seduzi-lo? Tentando fazer com que ele baixasse a guarda? Era uma casa perigosa, que sabia que a comida faria isso com ele. Mas, ainda assim, a impressão permanecia, a de um jantar servido fazia anos para pessoas já mortas e enterradas havia muito tempo. Pessoas que tinham sido felizes ali. Ele sabia que aquilo não passava de imaginação. Pura imaginação.

Gamache saiu da sala. Se tivesse alguém ou algo escondido naquela casa, ele sabia onde encontrá-lo.

No porão.

Ele alcançou a maçaneta de cerâmica, fria ao toque. E a porta se abriu.

– Você voltou – disse a agente Lacoste, cumprimentando Beauvoir com um aceno e ignorando Nichol. – Como foi lá?

– Eu trouxe isto – respondeu ele, jogando o anuário na mesa de reunião.

O inspetor relatou a Lacoste os interrogatórios de Hazel e Sophie.

– O que acha? – quis saber a agente após refletir sobre o que havia ouvido. – Sophie amava ou odiava Madeleine?

– Não sei. Parece confuso. Acho que pode ser qualquer uma das opções.

Lacoste assentiu.

– Muitas garotas têm uma queda por mulheres mais velhas. Professoras, escritoras, atletas… Eu tinha uma queda por Helen Keller.

Beauvoir nunca tinha ouvido falar de Helen Keller, mas a ideia de Lacoste em um tórrido romance com aquela mulher o fez parar por um segundo enquanto tirava o casaco. Ele imaginou os corpos entrelaçados…

– Ela era cega, surda e já estava morta – acrescentou Lacoste, que o conhecia bem o suficiente para adivinhar a reação do inspetor.

Aquilo com certeza mudou a imagem que ele tinha na cabeça. Ele piscou para apagá-la.

– Que partidão.

– Ela também era brilhante.

– Mas estava morta.

– É verdade. Infelizmente, isso prejudicou um pouco o nosso relacionamento. Mas eu ainda a adoro. Que mulher incrível. Ela disse: "Tudo tem suas maravilhas, até a escuridão e o silêncio." Do que mesmo a gente estava falando?

– De quedas – disse Nichol, que imediatamente desejou se dar um soco.

Ela queria que eles esquecessem que ela estava ali. Beauvoir e Lacoste se viraram para olhá-la, surpresos com a presença de Nichol e por ela ter dito algo útil.

– Você realmente tinha uma queda por Helen Keller? – perguntou Nichol. – Ela era doida, sabia? Eu vi o filme.

Lacoste lançou a Nichol um olhar de desprezo total. Aquilo não era nem desdém. Ela fez com que Nichol desaparecesse.

Escuridão e silêncio, pensou Nichol. *Nem sempre são maravilhas.*

Nichol observou o inspetor Beauvoir e a agente Lacoste virarem as costas para ela e se afastarem.

– Você diz que é natural para uma garota da idade da Sophie ficar confusa? – perguntou Beauvoir a Lacoste.

– Muitas ficam. As emoções estão à flor da pele. Seria normal que ela amasse Madeleine e depois a odiasse. E depois a adorasse de novo. É só olhar para a relação que a maioria das garotas tem com a mãe. Ah, eu liguei para o laboratório – contou Lacoste. – O relatório da invasão só vai sair amanhã de manhã, mas a legista enviou o relatório preliminar por e-mail e disse que vai passar aqui no caminho para casa. Ela quer se encontrar com o chefe no bistrô daqui a mais ou menos uma hora.

– Onde ele está? – perguntou Beauvoir.

– Ainda na antiga casa dos Hadleys.

– Sozinho?

– Não. Lemieux também está lá. Eu preciso falar com o senhor sobre uma coisa – disse ela, olhando para Nichol, agora sentada à mesa, fitando a tela do computador.

Jogando FreeCell, com certeza, pensou Lacoste.

– Por que a gente não dá uma volta? Para pegar um pouco de ar fresco antes da tempestade? – sugeriu Beauvoir.

– Que tempestade?

Ela o havia seguido até a saída. Ele abriu a porta e meneou a cabeça para fora.

Para Lacoste, o céu parecia todo azul, com apenas uma ou outra nuvem. Era um dia lindo. Ela olhou para o perfil de Beauvoir, que encarava o céu com o rosto sério, e então se voltou para o céu com mais atenção. E ali, logo acima da floresta de pinheiros escura do topo da colina, atrás da antiga casa dos Hadleys, estava ela.

Uma mancha negra, que surgia como se o céu fosse uma cúpula alegre, vibrante e artificial que estivesse sendo aberta por algo sinistro.

– O que é aquilo?

– Só uma tempestade. Elas parecem mais dramáticas no interior. Na cidade, com todos os prédios, a gente não consegue ver isso tudo – explicou ele, gesticulando casualmente em direção à mancha como se todas as tempestades dessem a impressão de que algo perverso se aproximava.

Beauvoir vestiu o casaco e se virou para atravessar a ponte de pedra na direção de Three Pines, mas Lacoste hesitou.

– Você se importa se a gente for para este lado? – pediu ela, apontando para a direção contrária.

Ele olhou para o outro lado e viu uma rua de terra atraente que serpenteava até o bosque. No alto, as árvores altas se curvavam, quase se tocando. No verão, elas lançariam um leve sombreado, mas naquele momento, no início da primavera, os galhos só tinham brotos, feito pequenas labaredas verdes, e o sol os atravessava sem dificuldade. Eles entraram em silêncio naquele mundo de perfumes doces e cantos de pássaros. Beauvoir se lembrou da afirmação de Gilles Sandon, de que as árvores falavam. Talvez, às vezes, até cantassem.

Por fim, com a certeza de que ninguém, principalmente Nichol, iria ouvi-los, Lacoste disse:

– Inspetor, me fale sobre o caso Arnot.

GAMACHE OLHOU PARA A ESCURIDÃO e o silêncio. Ele já havia estado naquele porão. Tinha aberto aquela mesma porta em meio a uma tempestade atroz, no escuro, desesperado atrás de uma mulher sequestrada. E havia pisado no vazio. Todos os seus pesadelos tinham se tornado realidade. Ele havia cruzado a soleira da porta e encontrado o nada. Nem luz, nem escada.

E tinha caído. Assim como os outros que estavam com ele. Sobre uma pilha ferida e ensanguentada no chão.

A antiga casa dos Hadleys se protegia. Ela parecia tolerar pequenas intromissões, mas de má vontade. No entanto, quanto mais fundo a pessoa ia, mais malévola a casa ficava. As mãos de Gamache foram até o bolso da calça instintivamente, de onde saíram vazias.

Então se lembrou da Bíblia no blazer e se sentiu um pouco melhor. Embora não frequentasse a igreja, conhecia o poder da fé. E dos símbolos. Mas então pensou no outro livro que havia encontrado e trazido consigo da cena do crime, e todo o conforto que sentia evaporou, como se tivesse sido arrancado dele e desaparecido no abismo à sua frente.

Ele iluminou a escada com a lanterna. Pelo menos dessa vez havia uma escada. Ao colocar o pé no primeiro degrau, hesitante, Gamache sentiu que ele aguentava o seu peso. Então respirou fundo e começou a descer.

– Como assim? – perguntou Beauvoir.

– Eu preciso saber mais sobre o caso Arnot – respondeu Lacoste.

– Por quê?

Ele parou no meio da estradinha bucólica e se virou para a agente, que o encarou.

– Não sou burra. Tem alguma coisa acontecendo e eu quero saber o que é.

– Você deve ter acompanhado a história na TV e nos jornais – disse Beauvoir.

– Eu acompanhei. E na academia de polícia não se falava de outra coisa.

Os pensamentos de Beauvoir voltaram àquele tempo sombrio em que a Sûreté estava em pedaços. Quando aquela organização leal e coesa começara uma guerra interna. Ela havia criado uma barricada e atirado para dentro. Tinha sido horrível. Todos os policiais da Sûreté sabiam que a força da instituição residia na lealdade. A vida deles dependia disso. Mas o caso Arnot tinha mudado tudo.

De um lado, estavam o superintendente Arnot e os dois corréus, acusados de assassinato. Do outro, o inspetor-chefe Gamache. Dizer que a Sûreté tinha se dividido ao meio não seria correto. Todos os policiais que Beauvoir conhecia tinham ficado horrorizados com a atitude de Arnot, completamente enojados. Mas muitos também tinham ficado horrorizados com o que Gamache havia feito.

– Então você sabe de tudo – disse Beauvoir.

– Eu não sei de tudo, e você sabe disso. Qual o problema? Por que está me deixando de fora? Eu sei que tem alguma coisa acontecendo. O caso Arnot não acabou, não é?

Beauvoir se virou e caminhou devagar pela rua, em direção ao bosque.

– Fala! – gritou Lacoste atrás dele.

Mas Beauvoir ficou em silêncio. Cruzou as mãos às costas e continuou andando e pensando.

Será que deveria contar tudo a Lacoste? O que Gamache acharia disso? Isso importava? O chefe nem sempre estava certo.

Beauvoir parou e olhou para Isabelle Lacoste, atrás dele, fincada no meio da rua. Ele a chamou com um gesto e, quando ela se aproximou, disse:

– Me diga o que você sabe.

Aquela frase simples surpreendeu a ele próprio. Era o que Gamache sempre dizia para ele.

– Eu sei que Pierre Arnot era um superintendente da Sûreté – começou Lacoste.

– Ele era um superintendente sênior. Começou na Narcóticos e depois foi para crimes mais graves.

– Aconteceu alguma coisa com ele – continuou Lacoste. – Ele ficou mais duro, cínico. Acontece muito, eu acho. Mas com Arnot não foi só isso.

– Você quer os bastidores?

Lacoste assentiu.

– Arnot era carismático. As pessoas gostavam dele, até o amavam. Eu me encontrei com ele algumas vezes e senti a mesma coisa. Era um homem alto, robusto. Dava a impressão de que podia derrubar um urso com as próprias mãos. E inteligente. Muito inteligente.

– O que todos os homens querem ver no espelho.

– Exatamente. E ele fazia com que os agentes abaixo dele se sentissem poderosos e especiais. Muito influentes.

– Você queria trabalhar com ele?

– Eu me inscrevi na divisão dele, mas não entrei.

Aquela era a primeira vez que ele contava aquilo para alguém além de Gamache.

– Na época, eu estava trabalhando no destacamento de Trois-Rivières. Enfim, como você deve ter ouvido falar, Arnot estabelecia uma lealdade quase mítica entre os seus.

– Mas...?

– Mas ele intimidava. Exigia obediência absoluta. Em algum momento, os agentes realmente bons acabaram saindo da divisão dele. Deixando Arnot com a escória.

– Agentes que também intimidavam ou que eram medrosos demais para enfrentar um agressor – disse Lacoste.

– Eu pensei que você não soubesse os bastidores.

– E não sei, mas conheço as dinâmicas de bullying nos pátios das escolas. É a mesma coisa aonde quer que a gente vá.

– Mas não era que nem nas escolas. Começou de um jeito discreto. Violência descontrolada em reservas indígenas. Assassinatos que não eram registrados. Arnot decidiu que se os indígenas queriam se matar, isso deveria ser considerado um problema interno, e ninguém precisava interferir.

– Mas era a jurisdição dele – argumentou Lacoste.

– Pois é. E ele deu ordens para que os policiais das reservas não fizessem nada.

Isabelle Lacoste sabia o que aquilo significava. Adolescentes cheirando. Trapos encharcados de cola e gasolina inalados até congelar aqueles cérebros jovens. Insensíveis à violência, ao abuso e ao desespero. Eles já não ligavam mais. Para nada, para ninguém. Meninos que atiravam uns nos outros e em si mesmos. Meninas estupradas e espancadas até a morte. Que talvez ligassem para um posto da Sûreté, desesperadas atrás de ajuda, sem receber nenhuma resposta. E os policiais, quase sempre jovens na primeira missão, será que olhavam para o telefone com um sorriso sabendo que tinham deixado o chefe satisfeito? Um selvagem a menos. Ou será que eles também estavam morrendo de medo? Sabendo que, além do jovem indígena morto, eles também estavam morrendo?

– O que aconteceu depois?

VINTE E NOVE

Tudo range quando você está com medo. Armand Gamache se lembrou das palavras de Erasmo de Roterdã e se perguntou se o rangido que tinha acabado de ouvir era real ou apenas seu medo. Virou a lanterna para a escada atrás de si. Nada.

Viu que o chão estava imundo, coberto por uma sujeira compactada pelo peso dos anos. O lugar cheirava a aranhas, madeira podre e mofo. Tinha o cheiro de todas as criptas onde Gamache já estivera, exumando corpos de pessoas levadas antes do tempo.

O que estava enterrado ali? Ele sabia que tinha alguma coisa. Conseguia sentir. A casa parecia se fechar em cima dele, sufocá-lo, como se tivesse um segredo, algo perverso, malicioso e cruel, que estivesse louca para contar.

E lá vinha de novo. Outro rangido.

Gamache deu meia-volta, e o débil círculo de luz da lanterna se atirou contra as ásperas paredes de pedra, as vigas, as colunas e as portas de madeira abertas.

Seu celular começou a vibrar.

Ao pegá-lo, ele reconheceu o número.

– *Allô*.

– *C'est moi* – disse Reine-Marie, sorrindo para a colega e entrando em um dos corredores de livros da Biblioteca Nacional. – Estou no trabalho. E você?

– Na antiga casa dos Hadleys.

– Sozinho?

– Espero que sim – respondeu ele, rindo.

– Armand, você viu o jornal?

– Vi.

– Eu sinto muito. Mas a gente sabia que isso ia acontecer. É quase um alívio.

Armand Gamache nunca ficou tão feliz por ter se casado com aquela mulher, que fazia das batalhas dele as suas. Ela permanecia firme ao lado dele, mesmo quando Gamache tentava dar um passo à frente. Principalmente quando ele fazia isso.

– Eu tentei falar com Daniel, mas ele não atendeu. Deixei uma mensagem.

Gamache nunca havia questionado o julgamento de Reine-Marie. O relacionamento deles era muito tranquilo. Mas ele não sabia ao certo por que a esposa havia ligado para o filho deles em Paris para falar sobre um artigo difamatório.

– Annie acabou de ligar. Ela também leu o artigo e mandou um beijo para você. E falou que se tiver alguém que você queira ver morto, é só falar com ela.

– Que gentil.

– O que você vai fazer? – perguntou ela.

– *Franchement*, eu pensei em ignorar. Não dar nenhuma legitimidade ao artigo.

Houve uma pausa.

– Não sei se talvez fosse melhor você falar com Michel.

– Com Brébeuf? Por quê?

– Bom, na primeira vez eu pensei a mesma coisa, mas será que isso não está indo longe demais?

– Primeira? Do que você está falando?

A lanterna de Gamache piscou. Com um tranco, a luz voltou a acender.

– Eu estou falando do jornal de hoje à noite. Do *Le Journal de Nous*. Você não viu, Armand?

A lanterna se apagou e, após um longo momento, voltou a acender, mas com uma luz fraca e opaca. Ele ouviu o rangido de novo. Desta vez, atrás dele. Gamache se virou e apontou a lanterna para a escada, mas estava vazia.

– Armand?

– Estou aqui. Me diga o que saiu no jornal, por favor.

Enquanto Gamache ouvia, o sofrimento da antiga casa dos Hadleys foi se aproximando. Foi se esgueirando até o inspetor-chefe e consumiu o resto de sua luz, até que Gamache finalmente estivesse em meio às entranhas da casa na mais completa escuridão.

– Deixar os indígenas se matarem não foi o suficiente para Arnot – disse Beauvoir, caminhando ao lado de Lacoste debaixo do sol de fim de tarde. – O homem enviou dois dos melhores policiais dele até as reservas para criar uma confusão. *Agents provocateurs.*

– E o que aconteceu?

Aquilo era quase insuportável, mas ela precisava saber.

– Aconteceu que Pierre Arnot deu ordens para os policiais matarem.

Aquilo foi difícil de dizer. Beauvoir parou, olhou para aquele bosque tranquilo e, após alguns instantes, o ruído entre seus ouvidos se acalmou e ele conseguiu ouvir o canto novamente. Seria um tordo? Um gaio-azul? Um pinheiro? Era aquilo que Three Pines tinha de extraordinário? Será que aquelas três árvores gigantes da praça às vezes cantavam juntas? Gilles Sandon estava certo?

– Quantos morreram?

– Os homens de Arnot não contaram. Tem uma equipe da Sûreté até hoje tentando encontrar todos os restos mortais. Os assassinos mataram tanta gente que nem lembram onde colocaram os corpos.

– Como eles se safaram dessa? As famílias não reclamaram?

– Com quem?

Lacoste baixou a cabeça, olhou para o chão. A traição tinha sido completa.

– Com a Sûreté – murmurou ela.

– Uma mãe do povo cri tentou várias vezes. Durante três meses, ela vendeu bolos, além de luvas e gorros que tricotava, e arrecadou dinheiro para comprar uma passagem de avião. Só de ida. Para a cidade de Quebec. Ela fez uma placa e foi até o governo da província protestar. Passou o dia na frente da Assembleia Nacional, mas ninguém parou. Ninguém prestou atenção. Em dado momento, uns homens expulsaram a mulher da propriedade, mas ela voltou. Durante um mês, ela voltou lá todos os dias e dormiu em um banco da praça todas as noites. E todos os dias ela era mandada embora.

– Da Assembleia Nacional? Mas eles não podem fazer isso. Aquilo é propriedade pública.

– Ela não estava na Assembleia Nacional. Ela achou que estivesse, mas, na verdade, estava fazendo piquete em frente ao hotel Château Frontenac. Ninguém falou para ela. Ninguém a ajudou. Tudo o que as pessoas fizeram foi rir da mulher.

Lacoste conhecia bem a cidade, conseguia ver o majestoso hotel e suas torres, erguendo-se dos penhascos que davam para o rio St. Lawrence. Ela entendia perfeitamente que alguém que não estivesse familiarizado com a cidade cometesse aquele erro, mas com certeza havia placas. Com certeza, ela podia pedir informação. A não ser que...

– Ela não falava francês?

– Nem inglês. Só cri – confirmou Beauvoir.

Naquele silêncio, Lacoste viu o hotel, e Beauvoir viu a velhinha miúda de rosto enrugado e olhos brilhantes. Uma mãe desesperada para saber o que havia acontecido com o filho, mas sem ter como perguntar.

– E o que aconteceu?

– Adivinha – disse Beauvoir, antes de parar e olhar para Lacoste, cuja expressão era de incômodo.

Então o rosto dela se iluminou.

– O inspetor-chefe Gamache encontrou a senhora.

– Ele estava hospedado no Château Frontenac – contou Beauvoir. – O chefe viu a mulher quando saiu de manhã e percebeu que ela ainda estava lá quando ele voltou. E foi falar com ela.

Isabelle Lacoste conseguia ver a cena. O chefe, forte e cortês, aproximando-se daquela mulher indígena solitária. Lacoste podia ver o medo nos olhos escuros dela ao observar mais um policial se aproximando para tentar levá-la de lá, para longe da vista das pessoas decentes. E ela não entenderia o que o inspetor-chefe Gamache diria. Ele falaria em francês, depois em inglês, e ela só ficaria ali encarando-o, preocupada. Mas uma coisa ela compreenderia. A gentileza dele.

– O cartaz dela estava escrito em cri, lógico – continuou Beauvoir. – O chefe a deixou lá, depois lhe levou chá, sanduíches e um intérprete do Centro Aborígene. Era início de outono, e eles sentaram ao lado de uma fonte, em frente ao hotel. Você conhece?

– No parque? Debaixo das árvores de bordo? Conheço bem, sempre sento ali quando visito o bairro histórico. Os artistas de rua ficam logo ali perto, em frente aos cafés.

– Pois é, então, eles sentaram ali – prosseguiu Beauvoir, aquiescendo –, tomando chá e comendo sanduíches. O chefe disse que a senhora fez uma oraçãozinha antes de comer, abençoando a refeição. Ela obviamente estava morrendo de fome, mas parou para fazer uma oração.

Beauvoir e Lacoste já não se encaravam. Eles estavam um diante do outro na rua de terra, debaixo do sol, mas olhavam para o bosque, perdidos nos próprios pensamentos, reproduzindo a cena do bairro de Vieux Québec na cabeça.

– A mulher contou para ele que o filho tinha desaparecido. E que ele não era o único. Ela falou do vilarejo às margens da James Bay, que até um ano antes estava "seco". Nada de álcool, por decisão do conselho indígena. Mas o chefe tinha sido morto, os mais velhos, intimidados, e o conselho de mulheres, dissolvido. E então o álcool tinha voltado, trazido por um hidroavião. Em poucos meses, aquela comunidade tranquila estava em ruínas. Mas isso não era o pior.

– Ela falou sobre os assassinatos – deduziu Lacoste. – Ele acreditou nela?

Beauvoir assentiu. Contando aquilo, ele se perguntou mais uma vez o que teria feito na mesma situação. E mais uma vez aquela resposta feia veio à tona. Ele teria sido um dos que riam dela. E, supondo que tivesse a decência de se aproximar, será que teria acreditado naquela história de intimidação, traição e assassinatos?

Provavelmente, não. Ou pior, talvez acreditasse, mas virasse as costas para ela mesmo assim. Fingisse que não tinha ouvido. Que não havia entendido.

Ele torcia para aquilo já não ser mais verdade, mas não sabia. Só sabia com certeza que a sorte daquela mulher tinha mudado.

No início, Gamache não havia contado a ninguém sobre aquele encontro, nem mesmo a Beauvoir.

Ele tinha passado semanas percorrendo as reservas do norte do Quebec. A neve estava começando a cair quando ele conseguiu respostas.

Assim que havia olhado nos olhos da mulher, sentada naquele parque de Vieux Québec, ele tinha acreditado nela. Mesmo enojado e horrorizado, não teve dúvidas de que ela estava falando a verdade.

A polícia tinha feito aquilo. Ela havia visto aqueles homens levarem os garotos para o bosque. Os homens tinham voltado, mas os garotos, não. O filho dela era um deles. Por mais que ela o procurasse, no entanto, não o encontrava.

Em vez disso, encontrou Gamache.

– Quem está aí? – perguntou Gamache, imóvel.

Seus olhos se ajustaram e ele apurou os ouvidos. O rangido aumentou e foi se aproximando. Ele tentou não pensar sobre o que Reine-Marie acabara de lhe contar e se concentrar no som que parecia estar ao seu redor.

Finalmente, algo um pouco mais escuro apareceu de trás de uma das portas do porão. A ponta preta de um sapato preto. Depois uma perna surgiu lentamente. Com total clareza, ele viu a perna, a mão e a arma.

Gamache não se moveu. Ficou parado bem no meio do porão, esperando.

Eles se encararam.

– Agente Lemieux – disse Gamache, suavemente.

Ele soubera assim que vira o revólver. Mas aquilo não havia apaziguado o perigo. Ele sabia que uma vez que a arma era sacada, o atirador estava comprometido com o curso de uma ação. Um susto repentino poderia fazê-lo mexer a mão.

Mas a mão do agente Lemieux não vacilou. Ele ficou parado no meio do retângulo do porão, a arma no nível da cintura, apontada para o inspetor-chefe.

Então, devagar, ele a abaixou.

– Inspetor-chefe, é o senhor? Que susto.

– Você não me ouviu chamar?

– Foi o senhor? Eu não consegui distinguir as palavras. Parecia um gemido. Acho que esta casa está mexendo comigo.

– Você tem uma lanterna? A minha apagou – disse Gamache, indo até Lemieux.

Um feixe de luz surgiu nos pés de Gamache.

– A sua arma está no coldre agora?

– Está, sim, senhor. Espere só as pessoas saberem que eu abordei o senhor – disse Lemieux, com uma risadinha.

Gamache não riu. Em vez disso, continuou encarando Lemieux. Então falou, a voz severa:

– O que você acabou de fazer é motivo para demissão. Você nunca, jamais, deve sacar a arma, a não ser que vá usá-la. Você sabe disso e mesmo assim preferiu ignorar seu treinamento. Por quê?

Lemieux pretendia espionar Gamache. Mas a audição do chefe era boa demais. O agente não conseguiu surpreendê-lo, mas talvez ainda pudesse ganhar alguma coisa com aquela ação. Já que a casa assustava Gamache, por que não o assustar um pouco mais? Ele se perguntou como Brébeuf reagiria se ele se livrasse do problema que era Gamache causando um infarte fatal no inspetor-chefe. Pensou em jogar umas pedrinhas para vê-lo pular de susto. Deslizar um pedaço de corda para que Gamache desse um passo para trás. Por fim, tinha optado por sacar a arma.

Mas Gamache havia chamado o seu nome, quase como se soubesse que era ele ali. E Lemieux tinha perdido a vantagem. Pior do que isso, o inspetor-chefe parecia ter se expandido. Parado na frente de Lemieux, estava inabalável e irradiava não raiva ou medo, mas poder. Autoridade.

– Eu fiz uma pergunta, agente Lemieux. Por que você sacou a arma?

– Desculpe – gaguejou Lemieux, voltando a aplicar a receita já testada de confissão e arrependimento. – Eu me assustei, aqui, sozinho.

– Você sabia que eu estava aqui.

Gamache não amoleceu diante daquela péssima atuação.

– E eu estava procurando pelo senhor. Eu ouvi alguma coisa. Vozes, e eu sabia que o senhor não estava falando com ninguém, então pensei que tivesse mais alguém aqui. Talvez a pessoa que rasgou a fita. Pensei que o senhor podia estar precisando de ajuda. Mas – disse Lemieux, abaixando e balançando a cabeça – não tem desculpa. Eu podia ter matado o senhor. Quer que eu entregue a minha arma?

– Eu quero a verdade. Não minta para mim, rapaz.

– Eu não estou mentindo, senhor, não mesmo. Sei que é patético, mas eu só me assustei.

Gamache permanecia em silêncio. Será que aquilo não ia funcionar?, se perguntou Lemieux.

– Meu Deus. Eu sou um idiota. Primeiro a efedrina e agora isso.

– Foi um erro – disse Gamache, com a voz ainda dura, mas não tanto quanto antes.

Ele tinha vencido. O que Brébeuf dissera mesmo? "Todo mundo ama um pecador, mas ninguém mais do que Gamache. Ele acredita que pode salvar quem está se afogando. O seu trabalho é se afogar."

E foi o que ele fez. Ele tinha deixado a pista da efedrina de propósito no computador de Gabri, para ser pego e perdoado, e agora havia sido pego novamente. Sacar a arma tinha sido uma estupidez, mas ele conseguira transformar um erro em uma vantagem. E Gamache, o patético e fraco Gamache, já o estava perdoando por fazer aquilo. Aquele era seu pior defeito, sua fraqueza. Ele amava perdoar.

– O senhor encontrou alguma coisa?

– Nada. Esta casa não está pronta para revelar seus segredos.

– Segredos? A casa tem segredos?

– As casas são como as pessoas, agente Lemieux. Elas têm segredos. Vou contar para você uma coisa que eu aprendi.

Armand Gamache baixou a voz, para que o agente Lemieux precisasse se esforçar para escutá-lo.

– Você sabe o que deixa a gente doente, agente Lemieux?

Lemieux balançou a cabeça. Então, de dentro da escuridão e da quietude, veio a resposta:

– Os nossos segredos.

Atrás dele, um pequeno rangido interrompeu o silêncio.

TRINTA

– O que aconteceu depois? – perguntou Lacoste.

Eles estavam voltando para a sala de investigação. Quando deixaram para trás o dossel de árvores, viram que a nuvem da tempestade estava maior – já bloqueava um quarto do céu. Era um progresso lento, mas determinado.

– *Pardon?* – perguntou Beauvoir, distraído pela nuvem.

– O inspetor-chefe. Ele tinha evidências contra Arnot e os outros. O que ele fez com isso?

– Não sei.

– Ah, fala sério. Claro que sabe. Ele te contou todas as outras coisas. A história da mulher cri nunca veio à tona nos tribunais.

– Não. Eles preferiram manter isso em segredo, para ela não se tornar um alvo. Você não pode contar isso para ninguém.

Lacoste estava prestes a argumentar que qualquer pessoa que poderia se importar com aquilo estava atrás das grades, mas se lembrou do artigo no jornal. Aparentemente, alguém do lado de fora ainda se importava.

– Claro – respondeu.

Beauvoir assentiu discretamente e continuou a caminhar.

– Tem mais coisa – afirmou Lacoste, correndo para alcançá-lo. – O que é? Me conte.

– A agente Nichol.

– O que tem ela?

Beauvoir sabia que tinha ido longe demais. Pensou que deveria parar. Mas mesmo assim as palavras escaparam, ansiosas atrás de uma cúmplice, alguém que entendesse:

– Ela foi enviada pelo superintendente Francoeur para espionar o inspetor-chefe.

Aquelas palavras por si sós fediam.

– *Merde!* – exclamou Lacoste.

– *Merde* – concordou Beauvoir.

– Não, sério. Merda – disse Lacoste, apontado para o chão.

Dito e feito, uma imensa pilha de cocô fumegava no canto da rua. Beauvoir tentou desviar, mas não deu tempo e acabou pisando na beiradinha.

– Meu Deus, que nojo!

Ele ergueu o pé com o sapato de couro italiano macio, agora envolto por um cocô fedorento ainda mais macio.

– As pessoas não têm que recolher o cocô do cachorro? – disse ele, raspando a lateral do sapato na rua e sem querer acrescentando terra à bosta.

– Isso não é cocô de cachorro – disse uma voz confiante.

Beauvoir e Lacoste olharam em volta, mas não viram ninguém. Beauvoir deu uma espiada no bosque. Será que uma das árvores tinha parado de cantar e começado a falar? As primeiras palavras que ele escutaria de uma árvore seriam "Isso não é cocô de cachorro"? Ao se virar, ele viu que Peter e Clara caminhavam na direção deles. *Parece que não*, pensou Beauvoir, perguntando-se há quanto tempo eles estavam ali e o que tinham ouvido.

Peter se curvou para examinar as fezes. Só quem morava no campo era fascinado por cocô daquele jeito, pensou Beauvoir. Quem morava no campo e pais.

– Ursos – declarou Peter, levantando-se.

– Nós acabamos de passar por aqui. O senhor está me dizendo que um urso estava atrás de nós?

Eles estavam brincando? Mas o casal estava mais sério do que nunca. Peter Morrow segurava um jornal enrolado.

– O inspetor-chefe está por aqui?

– Não, desculpe. Eu posso ajudar?

– Ele vai acabar vendo – disse Clara a Peter.

Peter fez que sim com a cabeça e entregou o jornal a Beauvoir.

– A gente viu hoje de manhã – comentou Beauvoir, devolvendo-o.

– Olhe de novo – insistiu Peter.

Beauvoir suspirou e abriu o jornal. O cabeçalho dizia *Le Journal de Nous*, não *La Journée*, como ele esperava. E, bem no meio, havia uma foto imensa do inspetor-chefe com o filho, Daniel. Eles estavam em uma espécie de construção de pedra. Parecia uma cripta. E Gamache estava entregando um envelope a Daniel. A legenda dizia: *Armand Gamache entrega um envelope a um desconhecido.*

Beauvoir passou os olhos pela matéria, mas precisou voltar para o início e ler devagar. Estava tão aborrecido que mal conseguia assimilar o texto. As palavras surgiam borradas, flutuando e afogando-se em um jorro de raiva. Finalmente, ofegante, ele baixou o jornal. E, ao fazê-lo, viu Armand Gamache atravessando a ponte, acompanhado de Robert Lemieux. Os olhos deles se encontraram, e Gamache sorriu, mas quando viu o jornal e a expressão no rosto do jovem inspetor, seu sorriso desapareceu.

– *Bonjour* – disse Gamache, apertando a mão de Peter e curvando-se de leve para Clara. – Estou vendo que já soube das novidades – afirmou ele, meneando a cabeça para o jornal na mão de Beauvoir.

– O senhor leu? – perguntou Beauvoir.

– Não, mas Reine-Marie leu para mim.

– O que o senhor vai fazer? – quis saber Beauvoir.

Para Beauvoir, era como se os outros tivessem desaparecido e tudo o que existisse no mundo fossem o inspetor-chefe e a impressionante nuvem escura que se erguia atrás dele.

– Eu vou pensar um pouco.

Gamache cumprimentou os outros com a cabeça, se virou e começou a caminhar para a sala de investigação.

– Espere! – pediu Beauvoir, correndo para alcançá-lo e colocando-se entre Gamache e a porta. – O senhor não pode deixar eles dizerem essas coisas. Na melhor das hipóteses, isso é difamação. Meu Deus, madame Gamache leu tudo para o senhor? Olhe isto aqui – disse Beauvoir, abrindo o jornal com violência e começando a ler em voz alta: – "No mínimo, a Sûreté du Québec deve uma explicação aos quebequenses. Como um policial corrupto pode continuar na força? E em uma posição tão influente? Durante a investigação do caso Arnot, ficou claro que o inspetor-chefe Gamache estava envolvido na história e queria levar a cabo uma vingança pessoal contra o seu superior. Mas agora ele parece ter entrado no negócio por conta própria.

Quem é o homem para quem ele entregou esse envelope o que havia no envelope, e o que esse homem foi contratado para fazer?"

Beauvoir amassou o jornal e encarou Gamache.

– Este é o seu filho. O senhor está entregando um envelope para Daniel. Não existe razão nenhuma para essa merda. Fala sério. Tudo que o senhor precisa fazer é pegar o telefone e ligar para os editores. E explicar o que estava fazendo.

– Para quê? – perguntou Gamache, com uma voz calma e um olhar límpido, sem nenhum resquício de raiva. – Para eles inventarem mais mentiras? Para eles saberem que conseguiram me atingir? Não, Jean Guy. Não é só porque eu posso responder a uma acusação que eu devo fazer isso. Confie em mim.

– O senhor sempre diz isso como se eu precisasse me lembrar de confiar – replicou Beauvoir, que já não se importava com quem estivesse ouvindo. – Quantas vezes eu preciso provar que confio para o senhor parar de me dizer "confie em mim"?

– Desculpe – respondeu Gamache, parecendo abalado pela primeira vez. – Você está certo. Eu não duvido de você, Jean Guy. Nunca duvidei. Eu confio em você.

– E eu confio no senhor – disse Beauvoir, agora com a voz calma, a agitação parecendo deixar seu corpo.

Por um instante, ele imaginou outra palavra no lugar de "confio", mas sabia que "confiar" era o suficiente. Ele olhou para aquele homem grande e refletiu sobre como Gamache nunca tinha dado um passo em falso. De fato, não era o chefe quem estava com as botas de couro italianas cobertas de bosta.

– Bom, faça o que achar melhor. O senhor tem o meu apoio.

– Obrigado, Jean Guy. Agora eu preciso ligar para Daniel. Está ficando tarde em Paris.

– E, chefe – disse Lacoste, finalmente achando seguro se aproximar –, a legista quer dar uma palavrinha com o senhor. Ela disse que vai estar no bistrô às cinco.

Gamache consultou o relógio.

– Você achou alguma coisa no quarto que explique a invasão?

– Nada – respondeu Lacoste. – E o senhor?

O que ele deveria dizer? Que havia encontrado tristeza, pavor e a verdade? *Nós somos tão doentes quanto os nossos segredos,* ele tinha dito a Lemieux. E Gamache havia saído daquele porão com um segredo próprio.

GILLES SANDON ABRAÇOU UMA PERNA e começou a acariciá-la. Sua mão áspera subia e descia com uma lentidão angustiante. A cada movimento, subia um pouco mais, até finalmente deixar a perna.

– Você é tão macia – disse ele, soprando a perna e tirando dela partículas pequenininhas. – Espere só eu hidratar você. Com óleo de tungue.

– Com quem você está falando?

Odile tropeçou para dentro do lugar, dando um tranco no batente da porta. O conteúdo de seu copo e o da oficina de Gilles rodopiaram. Geralmente, ela transformava a raiva em vinho e a engolia, mas, nos últimos tempos, isso não vinha dando muito certo.

Gilles olhou para cima, assustado, como se tivesse sido pego em um ato íntimo e humilhante. O pedaço gasto de lixa fina flutuou até o chão. Ele sentiu o cheiro do vinho. Cinco da tarde. Talvez não fosse tão ruim. A maioria das pessoas toma uma coisinha ou outra às cinco. Afinal, o *cinq à sept* era uma bela tradição quebequense.

– Eu estava falando com a perna – disse ele, e, pela primeira vez, aquelas palavras soaram ridículas.

– Isso não é uma coisa meio boba de se fazer?

Ele olhou para a perna, destinada a fazer parte de uma mesa. Sinceramente, nunca havia ocorrido a ele que aquilo fosse uma coisa boba. Ele não era idiota, sabia que a maioria das pessoas não falava com as árvores, mas achava que aquilo era problema delas.

– Eu estou trabalhando em um poema novo. Quer ouvir?

Sem esperar pela resposta, Odile deslizou do batente da porta e foi devagar e com muito cuidado até o balcão da loja deles. Depois, voltou com o caderno.

– Escuta só:

O homem manchado seu luto proclama
E faz muito barulho por nada também,

Espinhos em seu caminho róseo derrama
E pregos enferrujados mais além.

– Espere – disse ela, esbarrando de novo no batente da porta quando ele virou as costas. – Tem mais. E você pode largar essa merda.

Ele olhou para baixo e percebeu que estava estrangulando a perna. Os dedos apertados e brancos davam a impressão de que seu sangue tinha se esvaído para a madeira. Após um instante de hesitação, ele colocou a peça no chão cuidadosamente, certificando-se de que estava amparada por um berço de lascas de madeira.

Odile continuou:

Não são para ele as flautas do pardal
Nem o coaxar do sapo no brejal
Ah, não é para ele que a garça limpa, serena,
Seu nariz imponente em sua pena.

Odile baixou o caderno e lançou a Gilles um olhar significativo. Assentindo algumas vezes, ela fechou o caderno e caminhou de volta para a loja, toda concentrada. Gilles se perguntou o que ela estava querendo dizer a ele. Como era possível que entendesse as árvores, mas não Odile?

De repente, ele ficou inquieto, como se houvesse formigas se movendo debaixo de sua pele. Levando a perna de madeira até o rosto, ele inspirou profundamente e se transportou para a floresta. Aquela floresta afetuosa e vigilante. Segura. Mas mesmo ali seus pensamentos o puxavam para a Terra.

O que Odile sabia? Uma pena não era uma espécie de caneta? Ela estava planejando escrever alguma coisa menos obscura sobre ele? Aquilo era um aviso? Se era, isso precisava ser impedido.

Enquanto pensava, ele batia ritmicamente na palma da mão com a requintada perna de madeira.

Sentado em sua mesa, Armand Gamache alisou o jornal amassado. Até aquele momento, outras pessoas tinham lido a matéria para ele, e aquilo já tinha sido chocante o suficiente, mas ele sentiu o coração apertado quando olhou para a foto. A mão de Daniel no envelope que ele havia empurrado para o filho na manhã anterior. Daniel, aquele garoto bonito, que parecia um grande urso. Será que ninguém percebia que eles eram pai e filho? Os editores fingiam que não viam a semelhança de propósito? Mas Gamache sabia a resposta para aquela pergunta. Alguém estava atrapalhando o juízo deles.

Ele pegou o telefone e ligou para Daniel.

A DRA. SHARON HARRIS PAROU O CARRO e estava prestes a entrar no bistrô. Pelas janelas maineladas, viu os Morrows e alguns outros que conhecia de vista. Vislumbrou as chamas saltando da lareira e Gabri, que segurava uma bandeja com drinques enquanto contava uma história para um grupo entretido de moradores. Depois observou Olivier pegar a bandeja de Gabri habilmente e entregar as bebidas para outro grupo. Gabri se sentou, cruzou as pernas grandes e continuou a história. Teve a impressão de tê-lo visto tomar um gole do uísque de alguém, mas não tinha certeza. Ela se virou e olhou para a vila. Luzes começavam a surgir e havia um perfume doce de lenha queimada no ar. Os três enormes pinheiros da praça projetavam longas sombras. Ela olhou para o céu. Além da noite, havia também outra coisa chegando. Ela tinha ouvido a previsão do tempo no carro, e até o site oficial do Ministério do Meio Ambiente estava surpreso com a aparição repentina daquele monstruoso fenômeno atmosférico. Mas o que ele continha? Os especialistas não sabiam. Podia ser chuva, granizo ou até neve, mesmo naquela época do ano.

Como não viu o inspetor-chefe Gamache no bistrô, a Dra. Harris resolveu se sentar no banco da praça e tomar um pouco de ar. Quando se inclinou para se sentar, algo debaixo do banco chamou a sua atenção. Ela pegou o que havia ali, examinou e sorriu.

Do outro lado da rua, a porta de Ruth Zardo se abriu e a mulher apareceu. Ela ficou parada ali um instante, e Harris teve a impressão de que Ruth conversava com alguém invisível. Então ela desceu os degraus e disse mais algumas palavras para o ar.

Endoidou finalmente, pensou a Dra. Harris. *Fritou o cérebro com versos e coisas piores.*

Ao se virar por fim, Ruth fez algo que horrorizou a Dra. Harris, que conhecia um pouco a misantropa. Ela sorriu e acenou para a jovem médica. A Dra. Harris acenou de volta e se perguntou que plano malévolo Ruth havia concebido para estar tão feliz. Então ela viu.

Enquanto Ruth atravessava a rua mancando, duas avezinhas formavam uma minúscula fila atrás dela. Uma abria e batia as asas, enquanto a outra mancava um pouco, ficando para trás. Ruth parou e esperou. Depois voltou a andar, mais devagar.

– Que família – disse Gamache, sentando-se no banco ao lado da Dra. Harris.

– Olhe só o que eu achei.

A Dra. Harris abriu a mão, revelando um pequeno ovo. Um ovo azul, mas não só azul. Também tinha tons de verde e rosa e um padrão tão intrincado e delicado que Gamache teve que colocar os óculos meia-lua para enxergar melhor.

– Onde você encontrou isto?

– Bem aqui, debaixo do banco. O senhor acredita? É de madeira, eu acho – disse ela, entregando o ovo a ele.

Gamache aproximou o ovo do rosto e o observou até ficar vesgo.

– É lindo. De onde será que veio?

– Este lugar… Como a gente explica um vilarejo como Three Pines, em que poetas levam patos para passear e parece cair arte do céu?

Instintivamente, os dois olharam para cima, onde a nuvem escura se encontrava agora quase na metade do céu.

– Eu não esperaria muitos Rembrandts vindo dali – comentou Gamache.

– Não. Mais arte abstrata que clássica, eu acho.

Gamache riu. Ele gostava da Dra. Harris.

– Coitada da Ruth. Sabia que ela sorriu para mim agora há pouco?

– Sorriu? A senhora acha que ela está morrendo?

– Não, mas eu acho que o menorzinho está.

A Dra. Harris apontou para o pato menor, que se esforçava para atravessar a grama e chegar no lago. Os dois ficaram sentados no banco, observando a cena. Ruth foi até o patinho retardatário e caminhou muito lentamente ao lado dele, os dois mancando como mãe e filho.

– O que matou Madeleine Favreau, doutora?

– Efedrina. Havia uma quantidade cinco ou seis vezes maior do que o nível recomendado no corpo dela.

Gamache aquiesceu.

– Isso é o que o exame toxicológico diz, é claro. Essa dose pode ter sido dada a ela no jantar?

– Só pode ter sido. A efedrina funciona muito rápido. Não acho que fosse difícil colocar a droga na comida.

– Mas tem mais, não tem? – perguntou Gamache. – Nem todo mundo que morre por causa de efedrina fica com aquela expressão de pavor estampada no rosto.

– É verdade. O senhor quer saber o que realmente matou a vítima?

Gamache assentiu.

Sharon Harris indicou a colina com a cabeça.

– Aquilo ali matou Madeleine. A antiga casa dos Hadleys.

– Ora, por favor, doutora. Casas não matam ninguém – disse Gamache, tentando soar convincente.

– Talvez não, mas o medo mata. O senhor acredita em fantasmas, inspetor?

Como ele não respondeu, ela prosseguiu:

– Eu sou médica, cientista, mas já estive em casas que me deixaram apavorada. Já fui convidada para festas em lugares aparentemente normais. Casas novas até, e senti medo. Senti uma presença.

Ela havia se digladiado consigo mesma durante todo o trajeto até lá. Deveria contar tudo a ele? Deveria admitir aquilo? Mas sabia que precisava fazer isso. Para encontrar o assassino, ela precisava se expor. No entanto, ela sabia que jamais admitiria aquelas coisas para qualquer outro policial da Sûreté.

– A senhora acredita em casas mal-assombradas? – perguntou Gamache.

De repente, a Dra. Harris tinha 11 anos de novo e se esgueirava pelos pinheiros até a casa dos Tremblays. Escondida no meio do bosque, a casa estava abandonada e era escura e sorumbática.

"Uma pessoa já foi morta aqui", havia sussurrado uma amiga em seu ouvido. "Um menino. Estrangulado e esfaqueado."

Alguém dissera que ele tinha sido espancado até a morte pelo tio, mas outra pessoa dissera que morrera de fome.

Como quer que ele tivesse morrido, o menino ainda estava lá. Esperando. Esperando para possuir o corpo de outra criança. Para voltar à vida e vingar a sua morte.

Elas haviam se esgueirado até alguns metros da casa dos Tremblays. Estava de noite, o bosque era escuro e fechado e todas as coisas familiares e reconfortantes durante o dia já não pareciam mais tão comuns. Ao ouvir galhos estalando, passos se aproximando e então um rangido, a pequena Sharon Harris havia fugido correndo, tropeçando pela floresta, sentindo as árvores a alcançarem, arranhando seu rosto, e ouvia uma respiração ofegante atrás de si. Seria a amiga, que ela havia deixado para trás? Ou o garoto morto, chegando mais perto? Ela conseguia sentir as mãos geladas dele nos ombros, desesperadas para tirar uma vida.

Quanto mais rápido corria, mais apavorada ela ficava, até que finalmente deixara o bosque, soluçando, petrificada e sozinha.

Ainda hoje, ao se aproximar do espelho, ela via as minúsculas cicatrizes deixadas pelas árvores e por seu pavor. E lembrava que, naquela noite, tinha largado a melhor amiga lá, para ser levada em seu lugar. É claro que a amiga havia irrompido por entre as árvores um segundo depois, também soluçando, mas as duas sabiam que aquele menino morto tinha de fato levado alguma coisa. Ele havia roubado a confiança entre as amigas.

Sharon Harris acreditava que as casas podiam ser assombradas e não tinha dúvidas de que as pessoas eram.

– Se eu acredito em casas mal-assombradas, inspetor-chefe? O senhor realmente está perguntando isso? Para uma médica e cientista?

– Estou – respondeu ele, sorrindo.

– O senhor acredita?

– A senhora me conhece, doutora. Eu acredito em tudo.

Ela hesitou por um instante e depois decidiu: dane-se.

– Aquele lugar é mal-assombrado – declarou ela, sem nem precisar olhar para a casa, já que os dois sabiam do que ela estava falando. – Pelo quê, eu não sei. Madeleine Favreau sabe, mas ela precisou morrer para descobrir. Eu? Eu não estou tão curiosa assim.

Eles ficaram em silêncio, sentados ali, no meio da vila tranquila. Em volta, enquanto os dois falavam sobre fantasmas, demônios e morte, pessoas passeavam com os cachorros, conversavam e cuidavam do jardim. Gamache ficou observando Ruth tentar atrair as bolinhas felpudas para o lago e esperou a Dra. Harris continuar.

– Eu pesquisei um pouco sobre a efedrina hoje à tarde. Ela vem de um – ela puxou um bloquinho do bolso – arbusto de gimnosperma.

– É uma erva, não é? – disse Gamache.

– O senhor sabia?

– O agente Lemieux me falou.

– Ela cresce em vários lugares. É um antigo anti-histamínico e remédio contra gripe. Os chineses já conhecem há séculos. Era chamada de Ma Huang. Então a indústria farmacêutica se apropriou dela e começou a fabricar a efedrina.

– A senhora disse que ela cresce em vários lugares...

– O senhor quer saber se ela cresce aqui? Sim. Tem uma bem ali – disse ela, apontando para uma árvore imensa em um gramado.

Gamache se levantou, foi até lá e se abaixou para apanhar uma folha seca caída durante o outono que parecia feita de couro.

– É uma árvore de ginkgo biloba – comentou a Dra. Harris, juntando-se a ele e pegando outra daquela folha curiosa, que parecia mais um leque do que uma folha clássica, com veios grossos como tendões. – É parte da família das gimnospermas.

– Alguém poderia extrair efedrina disto aqui? – perguntou Gamache, mostrando a folha a ela.

– Eu não sei se ela vem da folha, da casca da árvore ou de alguma outra parte. O que eu sei é que o fato de esta folha ser da mesma família não significa necessariamente que exista efedrina nela. Mas, como eu disse antes, a combinação da efedrina com o susto não seria suficiente.

Eles voltaram para o banco, Gamache esfregando a folha entre os dedos, sentindo o esqueleto dela na mão.

– Alguma outra coisa precisava acontecer? – perguntou.

– Alguma outra coisa precisava existir – corrigiu a Dra. Harris, assentindo.

– O quê? – quis saber Gamache, torcendo para que ela não dissesse "um fantasma".

– Madeleine Favreau precisava ter um problema cardíaco.

– E ela tinha?

– Tinha – confirmou a Dra. Harris. – De acordo com a minha autópsia, ela sofreu severos danos cardíacos, quase com certeza devido ao câncer de mama.

– Câncer de mama danifica o coração?

– Não o câncer, mas o tratamento. A quimioterapia. O câncer de mama em mulheres jovens pode ser extremamente agressivo, então os médicos administram altas doses de quimioterapia para combater a doença. As mulheres são consultadas antes do tratamento, mas a equação é simples: você vai se sentir péssima por meses, perder o cabelo, correr o risco de ter um problema cardíaco ou quase com certeza morrer de câncer.

– Nossa senhora – murmurou Gamache.

– Pois é.

– Vocês estão tão sérios – disse Ruth Zardo, aproximando-se. – Arruinando o caso Favreau?

– Provavelmente – respondeu Gamache, levantando-se e fazendo uma mesura para a velha poeta. – A senhora conhece a Dra. Harris?

– Nunca a vi.

Elas apertaram as mãos. Aquela devia ser a décima vez que Sharon Harris era apresentada a Ruth.

– Estávamos admirando a sua família – disse Gamache, meneando a cabeça para o lago.

– Eles têm nome? – perguntou a Dra. Harris.

– A grandona é a Rosa e a pequenininha é a Lilium. Elas foram encontradas perto das flores do lago.

– Lindas – elogiou a Dra. Harris, observando Rosa pular no lago.

Lilium deu um passo e tropeçou. Ruth, de costas para os patos, de alguma forma pressentiu que havia algo errado e foi mancando rapidamente até lá, erguendo a pequenina encharcada mas viva.

– Essa foi por pouco – disse Ruth, enxugando delicadamente o rosto da patinha com a manga.

Sharon Harris se perguntou se deveria dizer alguma coisa. Será que Ruth havia notado como Lilium era frágil?

– A tempestade está chegando – disse a médica, olhando para o céu. – Eu não quero estar na estrada de jeito nenhum quando isso cair, mas tenho uma última informação de que o senhor vai precisar.

– O quê? – perguntou Gamache, acompanhando a legista até o carro enquanto Ruth voltava para casa com Rosa grasnando às suas costas e Lilium na palma da mão.

– Eu não acho que contribua para a morte dela, pelo menos não diretamente, mas é intrigante. O câncer de Madeleine Favreau tinha voltado. E com toda a força. Ela estava com lesões no fígado. Não grandes, mas eu diria que ela não teria outro Natal.

Gamache parou para digerir a informação.

– Será que ela sabia?

– Não sei. Talvez não soubesse, mas, sinceramente? As mulheres que eu conheço que tiveram câncer de mama ficaram ligadas no corpo de uma maneira quase psíquica. É uma conexão poderosa. Descartes estava errado, sabe? Não existe divisão entre o corpo e a mente. Essas mulheres sabem. Não o diagnóstico inicial, mas a volta da doença? Elas sabem.

Sharon Harris entrou no carro e partiu assim que as primeiras gotas enormes de chuva caíram. O vento aumentou e o céu da pequena vila ficou roxo e impenetrável. Armand Gamache entrou no bistrô antes que a situação piorasse de vez. Acomodou-se em uma poltrona alta, pediu um uísque e um cachimbo de alcaçuz e, olhando pela janela enquanto a tempestade se fechava sobre Three Pines, se perguntou quem iria querer matar uma mulher moribunda.

TRINTA E UM

– Livro bom?

Myrna se inclinou sobre o ombro de Gamache. Ele estava tão absorto na leitura que nem a tinha visto chegar.

– Não sei – admitiu, entregando-o a ela.

Ele havia tirado dos bolsos todos os livros que tinha reunido. Estava se sentindo uma biblioteca ambulante. Os outros investigadores coletavam impressões digitais e evidências – já ele coletava livros. Nem todo mundo diria que era uma decisão sábia.

– Que tempestade horrível – declarou Myrna, jogando-se na imensa poltrona à frente dele e pedindo uma taça de vinho tinto. – Ainda bem que eu não tenho que ir lá fora. Aliás, se eu pudesse, nunca mais iria lá fora. Tenho tudo de que eu preciso aqui.

Ela abriu os braços alegremente, seu cafetã colorido caindo sobre os braços da poltrona.

– Comida da Sarah e do monsieur Béliveau, companhia e café…

– Seu vinho, alteza – disse Gabri, pousando a taça bulbosa na mesa de madeira escura.

– Pode ir agora – replicou Myrna, inclinando a cabeça em um gesto surpreendentemente aristocrático. – Eu tenho vinho tinto, uísque e todos os livros que quiser ler.

Myrna ergueu a taça, e Gamache fez o mesmo.

– *Santé*.

Eles sorriram um para o outro, beberam e fitaram a chuva torrencial que escorria pelas janelas de vidro chumbado.

– Agora, vamos ver, o que temos aqui? – disse Myrna, colocando os óculos de leitura e examinando o pequeno volume que Gamache lhe havia entregado. – Onde o senhor encontrou isto? – perguntou ela por fim deixando os óculos caírem na corda e pousarem no busto.

– No quarto onde Madeleine morreu. Estava na estante.

Myrna baixou o livro imediatamente, como se a maldade fosse contagiosa. O exemplar ficou entre eles, com sua capa simples e marcante, uma pequena mão delineada em vermelho. Parecia sangue, mas Gamache estava convencido de que era tinta.

– É um livro sobre magia – disse Myrna. – Não encontrei a editora, nem o ISBN. Deve ser uma publicação independente, com uma tiragem pequena.

– Alguma ideia da idade dele?

Myrna se aproximou do livro, mas não voltou a tocá-lo.

– O couro está um pouco rachado na lombada e algumas páginas parecem soltas. A cola deve ter secado. Eu diria que é anterior à Primeira Guerra Mundial. Tem alguma dedicatória?

Gamache balançou a cabeça.

– A senhora já viu algo assim na sua loja?

Myrna fingiu pensar, mas já sabia a resposta. Ela se lembraria de algo tão macabro. Ela amava livros. Todos os livros. Tinha alguns sobre ocultismo e outros sobre magia. Mas se algum volume como aquele entrasse em sua livraria, ela o daria rapidamente. Para alguém de quem não gostasse.

– Não, nunca.

– E este aqui?

Gamache enfiou a mão no bolso interno do blazer e pegou o livro que recentemente havia lido de cabo a rabo e do qual relutava em abrir mão.

Ele esperava um olhar educado e curioso. Talvez até divertido, de reconhecimento. E não uma expressão de horror.

– Onde o senhor encontrou isso? – disse ela, arrancando o livro da mão dele para enfiá-lo na lateral da poltrona, ao seu lado.

– O que foi? – perguntou Gamache, espantado com a reação dela.

Mas Myrna não estava ouvindo. Em vez disso, seus olhos percorriam a sala, indo pousar em monsieur Béliveau, que estava postado à porta, um tanto confuso. Então ele se afastou.

Myrna se abaixou, pegou o livro e o colocou na mesa. Agora havia uma pequena pilha de livros nela. O estranho volume encadernado em couro com a mão vermelha, uma Bíblia e aquele novo com a capa engraçada que havia criado tanto sobressalto.

– Quem é Sarah Binks? – perguntou ele, dando um tapinha no livro de cima.

– Ela é a Doce Cantadora de Saskatoon – disse Myrna, como se aquilo explicasse tudo.

Gamache já havia pesquisado sobre Sarah Binks na internet e conhecia o livro, um suposto tributo à pior poeta já nascida. O livro era espirituoso, divertido e engraçado, e Madeleine o havia escondido.

– Eu encontrei em uma gaveta do quarto de Madeleine.

– Ele estava com Madeleine?

– A senhora achava que estivesse com outra pessoa?

– Eu nunca consigo rastrear os livros. As pessoas os emprestam para todo mundo. É a ruína do livreiro. Em vez de comprar, eles pedem emprestado.

Ela parecia realmente chateada, mas não devido à promiscuidade dos livros, suspeitava Gamache. Myrna escrutinava o ambiente, de repente nervosa e pouco à vontade.

– Qual é o problema? – perguntou ele.

Gamache notou que os olhos de Myrna haviam assentado no homem esquelético do bar. Monsieur Béliveau com uma aparência triste e perdida.

– Ele é sempre assim – disse ela, pegando um punhado de castanhas e deixando um monte cair na mesa.

Distraído, Gamache pegou as castanhas caídas e as enfiou na boca.

– Assim como?...

Myrna hesitou por um instante.

– Eu sei que ele tem motivo. A esposa dele ficou doente por um bom tempo antes de morrer. E agora Madeleine morreu. Mesmo assim, ele consegue sair para trabalhar, abrir a loja e agir naturalmente.

– Talvez ele tenha se acostumado ao luto. Talvez, para ele, o luto tenha se tornado natural.

– Talvez. Se o senhor perdesse a sua esposa, iria trabalhar no dia seguinte?

– Madeleine não era esposa dele – argumentou Gamache, apressando-se em afastar da cabeça a imagem de Reine-Marie morta.

– Ginette era, e ele abriu a loja no dia seguinte. Ele é corajoso ou estamos vendo o inimigo próximo?

– O quê?

– O inimigo próximo. É um conceito da psicologia. Duas emoções que parecem ser a mesma, mas, na verdade, são opostas. Uma se apresenta como a outra, é confundida com a outra, mas uma é saudável e a outra, doentia, perversa.

Gamache pousou a taça na mesa. A condensação tinha deixado seus dedos levemente molhados. Ou seria o suor que de repente havia aparecido em sua pele? Os barulhos da tempestade, a chuva e o granizo que batiam freneticamente na janela, além das conversas e risadas do bistrô, pareceram receder.

Ele se inclinou para a frente.

– A senhora pode me dar um exemplo? – pediu, em voz baixa.

– Existem três pares – explicou Myrna, também se debruçando na mesa e sussurrando, embora não soubesse por quê. – O apego se disfarça de amor; a piedade, de compaixão; e a indiferença, de equanimidade.

Armand Gamache ficou quieto por um instante, fitando os olhos de Myrna, tentando adivinhar neles o significado maior do que ela acabara de dizer. Ele sabia que havia um significado mais profundo. Algo importante tinha acabado de ser dito.

Mas ele não havia entendido totalmente. Seus olhos vagaram até a lareira, enquanto Myrna se recostava na poltrona estofada e girava o vinho tinto na taça bulbosa.

– Não entendi – disse Gamache finalmente, voltando a encarar Myrna. – Pode explicar?

Ela assentiu.

– O par "piedade e compaixão" é o mais fácil de entender. A compaixão envolve empatia. Você vê a pessoa ferida como uma igual. Na piedade, não. Se você sente pena de alguém, é porque se considera superior.

– Mas é difícil distinguir uma coisa da outra – concordou Gamache, aquiescendo.

– Exatamente. Até para a própria pessoa que sente. Quase todo mundo diz que tem muita compaixão. É uma das emoções nobres. Mas, na realidade, o que as pessoas sentem é pena.

– Então pena é o inimigo próximo da compaixão – disse Gamache devagar, refletindo sobre o assunto.

– Isso mesmo. Ela parece a compaixão, funciona como a compaixão, mas, na verdade, é o oposto. E onde há pena não existe espaço para a compaixão. Ela destrói, expulsa a emoção mais nobre.

– Porque a gente se engana acreditando que está sentindo uma coisa quando, na verdade, está sentindo a outra.

– A gente se engana e engana os outros – acrescentou Myrna.

– E a dupla "amor e apego"? – perguntou Gamache.

– Mães e filhos são um exemplo clássico. Algumas mães acham que a função delas é preparar os filhos para o mundo. Para serem independentes, casar e ter os próprios filhos. Viver onde quiserem e fazer o que os deixe felizes. Isso é amor. Outras, e todos nós conhecemos estas, se agarram aos filhos. Elas se mudam para a mesma cidade, para o mesmo bairro. Vivem através deles. Sufocam os filhos. Manipulam, fazem com que se sintam culpados, prejudicam os filhos.

– Prejudicam os filhos? Como?

– Não os ensinando a serem independentes.

– Mas isso não acontece só com mães e filhos – retrucou Gamache.

– Não. Acontece em amizades, em casamentos… Em todos os relacionamentos íntimos. O amor quer o melhor para os outros. O apego cria reféns.

Gamache assentiu. Ele já tinha visto situações assim. Os reféns não eram autorizados a escapar e, quando faziam isso, a tragédia acontecia.

– E o último par? – perguntou ele, debruçando-se na mesa de novo. – Qual era mesmo?

– Equanimidade e indiferença. Eu acho que esse é o pior, o mais corrosivo dos inimigos próximos. Equanimidade é equilíbrio. Quando algo extremo acontece na nossa vida, a gente sente tudo de forma extrema, mas também tem a capacidade de superar. O senhor já deve ter visto isso. Pessoas que, de alguma forma, sobrevivem à perda de um filho ou cônjuge. Como psicóloga, eu via isso o tempo todo. Uma dor e uma tristeza inacreditáveis. Mas, lá no fundo, as pessoas encontravam uma força. Isso se chama equanimidade. A capacidade de aceitar as coisas e seguir em frente.

Gamache assentiu. Ele já havia se comovido profundamente com famílias que superavam o assassinato de um ente querido. Algumas até conseguiam perdoar o assassino.

– Como isso se compara à indiferença? – perguntou ele.

– Pense bem. Todas essas pessoas estoicas. De cabeça erguida. Calmas diante da tragédia. Algumas delas são realmente muito corajosas. Mas outras… – disse ela, baixando a voz – são psicóticas. Elas simplesmente não sentem dor. E o senhor sabe por quê?

Gamache ficou em silêncio. Ao seu lado, a tempestade se lançava contra o vidro como se estivesse desesperada para interromper a conversa. O granizo martelava a vidraça e a neve grudava nela, borrando a vila atrás da janela e fechando Gamache e Myrna em um mundo só deles.

– Eles não se importam com os outros. Eles não sentem como a gente. São como o Homem Invisível, revestidas de adereços humanos, mas sem nada por baixo.

Gamache sentiu a pele ficar fria, os pelos dos braços arrepiados debaixo do blazer.

– O difícil é distinguir uma da outra – sussurrou Myrna, esforçando-se para manter sempre um dos olhos no dono da mercearia. – Pessoas que têm equanimidade são incrivelmente corajosas. Elas absorvem e sentem completamente a dor, para depois deixar que ela se vá. E sabe do que mais?

– O quê? – sussurrou Gamache.

– Elas são iguaizinhas às pessoas que não estão nem aí, que são indiferentes. Frias, calmas e reservadas. A gente reverencia essas pessoas. Mas quem são os corajosos e quem são os inimigos próximos?

Gamache se recostou na poltrona, aquecido pelo fogo. Ele sabia que o inimigo estava próximo.

LACOSTE E LEMIEUX JÁ TINHAM IDO EMBORA e o inspetor Beauvoir se viu sozinho na sala de investigação. Sozinho, com exceção de Nichol. Ela estava debruçada no computador, seu rosto pálido como a morte.

O relógio dizia que já eram seis. Hora de ir. Ele pegou a jaqueta de couro e abriu a porta. Mas a fechou imediatamente.

– Puta merda.

– Que foi? – perguntou Nichol, aproximando-se.

Beauvoir deu um passo para trás e a convidou a abrir a porta. Ela olhou para ele desconfiada, mas abriu a porta por um segundo.

Uma rajada gelada de chuva a atingiu, além de algo mais. Ela deu um salto para trás e percebeu que alguma coisa batia violentamente em seu corpo. Granizo. Granizo? Sério?! A porta balançava com o vento e, quando ela se aproximou para fechá-la, notou que também havia neve rodopiando contra a luz.

Neve? Sério?!

Chuva, granizo e neve? Só faltavam os sapos.

Naquele exato momento, um telefone tocou. Era a melodia metálica de um celular. Um toque conhecido, mas que Beauvoir não conseguia identificar. Com certeza não era o dele. Ele olhou para Nichol, que finalmente tinha um pouco de sangue circulando no rosto. Parecia ter sido maquiada por um agente funerário vingativo, com grandes manchas vermelhas nas bochechas e na testa. O resto continuava pálido.

– Eu acho que o seu celular está tocando.

– Não é o meu. Lacoste deve ter esquecido o dela.

– É o seu – afirmou Beauvoir, dando um passo na direção dela, com uma boa suspeita de quem estava do outro lado da linha. – Atenda.

– É engano.

– Se você não atender, eu atendo.

Ele avançou na direção dela, e Nichol recuou.

– Não. Eu atendo.

Ela destravou o celular devagar, obviamente torcendo para que o toque parasse antes que pudesse atender. Mas o telefone continuou tocando. Beauvoir se aproximou. Nichol deu um pulo para trás, mas não foi rápida o suficiente. Em um piscar de olhos, Beauvoir estava com o telefone na mão.

– *Bonjour*? – disse ele.

A linha caiu.

O BISTRÔ ESTAVA QUASE VAZIO. O fogo crepitava suavemente na lareira, derramando uma luz âmbar e carmesim na sala. O lugar estava quente, confortável e silencioso, exceto pelo baque ocasional das rajadas mais violentas da tempestade.

Beauvoir tirou um livro da bolsa-carteiro.

– Maravilha – comentou Gamache, pegando o anuário, recostando-se na poltrona, colocando os óculos e desaparecendo.

Beauvoir achava que nunca tinha o visto o chefe mais feliz do que quando ele tinha um livro nas mãos. Ele cortou uma fatia da baguete crocante, lambuzou o pão de patê e o comeu. Do lado de fora, o vento uivava. Lá dentro, tudo estava calmo e tranquilo.

Alguns minutos depois, a porta se abriu, e Jeanne Chauvet entrou, com o cabelo e uma expressão de choque grudados no rosto. Gamache se levantou da poltrona e fez uma pequena mesura para ela. Ela escolheu uma mesa bem longe deles.

– Quer apostar quanto que Nichol expulsou Jeanne da pousada no meio da tempestade? Só ela seria capaz de assustar uma mulher que ganha a vida evocando mortos.

As entradas deles chegaram. Gabri colocou uma bisque de lagosta na frente de Gamache e uma sopa de cebola gratinada diante de Beauvoir. Os dois comeram e continuaram a conversa. Aquela era a parte preferida de Beauvoir em qualquer investigação. Juntar a sua cabeça com a do inspetor--chefe. Debater pensamentos e ideias. Sem formalidades nem anotações. Só pensar alto. Com comida e bebida.

– O que chamou sua atenção? – perguntou Gamache, dando um tapinha no anuário.

A sopa dele era cremosa, com um gosto intenso de lagosta e levemente aromatizada com conhaque.

– Eu acho que a legenda da foto de formatura dela pode ser relevante.

– Aquele comentário sobre a prisão de Tanguay, né? Também reparei nisso.

Gamache se voltou mais uma vez para as fotos dos formandos, desta vez olhando para Hazel. Estava claro que ela havia passado no salão antes de ser fotografada. O cabelo estava com volume e os olhos, arregalados, escuros de tanto delineador. A legenda dizia: *Hazel gostava de esportes e do clube de teatro. Nunca conseguiu ser má.*

Nunca conseguiu ser má, pensou Gamache, perguntando-se se aquele era um exemplo de bondade ou fracasso. Quem nunca foi um pouco malvado?

Ele foi até a página do clube de teatro. E lá estava Hazel, sorrindo, com o braço ao redor do ombro de uma atriz extremamente maquiada. Debaixo da foto estava escrito: *Madeleine Gagnon como Rosalinda em* Como gostais. Uma descrição da peça da escola, um sucesso singular, tinha sido escrita pela produtora. Hazel Lang.

– Eu me admiro que Madeleine tivesse tempo para isso tudo. Esportes, peça da escola… – disse Beauvoir. – Até líder de torcida ela era. – Ele folheou o livro até encontrar a página. – Aqui, viu? É ela.

E dito e feito, lá estava Madeleine, o sorriso largo, o cabelo brilhando mesmo na foto em preto e branco. Todas elas com saias curtas pregueadas. Suéteres justos. Rostos jovens e alegres. Todas jovens e adoráveis. Gamache leu os nomes da equipe: Monique, Joan, Madeleine, Georgette. Faltava uma. Uma garota chamada Jeanne. Jeanne Potvin.

– Você viu o nome da líder de torcida que não aparece na foto? – perguntou Gamache. – Jeanne.

Ele virou o anuário para Beauvoir e então olhou para a mulher sozinha na outra mesa.

– O senhor não está pensando… – disse Beauvoir, meneando a cabeça na direção dela.

– Já aconteceram coisas mais estranhas.

– Como sessões espíritas e fantasmas? O senhor acha que uma líder de torcida toda bonita magicamente se transformaria tanto?

Os dois homens olharam para a mulher tímida de suéter sem graça e calça folgada.

– "Eu já vi flores brotarem em lugares pedregosos e gentilezas serem feitas por homens feiosos" – disse Gamache, observando Jeanne Chauvet.

Naquele instante, Olivier apareceu com o prato principal. Beauvoir ficou duplamente satisfeito. Não apenas porque a comida havia chegado, mas também porque aquilo impediria o chefe de continuar recitando poesia. Beauvoir estava ficando cansado de fingir entender coisas difíceis. O *coq au vin* de Gamache envolveu a mesa em um perfume intenso e terroso com um toque inesperado de bordo. Vagens delicadas e cenourinhas caramelizadas ocupavam uma travessa branca. Um enorme bife grelhado cercado por cebolas douradas foi colocado na frente de Beauvoir. Em outra travessa, havia um monte de *frites*.

Beauvoir podia morrer feliz ali mesmo, mas perderia o *crème brûlée* da sobremesa.

– Quem o senhor acha que fez isso? – perguntou Beauvoir, mastigando suas *frites*.

– Para uma mulher tão amada, parece que a gente tem muitos suspeitos – respondeu Gamache. – Ela foi assassinada por alguém que tinha acesso a efedrina e sabia da sessão espírita. Mas o assassino provavelmente também sabia de outra coisa.

– O quê?

– Que Madeleine tinha um problema cardíaco.

Gamache contou a Beauvoir sobre o relatório da legista.

– Mas ninguém com quem a gente falou mencionou isso – disse Beauvoir, tomando um gole de cerveja. – É possível que o assassino não soubesse? Que ele tenha pensado que dar efedrina e levar a vítima para a antiga casa dos Hadleys seria o suficiente?

Gamache limpou o molho do prato com um pão quente e macio.

– É possível.

– Mas se Madeleine tinha um problema no coração, por que manteria isso em segredo?

E que outros segredos Madeleine poderia ter que tentou levar, gritando, para o túmulo?

– Talvez o assassino tenha dado sorte – comentou Beauvoir.

Mas os dois sabiam que, embora aquele fosse um assassinato que dependia de muitas coisas, a sorte não era uma delas.

TRINTA E DOIS

Jeanne Chauvet se sentou de costas para o salão e tentou fingir que gostava de ficar sozinha. Tentou fingir que estava hipnotizada pelo fogo. Tentou fingir que não se sentia machucada e esbofeteada pelos olhares frios dos moradores, quase tão violentos quanto a tempestade lá fora. Tentou fingir que pertencia. A Three Pines.

Ela tinha se sentido imediatamente confortável assim que seu carrinho descera a Du Moulin poucos dias antes, vendo a vila banhada pelo sol, as árvores cheias de botões verde-amarelados, as pessoas sorrindo e se cumprimentando gentilmente com a cabeça. Algumas até se curvavam para as outras, como Gamache tinha acabado de fazer, de uma maneira cortês e elegante que parecia só existir naquele vale mágico.

Jeanne Chauvet já tinha visto o suficiente do mundo, deste e dos outros, para identificar um lugar mágico. E Three Pines era um deles. Ela havia sentido como se tivesse nadado a vida inteira e finalmente chegado a uma ilha. Naquela noite, tinha se deitado na cama da pousada e se aconchegado nos lençóis de linho bem passados, embalada pelo coaxar distante dos sapos do lago. Anos de cansaço tinham começado a desaparecer naquele momento. Não de exaustão, mas de uma fadiga que era como se seus ossos tivessem virado fósseis, se transformado em pedra, arrastando-a para o fundo com seu peso.

Mas naquela noite, na cama, ela soubera que Three Pines a havia salvado. No momento em que recebera o panfleto pelo correio, ela ousara ter esperanças.

Então ela tinha visto Madeleine na sessão espírita daquela sexta à noite, e sua ilha havia afundado, como Atlantis. De novo, ela estava lidando com algo que não conseguia controlar.

Ela tomou um gole do café forte de Olivier, agora cor de caramelo devido ao creme, e fingiu que os moradores, tão amistosos quando ela havia chegado, não tinham se transformado em pedra – frios, duros e implacáveis. Ela quase podia vê-los marchando em sua direção com tochas nas mãos e pavor nos olhos.

Tudo por causa de Madeleine. Algumas coisas não mudavam nunca. Tudo que Jeanne sempre quisera fora sentir que pertencia, e tudo o que Madeleine sempre fizera fora tirar isso dela.

– Podemos nos sentar?

Jeanne levou um susto e olhou para cima. Armand Gamache e Jean Guy Beauvoir a encaravam, Gamache com um sorriso caloroso, os olhos compassivos e gentis. O outro parecia mal-humorado.

Ele não quer estar aqui comigo, pensou Jeanne, embora soubesse que não precisava ser nenhuma médium para deduzir aquilo.

– Por favor.

Ela indicou as poltronas dos dois lados da lareira, que tinham os estofados desbotados aquecidos pelo fogo.

– Os senhores estão planejando ir para algum outro lugar? – perguntou Gabri, bufando.

– A noite é uma criança, *patron* – respondeu Gamache, sorrindo. – Posso oferecer algo para a senhora? – perguntou ele a Jeanne.

– Já tenho o meu café, obrigada.

– Estávamos prestes a pedir licor. A noite parece propícia – disse ele, dando uma olhada rápida na janela, que refletia o interior aconchegante do bistrô.

As velhas vidraças estremeceram com outra lufada da tempestade, e um delicado tilintar revelou a eles que ainda havia granizo lá fora.

– Meu Deus! – exclamou Gabri, com um suspiro. – Como podemos viver em um país que nos trata assim?

– Eu vou querer um expresso, um conhaque e um licor Bénédictine – pediu Beauvoir.

Gamache se virou para Jeanne. Por alguma razão, ela se sentia na companhia de seu pai, ou talvez avô, embora o inspetor-chefe Gamache não pudesse ser mais do que dez anos mais velho que ela. Havia algo do Velho Mundo nele, como se ele fosse de outra época, de outra era. Ela se perguntou se ele achava este mundo difícil, mas acreditava que não.

– Bom, eu vou querer um...

Ela pensou por um instante e então se virou para analisar a fileira de garrafas de licor em uma prateleira atrás do bar. Tia Maria, *crème de menthe*, conhaque. Jeanne se voltou para Gabri:

– Eu vou querer um Cointreau, *s'il vous plaît*.

Gamache fez o próprio pedido e então os três falaram sobre o tempo, sobre Eastern Townships e sobre as condições das estradas até as bebidas chegarem.

– A senhora sempre foi médium, madame Chauvet? – perguntou Gamache assim que Gabri foi embora a contragosto.

– Acho que sim, mas foi só com uns 10 anos que percebi que nem todo mundo via o mundo como eu.

Ela aproximou do nariz o copo minúsculo e o cheirou. Laranja, um toque doce e alguma coisa quente. Seus olhos começaram a lacrimejar só com o cheiro. Ela levou o Cointreau aos lábios e os molhou com o líquido viscoso. Então baixou o copo e lambeu a boca. Queria que aquilo durasse. Os gostos, os cheiros, as imagens. A companhia.

– Como a senhora descobriu?

Ela geralmente não falava sobre aquelas coisas, mas as pessoas tampouco perguntavam. Ela hesitou e fitou Gamache por um longo momento.

– Na festa de aniversário de uma amiga – respondeu, por fim. – Eu olhei para todos os presentes embrulhados e soube exatamente o que cada um deles continha.

– Bom, contanto que não dissesse nada... – comentou Gamache, para depois analisar a expressão dela. – Mas a senhora disse, não foi?

Beauvoir estava um pouco irritado com aquela virada mística do chefe. Afinal, era ele quem supostamente tinha nascido empelicado. Ele havia passado o fim da tarde, depois que Nichol voltara para a pousada, procurando informações sobre o assunto na internet. Então algo macabro havia aparecido na tela.

– Sim, eu disse – continuou Jeanne. – Eu já estava na metade da pilha, falando para todo mundo o que era cada pacote, quando a aniversariante começou a chorar. Eu lembro até hoje de olhar ao redor e ver todas as meninas, todas as minhas amigas, me encarando. Zangadas e chateadas. E, atrás delas, as mães. Com medo. Depois disso, as coisas nunca mais foram iguais. Acho que eu sempre vi coisas, mas pensava que todo mundo via. Ouvia vozes, enxergava espíritos. Sabia o que estava prestes a acontecer. Não tudo. Era uma coisa seletiva. Mas era o suficiente.

Ela falava com uma voz alegre, mas Gamache sabia que não devia ter sido fácil. Ele olhou para o salão, para os moradores em suas mesas, jantando tranquilamente. Mas ninguém tinha se aproximado de Jeanne. A estranha, a médium. A bruxa. Aquelas eram pessoas boas, ele sabia. Mas até as pessoas boas têm medo.

– Deve ter sido difícil – disse o chefe.

– Outras pessoas passaram por coisas mais difíceis. Acredite em mim, eu sei. Não sou vítima de ninguém, inspetor-chefe. Além disso, eu nunca, jamais, perco as minhas chaves. O senhor pode dizer a mesma coisa?

Ela olhou para Gamache ao dizer aquilo, mas seu sorriso largo diminuiu quando Jeanne se virou para encarar Jean Guy Beauvoir. No rosto dela havia tanta compreensão, tanto cuidado que o inspetor quase admitiu que ele também nunca, jamais, perdia as chaves.

Ele tinha nascido empelicado. Tinha ligado para a mãe e perguntado. Após certa hesitação, ela havia admitido.

"Mas, *maman*, por que você nunca me contou?"

"Eu fiquei com vergonha. Naquela época, era uma coisa vergonhosa, Jean Guy. Até as freiras do hospital ficaram chateadas."

"Mas por quê?"

"Um bebê que nasce empelicado ou é amaldiçoado ou abençoado. Isso significa que você vê coisas, sabe de coisas."

"E eu era assim?"

Ele se sentiu um idiota ao perguntar aquilo. Afinal, ele é quem deveria saber.

"Não sei. Todas as vezes que você falava alguma coisa estranha, a gente ignorava. Depois de um tempo, você parou. Desculpa, Jean Guy. Talvez a gente tenha errado, mas eu não queria que você fosse amaldiçoado."

Eu ou você?, ele quase havia perguntado.

"Mas talvez eu seja abençoado, *maman*."

"Isso também é uma maldição, *mon beau*."

Ele havia saído do ventre da mãe com um véu cobrindo toda a cabeça. Algo entre o bebê e este mundo. Uma membrana que deveria ter ficado com a mãe, mas de alguma forma acabara sendo levada com ele. Aquilo era raro e perturbador, e ainda hoje, segundo sua pesquisa, as pessoas acreditavam que quem nascia empelicado estava destinado a levar uma vida incomum. Uma vida cheia de espíritos, com os mortos e os moribundos. E a capacidade de adivinhar o futuro.

Era por isso que ele estava na Divisão de Homicídios? Era por isso que tinha escolhido passar o dia inteiro com os que haviam acabado de morrer e caçar pessoas que criavam fantasmas? Por mais de dez anos, ele tinha debochado do chefe, o satirizara e criticara por confiar demais na própria intuição. E o chefe só sorria e seguia em frente, enquanto ele se curvava diante da perfeição dos fatos, das coisas que podia tocar, ver, sentir e ouvir. Agora ele já não tinha mais tanta certeza daquilo.

– O que trouxe a senhora aqui? – perguntou Gamache a Jeanne Chauvet.

– Eu recebi um panfleto pelo correio. O lugar parecia maravilhoso, e eu precisava de um descanso. Acho que já contei isso para o senhor.

– Ser médium é cansativo? – perguntou Beauvoir, de repente interessado.

– Ser recepcionista em uma concessionária é cansativo. Eu precisava descansar, e o lugar parecia perfeito.

Ela deveria contar o resto a eles? O que estava escrito na parte superior do panfleto? Ela tinha visto o mesmo panfleto na entrada da pousada, só que sem nenhum papelzinho grampeado. Será que alguém realmente tinha se dado ao trabalho de digitar aquela estranha frase ali só para atraí-la até Three Pines? Ou ela estava paranoica?

– De onde a senhora é? – perguntou Gamache.

– De Montreal. Nascida e criada lá.

Gamache entregou a ela o anuário.

– Isto lhe parece familiar?

– É um anuário. Eu também tenho um da minha escola. Não vejo há anos. Devo ter perdido.

– Eu pensei que a senhora nunca perdesse as coisas – comentou Beauvoir.

– Eu não perco o que não quero perder – disse ela, sorrindo e devolvendo o anuário a Gamache.

– Em que colégio a senhora cursou o ensino médio? – perguntou Gamache.

– Na Gareth James High School, em Verdun. Por quê?

– Só estou tentando fazer umas conexões.

Armand Gamache girou o conhaque no copo preguiçosamente. Depois continuou:

– As pessoas dificilmente matam alguém que não conhecem. Tem algo estranho nesse caso.

Ele deixou a afirmação no ar, sem sentir qualquer necessidade de se explicar. Depois de um tempo, Jeanne murmurou:

– Tem uma intimidade nele. Não, mais do que isso. Ele parece próximo demais.

Gamache assentiu, ainda observando o licor âmbar.

– O passado reencontrou Madeleine Favreau no domingo de Páscoa, na antiga casa dos Hadleys. A senhora deu vida a alguma coisa.

– Isso não é justo. Eu fui convidada para a sessão espírita. Não foi ideia minha.

– A senhora poderia ter dito *não* – argumentou ele. – A senhora acabou de dizer que sabe de coisas, vê coisas. Não conseguiu prever isso?

O vento uivava lá fora enquanto Jeanne Chauvet se lembrava daquela noite, naquele mesmo bistrô. Alguém tinha sugerido outra sessão espírita. Alguém tinha sugerido a antiga casa dos Hadleys. E algo havia mudado. Ela tinha sentido. Um pavor se infiltrara no círculo feliz e risonho deles.

Havia olhado de relance para Madeleine, a adorável e risonha Madeleine, que de repente parecia cansada e nervosa. Ela sequer a havia reconhecido. Jeanne tinha visto a repulsa mal disfarçada de Ma diante da ideia de uma sessão espírita no casarão dos Hadleys. E aquilo fora o suficiente. Ainda que um caminhão estivesse se aproximando deles, a única coisa que Jeanne veria seria uma oportunidade de ferir Madeleine.

Nunca havia ocorrido a ela recusar a segunda sessão.

TRINTA E TRÊS

— Você não devia estar no estúdio? — perguntou Peter, servindo-se de outro café e indo até a comprida mesa de pinho da cozinha.

Ele havia jurado para si mesmo que não ia dizer nada. E com certeza não ia lembrar a Clara que o tempo estava passando. A última coisa que ela precisava ouvir era que Denis Fortin estaria ali dentro de poucos dias. Para ver sua obra ainda inacabada.

— Falta menos de uma semana — se ouviu dizendo.

Era como se algo o tivesse possuído.

Clara olhava para o jornal. A primeira página falava sobre a terrível tempestade que havia derrubado árvores, bloqueado estradas e causado inúmeras quedas de energia no Quebec antes de desaparecer.

O dia tinha amanhecido nublado, com uma chuvinha fina. Um dia normal de abril. A neve e o granizo haviam derretido durante a manhã e os únicos resquícios da tempestade eram galhos derrubados e flores achatadas.

— Eu sei que você consegue — disse Peter, sentando-se ao lado de Clara, que parecia exausta. — Mas talvez você precise fazer uma pausa. Pensar em outra coisa.

— Está maluco? — rebateu Clara, erguendo os olhos, agora vermelhos, o que fez Peter se perguntar se ela havia chorado. — Essa é a minha grande chance. Eu não tenho mais tempo.

— Mas se você entrar no estúdio agora, vai acabar estragando ainda mais as coisas.

— Ainda mais?

— Não foi o que eu quis dizer. Desculpa.

– Meu Deus, o que eu vou fazer? – disse ela, enxugando os olhos cansados com a mão.

Ela tinha passado grande parte da noite em claro, primeiro fritando na cama, tentando dormir. Diante do fracasso da tentativa, ficara obcecada com a pintura. Já não sabia o que estava fazendo.

Será que ela estava tão chateada com a morte de Madeleine que não conseguia esvaziar a cabeça para criar? Era uma ideia conveniente e reconfortante.

Peter pegou as mãozinhas da esposa, percebendo que estavam manchadas de tinta azul. Ela não as havia limpado desde o dia anterior ou já tinha trabalhado mais cedo? Instintivamente, ele esfregou o polegar na mancha. Era daquela manhã.

– Olha, por que a gente não faz um jantarzinho? A gente pode convidar o Gamache e alguns outros. Aposto que ele está louco por uma comida caseira.

Quando as palavras saíram de sua boca, Peter ficou surpreso com a crueldade que transmitiam. Aquela era a última coisa que Clara deveria fazer. Ela não podia se distrair, precisava trabalhar, mesmo com medo, e não ser importunada. Um jantarzinho, naquele momento, seria uma tragédia.

Ele estava louco?, se perguntou Clara. O quadro estava um desastre e ele vinha com aquela de jantarzinho? Mas mesmo que Clara parecesse ter perdido o talento, a musa, a inspiração e a coragem, não havia perdido a certeza de que Peter só desejava o melhor para ela.

– Boa ideia – disse ela, tentando sorrir.

O pânico, ela estava descobrindo, era exaustivo. Ela olhou para o relógio do fogão. Sete e meia. Pegou o café, chamou a golden retriever deles, colocou um casaco, as galochas, um gorro e saiu.

O ar estava com um cheiro fresco e limpo ou, se não limpo, pelo menos natural. Terra. Cheiro de folhas, madeira e terra. E água. E lenha queimada. O perfume do dia era maravilhoso, mas aquele parecia um cenário de guerra. Todos os brotos de tulipas e narcisos haviam sido esmagados pela tempestade. Clara se agachou e levantou um deles, na esperança de reanimá-lo, mas a flor voltou a cair assim que ela a largou.

Clara nunca tinha gostado de jardinagem. Concentrava toda a sua energia criativa na arte. Felizmente, Myrna adorava cuidar das plantas e, o que era ainda melhor, não tinha jardim.

Em troca de refeições e filmes, Myrna havia transformado o modesto jardim de Clara e Peter em lindos canteiros perenes de rosas, peônias, delfínios e digitális. Mas no final de abril apenas os bulbos da primavera ousavam florescer, e olha só o que havia acontecido com eles.

ARMAND GAMACHE ACORDOU com uma leve batida na porta. O relógio na mesa de cabeceira marcava 6h10 e uma luz fraca entrava no quarto confortável. Ele apurou os ouvidos e escutou uma nova batida. Gamache saiu da cama, vestiu o robe e abriu a porta. Lá estava Gabri, o cabelo grosso e escuro arrepiado em um dos lados. Ele estava com a barba por fazer e vestia um robe surrado com pantufas felpudas. Parecia que quanto mais elegante e sofisticado Olivier se tornava, mais desgrenhado Gabri ficava. O universo em equilíbrio.

Olivier devia estar esplêndido naquele dia, pensou Gamache.

– *Désolé* – sussurrou Gabri.

Ele ergueu a mão, mostrando o jornal. O inspetor-chefe sentiu um aperto no coração.

– Acabou de chegar. Eu pensei que o senhor gostaria de ver antes de qualquer outra pessoa.

– Qualquer outra pessoa?

– Bom, eu vi. E Olivier. Mas ninguém mais.

– O senhor é muito gentil. *Merci.*

– Eu vou passar um café. Desça quando estiver pronto. Pelo menos a tempestade já passou.

– O senhor acha? – perguntou Gamache, sorrindo.

Ele fechou a porta, colocou o jornal na cama, tomou banho e fez a barba. Olhou então para o jornal, uma mancha preta e cinza sobre os lençóis brancos. Virou as páginas depressa, antes que perdesse a coragem.

E lá estava. Era pior do que pensava.

Ele cerrou a mandíbula, rangendo os dentes. Sentiu a respiração pesada ao encarar a fotografia. Sua filha, Annie. Annie e um homem. Se beijando.

"Annie Marie Gamache com o amante, maître Paul Miron, do Ministério Público."

Gamache fechou os olhos. Quando voltou a abri-los, a fotografia ainda estava lá.

Ele leu a matéria duas vezes. Forçando-se a ir devagar. A mastigar, engolir e digerir aquelas palavras repugnantes. Então se sentou em silêncio e pensou.

Poucos minutos depois, acordou Reine-Marie com sua ligação.

– *Bonjour*, Armand. Que horas são?

– Quase sete. Você dormiu bem?

– Não muito. Fiquei me revirando um pouco na cama. E você?

– Eu também – admitiu ele.

– Eu tenho más notícias. Henri comeu suas pantufas preferidas. Quer dizer, uma delas.

– Você está brincando! Ele nunca fez isso. Por que será que começou a fazer de repente?

– Ele está com saudade de você, assim como eu. Ele não é muito razoável no amor, mas ama intensamente.

– Você não comeu a minha outra pantufa, espero.

– Só dei umas mordidinhas nas bordas. Não dá nem para ver.

Houve uma pausa, e então Reine-Marie perguntou:

– O que foi?

– Outra matéria.

Ele podia vê-la na cama de madeira com o edredom simples, os travesseiros de penas e os lençóis brancos. Ela com certeza estava com dois travesseiros atrás das costas e os lençóis em volta do peito, cobrindo o corpo nu. Não por vergonha ou pudor, mas para se manter aquecida.

– Muito ruim?

– Bastante. É sobre Annie – disse ele, e logo depois pensou ter ouvido um suspiro. – Tem uma foto de Annie beijando um homem identificado como maître Paul Miron. Um procurador. Casado.

– Assim como ela – pontuou Reine-Marie. – Ai, coitado do David. Coitada da Annie. Não é verdade, é claro. Annie jamais faria isso com ele. Com ninguém. Nunca.

– Eu concordo. O que eles querem insinuar é que eu me livrei de ser acusado de assassinato junto com Arnot porque fiz Annie dormir com o procurador.

– *Armand! Mais, c'est épouvantable!* Como eles têm coragem? Eu não consigo entender como alguém faz isso.

Gamache fechou os olhos e sentiu um buraco se abrir no peito, bem onde

Reine-Marie deveria estar. Ele desejou com todo o coração estar ao lado dela. Poder abraçá-la, acolhê-la em seus braços fortes. E ser acolhido por ela.

– Armand, o que a gente vai fazer?

– Nada. Vamos continuar firmes. Eu vou ligar para Annie e falar com ela. Conversei com Daniel ontem à noite. Ele parece bem.

– O que essas pessoas querem?

– Elas querem que eu me demita.

– Por quê?

– Vingança por Arnot. Eu me tornei um símbolo da vergonha que cobriu a Sûreté.

– Não, não é isso, Armand. Eu acho que você se tornou poderoso demais.

Depois de desligar, ele telefonou para a filha e a acordou também. Ela se esgueirou para outro cômodo para falar, mas ouviu David se mexer no quarto.

– Pai, eu tenho que falar com David antes. Te ligo mais tarde.

– Annie, me desculpa.

– Não é culpa sua. Meu Deus, ele está descendo para tomar café e ler o jornal. Eu tenho que desligar.

Por um instante, Armand Gamache imaginou a cena na casa deles, no quartier Plateau Mont-Royal, em Montreal. David desgrenhado e perplexo. Tão apaixonado por Annie. A impetuosa, cheia de vida e ambiciosa Annie. Tão apaixonada por David.

Ele fez mais uma ligação. Para seu amigo e superior Michel Brébeuf.

– *Oui, allô* – disse a conhecida voz.

– Eu atrapalho?

– Não, de jeito nenhum, Armand – respondeu ele, com um tom agradável e calmo. – Eu ia mesmo te ligar agora de manhã. Vi o jornal de ontem.

– Você viu o de hoje?

Houve uma pausa, e Gamache ouviu Michel gritar:

– Catherine, o jornal já chegou? *Oui?* Você pode trazer aqui para mim? Só um segundo, Armand.

Gamache ouviu um farfalhar enquanto Brébeuf virava as páginas do jornal. Então o barulho parou.

– *Mon Dieu. Armand, c'est terrible. C'est trop.* Você já falou com Annie?

Ela era afilhada de Michel, sua favorita.

– Acabei de falar. Ela não tinha visto. Está conversando com David agora mesmo. Não é verdade, é claro.

– Sério? Porque parece verdade – disse Brébeuf. – Mas é claro que é mentira. A gente sabe que Annie nunca teria um caso. Armand, isso está ficando perigoso. Alguém vai acabar acreditando nessa merda. Talvez você devesse se explicar.

– Para você?

– Não, não para mim, mas para os repórteres. Na primeira foto, era você falando com Daniel. Por que você não liga para o editor e o obriga a se corrigir? Eu tenho certeza de que você tem uma explicação para aquele envelope. O que tinha ali, afinal?

– O que eu dei para Daniel? Nada de mais.

Houve uma pausa. Finalmente Brébeuf falou, sério:

– Armand, era um crepe?

Gamache riu.

– Como você adivinhou, Michel? Era exatamente isso. Receita de família, feito pela minha *grand-mère*.

Brébeuf riu e depois ficou em silêncio.

– Se você não parar essas insinuações, elas vão ficar cada vez piores. Marque uma coletiva de imprensa, explique para todo mundo que Daniel é seu filho. Conte a eles o que tinha no envelope. Fala sobre Annie. Que mal isso pode fazer?

Que mal poderia fazer?

– Essas mentiras nunca vão parar, Michel. Você sabe disso. Isso aí é um monstro com infinitas cabeças. Quando você corta uma delas, aparecem outras, mais fortes e cruéis. Se eu responder, eles vão saber que atingiram a gente. Eu não vou fazer isso. E não vou me demitir.

– Você parece uma criança falando.

– Crianças podem ser bem sábias.

– Crianças são caprichosas e egoístas – rebateu Brébeuf.

Os dois ficaram em silêncio. Michel Brébeuf se forçou a fazer uma pausa. A contar até cinco. Para dar a impressão de uma reflexão profunda. Então continuou:

– Tudo bem. Mas você permite que eu aja nos bastidores? Tenho alguns contatos na imprensa.

– Obrigado, Michel. Eu agradeço.

– Ótimo. Vá trabalhar, se concentre na investigação. Mantenha o foco e não se preocupe com isso. Eu cuido do resto.

ARMAND GAMACHE SE VESTIU E DESCEU AS ESCADAS, mergulhando cada vez mais fundo no aroma de café fresco. Ele tomou o café, comeu um croissant crocante e conversou com Gabri. Brincando com a alça da caneca, Gabri contou a Gamache como tinha saído do armário e contado para a família e os colegas da casa de análise de investimentos onde trabalhava que era gay. Enquanto Gabri falava, Gamache percebeu que aquele homem desgrenhado sabia como ele estava se sentindo. Exposto, sendo levado a sentir vergonha por algo que não era vergonhoso. E, de uma forma estranhamente discreta, Gabri encontrara uma maneira de dizer a Gamache que ele não estava sozinho. O inspetor-chefe agradeceu, calçou as galochas, vestiu o casaco impermeável Barbour e saiu para caminhar. Ele tinha muito em que pensar e sabia que tudo se resolvia com uma caminhada.

Garoava, e as alegres flores de primavera estavam caídas, como jovens soldados massacrados em um campo de batalha. Com as mãos cruzadas nas costas, ele andou por vinte minutos. Dando voltas e voltas na pacata vilazinha, ele a observava ganhar vida, as luzes surgindo nas janelas, os donos soltando os cachorros e as lareiras sendo acesas. Era algo calmo e tranquilizador.

– Ei, oi! – exclamou Clara Morrow de seu jardim, com uma caneca na mão e um sobretudo impermeável cobrindo a camisola. – Estou aqui só avaliando o prejuízo. Você está livre para um jantar hoje à noite? A gente pensou em convidar algumas pessoas.

– Seria ótimo, obrigado. Você me acompanha? – perguntou Gamache, indicando sua trajetória circular ao redor da praça.

– Claro.

– Como vai o seu trabalho? Fiquei sabendo que Denis Fortin vem te visitar em breve.

Ao ver a reação dela, ele percebeu que tinha tocado no ponto errado.

– Ou era melhor eu não ter dito nada?

– Não, não. É só que eu estou um pouco travada. As coisas estavam tão nítidas há alguns dias, mas de repente ficaram embaralhadas e confusas. Sabe como é?

– Sei – respondeu ele, um pouco triste.

Ela o encarou. Muitas vezes, se sentia boba e desajeitada perto dos outros. No entanto, ao lado de Gamache, ela sempre se sentia completa.

– O que você achava de Madeleine Favreau?

Clara parou para organizar os pensamentos.

– Eu gostava dela. Bastante. A gente não se conhecia tão bem. Ela tinha acabado de entrar para a Associação de Mulheres da Igreja Anglicana. Hazel deu sorte.

– Por quê?

– Hazel ia assumir a presidência no lugar do Gabri em setembro, mas Madeleine se ofereceu.

– E Hazel não ficou chateada?

– Bem se vê que você nunca fez parte da Associação de Mulheres da Igreja Anglicana.

– Eu não sou anglicano.

– É bem divertido. A gente faz eventos sociais, chás e, duas vezes por ano, uma feira para arrecadar fundos. Mas é um inferno organizar isso tudo.

– Ah, então isso é que é o inferno – comentou Gamache, sorrindo. – Só os pecadores mortais comandam a Associação?

– Ah, sim, é imprescindível. Nossa punição é passar a eternidade implorando por voluntários.

– Então Hazel ficou feliz de se livrar da função?

– Eu imagino que ela tenha ficado em êxtase. Provavelmente foi por isso que ela levou Madeleine para a igreja. Elas formavam um bom time, embora fossem bem diferentes.

– Diferentes como?

– Bom, Madeleine sempre fazia você se sentir bem. Ela ria muito e era uma ótima ouvinte. Era muito divertida. Mas, se você ficasse doente ou precisasse de alguma coisa, era Hazel quem aparecia.

– Você acha que Madeleine era superficial?

Clara hesitou.

– Eu acho que Madeleine estava acostumada a conseguir o que queria. Não porque fosse gananciosa, mas porque isso sempre acontecia.

– Você sabia que ela teve câncer?

– Sabia. Câncer de mama.

– Você sabe se ela estava bem de saúde?

– Madeleine? – perguntou Clara, rindo. – Ela era mais saudável que você e eu. Estava em ótima forma.

– Ela mudou de algum jeito nos últimos meses ou semanas?

– Mudou? Eu acho que não. Parecia a mesma para mim.

Gamache assentiu e continuou:

– Nós achamos que a substância que matou Madeleine foi colocada na comida dela durante o jantar. Você viu ou ouviu alguma coisa estranha?

– Naquele grupo? Qualquer coisa normal é que seria um alerta. Mas você está dizendo que alguém que estava no nosso jantar matou Madeleine? Deu efedrina para ela?

Gamache aquiesceu.

Clara pensou sobre o assunto, repassando o jantar na cabeça. A comida chegando, sendo esquentada, preparada e posta na mesa. As pessoas se sentando. Passando as várias travessas umas para as outras.

Não, tudo parecia natural, normal. Era horrível pensar que alguém ao redor daquela mesa tivesse envenenado Madeleine, mas não surpreendente, era preciso admitir. Se aquilo tinha sido mesmo um assassinato, alguém dali com certeza era o assassino.

– Todos nós nos servimos e comemos das mesmas travessas. O veneno podia ser para outra pessoa?

– Não – respondeu Gamache. – Nós testamos as sobras da comida e não encontramos efedrina em nenhum dos pratos. Além disso, vocês mesmos se serviram, não foi? Para ter algum controle sobre quem ia receber a efedrina, o assassino tinha que colocar a substância diretamente no prato de Madeleine. Tinha que botar a droga na comida que estava no prato dela.

Clara assentiu. Ela podia ver a mão, a ação, mas não a pessoa. Pensou em todos que estavam no jantar. Monsieur Béliveau? Hazel e Sophie? Odile e Gilles? Era bem verdade que Odile assassinava versos, mas com certeza nada mais.

Ruth?

Peter sempre dizia que Ruth era a única pessoa que ele conhecia que seria capaz de matar. Teria sido ela? Ela nem tinha ido à sessão espírita. Mas talvez não precisasse estar lá.

– A sessão espírita teve alguma coisa a ver com isso? – perguntou ela.

– A gente acha que foi um dos ingredientes. Assim como a efedrina.

Clara tomou um gole do café agora frio enquanto eles caminhavam.

– O que eu não entendo é por que o assassino decidiu matar Madeleine naquela noite.

– Como assim? – quis saber Gamache.

– Por que dar a efedrina para ela no meio de um jantar? Se o assassino precisava de uma sessão espírita, por que não usar a da sexta à noite?

Aquela era uma pergunta que perseguia Gamache. Por que esperar até o domingo? Por que não a matar na sexta?

– Talvez ele tenha tentado – sugeriu Gamache. – Aconteceu alguma coisa estranha na sexta?

– Mais estranha que tentar falar com os mortos? Não que eu me lembre.

– Com quem Madeleine jantou?

– Com Hazel, eu acho. Não, Madeleine não foi para casa jantar. Ela ficou aqui.

– Ela jantou no bistrô?

– Não, com monsieur Béliveau – disse ela, olhando para a casa dele, um tortuoso casarão de ripas de madeira virado para a praça. – Eu gosto dele. A maioria das pessoas gosta.

– A maioria, mas não todas?

– Você não deixa nada passar, né? – comentou ela, rindo.

– Quando eu perco ou deixo as coisas passarem, elas vão se acumulando em uma pilha, que cresce e tira uma vida. Então, eu tento não fazer isso – respondeu ele, com um sorriso.

– Eu acho que não. A única pessoa que eu já vi ser hostil com monsieur Béliveau foi Gilles Sandon. Mas Gilles é uma figura. Você o conhece?

– Ele trabalha no bosque, não é?

– Faz móveis incríveis, mas eu acho que tem uma razão para ele trabalhar com as árvores e não com as pessoas.

– O que monsieur Béliveau acha dele?

– Ah, eu acho que ele nem nota as provocações. É um homem tão bom e gentil... Ele só foi à sessão espírita para acompanhar Ma, sabe? Dava para ver que ele não estava gostando nada daquilo. Provavelmente por causa da falecida esposa.

– Estava com medo de que ela voltasse?

– Talvez – respondeu Clara, rindo. – Eles eram muito próximos.

– Você acha que ele esperava que ela aparecesse?

– Ginette, a esposa? Nenhum de nós esperava nada. Pelo menos não naquela primeira noite no bistrô. Foi uma brincadeira. Mas acho que ele ficou perturbado. Ele comentou que não dormiu bem naquela noite.

– A segunda sessão espírita foi diferente – afirmou Gamache.

– A gente foi maluco de ir até lá – disse Clara, que, embora estivesse de costas para a antiga casa dos Hadleys, podia sentir que ela a encarava.

Gamache se virou, sentindo um calafrio nascer dentro de si e subir até encontrar o ar gelado e úmido que tocava a sua pele. Era a ameaça da colina, de tocaia, esperando pelo momento certo para avançar sobre eles. *Não*, pensou. *A antiga casa dos Hadleys não avançaria. Ela rastejaria.* Devagar. De maneira quase imperceptível, até que você acordasse um dia engolido por seu desespero e sua tristeza.

– Enquanto a gente subia a colina naquela noite – contou Clara –, uma coisa meio estranha aconteceu. No início, estava todo mundo junto, conversando, mas, conforme a gente se aproximava da casa, foi parando de falar e se afastando. Eu acho que aquela casa cria um isolamento. Eu era quase a última. Madeleine estava atrás de mim.

– Monsieur Béliveau não estava com ela?

– Não, o que é estranho. Ele estava conversando com Hazel e Sophie. Fazia tempo que ele não via Sophie. Eu acho que eles devem ser amigos, porque Sophie fez questão de sentar ao lado dele no jantar. Enquanto eu andava, passei por Odile parada na rua. Depois eu ouvi Odile e Madeleine conversando atrás de mim.

– E isso era raro?

– Não é que seja inédito, mas eu nunca achei que elas tivessem muita coisa em comum. Não lembro exatamente o que elas disseram, mas tive a impressão de que Odile estava bajulando Madeleine. Dizendo quanto ela era linda e popular. Algo assim, mas o curioso é que isso pareceu incomodar Madeleine. Infelizmente, eu tentei ouvir melhor, mas não consegui.

– O que você acha de Odile?

Clara riu, mas depois se conteve.

– Desculpa, isso não foi muito legal. É que toda vez que eu penso em Odile, me lembro dos poemas dela. Eu não consigo entender por que ela escreve. Você acha que ela se considera boa?

– Deve ser difícil saber – disse Gamache.

Clara sentiu o medo se esgueirar de novo como uma cobra, envolvendo sua mente e seu coração. Medo de que ela própria se enganasse tanto quanto Odile. E se Fortin aparecesse e risse? Ele tinha visto alguns trabalhos dela, mas talvez estivesse bêbado ou fora de si. Talvez ele tivesse visto o trabalho de Peter e pensado que era dela. Só podia ser isso. Não havia nenhuma chance de o grande Denis Fortin realmente gostar do trabalho dela. E que trabalho? Aquela acusação lamentável e semiacabada em seu estúdio?

– Odile e Gilles estão juntos há muito tempo? – perguntou Gamache.

– Há alguns anos. Eles se conhecem há séculos, mas só ficaram juntos depois do divórcio dele.

Clara ficou um tempo em silêncio, pensando.

– O que foi? – quis saber Gamache.

– Eu estava pensando em Odile. Deve ser difícil.

– O quê?

– Tenho a sensação de que ela se esforça muito. Como um alpinista, sabe? Mas um alpinista não muito bom. Que só fica ali, se agarrando para salvar a própria vida e tentando não demonstrar que está com medo.

– A que ela está se agarrando?

– A Gilles. Ela só começou a escrever poesia quando eles ficaram juntos. Eu acho que ela quer fazer parte do mundo dele. Do mundo criativo.

– E a que mundo ela pertence?

– Eu acho que ela pertence ao mundo racional. Com os fatos e os números. Ela é ótima no comando da loja. Alavancou os negócios para ele. Mas ela não aceita esse tipo de elogio. Só quer ouvir que é uma grande poeta.

– É interessante ela ter escolhido logo a poesia tendo uma das maiores poetas canadenses como vizinha – ponderou Gamache, enquanto observava Ruth descer os degraus de sua varanda.

A poeta parou, virou para trás, se abaixou e depois se levantou.

– Eu me casei com um dos maiores artistas canadenses – disse Clara.

– Você se identifica com Odile? – perguntou ele, surpreso.

Ela não respondeu.

– Clara, eu vi o seu trabalho.

Ele parou e olhou diretamente para ela. Por um instante, enquanto Clara fitava os olhos castanho-escuros dele, a cobra recuou, seu coração se expandiu e sua mente clareou.

– É brilhante – disse Gamache. – Apaixonado, vulnerável. Cheio de esperança, fé e dúvida. E medo.

– Tenho bastante disso para dar e vender. Quer?

– Também tenho de sobra, obrigado. Mas quer saber? – perguntou ele, sorrindo. – Quando a gente dá o melhor de si, tudo acontece como tem que acontecer.

Ruth estava parada no jardim em frente à casa, olhando para baixo. Quando ela se aproximou, eles viram os dois patinhos.

– Bom dia! – disse Clara, acenando.

Ruth olhou para cima e grunhiu.

– Como estão os bebês? – perguntou Clara.

Então ela viu. A pequena Rosa grasnava para lá e para cá, alisando as penas com o bico e desfilando pelo gramado. Lilium estava parada, olhando para a frente. Parecia assustada, como o pequeno passarinho da antiga casa dos Hadleys. Gamache se perguntou se ela teria nascido empelicada.

– Elas estão ótimas – retrucou Ruth, como se os desafiasse a contradizê-la.

– A gente vai fazer um jantarzinho hoje para poucas pessoas. Quer vir?

– Eu já estava mesmo planejando aparecer. Meu uísque acabou. O senhor vai? – perguntou ela a Gamache, que assentiu. – Ótimo. O senhor é como uma tragédia grega. Eu vou fazer umas anotações para escrever um poema. Pelo menos a sua vida vai ganhar algum sentido.

– É um alívio ouvir isso, madame – disse Gamache, antes de fazer uma pequena mesura.

– Tem uma outra pessoa que eu queria que você convidasse – disse Gamache quando eles voltaram a caminhar. – Jeanne Chauvet.

Clara continuou andando, olhando para a frente.

– O que foi? – perguntou ele.

– Ela me assusta. Não gosto dela.

Foi uma das poucas vezes que Gamache ouviu Clara dizer aquilo. Acima dele, a antiga casa dos Hadleys parecia crescer.

TRINTA E QUATRO

A agente Isabelle Lacoste estava cansada de andar pelo laboratório. O relatório das impressões digitais estava pronto, eles tinham garantido. Só não conseguiam encontrá-lo.

Ela já tinha interrogado o ex-marido de Madeleine, François Favreau. Ele era lindo. Parecia um modelo da revista GQ na meia-idade. Alto, bonito e brilhante. Brilhante o suficiente para dar respostas diretas.

"Eu fiquei sabendo da morte dela, claro. Mas a gente não se falava há um bom tempo, e eu não queria incomodar Hazel."

"Nem para dar os pêsames?"

François moveu a xícara de café um centímetro para a esquerda. Lacoste notou que ele havia arrancado a pele na ponta dos dedos. A preocupação sempre dava um jeito de aparecer.

"Eu odeio esse tipo de coisa. Nunca sei o que dizer. Aqui, olhe isto", dissera ele, pegando uns papéis de uma escrivaninha próxima e entregando-os a ela.

Neles, François havia rabiscado:

Sinto muito pela sua perda, isso com certeza vai deixar um grande
Hazel, eu queria
Madeleine era uma pessoa maravilhosa, deve ter sido

E assim por diante, por três páginas. Frases inacabadas, sentimentos pela metade.

"Por que o senhor não diz a ela simplesmente como se sente?", sugeriu Lacoste, intrigada.

Ele a encarou de um jeito familiar. Era o mesmo olhar que seu marido lhe lançava às vezes. De irritação. Obviamente, para ela era fácil sentir e expressar os sentimentos. Para ele, era impossível.

"O que passou pela sua cabeça quando o senhor soube que ela tinha sido assassinada?"

Lacoste havia aprendido que quando as pessoas não conseguiam falar sobre os sentimentos, conseguiam pelo menos falar sobre os pensamentos, e, muitas vezes, as duas coisas se conectavam. E conspiravam.

"Eu me perguntei quem faria isso. Quem a odiaria a esse ponto."

"Como o senhor se sente em relação a ela agora?", perguntou Lacoste, com uma voz suave e equilibrada.

"Não sei."

"Tem certeza?"

O silêncio se estendeu. Ela notou que ele oscilava, esforçando-se para não cair no despenhadeiro das emoções, tentando se agarrar à racionalidade. Até que, por fim, aquela parte racional cedeu e os dois despencaram juntos.

"Eu amo Madeleine. Amava", disse ele, colocando a cabeça com delicadeza entre as mãos como se embalasse a si mesmo, seus dedos longos e finos mergulhados no cabelo escuro.

"Por que vocês se divorciaram?"

Ele esfregou o rosto e a encarou, os olhos de repente turvos.

"Foi ideia dela, mas acho que fui eu que conduzi as coisas para esse fim. Eu era covarde demais para fazer isso por conta própria."

"E por que o senhor queria isso?"

"Eu não aguentava mais. No início, era maravilhoso. Ela era tão linda, carinhosa, amável... E bem-sucedida. Era boa em tudo que fazia. Simplesmente brilhava. Era como viver perto demais do sol."

"Ele queima e cega", deduziu Lacoste.

"É", concordou Favreau, que parecia aliviado por finalmente encontrar as palavras. "Viver tão perto de Madeleine doía."

"O senhor realmente não sabe quem matou a sua ex-mulher?"

"Não, mas..."

Lacoste esperou. Armand Gamache a havia ensinado a ter paciência.

"Mas não sei se eu fiquei surpreso. Não é que Madeleine quisesse machucar as pessoas, mas ela machucava. E, quando você se machuca muito..."

Ele não precisava terminar a frase.

ROBERT LEMIEUX TINHA PARADO NA LANCHONETE a caminho de Three Pines, e agora havia um monte de copos de papel com café no meio da mesa de reunião, além de caixas de donuts.

– Esse é o meu garoto! – exclamou Beauvoir quando viu aquilo, dando um tapinha nas costas de Lemieux.

Para cair ainda mais nas graças do inspetor, Lemieux acendeu o antigo fogão a lenha de ferro fundido no meio da sala. O lugar cheirava a papelão, café, donuts açucarados e à doce fumaça de lenha queimada.

O inspetor Beauvoir começou a reunião daquela manhã assim que a agente Nichol chegou, atrasada e desgrenhada como sempre. Eles leram os relatórios, e o inspetor-chefe Gamache fechou o encontro falando sobre o relatório da legista.

– Então, Madeleine Favreau tinha um problema no coração – recapitulou Lemieux. – O assassino com certeza sabia disso.

– Provavelmente. De acordo com a legista, três coisas precisavam atuar juntas.

Beauvoir estava de pé ao lado de um cavalete com grandes folhas de papel branco. Enquanto falava, ele empunhava uma pilot como se fosse um batuta.

– A primeira: uma megadose de efedrina. A segunda: um susto na sessão espírita. E a terceira: um problema no coração.

– Então por que ela não foi morta na sessão espírita de sexta? – perguntou Nichol. – Esses três elementos estavam lá, ou pelo menos dois deles.

– É isso que eu estou tentando descobrir – declarou Gamache.

Gamache bebericava o café enquanto escutava, os dedos um pouco grudentos por conta da cobertura de chocolate do donut. Ele os limpou com o guardanapinho e se inclinou para a frente.

– Será que a sessão espírita da Sexta-Feira Santa foi uma espécie de ensaio geral? Um prelúdio? Será que Madeleine disse ou fez alguma coisa que a fez ser assassinada dois dias depois? As duas sessões estão ligadas?

– Seria muita coincidência se não estivessem – opinou Lemieux.

– Ah, fala sério. Para de puxar o saco do chefe – disse Nichol, apontando rapidamente para Gamache.

Lemieux não respondeu. Ele tinha recebido ordens para puxar-saco.

Era o que fazia melhor e, na opinião dele, de forma bem sutil. Mas agora aquela vaca o havia exposto no meio da reunião. Sua fachada de equilíbrio e magnanimidade estava rachando diante do deboche de Nichol. Ele a desprezava e, se não tivesse um objetivo maior, teria respondido à altura.

– Olha só – continuou Nichol, ignorando Lemieux. – É óbvio. A questão não é como elas estão ligadas, mas como não estão. Qual foi a diferença entre as duas sessões?

Ela voltou a se recostar, triunfante.

Estranhamente, ninguém pulou da cadeira para parabenizá-la. O silêncio se prolongou. Então o inspetor-chefe Gamache se levantou devagar e foi até Beauvoir.

– Posso? – perguntou, estendendo a mão para a pilot.

Ele então se virou e começou a escrever em uma folha de papel em branco: *Qual foi a diferença entre as duas sessões?*

Nichol sorriu com malícia e Lemieux aquiesceu, embora cerrasse os punhos debaixo de mesa.

Isabelle Lacoste tinha ido direto do encontro com François Favreau para a escola de Notre-Dame-de-Grâce. O lugar era um imenso prédio de tijolos vermelhos com a data de construção gravada: 1867. Não se parecia em nada com a escola em que ela própria havia estudado. A de Lacoste era moderna, ampla e francesa. No entanto, assim que a agente pisou naquela velha construção, foi imediatamente transportada para os corredores abarrotados de seu colégio. Tentando lembrar a combinação do armário, tentando fazer o cabelo ficar para baixo ou para cima, ou para qualquer que fosse a posição da moda. Sempre tentando, como uma atleta que jamais deixava de se sentir atrás na competição.

Os sons eram familiares – vozes ecoando em metal e concreto, sapatos guinchando no piso frio –, mas foram os cheiros que a transportaram. De livros, produtos de limpeza e almoços apodrecendo em centenas de armários de alunos. E de medo. Mais do que a qualquer outra coisa, até mais do que a chulé, perfume barato e bananas podres, era a medo que o ensino médio cheirava.

– Montei um dossiê para a senhora – disse a Sra. Plant, a secretária da escola. – Eu ainda não trabalhava aqui na época de Madeleine Gagnon. Aliás, nenhum dos professores ou funcionários trabalhava. Faz trinta anos. Mas todos os nossos arquivos estão no computador agora, então eu imprimi os boletins dela e encontrei algumas outras coisas que podem interessar. Inclusive isto aqui.

Ela pousou a mão em uma pilha de anuários, que eram como a Bíblia da escola.

– É muito gentil, mas eu acho que os boletins são suficientes.

– Mas eu passei a metade do dia de ontem na despensa tentando encontrar isto...

– Obrigada. Com certeza eles vão ajudar – disse a agente Lacoste, içando os livros nos braços e mal segurando a pasta de arquivo do topo enquanto as duas deixavam o escritório.

– A gente também tem umas fotos dela na parede.

A Sra. Plant foi na frente. Os corredores estavam começando a encher, e o lugar ecoava os gritos ininteligíveis dos adolescentes, que cumprimentavam e atacavam uns aos outros.

– Aqui. Tem várias fotos. Eu tenho que voltar para a secretaria. A senhora precisa de mais alguma coisa?

– Não, a senhora já ajudou muito, obrigada.

Nos minutos seguintes, Lacoste caminhou lentamente pelo longo corredor de concreto, observando fotos antigas emolduradas de times vitoriosos e conselhos escolares. E lá estava Madeleine Favreau. Jovem, sorridente, saudável, com todas as expectativas de uma vida longa e emocionante pela frente. Empurrada pelas crianças que de repente se amontoavam nos corredores, a agente Isabelle Lacoste se perguntou como devia ter sido o colégio para Madeleine. *Será que ela também cheirava a medo?* Não parecia, mas, bem... as pessoas mais medrosas geralmente não demonstravam.

GAMACHE VOLTOU A SE SENTAR E PEGOU O CAFÉ. Todos olharam para a nova lista. Debaixo do título *Qual foi a diferença entre as duas sessões?*, estava escrito:

Hazel
Sophie
Jantar
Casarão da colina
Jeanne Chauvet mais séria

Ele explicou que, ao ser interrogada, a médium dissera que não estava preparada para a primeira sessão, fora uma surpresinha de Gabri, e por isso não tinha levado o evento a sério. Ela achava que aquele era só um grupo de pessoas entediadas atrás de um pouco de diversão. Então tinha dado a eles a versão barata de Hollywood. Um melodrama bobo. Mas depois que alguém contara a ela sobre a antiga casa dos Hadleys e, de alguma forma, surgira a ideia de falar com os mortos naquele lugar, ela havia começado a levar o assunto a sério.

– Por quê? – perguntou Lemieux.

– Você não pode ser tão burro – retrucou Nichol. – A antiga casa dos Hadleys, em tese, é mal-assombrada. E essa mulher ganha a vida falando com os mortos. Dãã.

Beauvoir ignorou Nichol, se levantou e escreveu:

Velas
Sal

– Mais alguma coisa? – perguntou ele.

Ele gostava de escrever coisas no quadro. Sempre tinha gostado. Gostava do cheiro da pilot. Do chiado que fazia. E da ordem que criava a partir de ideias aleatórias.

– Os encantamentos – disse Gamache. – São importantes.

– Ok – disse Nichol, revirando os olhos.

– Para criar o clima – explicou Gamache. – Isso foi uma diferença enorme. Pelo que eu soube, a sessão da Sexta-Feira Santa foi assustadora, mas a do domingo foi apavorante. Talvez o assassino tenha tentado matar Madeleine na sexta à noite, mas a sessão não tenha sido assustadora o suficiente.

– Então quem sugeriu o casarão? – perguntou Lemieux, lançando um olhar para Nichol que a desafiava a zombar dele de novo.

Ela apenas sorriu com desdém e balançou a cabeça. Ele sentiu a raiva aflorar, ferver e borbulhar na garganta. Já era ruim ser ridicularizado, insultado e acusado de puxa-saco. Mas acharem seu comentário patético era o pior.

– Não sei – respondeu Gamache. – A gente perguntou, mas ninguém se lembra.

– Mas se o senhor acha que a mudança para o casarão dos Hadleys foi essencial, então isso exclui Hazel e Sophie – afirmou Beauvoir.

– Por quê? – perguntou Lemieux.

– Porque elas não estavam lá para sugerir.

Houve uma pausa.

– Mas Sophie foi a única pessoa diferente no grupo de uma sessão para a outra – argumentou Nichol. – Eu acho que a primeira sessão não teve nada a ver com assassinato. Acho que o assassino só pensou nisso depois. E justamente porque essa pessoa não estava na primeira sessão.

– Sophie não foi a única pessoa nova – replicou Lemieux. – A mãe dela também só participou da segunda sessão.

– Mas ela podia ter participado da primeira. Ela foi convidada. Se quisesse matar Madeleine, ela teria aparecido lá.

– E talvez tenha sido por isso que ela foi na segunda – disse Gamache. – Como a primeira não deu certo, ela resolveu se certificar de que a segunda daria.

– E levar a própria filha? Fala sério.

Nichol abriu o caderno e tirou dele a foto que havia pegado da porta da geladeira da casa das Smyths.

– Olhe só para isto – disse ela, jogando a foto na mesa.

Beauvoir pegou a imagem e a entregou a Gamache, do outro lado da mesa. Ele observou a foto.

Ela mostrava três mulheres. No meio, Madeleine, de perfil, olhava com uma evidente afeição para Hazel, que usava um chapéu bobo e sorria. Parecia encantada, e também tinha um olhar carinhoso no rosto. Ela também estava de perfil, olhando para fora do quadro. Do outro lado da foto, estava uma jovem gordinha, prestes a enfiar um pedaço de bolo na boca. Em primeiro plano, havia um bolo de aniversário.

– Onde você conseguiu isto?

– Na casa das Smyths, na geladeira.

– Por que você pegou? O que te interessa nesta imagem? – perguntou Gamache, inclinando-se para a frente e observando Nichol com atenção.

– A cara dela. Diz tudo.

Nichol esperou para ver se os outros entenderiam. Será que eles veriam que Madeleine Favreau, tão linda e solícita, era uma farsa? Ninguém era feliz daquele jeito. Ela só podia estar fingindo.

– Tem razão – disse Gamache, virando-se para Beauvoir. – Está vendo? Ela? – seguiu Gamache, aproximando o dedo grande da foto.

Beauvoir se inclinou, observou a imagem e então arregalou os olhos.

– Esta é Sophie. A garota dando uma mordida no bolo. É Sophie.

– Um tanto mais pesada – completou Gamache, assentindo.

Ele virou a foto. Na parte de trás, estava escrita a data em que tinha sido tirada. Dois anos antes.

Em apenas dois anos, Sophie Smyth havia perdido uns 10, 12 quilos?

O telefone de Gamache tocou no instante em que a reunião acabou.

– Chefe, sou eu – disse a agente Lacoste. – Eu finalmente consegui pegar o relatório das impressões digitais. A gente já sabe quem invadiu o quarto da antiga casa dos Hadleys.

Hazel Smyth não parecia muito bem. Estava que nem um brinquedo com defeito: de repente, ia da velocidade total à completa inércia, depois voltava a acelerar.

– Precisamos fazer umas perguntas, madame Smyth – disse Beauvoir. – E vamos ter que fazer uma busca completa na casa. Alguns policiais do destacamento de Cowansville vão chegar em breve. Nós temos um mandado.

Ele enfiou a mão no bolso, mas ela se afastou rápido, dizendo:

– Não precisa, inspetor. Sophie! Sophiiie!

– Quê? – veio a resposta petulante.

– Nós temos visitas! É a polícia de novo! – gritou ela, como se cantarolasse.

Sophie apareceu, descendo as escadas de muletas, com a perna enfaixada em uma atadura mais apertada desta vez. A julgar pelos gemidos dela, a lesão parecia estar piorando. Beauvoir ficou questionando se ela estaria machucada mesmo.

Ele pegou a foto e mostrou para as duas.

– Isto estava na geladeira – disse Hazel, olhando para o eletrodoméstico.

De novo, ela havia perdido as forças, e agora mal conseguia falar. A cabeça estava baixa como se fosse pesada demais e, quando a mulher respirava, a cabeça se erguia um pouco, depois caía novamente.

– De quando é essa foto? – perguntou Beauvoir.

– Ah, de séculos atrás – respondeu Sophie.

Ela estendeu a mão para pegá-la, mas Beauvoir a puxou.

– Uns cinco ou seis anos, pelo menos – afirmou Sophie.

– Não pode ter sido, querida – disse Hazel, como se cada palavra demandasse dela um esforço imenso. – O cabelo de Madeleine está grande. Já tinha crescido de volta. Deve ter sido há uns dois anos.

– Esta aqui é você? – perguntou Beauvoir, apontando para a garota rechonchuda.

– Acho que não – respondeu Sophie.

– Deixa eu ver – pediu Hazel.

– Não, mãe, não precisa. Meu tornozelo está doendo muito. Eu acho que bati na escada quando desci.

– Ai, coitada – disse Hazel, recuperando as forças.

Ela correu até um armário na cozinha. Beauvoir entreviu diversos frascos de remédios. Ele foi até lá e observou enquanto ela afastava a primeira fileira de comprimidos, procurando no fundo no armário. Então ele segurou a mão dela.

– Posso?

– Mas Sophie precisa de uma aspirina.

Ele pegou um frasco da prateleira. Uma aspirina de dose baixa. Olhou para Hazel, que o encarava, ansiosa. *Ela sabe*, pensou ele. *Ela sabe que a filha finge se machucar e comprou uma dose baixa de propósito.* Ele entregou um comprimido a Hazel, depois colocou as luvas finíssimas. Algo lhe dizia que havia mais do que aspirinas em meio àquele amontoado de remédios. Se tinha nascido empelicado, era melhor começar a confiar em sua intuição.

Dez minutos depois, ele estava cercado por frascos de remédios. Comprimidos para dor de cabeça, dor nas costas, cólicas menstruais e infecções fúngicas. Vitaminas. E até um vidro de jujubas.

– Comprimidos para crianças – explicou Hazel.

283

Parecia que o único remédio já fabricado que não havia no armário era a efedrina.

A equipe do escritório local da Sûreté tinha aparecido e estava fazendo uma busca na casa das Smyths. Infelizmente, eles precisariam de dez vezes mais pessoal para fazer justiça àquele monte de tralha. Era pior do que Beauvoir imaginava, e ele era especialista em imaginar o pior.

Duas horas se passaram, e a única coisa significativa que aconteceu foi a equipe parecer ter perdido dois homens. Eles foram encontrados vagando pelo porão. Beauvoir fez uma pausa e se sentou no sofá da sala, espremido contra um aparador, que, por sua vez, estava espremido contra outro sofá. Assim que ele aterrissou, o móvel o empurrou de volta. Beauvoir tentou de novo, desta vez sentando-se com menos entusiasmo. Ele sentiu as molas duras e teve a impressão de que elas se recolhiam, preparando-se para um novo empurrão. Ele havia se tornado uma atração de circo.

Um agente o chamou do andar de cima e, quando ele chegou, viu que o policial segurava um frasco de remédio.

– Onde você encontrou? – perguntou Beauvoir.

– Na bolsa de maquiagem.

O agente apontou para o quarto de Sophie. Atrás de si, Beauvoir ouviu um tilintar de metais subir rapidamente as escadas. Então o tilintar parou, e ele escutou os pés ágeis de Sophie avançarem, saltando os degraus de dois em dois.

– O que foi? – perguntou Hazel, sua voz vindo da direção oposta.

Beauvoir mostrou o frasco às duas mulheres.

– Efedrina – disse Hazel, lendo o rótulo. – Sophie, você prometeu.

– Cala a boa, mãe. Isso não é meu.

– Foi encontrado no seu nécessaire – argumentou Beauvoir.

– Eu não sei de onde veio isso. Não é meu.

Ela estava assustada, isso ele podia ver. Mas será que estava falando a verdade?

Ao entrar na casa, Gamache sentiu cheiro de café e pão torrado. O lugar era muito silencioso e confortável. O piso de tábuas largas de madeira era de um âmbar intenso, e a lareira não estava acesa, mas Gamache viu cinzas e uma tora queimada quase por inteiro. O ambiente era alegre e claro, mesmo em um dia nublado, com janelas amplas e portas francesas que davam para um jardim nos fundos. Os móveis eram antigos e aconchegantes e as paredes contavam com paisagens da região, além de alguns retratos. Onde não havia imagens, havia estantes de livros.

Sob outras circunstâncias, Gamache teria adorado passar um tempo naquela sala.

– O quarto onde Madeleine morreu foi arrombado há duas noites – disse Gamache. – A gente sabe que foi o senhor.

– Tem razão. Fui eu.

– Por quê?

– Eu queria que a casa me levasse também – respondeu monsieur Béliveau.

Ele contou sua história de um jeito objetivo, esfregando as mãos secas uma na outra como se precisasse de calor humano.

– Foi no dia seguinte ao da morte de Madeleine. Eu não sei se o senhor já perdeu alguém que amava, inspetor-chefe, mas é como se tudo que a gente conhecesse mudasse. O gosto da comida fica diferente, a sua casa não é mais a sua casa, até os amigos mudam. Por mais que eles queiram, não conseguem seguir a gente nesse caminho. Tudo parece tão distante, os sons ficam abafados… Eu nem entendia o que as pessoas estavam dizendo – explicou ele, sorrindo inesperadamente. – Coitados do Peter e da Clara. Eles me receberam para jantar. Acho que estavam preocupados comigo, e eu não fiz nada para aliviar isso. Eles queriam que eu soubesse que não estava sozinho, mas eu estava.

Ele parou de esfregar as mãos e deixou que uma segurasse a outra.

– Lá pela metade do jantar, eu entendi que precisava morrer. Doía demais. Enquanto Peter e Clara falavam sobre cuidar do jardim, cozinhar e os eventos do dia, eu catalogava formas de me matar. Então uma coisa me ocorreu. Voltar lá, sentar naquele quarto sozinho e esperar.

Nada se movia. Até o antigo relógio na lareira permanecia em silêncio, como se o tempo tivesse parado.

– Eu sabia que se esperasse o suficiente no escuro, o que quer que estivesse naquela casa me encontraria. E dito e feito.

– O que aconteceu? – perguntou Gamache.

– A coisa que matou Madeleine apareceu.

Ele não se justificou nem pareceu constrangido pelo que tinha dito. Era como se fosse apenas um fato. Algo de outro mundo havia se aproximado dele para levá-lo embora e ponto.

– Ela veio pelo corredor. Eu ouvi aquela coisa raspando e arranhando o chão e as paredes. Mesmo no escuro, de costas para a porta, eu sabia que ela estava ali. Então ela gritou do mesmo jeito que gritou naquela noite. Bem no meu ouvido. Eu levantei a mão e lutei com ela.

Ele balançou os braços magros acima da cabeça, no suéter de lã cinza, como se estivesse de volta no quarto.

– Depois eu fugi. Saí dali correndo e gritando.

– O senhor escolheu a vida – concluiu Gamache.

– Não, não escolhi. Eu só estava com muito medo de morrer. Pelo menos daquele jeito – disse ele, aproximando-se e fitando Gamache com seus olhos intensos. – Tem alguma coisa naquela casa. Uma coisa que me atacou.

– Não mais, monsieur. O senhor matou essa coisa.

– Matei? – perguntou ele, recostando-se como se tivesse sido empurrado por aquele pensamento inesperado.

– Era um filhote de tordo. Provavelmente tão assustado quanto o senhor. Monsieur Béliveau demorou um instante para entender.

– Então eu estava certo. O portador da morte estava naquele quarto – afirmou ele. – Era eu.

TRINTA E CINCO

– Eu amei essa repaginada que vocês deram aqui – disse Olivier enquanto dispunha os guardanapos e tigelas na antiga estação ferroviária.

Ao colocar a sopeira no arquivo de metal debaixo da lista de suspeitos, ele ficou feliz de ver que seu nome não estava lá e ainda mais feliz de notar que o de Gabri estava. *Espera só eu contar para ele*, pensou. *Ele vai pirar*.

Um ensopado de galinha fumegante com *dumplings* foi depositado no meio da mesa de reunião.

O inspetor-chefe Gamache tinha passado no bistrô para pedir a Olivier que levasse o almoço deles.

"Como monsieur Béliveau está?", havia perguntado Olivier.

Ele tinha visto Gamache passando pela praça logo após sair da casa do dono da mercearia.

"Ele já esteve melhor, imagino."

"E pior. Eu lembro como ele ficou triste depois que Ginette morreu. Graças a Deus, Hazel e Madeleine estavam por perto. Elas levantaram o ânimo dele. Convidavam aquele homem para tudo, principalmente nas datas importantes, como o Natal. Salvaram a vida dele."

Enquanto voltava para a sala de investigação, Gamache se perguntou se Béliveau era grato por isso. Pensou também em Hazel, agora ela própria sozinha, e se os dois acabariam se unindo em algum momento.

De volta à estação ferroviária, Gamache foi recebido por Beauvoir, recém-chegado da casa de Hazel. Passados poucos minutos, a agente Lacoste chegou de Montreal. A reunião já estava no meio quando Olivier apareceu com o almoço.

Ele trabalhou sem pressa, mas, mesmo assim, ninguém disse uma palavra. Depois o inspetor Beauvoir o conduziu até a porta e a fechou com firmeza. Olivier se encostou no metal frio por um instante, mas não ouviu nada.

Na verdade, não havia nada a ser ouvido, exceto o barulho das conchas na porcelana conforme a sopa de lentilha e maçã ao curry e o denso ensopado eram servidos. Refrigerantes foram abertos, e Beauvoir pegou uma cerveja.

– Relatórios – pediu Gamache.

– Nós encontramos a efedrina – contou Beauvoir, colocando o frasco de remédios na mesa. – E colhemos impressões digitais, que enviamos para Montreal.

Ele já havia relatado tudo a Gamache, mas agora o resto da equipe também era informado sobre a busca e as descobertas.

– Sophie Smyth nega que a droga seja dela – continuou Beauvoir –, mas isso já era esperado. Ela admitiu ter sentimentos fortes, talvez obsessivos, por Madeleine. E é uma mentirosa. Eu não tinha certeza se a perna dela estava realmente machucada, mas, quando precisou, Sophie correu bem depressa com aquele tornozelo. Vocês precisavam ver a cara da mãe.

– Ela ficou com raiva por causa do falso machucado? – quis saber Lemieux.

– Não é possível que você seja tão burro – soltou Nichol, e Lemieux lançou a ela um nítido olhar de ódio.

– Agente Nichol, eu estou avisando – alertou Gamache.

– Não, sério. Como é possível existir alguém como você? – disse ela a Lemieux, que agarrava a mesa. – Hazel Smyth ficou chocada quando viu que a filha tinha um frasco de efedrina. – Então Nichol falou devagar, encarando Lemieux: – Isso é uma investigação de assassinato, não um consultório médico. Quem liga para a porcaria do tornozelo dela, a não ser um idiota?

– Chega. Venha comigo.

Gamache atravessou a sala e foi até a porta com o frasco de remédio na mão. Nichol olhou para Lemieux e apontou para Gamache com a cabeça.

– Ele está falando com você, babaca.

Lemieux fez menção de se levantar.

– Agente Nichol! – chamou Gamache com frieza.

Nichol sorriu para Lemieux, debochada, e balançou a cabeça enquanto se levantava, murmurando "seu fracassado" ao passar por ele.

– O que foi, senhor? – perguntou ela, já na porta.

A arrogância dela tinha desaparecido junto com a plateia. Agora, eram só os dois.

– Você está indo longe demais. Você precisa ir embora.

– O senhor está me demitindo?

– Ainda não. Você vai para Kingston, fazer umas perguntas sobre Sophie Smyth na Universidade Queens.

– Kingston? Mas a viagem demora metade de um dia. Quando eu chegar lá, já vai ter escurecido.

– Você vai chegar mais tarde que isso. Quando passar por Montreal, vai deixar isso no laboratório. Eu quero os resultados amanhã de manhã.

Nichol o encarou.

– Eu acho que o senhor está cometendo um erro – falou finalmente, em voz baixa.

Gamache olhou bem nos olhos dela. Quando falou, sua voz era calma, equilibrada, mas ainda assim Nichol deu meio passo para trás para evitar aquela intensidade:

– Eu sei o que estou fazendo. Você precisa ir. Agora.

Da porta, ele a observou partir. Com seu passo desleixado e nada gracioso, a agente Nichol atravessou a ponte, chutando uma pedra no caminho.

Gamache voltou para a reunião. O lugar parecia mais leve sem a agente Nichol. Ele ficou feliz de notar que Lemieux parecia mais relaxado.

Olivier também tinha surgido com uma travessa de brownies e biscoitos de tâmaras. Durante a sobremesa e o café, eles ouviram a história de monsieur Béliveau.

– Ele foi até lá para morrer? – perguntou a agente Lacoste, baixando o brownie. – Que triste.

Triste. Aquela palavra de novo, pensou Gamache. O coitadinho do monsieur Béliveau. Mas, para sua surpresa, o que lhe veio à mente não foi a imagem do velho e cansado dono da mercearia, mas do filhote de passarinho. Seu pio ampliado pelo medo. Morto porque queria companhia.

Então foi a vez de Lacoste relatar sua viagem a Montreal.

– A secretária da escola me deu isto – disse ela, colocando dois dossiês na mesa. – Os boletins escolares de Hazel e de Madeleine. Eu ainda não analisei os documentos, mas Madeleine parece ter sido uma lenda naquela escola.

Enquanto Beauvoir pegava os dossiês, Lacoste se enfiou debaixo da mesa de novo e voltou com uma pilha de anuários.

– Eu tentei fugir, mas ela também me deu isto aqui.

A agente colocou a pilha na mesa e voltou a pegar o brownie. O doce caseiro tinha um sabor intenso e uma camada espessa de marshmallow fofo no topo, dourado.

– Você falou com o ex-marido de Madeleine? – perguntou Gamache.

– François Favreau não ajudou muito. Foi Madeleine quem pediu o divórcio, mas ele admitiu que forçou a situação se comportando mal. Ele também admitiu que ainda ama a ex-mulher, mas disse que viver com ela era como viver perto demais do sol. Era incrível, mas também doloroso.

Eles ficaram em silêncio, comendo e pensando. Lacoste pensava na mulher que havia morrido por ser brilhante; Lemieux, em como matar Nichol; Beauvoir, em Sophie, que provavelmente tinha matado quem amava; e Armand Gamache, em Ícaro.

Jean Guy Beauvoir dirigia enquanto Armand Gamache olhava pela janela e tentava não ver os buracos, sulcos e fissuras profundas da estrada. Cidades inteiras podiam estar prosperando em alguns deles.

Ele se concentrava no caso.

Sophie Smyth tinha efedrina. Ela havia estado na segunda sessão espírita, mas não na primeira, o que poderia explicar por que o assassinato não tinha acontecido antes. Ela também havia admitido nutrir sentimentos intensos por Madeleine. E tinha mais uma coisa. Algo que Clara dissera naquela manhã e em que Gamache não prestara atenção, mas que pendia ainda mais as coisas para o lado de Sophie. Uma pergunta o perturbava: como o assassino havia colocado a efedrina na comida de Madeleine? Clara dissera que Sophie havia corrido para pegar o lugar ao lado de monsieur Béliveau. Mas isso também a teria colocado ao lado de Madeleine. Sophie tinha se sentado entre os dois de propósito.

Por quê?

Havia duas possibilidades. Ou ela estava com tanto ciúme do relacionamento dos dois que queria ficar literalmente entre eles. Ou queria dar a efedrina para Madeleine.

Ou ambas as opções.

Ela tinha motivação e oportunidade.

Depois do almoço, Gamache havia enviado um carro de patrulha para vigiar a casa das Smyths, mas ele não agiria até ter provas de que o frasco de remédio de fato pertencia a Sophie. De manhã, eles fariam a prisão.

Enquanto isso, ele precisava de respostas para outras perguntas.

Ele checou o relógio.

– As primeiras edições do jornal vão sair daqui a uma hora – disse Beauvoir. – Monsieur Béliveau vai guardar uma para a gente.

– *Merci.*

– Fico feliz de ver que o senhor mandou Nichol embora. Vai facilitar as coisas.

Como Gamache não respondeu, Beauvoir continuou:

– O senhor nunca me contou o que aconteceu quando percebeu o que Arnot estava fazendo. Algumas coisas vieram à tona no tribunal, é claro. Mas eu sei que tem mais.

Gamache olhava a paisagem campestre passar. As folhas começando a brotar nas árvores. Era como testemunhar o início da vida.

– Uma reunião emergencial do conselho foi convocada – contou Gamache, seus olhos não mais vendo o milagre da vida, mas a sala de reunião fria na sede da Sûreté.

Os policiais chegando. Nenhum, com exceção dele e de Brébeuf, sabia o motivo da reunião. Pierre Arnot sorria educadamente e ria com o superintendente Francoeur, os dois lado a lado em cadeiras giratórias.

– Eu diminuí as luzes e projetei algumas fotos na parede. Fotos dos garotos, tiradas dos anuários da escola. Depois, fotos deles mortos. Um após outro. Então li os depoimentos das testemunhas e os laudos do laboratório. Todo mundo ficou confuso. Tentando entender aonde eu queria chegar. Então, um por um, eles ficaram em silêncio. Com exceção de Francoeur. E de Arnot.

Ele ainda podia ver aqueles olhos azuis, frios como bolas de gude. E conseguia sentir a mente dele, agitada, indo de um fato para outro, desesperada para refutá-los. No início, Arnot estava relaxado, confiante, com seu ar de superioridade, certo de que ninguém poderia vencê-lo. Mas conforme a reunião avançava, ele foi ficando inquieto e furtivo.

Gamache tinha feito seu dever de casa. Havia trabalhado sem alarde naquele caso durante quase um ano, em suas horas vagas e nos feriados. Até que cada rota de fuga que Arnot pudesse tentar estivesse trancada, interditada, bloqueada – e trancada mais uma vez.

Gamache sabia que só tinha uma chance, e essa chance era aquela reunião. Se Arnot saísse livre de lá, Gamache e tantos outros, inclusive Brébeuf, estariam perdidos.

Ele tinha organizado os fatos, mas sabia que Arnot usaria uma arma poderosa. A lealdade. Os policiais da força preferiam morrer a ser desleais, tanto uns com os outros quanto com a Sûreté. Arnot comandava um séquito fiel.

E Arnot havia vencido.

Confrontado com os fatos, ele tinha admitido ser culpado dos crimes de homicídio qualificado e associação criminosa. No entanto, por sua posição e seus anos de serviço, havia prevalecido ao conselho: ele e os dois policiais envolvidos não seriam presos. Não naquele momento. Eles colocariam os negócios em ordem, providenciariam as coisas para as famílias, se despediriam e então iriam até a cabine de caça de Arnot na região de Abitibi. Para se matar.

Para evitar a vergonha do julgamento. Poupar a Sûreté da humilhação pública.

Gamache havia argumentado ferozmente contra aquela loucura. Mas fora vencido por um conselho que tinha medo de Arnot e da opinião pública. Para espanto de Gamache, Pierre Arnot tinha saído livre de lá. Pelo menos por ora. Mas um homem como aquele era capaz de criar muita dor em pouco tempo.

– E foi aí que a gente pegou o caso em Baie des Mutons? – perguntou Beauvoir.

– Foi, o mais longe possível de Montreal – admitiu Gamache.

Ele havia enviado Reine-Marie para bem longe e pedido ao amigo Marc Brault, da polícia de Montreal, que designasse policiais para proteger seus filhos. Então ele mesmo tinha pegado um avião com esquis até a cidade de Quebec, depois para Baie Comeau, Natashquan, Harrington Harbour e, finalmente, a minúscula vila de pescadores de Baie des Mutons. Lá, ele havia procurado um assassino e encontrado a si mesmo. Em uma lanchonete escura na costa rochosa da vila. Ela cheirava a peixe fresco e frito, e um pescador esfarrapado e de traços marcados, como se talhado nas próprias rochas, sentado sozinho em um dos bancos de uma mesa, tinha olhado para Gamache e sorrido de uma maneira tão inesperadamente radiante que ele soubera imediatamente o que precisava fazer.

– Então o senhor foi embora – disse Beauvoir. – Voltou para Montreal. Depois disso, eu só soube que Pierre Arnot e os outros estavam em todos os jornais.

O que era irônico, pensou Gamache, tentando não olhar para o relógio de novo.

Gamache tinha dirigido até Abitibi e impedido o suicídio. Durante todo o trajeto de volta, os outros dois policiais haviam chorado, bêbados e histéricos pelo alívio. Mas não Arnot. Sentado ereto entre eles, ele olhava para o espelho retrovisor, para Gamache. Assim que entrara na cabine de caça, Gamache soubera que Arnot não tinha nenhuma intenção de cometer suicídio. Os outros, sim. Mas não ele. Durante quatro horas, em meio a uma nevasca, Gamache havia aguentado aquele olhar.

A mídia o havia aclamado como um herói, mas Armand Gamache sabia que não era um herói. Um herói não teria hesitado. Um herói não teria fugido.

– Qual foi a reação das pessoas quando o senhor apareceu com Arnot e os outros? – perguntou Beauvoir.

– Ah, elas foram muito gentis, como você deve imaginar – respondeu Gamache, sorrindo. – O conselho ficou furioso. Eu agi contra a vontade deles. Eles me acusaram de ter sido desleal, o que eu fui.

– Isso depende de a que o senhor deve lealdade. Por que o senhor fez isso?

– Impedi os suicídios? Aquelas mães mereciam mais do que o silêncio – disse Gamache, após um instante. – A mulher cri que eu conheci e as outras mereciam um pedido de desculpas público, uma explicação, uma promessa de que aquilo nunca mais ia acontecer. Alguém tinha que dar a cara a tapa e assumir a culpa pelo que aconteceu com os filhos delas.

Como a maioria dos policiais da Sûreté, Beauvoir havia ficado enojado e envergonhado quando soubera o que Arnot tinha feito. Mas Armand Gamache os havia redimido, provado que nem todos os policiais da Sûreté eram desprezíveis. A maioria dos agentes de todas as patentes tinha se alinhado com firmeza a ele, sem questionar. Assim como a maioria dos jornais.

Mas não todos.

Alguns tinham acusado Gamache de conluio, de ter uma rivalidade com Arnot e só estar se vingando. Haviam até insinuado que ele era um dos assassinos e estava tentando incriminar o popular Arnot.

E agora essa acusação estava de volta.

– Quantos policiais da Sûreté ainda apoiam Arnot? – perguntou Beauvoir, com um tom prático.

Aquilo não era uma conversa para passar o tempo. Ele estava reunindo informações táticas.

– Eu não quero que você se envolva nisso.

– Bom, foda-se o que o senhor quer.

Jean Guy Beauvoir nunca tinha falado com o chefe daquele jeito, e ambos ficaram surpresos com aquelas palavras e a força por trás delas.

Beauvoir parou o carro na beira da estrada.

– Como o senhor se atreve? Eu estou de saco cheio disso, de ser tratado como criança. Eu sei que o senhor é meu superior, que é mais velho e mais sábio. Satisfeito? Mas já está na hora de me deixar ficar do seu lado. Pare de me empurrar para trás! Pare!

Ele bateu as mãos no volante com tanta força que quase o quebrou e sentiu o eco da pancada nos ossos. Para seu horror, lágrimas brotaram de seus olhos. *São só as minhas mãos, só as minhas mãos*, disse a si mesmo.

Mas a jaula lá no fundo estava vazia. Ele não havia enterrado seu sentimento bem. O amor por Gamache o havia rasgado e ameaçava despedaçá-lo.

– Saia do carro – ordenou Gamache.

Beauvoir se atrapalhou ao tentar soltar o cinto, mas acabou conseguindo. A estrada de terra estava deserta. A chuva havia parado e o sol se esforçava para atravessar as nuvens escuras, assim como Beauvoir.

Gamache permanecia sério ao lado dele.

– Foda-se! – gritou Beauvoir a plenos pulmões.

Tudo o que ele queria era berrar. Socar alguma coisa e berrar. Em vez disso, começou a soluçar. E se contorcer. Ele não percebeu quanto tempo aquilo durou, mas em algum momento recobrou os sentidos. Primeiro, viu uma luz, depois ouviu alguns pássaros e, por último, sentiu o cheiro da floresta úmida. E, de pé ao lado dele, estava Gamache. O chefe não tinha ido embora. Não havia tentado contê-lo, impedi-lo. Acalmá-lo. Simplesmente havia deixado que berrasse, soluçasse e o atacasse.

– Eu só queria… – começou Beauvoir, mas sua voz sumiu.

– O que você queria? – perguntou Gamache baixinho.

O sol estava atrás dele, e Beauvoir só conseguia ver a silhueta do chefe.

– Eu queria que o senhor confiasse em mim.

– Eu acho que tem mais coisa.

Beauvoir estava esgotado, fraco e exausto. Os dois se olharam. O sol batia nas gotas d'água agarradas aos galhos das árvores, e elas brilhavam.

Bem devagar, Gamache caminhou até Beauvoir e lhe estendeu a mão. Jean Guy olhou para aquela mão grande e imponente. E, como se estivesse observando os movimentos de outra pessoa, viu a própria mão se erguer e pousar suavemente na dele. A dele era esguia, quase delicada dentro da mão do chefe.

– No momento em que eu vi você, todo raivoso e amargurado naquela função da sala de evidências no destacamento de Trois-Rivières, eu soube – disse Gamache. – Por que você acha que eu fiquei com você quando ninguém mais o queria? Por que você acha que se tornou meu segundo em comando? Sim, você é um investigador competente. Você tem um talento especial para encontrar assassinos. Mas não foi só isso. Nós temos uma ligação, você e eu. Uma ligação que eu sinto com todos os membros da equipe, mas que é mais forte com você. Você é o meu sucessor, Jean Guy. O próximo da fila. Eu te amo como um filho. E preciso de você.

O nariz e os olhos de Beauvoir queimaram e um soluço escapou, logo se juntando ao outros, recolhidos pelo vento como se aquelas emoções fossem tão naturais quanto as árvores.

Os dois se abraçaram, e Beauvoir sussurrou no ouvido de Gamache:

– Eu também te amo.

Então eles se separaram. Sem constrangimento. Eles eram pai e filho. E todo o ciúme que Beauvoir sentia de Daniel se foi.

– O senhor precisa me contar tudo.

Gamache ainda hesitou.

– A ignorância não vai me proteger – insistiu Beauvoir.

Então Armand Gamache contou tudo. Contou sobre Arnot, Francoeur e Nichol. E Beauvoir escutou, estupefato.

TRINTA E SEIS

Odile Montmagny estava ocupada com um cliente que queria saber a diferença entre tofu duro e mole. Enquanto ela trabalhava, Gamache e Beauvoir vagavam pela loja, observando as fileiras de comida orgânica e as latas de chás e ervas. Nos fundos da loja, encontraram os móveis de Gilles. Gamache adorava antiguidades, principalmente os pinheiros do Quebec. O design moderno vira e mexe o deixava pasmo. Mas, ao olhar para as mesas, cadeiras e banquinhos de Gilles, para suas tigelas e bengalas, teve a impressão de estar diante de uma fusão do velho com o novo. A madeira parecia destinada a criar aquelas formas, como se tivesse crescido por séculos nas florestas do Quebec só para ser encontrada por aquele homem e usada para aquele fim. Mas ainda assim o design dele era tudo, menos tradicional. Era moderno e arrojado.

– Gostou de algum? – perguntou Odile.

Gamache sentiu o cheiro do vinho azedo mal camuflado debaixo do hálito mentolado. Era uma combinação repulsiva, e ele precisou se esforçar para não se afastar.

– Eu adoraria, mas não hoje – respondeu. – Infelizmente, nós temos mais algumas perguntas.

– Sem problema. Estou com pouco movimento. A maioria dos dias é assim.

– Isso dá a senhora algum tempo para se dedicar à poesia, eu imagino.

Ela se animou.

– O senhor já ouviu falar da minha poesia?

– Ouvi, sim, madame.

– Quer ouvir um dos meus poemas?

Beauvoir tentou fazer contato visual com o chefe, mas Gamache parecia alheio à ginástica ocular do inspetor.

– Seria uma honra, se não atrapalhar a senhora.

– Aqui, sente-se aqui.

Ela praticamente empurrou Gamache para uma das cadeiras de Gilles. Ele esperava ouvir um estalo imenso, anunciando a quebra da cadeira e de seu saldo bancário de uma só vez. Mas nada aconteceu. A cadeira, a madeira e suas economias estavam firmes.

Odile voltou com o caderno gasto, aquele que Beauvoir a vira fechar com força no encontro anterior.

Ela pigarreou e ajustou a postura, como um lutador diante do adversário.

Sobre a charneca, ao entardecer,
A nuvem sombria correu,
Assim como nós, enfrentando a chuva,
Eu, meu amor e eu.

A gaivota piou, o junco se dobrou,
Mas a nós três o vento recebeu,
Apressados, de mãos dadas,
Eu, meu amor e eu.

– O título é "Eu, meu amor e eu".

Gamache estava perturbado demais para falar, mas Beauvoir recuperou a voz:

– Maravilhoso. Eu visualizei tudo.

E não era mentira. Beauvoir estava acostumado a ouvir as citações obscuras de Gamache, normalmente dos poemas ininteligíveis de Ruth Zardo, que sequer rimavam. Aquilo pelo menos fazia sentido. Ele viu o pássaro, ouviu o bicho piar e enxergou a chuva.

– Querem ouvir outro?

– Infelizmente, eu preciso fazer umas perguntas – disse Gamache, dando um tapinha no banco ao seu lado. – Por mais tentador que seja.

Odile se sentou e se aprumou no assento, tentando ficar ereta.

– O que a senhora achava de Madeleine Favreau?

– Era uma boa pessoa. Ela vinha aqui às vezes, mas a gente não se conhecia muito bem. É uma pena que tenha morrido. O senhor tem alguma ideia de quem fez isso?

– A senhora tem?

Odile pensou.

– Eu acho que foi aquela amiga dela. Hazel. Sempre tão boa. Boa demais. Deixa os outros loucos. Com certeza, ela é suspeita. Embora, na verdade, o mais provável é que ela fosse assassinada. O senhor tem certeza de que a pessoa certa morreu?

– A senhora conversou com Madeleine enquanto todos caminhavam para a antiga casa dos Hadleys.

– Conversei? – perguntou Odile, cujas habilidades para mentir rivalizavam com as de poeta.

– Conversou. Alguém escutou.

– Ah, a gente só falou bobagens.

– Foi uma discussão, madame – afirmou Gamache, em voz baixa mas com firmeza.

Ele olhou para o perfil de Odile, para seu maxilar frouxo.

– Não, não foi uma discussão – refutou ela.

Gamache sabia que só precisava esperar e torcer para que nenhum cliente entrasse.

– Ela estava tentando roubar Gilles! – explodiu Odile, atingindo Gamache com seu hálito azedo, como se as palavras tivessem ficado presas ali por tempo demais. – Eu sei que era isso que ela queria. Sempre sorrindo para ele, tocando nele… – disse ela, encostando no braço de Gamache com lascívia ao imitar Madeleine. – Ela queria que ele olhasse para ela, mas ele não estava nem aí.

– É mesmo? – perguntou Gamache.

– Claro. Ele me ama.

A última palavra soou quase inaudível. A boca de Odile estava aberta, e dela caía uma baba comprida. O nariz escorria, e lágrimas tinham brotado dos olhos da mulher.

Será que Madeleine tinha tentado roubar Gilles de Odile?, se perguntou Gamache. Nesse caso, haveria duas motivações para o assassinato.

Para Odile, matar a rival. E para monsieur Béliveau, ciúmes. O que Clara havia dito? Que Madeleine sempre conseguia o que queria. Mas o que ela queria? *Quem* ela queria? Gilles ou monsieur Béliveau? Ou será que nenhum deles?

– Sobre o que as senhoras discutiram naquela noite? – pressionou Gamache.

– Eu pedi para ela parar. Está bom? Satisfeito? Eu implorei para ela ficar longe do Gilles. Ela podia ter o homem que quisesse. Era linda e inteligente. Todo mundo queria ficar com ela. Quem não ia querer? Mas eu? Eu sei o que as pessoas pensam de mim. Que eu sou burra, desinteressante e só entendo de números. Eu passei a vida inteira apaixonada pelo Gilles e, finalmente, ele *me* escolheu. E eu não ia deixar ninguém roubá-lo de mim. Eu implorei a ela que me deixasse ficar com ele.

– E o que ela disse?

– Negou tudo. Deixou eu me fazer de boba, me humilhar e depois não teve nem a coragem de admitir a puta que era.

Quando eles saíram, Gamache apertou a mão dela. Estava molhada e viscosa. Mas muitas vezes era assim que a dor se manifestava. Beauvoir deu um jeito de escapar do aperto de mão.

Eles encontraram Gilles Sandon no meio do bosque. Seguiram o som de machadadas e, ao subir uma pequena colina e passar por cima de um tronco em decomposição, viram o homem imenso trabalhando em uma árvore caída. Por um instante, observaram os movimentos poderosos e graciosos de seus braços enormes, que levantavam e abaixavam a ferramenta, cortando a madeira. Então ele parou, se virou e olhou diretamente para eles. Os três se entreolharam, e Gilles acenou.

– O senhor voltou! – gritou ele para Beauvoir.

– E trouxe o chefe!

Gilles caminhou até eles a passos largos, os gravetos sob seus pés estalando.

– Sem chefes aqui – disse ele a Beauvoir, antes de se virar para avaliar Gamache.

– O senhor é o tal que está nos jornais.

– Sou – confirmou Gamache, calmamente.

– O senhor não parece um assassino.

– E não sou.

– O senhor quer que eu acredite nisso?

– O senhor pode acreditar no que quiser. Eu não me importo.

Gilles grunhiu e, finalmente, indicou um toco de árvore como se fosse uma cadeira forrada de seda.

– O senhor já foi lenhador, certo? – perguntou Gamache, sentando-se no toco.

– Fui, sim, há milênios. Não tenho mais vergonha disso. Eu não sabia das coisas.

Mas ele parecia envergonhado.

– O que o senhor não sabia? – questionou Beauvoir.

– Eu já contei para o senhor. Que as árvores estão vivas. Quer dizer, todo mundo sabe que elas estão vivas, mas não pensa nelas como seres vivos, entende? Mas é isso que elas são. Você não pode matar algo que está vivo. Não é certo.

– E como foi que o senhor descobriu? – quis saber Gamache.

Gilles tirou um lenço sujo do bolso e esfregou a lâmina do machado, limpando-a enquanto falava.

– Eu estava trabalhando como lenhador para uma das madeireiras daqui. Ia para a floresta todos os dias com a minha equipe. Cortava árvores, prendia os troncos nos tratores e levava tudo para ser pego na estrada. Era um trabalho cansativo, mas eu gostava. Ficar aqui fora, sentindo o ar fresco... Sem chefes.

Ele olhou para Gamache com desconfiança, o rosto marcado e coberto por uma barba ruiva que ia ficando grisalha, os olhos sagazes mas distantes.

– Um dia, eu entrei no bosque com o meu machado e ouvi um gemido. Parecia um bebê. Foi bem nesta época do ano. A melhor época para o corte. Mas também a época em que os animais têm filhotes. A equipe estava chegando, e o gemido foi ficando cada vez mais alto. Então eu ouvi um grito. Eu berrei para que os outros parassem, para que eles fizessem silêncio e escutassem. O gemido tinha se transformado em um choro. Que ecoava no bosque inteiro. E eu também conseguia sentir aquele som. A floresta sempre foi a minha casa, mas, de repente, eu fiquei com medo. "Não estou ouvindo nada", falou um dos caras, e acertou a árvore de novo. E, de novo, eu ouvi um grito. O senhor pode imaginar o resto. Alguma coisa tinha mudado da noite para o dia. Eu tinha mudado. Eu passei a escutar as árvores. Acho que sempre ouvi a felicidade delas. Devia ser por isso que eu me sentia tão feliz na floresta. Mas agora eu também escuto o terror delas.

– E o que o senhor fez?

– O que eu podia fazer? O que o senhor faria? Eu precisava parar com aquilo. Com aquela matança. O senhor conseguiria derrubar uma floresta que está gritando?

Beauvoir conseguiria, principalmente se a gritaria durasse o dia inteiro.

– Mas a maioria das árvores é silenciosa. Só quer ficar em paz – continuou Gilles. – É engraçado. Eu aprendi o que é a liberdade justamente com criaturas que estão enraizadas no lugar.

Aquilo fazia todo o sentido para Gamache.

– Eu fui demitido, mas teria ido embora de qualquer jeito. Naquele dia, eu entrei na floresta um lenhador e saí algo totalmente diferente. O mundo nunca mais foi o mesmo. Não tinha como ser. A minha mulher tentou entender, mas não conseguiu. Acabou indo embora com as crianças. Eles voltaram para Charlevoix. Eu não a culpo. Na verdade, foi um alívio. Ela vivia tentando me dizer que as árvores não falam, não cantam e muito menos gritam. Mas elas fazem tudo isso. A gente vivia em mundos diferentes.

– Odile vive no seu mundo? – quis saber Beauvoir.

– Não – admitiu Gilles. – Na verdade, eu nunca conheci alguém que vivesse. Mas ela aceita o meu mundo. Não tenta me mudar nem me convencer de que eu estou errado. Ela gosta de mim do jeito que eu sou.

– E Madeleine?

– Ela era uma coisa bonita e exótica. Era como caminhar por esta floresta aqui e encontrar uma palmeira. Chama a sua atenção.

– O senhor teve um caso com ela? – perguntou Beauvoir, mais direto do que Gamache gostaria, mas aquele era o estilo dele.

– Não. Admirar Madeleine de longe era o suficiente. Eu posso falar com as árvores, mas não sou maluco. Ela não estava interessada em mim. E eu não estava interessado nela, não de verdade. Talvez nas minhas fantasias, mas não no mundo real.

Beauvoir se perguntou o que exatamente era o mundo "real" para Gilles.

– Por que o senhor não gosta de monsieur Béliveau? – perguntou Gamache.

Gilles levou um instante para tirar Madeleine da cabeça e se concentrar no austero dono da mercearia. Ele olhou para baixo, para as mãos enormes, e cutucou um dos calos.

– Nas terras dele, tinha um carvalho magnífico. Ele foi atingido por um raio, e um galho enorme ficou pendurado. Eu ouvi a árvore chorar, então perguntei se podia tirar o galho dali, para ajudar. Ele não deixou.

– Por quê? – perguntou Beauvoir.

Gilles olhou para eles.

– Disse que eu ia matar a árvore inteira se arrancasse aquele galho. Era um risco, eu admito. Mas eu expliquei que a árvore estava sofrendo e que, por compaixão, a gente devia deixar que ela vivesse saudável ou morresse logo.

– Mas ele não acreditou no senhor.

Ele balançou a cabeça.

– Aquela árvore demorou quatro anos para morrer. Eu ouvia ela chorando, pedindo socorro. Eu implorava para Béliveau, mas ele não me escutava. Achava que a árvore estava melhorando.

– Ele não sabia – argumentou Gamache. – Estava com medo.

Gilles deu de ombros.

– O fato de ele estar num relacionamento com Madeleine não teve nada a ver com o seu sentimento por ele? – perguntou Gamache.

– Ele devia tê-la protegido. E devia ter protegido aquela árvore. Ele parece muito gentil, mas é ruim.

Como monsieur Béliveau havia se referido a si mesmo?, tentou lembrar Gamache. *O portador da morte? Isso mesmo.* Primeiro a esposa, depois Madeleine e, em seguida, o pássaro. Sem falar na árvore. As coisas morriam ao redor de monsieur Béliveau.

Os homens ficaram em silêncio, inspirando o cheiro doce e úmido de pinheiros, folhas de outono e botões novos.

– Agora eu venho aqui, encontro árvores mortas e as transformo em móveis.

– Dá a elas uma nova vida – disse Gamache.

Gilles olhou para ele.

– O senhor não escuta as árvores, escuta?

Gamache inclinou a cabeça para ouvir, mas depois a balançou. Gilles aquiesceu.

– Tem alguma árvore de ginkgo biloba aqui? – perguntou Gamache.

– Ginkgo biloba? Algumas, não muitas. A maioria vem da Ásia, eu acho. São árvores muito antigas.

– O senhor quer dizer que elas vivem por muito tempo? – perguntou Beauvoir.

– Sim, embora não tanto quanto as sequoias. Algumas têm milhares de anos, o senhor acredita? Eu adoraria conversar com uma delas. O ginkgo não vive tanto tempo assim, mas é a árvore mais antiga de que se tem notícia. É pré-histórica. É considerada um fóssil vivo. Imagina só.

Gamache estava impressionado. Gilles sabia bastante sobre a árvore de ginkgo biloba. Sobre a árvore de cuja família ancestral se produzia a efedrina.

QUANDO ELES VOLTARAM PARA A SALA DE INVESTIGAÇÃO, havia um jornal dobrado cuidadosamente na mesa de Gamache. Eram cinco da tarde, e Robert Lemieux trabalhava no computador. Ele acenou quando os homens entraram, deixando os olhos caírem sobre o jornal como se solidarizasse com Gamache.

Jean Guy Beauvoir estava ao lado de Gamache quando o chefe pegou o jornal. Gamache se lembrou de um programa de TV sobre gorilas que tinha visto certa vez. Quando ameaçados, eles corriam para a frente, concentrados no agressor, gritando e batendo no peito. Mas, de vez em quando, estendiam a mão para tocar no gorila ao lado. Para ter certeza de que não estavam sozinhos.

Beauvoir era o gorila ao lado.

Ali, na primeira página, havia uma foto de Gamache com uma expressão abobalhada, os olhos semicerrados e a boca em uma careta estranha.

SOÛL!, insistia a legenda logo abaixo, em letras maiúsculas. *Bêbado!*

– Pelo visto, o senhor é assassino, cafetão, bêbado e chantagista – comentou Beauvoir.

– Praticamente um homem renascentista – disse Gamache, balançando a cabeça.

Mas ele estava aliviado. Primeiro, havia passado os olhos pelo artigo procurando os nomes de Daniel, Annie e Reine-Marie. Mas só havia encontrado o seu e o de Arnot. Sempre conectados, como se um não existisse sem o outro.

Ele ligou para a família e passou meia hora conversando com todos para saber se estava tudo bem, na medida do possível.

Que mundo estranho, pensou Gamache enquanto ele e Beauvoir voltavam para a pousada com os dossiês e os anuários, *em que um dia bom é aquele em que você só é acusado de ser um bêbado incompetente.*

TRINTA E SETE

Pela primeira vez em 25 anos, Clara Morrow fechou a porta do estúdio. Olivier e Gabri estavam chegando. Armand Gamache e seu inspetor, Jean Guy Beauvoir, tinham acabado de entrar. Myrna havia aparecido antes com uma torta de carne inglesa, além de um imenso arranjo de flores, galhos com brotos e o que parecia ser um cocar.

– Tem um presente para o senhor aí dentro – disse ela a Gamache, com um sorriso.

– Sério?

Ele torceu para que ela não estivesse se referindo ao cocar.

Clara mostrou a sala de estar para Jeanne Chauvet, onde todos estavam reunidos. Gamache encontrou os olhos de Clara e sorriu em agradecimento. Ela sorriu de volta, mas parecia cansada.

– Você está bem? – perguntou ele, pegando a bandeja de bebidas da mão dela e devolvendo-a ao seu lugar de costume, sobre o piano.

– Só um pouco nervosa. Eu tentei pintar hoje à tarde, mas Peter estava certo. É melhor não insistir muito quando a inspiração não vem. Ainda bem que eu tinha este jantar para organizar.

Clara parecia preferir arrancar os próprios pés com os dentes a participar daquele jantar.

Olivier pegou a tigela de cerâmica com o patê caseiro de Gabri, que deveria estar circulando com ela, mas havia decidido se postar diante do fogo e conversar com Jeanne.

– Patê? – ofereceu ele a Beauvoir, que esfregou uma quantidade generosa em uma imensa fatia de baguete.

– Ouvi falar que você é uma bruxa – disse Gabri a Jeanne, deixando a sala em silêncio.

– Eu prefiro wiccana, mas sim – explicou Jeanne com naturalidade.

– Patê? – perguntou Olivier, grato por poder se esconder atrás dos aperitivos. Quem dera tivessem trazido um cavalo, pensou.

– Obrigada – aceitou Jeanne.

Ruth chegou, pisando firme. Beauvoir aproveitou a distração para conversar com Jeanne em particular.

– O agente Lemieux procurou a escola onde a senhora estudou – disse ele, guiando a mulher para um canto mais sossegado.

– Ah, é? Interessante – comentou ela, embora não parecesse nem um pouco interessada.

– Interessante mesmo. Já que a escola não existe.

– Como assim?

– Não existe nenhuma escola chamada Gareth James High School em Montreal.

– Mas isso é impossível! Eu estudei lá.

Ela parecia agitada, exatamente como Beauvoir gostava de ver seus suspeitos. Ele não simpatizava com aquela mulher, com aquela bruxa.

– A escola pegou fogo há vinte anos. Muito conveniente, a senhora não acha? – disse ele, levantando-se antes que ela pudesse responder.

– Onde está a minha bebida? – perguntou Ruth, mancando até o piano. – Eu queria ter vindo mais cedo, antes que vocês bebessem tudo – disse ela a Gamache.

Olivier ficou profundamente grato por alguém mais sem noção que Gabri ter aparecido.

– Eu escondi garrafas na casa inteira. Se a senhora for legal comigo, madame Zardo – disse Gamache, fazendo uma pequena mesura –, talvez eu diga onde algumas estão.

Ruth pensou e pareceu concluir que aquilo daria muito trabalho. Ela pegou o que seria um copo para água e o entregou a Peter.

– Uísque.

– Como você pode ser poeta? – perguntou Peter.

– Vou te dizer como: eu não desperdiço palavras boas com gente da sua laia – resmungou ela.

Ruth pegou o copo e bebeu um gole grande do uísque. Depois, se voltou para Gamache.

– Então, por que o senhor bebe? – perguntou ao inspetor-chefe.

– *Voyons!* – exclamou Beauvoir. – Aquela matéria é uma mentira! Ele não bebe.

– Que matéria? – perguntou Ruth. – E o que é isto aqui? – disse ela, apontando para o uísque na mão de Gamache.

– Eu bebo para relaxar – respondeu Gamache. – E a senhora?

Ruth o encarou, mas o que viu foram duas patinhas em pequenas camas dentro do forno, aconchegadas nas toalhas mornas e bolsas de água quente que ela havia comprado. Ruth tinha alimentado Rosa e tentado fazer o mesmo com Lilium, mas ela não havia comido muito. A poeta tinha beijado com delicadeza aquelas cabecinhas fofas, que haviam deixado uma levíssima camada de penas em seus lábios finos. Já fazia um bom tempo que ela não beijava nada. Elas eram quentinhas e tinham um cheiro fresco. Lilium havia se abaixado e a bicado de leve na mão, como se retribuísse o beijo. Ruth pretendia ir para a casa de Peter e Clara mais cedo, mas decidira esperar Rosa e Lilium dormirem. Depois, pegou o cronômetro de cozinha, programou duas horas e meia e o enfiou no bolso do cardigã comido por traças.

Ela tomou um gole grande do uísque e pensou sobre a pergunta. Por que ela bebia?

– Eu bebo para não ficar louca de raiva – respondeu, finalmente.

– Para não ficar louca de raiva ou para não ficar louca mesmo? – murmurou Myrna. – Seja o que for, não está funcionando.

No sofá, Gabri encurralava Jeanne de novo.

– Mas e aí, o que as bruxas fazem?

– Gabri, você não devia estar passando esta rodada? – disse Olivier, tentando devolver o patê para ele, mas Gabri limitou-se a se servir de uma colherada.

– Nós curamos as pessoas.

– Eu pensei que vocês faziam, bom, o oposto. Não existem bruxas más?

– Por favor, meu Deus, não permita que ele nos conduza à Terra de Oz – murmurou Olivier a Peter.

Os dois homens se afastaram.

– Existem algumas, mas não tantas quanto você imagina – explicou Jeanne, sorrindo. – As bruxas não passam de pessoas com a intuição aguçada.

– Então não tem nada de mágico – disse Beauvoir, que não se controlara e ouvira a conversa.

– Nós não conjuramos nada que já não esteja aqui. Só vemos coisas que os outros não veem.

– Como gente morta? – perguntou Gabri.

– Ah, isso não é nada – replicou Ruth, empurrando Myrna para o lado enquanto se espremia no sofá com os cotovelos ossudos para fora. – Eu também vejo o tempo todo.

– Você vê? – perguntou Myrna.

– Eu estou vendo agora mesmo – afirmou Ruth, fazendo a sala inteira ficar em silêncio e até Peter e Olivier se aproximarem.

– Aqui? – perguntou Clara. – Na nossa casa?

– Principalmente aqui – respondeu Ruth.

– Agora?

– Bem ali – disse Ruth, erguendo e apontando um certo dedo. Para Gamache.

Alguém respirou fundo, e Gamache olhou para Beauvoir.

– Gente morta? Ele está morto? – sussurrou Clara.

– Gente morta? Eu pensei que você tinha dito gente monótona. Deixa pra lá.

– Como ela pode ser poeta? – perguntou Peter a Olivier, e os dois se afastaram mais uma vez para examinar o último quebra-cabeça de Peter.

– Quem fez aquilo, afinal? O senhor sabe quem matou Madeleine? – perguntou Ruth. – Ou tem andado tão ocupado subornando as pessoas e bebendo que não teve tempo de fazer o seu trabalho?

Beauvoir abriu a boca, mas Gamache ergueu a mão para assegurá-lo de que se tratava de uma piada.

– Ainda não sabemos, mas estamos chegando perto.

Isso foi uma surpresa para Beauvoir, que tentou não demonstrar.

– Vocês sabiam que ela teve câncer? – perguntou Gamache.

O grupo se entreolhou e assentiu.

– Mas isso já tem um tempo – comentou Myrna.

Gamache esperou que eles dissessem algo mais, então decidiu que deveria fazer uma pergunta mais direta.

– Ela ainda estava em remissão, pelo que vocês sabiam?

Eles pareceram perplexos e, de novo, se voltaram uns para os outros, trocando olhares daquela forma telepática que só bons amigos sabem fazer.

– Eu nunca ouvi o contrário – disse Peter.

Ninguém discordou. Gamache e Beauvoir também trocaram olhares. A conversa recomeçou, e Peter se enfiou na cozinha para cuidar do jantar.

Gamache o seguiu e o encontrou remexendo o ensopado de cordeiro. O inspetor-chefe pegou uma baguete e uma faca de pão e fez um gesto para Peter, que sorriu, agradecido.

Os dois começaram a trabalhar juntos e em silêncio, escutando a conversa que vinha da sala.

– Eu ouvi falar que amanhã o tempo finalmente vai firmar – disse Peter. – O dia vai ser quente e ensolarado.

– Abril é assim, não é? – comentou Gamache, cortando o pão e colocando as fatias em um pano de prato dentro de uma tigela de madeira.

Ele levantou o pano e viu os nós característicos da madeira. Era uma das tigelas de Gilles.

– Imprevisível, o senhor quer dizer? – perguntou Peter. – É um mês difícil.

– Sol e calor em um dia e neve no outro – concordou Gamache. – Shakespeare chamava isso de "a glória incerta de um dia de abril".

– Eu prefiro a versão de T. S. Eliot: "O mais cruel dos meses."

– Por que o senhor diz isso?

– Por causa de todas essas flores massacradas. Acontece quase todos os anos. Elas são levadas a florescer, a brotar. A se abrir. E não só as flores rasteiras, mas também os botões das árvores. As roseiras, todos eles. Todos botam a cara para fora, felizes. E então, *bum*, vem uma nevasca bizarra e mata tudo.

Gamache teve a impressão de que eles já não estavam mais falando de flores.

– Mas o que a gente pode fazer? – perguntou. – Elas têm que florescer, mesmo que seja por pouco tempo. E vão estar de volta no ano que vem.

– Nem todas – argumentou Peter, virando-se para Gamache, a colher de

309

pau em riste, o molho grosso pingando. – Algumas nunca se recuperam. A gente tinha uma roseira linda que estava florescendo e morreu com a geada há alguns anos.

– "Uma geada mortal" – citou Gamache. – "Ela a raiz lhe morde, caindo ele tal como agora eu caio."

Peter estava tremendo.

– Quem está caindo, Peter? É a Clara?

– Ninguém está caindo. Eu não vou deixar.

– É estranho que no Canadá a gente fale o tempo todo sobre a única coisa que não pode controlar. O tempo. A gente não pode impedir uma geada mortal, nem que as flores façam o que têm que fazer. É melhor florescer por um instante, se essa for a sua natureza, do que viver escondido.

– Eu não concordo – replicou Peter, virando as costas para o convidado e praticamente fazendo do ensopado um purê.

– Desculpe. Eu não quis ofender.

– Não ofendeu – disse Peter para a parede.

Gamache levou o pão até a comprida mesa de pinho e depois voltou para a sala. Ele pensou em T. S. Eliot e que o poeta talvez tivesse dito que abril era o mais cruel dos meses não porque matasse as flores e os brotos das árvores, mas justamente porque às vezes não matava. Devia ser muito difícil para aqueles que não tinham florescido quando tudo era vida nova e esperança.

– Deixa eu ver se entendi – disse Olivier.

– Ele quase nunca diz isso – assegurou Gabri a Clara, antes de se virar para o prato de camarões que Olivier empurrava para ele e pegar um deles.

– A Páscoa não é um feriado cristão? – perguntou Olivier.

– Bom, é – respondeu Jeanne.

Aquela mulher pequena e banal havia, de alguma forma, dominado a sala cheia de personalidades fortes. Estava sentada em um canto do sofá, espremida entre o braço do móvel e Myrna. Todos a encaravam.

– Mas a Igreja não sabia ao certo quando Cristo tinha sido crucificado – continuou –, então escolheu uma data que também se encaixasse no calendário dos rituais pagãos.

– Por que eles fizeram isso? – perguntou Clara.

– A Igreja precisava converter pessoas para sobreviver. Era uma época perigosa e frágil. Para conquistar os pagãos, ela adotou algumas das festas e rituais deles.

– O incenso queimado na Igreja parece os nossos rituais de defumação – concordou Myrna. – Quando a gente queima ervas frescas para purificar um ambiente.

Mas aquele era um ritual reconfortante e alegre, bem diferente do balançar sombrio, sinistro e vagamente ameaçador do incensário nas igrejas. Ela nunca tinha visto semelhança entre os dois e se perguntava como os padres se sentiriam diante da comparação. Ou as bruxas.

– Isso mesmo – disse Jeanne. – É a mesma coisa com as festas. Às vezes a gente chama o Natal de *Yuletide*.

– E a gente tem o ritual das fogueiras de Yule, ou fogueiras de Natal – lembrou Olivier.

– "Yule" é uma palavra antiga que significa solstício de inverno. A noite mais longa do ano. Lá pelo dia 21 de dezembro. É uma festa pagã. E foi aí que a Igreja decidiu colocar o Natal.

– Só para um bando de bruxas comemorar? Fala sério – disse Ruth, bufando. – Vocês não estão se dando muita importância?

– Ah, isso com certeza. A Igreja passou séculos sem demonstrar interesse na gente, exceto talvez para usar de lenha, como você sabe.

– O que você quer dizer com "como você sabe"?

– Você escreveu sobre as crenças antigas. Muitas vezes. Elas permeiam os seus poemas.

– Você está vendo coisa onde não tem, Joana D'Arc – contestou Ruth.

Analisando o rosto de Ruth, Jeanne citou o poema:

Fui enforcada por morar sozinha,
por ter olhos azuis e a pele queimada de sol.
Ah, sim, e peitos.
Sempre que se fala em demônios,
isso vem a calhar.

– Você está dizendo que Ruth é uma bruxa? – perguntou Gabri.

Jeanne desviou a atenção da senhora empertigada.

– Nas crenças wiccanas, quase todas as mulheres idosas são guardiãs da sabedoria, dos remédios e das histórias. Elas são as anciãs.

– Se Ruth é a guardiã da sabedoria de Three Pines, estamos perdidos – soltou Gabri, provocando risadinhas e arrancando até um sorriso de Jeanne.

– Houve um tempo em que a maioria das pessoas era pagã e celebrava os velhos costumes. Yule e Ostara, que é o equinócio de primavera. A Páscoa. Vocês fazem rituais? – perguntou Jeanne a Myrna.

– Alguns. A gente comemora o solstício e faz umas defumações. Mistura crenças pagãs e indígenas.

– É uma zona – opinou Ruth. – Eu fui a alguns. Fiquei fedendo a sálvia queimada por dois dias. O povo da farmácia achou que eu tinha fumado.

– Às vezes, a mágica funciona – disse Myrna a Clara, com uma risada.

– Jantar! – anunciou Peter.

Ele colocou as caçarolas, os ensopados e os legumes na bancada da cozinha, junto com os pratos. Clara e Beauvoir acenderam as velas espalhadas pelo cômodo de modo que, quando todos ocuparam os seus lugares, o ambiente parecia um planetário escuro, cheio de pontos de luz.

Eles encheram os pratos com ensopado de cordeiro, torta de carne inglesa, pão fresco, purê de batatas e vagem e então se acomodaram na mesa, falando sobre jardins, a tempestade, a Associação de Mulheres da Igreja Anglicana e a condição das estradas.

– Eu liguei para Hazel para ver se elas podiam vir, mas ela recusou – contou Clara.

– Ela quase sempre recusa – afirmou Myrna.

– É? – perguntou Olivier. – Eu nunca notei.

– Eu também nunca tinha percebido – admitiu Clara, servindo-se de mais uma colherada de purê. – Mas, pensando agora, a gente se ofereceu para levar o jantar delas algumas vezes depois que Madeleine morreu, e ela nem quis saber.

– Algumas pessoas são assim – disse Myrna. – Adoram ajudar os outros, mas têm dificuldade de aceitar ajuda. É uma pena. Ela deve estar sofrendo muito. Eu não consigo nem imaginar a dor que ela está sentindo.

– Que desculpa ela deu para não vir hoje? – perguntou Olivier.

– Disse que Sophie torceu o tornozelo – contou Clara, com uma careta. A mesa caiu na gargalhada. Clara se virou para Gamache e explicou:

– Desde que eu conheço Sophie, ela está sempre doente ou machucada. Gamache se voltou para Myrna.

– O que a senhora acha disso?

– Dessa história da Sophie? Isso é fácil. Ela quer atenção. Tinha ciúme da mãe com Madeleine…

Ela parou no meio da frase, de repente se dando conta do que estava dizendo.

– Pode falar – encorajou Gamache. – Isso a gente já descobriu. E também que Sophie perdeu peso recentemente.

– Bastante – disse Gabri. – Mas isso acontece com ela de tempos em tempos. Há alguns anos, também perdeu peso, mas depois recuperou tudo.

– Vocês sabem se é genético? – quis saber Gamache. – O peso da Hazel também oscila?

De novo, eles se entreolharam, exceto Ruth, que preferiu roubar um pedaço de pão do prato de Olivier.

– Pelo que eu me lembro, Hazel nunca mudou – respondeu Clara. Gamache aquiesceu e tomou um gole de vinho.

– O jantar está maravilhoso, Peter. Obrigado – disse ele, erguendo a taça em direção ao outro, que agradeceu o elogio com um aceno de cabeça.

– Eu tinha certeza que a gente ia comer frango *game hens* – disse Olivier para Peter. – Não é o seu prato festivo este ano?

– Não para vocês – alfinetou Peter. – A gente só faz esse tipo de jantar para pessoas de verdade.

– Acho que você está passando muito tempo com a Ruth – retrucou Olivier.

– Na verdade, nós até íamos vai fazer uma receita de *game hens*, mas pensamos que, por causa dos seus bebês, talvez você não fosse querer – disse Peter a Ruth.

– Como assim? – questionou Ruth, genuinamente perplexa, e Gamache se perguntou se ela havia se esquecido de que os patinhos não eram humanos, não eram filhos dela de verdade.

– Então você não se importa se a gente comer frango? – perguntou Peter.
– Nem pato? A gente pensou até em fazer churrasco de pato.

– Rosa e Lilium não são galinhas nem patas – declarou Ruth.

– Não? E são o quê, então? – perguntou Clara.

– Devem ser macacos voadores – disse Gabri a Olivier, que riu fazendo barulho com o nariz.

– São gansos-do-canadá.

– Tem certeza? Elas parecem bem pequenas, principalmente aquela Lilium – replicou Peter.

Todos se calaram e, se estivesse mais perto, Clara o teria chutado debaixo da mesa. Em vez disso, ela chutou Beauvoir. Outro exemplo da raiva reprimida dos ingleses, pensou ele. Não era possível confiar neles, chutá-los de volta, nem chutá-los para fora dali.

– E daí? Ela sempre foi pequena – disse Ruth. – Quando elas nasceram, Lilium quase não conseguiu sair do ovo, enquanto Rosa já estava grasnando do lado de fora. Mas eu vi Lilium se debatendo para a frente e para trás, tentando quebrar a casca com as asas.

– E o que você fez? – perguntou Jeanne.

O rosto dela, como o de todos, estava iluminado pelas velas, mas se isso tornava os outros mais atraentes, a ela dava uma expressão demoníaca, com olhos fundos e sombras fortes.

– O que você acha que eu fiz? Eu quebrei o ovo para ela. Abri o suficiente para ela sair.

– Você salvou a vida dela – disse Peter.

– Talvez – comentou Jeanne, recostando-se e quase desaparecendo nas sombras.

– Como assim, "talvez"? – perguntou Ruth.

– A mariposa *Saturnia pavonia*.

Não foi Jeanne quem falou, mas Gabri.

– Por favor, me fale que você não acabou de dizer "mariposa *Saturnia pavonia*" – comentou Clara.

– Eu disse, e por uma razão.

Ele fez uma pausa, para ter certeza de que sua plateia prestava atenção. Não precisava nem ter se dado ao trabalho.

– Leva anos para essa mariposa evoluir do ovo à idade adulta – explicou ele. – No estágio final, a lagarta constrói o casulo, para depois se transformar lá dentro. Ela vira algo totalmente diferente. Uma enorme mariposa. Mas não é tão fácil assim. Antes de ela conseguir viver como uma mariposa, precisa romper o casulo. Nem todas conseguem.

– Elas conseguiriam, se eu estivesse lá – retrucou Ruth, tomando mais um gole.

Gabri ficou estranhamente silencioso.

– Que foi – perguntou Ruth, em tom de exigência.

– Elas precisam lutar para sair do casulo. É isso que desenvolve as asas e os músculos. É a luta que salva esses animais. Sem isso, eles seriam aleijados. Se você ajuda uma mariposa *Saturnia pavonia*, ela morre.

Ruth deteve o copo antes de encostá-lo nos lábios. Pela primeira vez desde que qualquer um deles a conhecia, ela não bebeu. Depois bateu o copo na mesa com tanta força que lançou uma nuvem de gotículas de uísque no ar.

– Que papo furado! O que você sabe sobre a natureza?

Todos ficaram em silêncio.

Após um longo minuto, Gamache se virou para Myrna.

– Este arranjo está lindo e, se eu bem me lembro, a senhora disse que tinha alguma coisa aí dentro para mim.

– Tem, sim – disse ela, aliviada. – Mas o senhor vai ter que abrir caminho para encontrar.

Gamache se levantou e afastou os galhos delicadamente. Ali, no meio da floresta, havia um livro. Ele o pegou e voltou a se sentar.

– *Dicionário de lugares mágicos* – disse, lendo a capa.

– A última edição.

– Eles encontraram mais lugares mágicos? – perguntou Olivier.

– Acho que sim. Eu vi o que o senhor estava lendo no bistrô ontem e pensei que podia se interessar por este também – disse Myrna a Gamache.

– O que você estava lendo? – quis saber Clara.

Gamache foi até o vestíbulo e, voltando com os livros que vinha carregando, os colocou um em cima do outro na mesa. Em uma capa de couro preto, uma pequena mão delineada em vermelho os encarou. Ninguém se mexeu para tocá-la.

– Onde o senhor encontrou isto? – perguntou Jeanne, que parecia perturbada.

– Na antiga casa dos Hadleys. A senhora conhece este livro?

Ela havia hesitado?, ponderou ele. Jeanne estendeu a mão, e Gamache entregou o livro a ela. Após examiná-lo por um instante, ela o devolveu à mesa.

– É uma Hamsá. Um símbolo antigo para afastar a inveja e o mau-olhado. Também é chamada de Mão de Miriam. Ou de Maria.

– Maria? – disse Clara, recostando-se lentamente na cadeira. – Virgem Maria?

Jeanne assentiu.

– Tudo bobagem – opinou Ruth, chupando os dedos com que havia enxugado as gotas do uísque derramado.

– Você não acredita em magia? – perguntou Jeanne.

– Eu não acredito nem em magia, nem em Deus. Os anjos não existem, muito menos as fadas. Eu não acredito em nada. A única magia que existe é esta aqui – declarou Ruth, erguendo o copo e tomando mais um gole.

– E está funcionando? – perguntou Gamache.

– Vai se foder – respondeu Ruth.

– Eloquente como sempre – comentou Gabri. – Eu acreditava em Deus, mas, numa Quaresma, resolvi abrir mão desse vício de vez.

– Rá, rá, rá – debochou Olivier.

– Vocês querem saber no que eu acredito? – disse Ruth. – Dá isso aqui.

Sem esperar pela reação, ela se debruçou na mesa e pegou o segundo livro da pilha. A Bíblia velha e com a capa rachada que Gamache tinha encontrado no casarão dos Hadleys. Ela semicerrou os olhos e aproximou o livro de uma vela enquanto tentava encontrar a página certa. A sala ficou em silêncio, e o único som que se ouvia era o crepitar do pavio das velas.

– *Eis que vos digo um mistério* – leu Ruth, com a voz tão gasta quanto a Bíblia que segurava –: *nem todos dormiremos, mas transformados seremos todos, num momento, num abrir e fechar de olhos, ao ressoar da última trombeta. A trombeta soará, os mortos ressuscitarão incorruptíveis e nós seremos transformados.*

Em silêncio, eles se entreolharam.

Os mortos ressuscitarão.

Então o alarme de Ruth tocou.

TRINTA E OITO

Gamache não conseguia dormir. O relógio da mesa de cabeceira marcava 2h22. Deitado na cama, ele observava os números vermelhos brilhantes desde 1h11. Não tinha sido acordado por um pesadelo, por ansiedade nem pela bexiga cheia. Mas pelos sapos. Um exército de sapos invisíveis no lago, que passara a noite cantando para as fêmeas em um ritual de acasalamento. Gamache pensou que eles já estariam exaustos àquela hora, mas, pelo visto, não era o caso. Ao anoitecer, aquele som era alegre, e após o jantar criava uma atmosfera agradável. Às duas da manhã, era simplesmente irritante. Quem dizia que o interior era silencioso com certeza nunca tinha passado um tempo ali. Principalmente na primavera.

Ele se levantou, vestiu o robe e as pantufas, pegou a pilha de anuários da cômoda e desceu as escadas. Reacendeu a lareira e preparou um bule de chá, depois se acomodou de frente para o fogo, pensando no jantar.

Ruth tinha ido embora assim que o alarme havia tocado, deixando todo mundo em pânico. Ela tinha acabado de ler aquela passagem extraordinária. Primeira Carta de São Paulo aos Coríntios. *Uma carta e tanto*, pensou Gamache. *Graças a Deus eles guardaram*.

"Boa noite", dissera Peter, da porta. "Durma bem."

"Eu sempre durmo", retrucara Ruth.

O resto do jantar tinha sido tranquilo e gostoso. Peter havia surgido com uma *tarte* de pera e cranberry da *boulangerie* da Sarah. Jeanne tinha levado chocolates artesanais da Chocolataria da Marielle, em St. Rémy, e Clara servira um prato de queijos e tigelas de frutas. Um café forte e cheiroso havia fechado a noite com chave de ouro.

Agora, tomando chá na quietude da pousada, Gamache pensava no que tinha ouvido. Então ele pegou um dos anuários. Era do primeiro ano de Madeleine no ensino médio, e ela não aparecia em muitas fotos. Já Hazel estava em algumas das equipes. No entanto, com o passar dos anos, Madeleine pareceu desabrochar. Havia se tornado a capitã dos times de basquete e vôlei. E Hazel aparecia ao lado dela em todas as fotos. Seu lugar natural.

Gamache fechou os anuários e pensou um pouco, depois pegou um deles de novo e procurou a líder de torcida que faltava. Jeanne Potvin. Seria possível? Seria assim tão fácil?

– Malditos sapos – disse Beauvoir alguns minutos depois, arrastando os pés pela sala de estar. – A gente mal se livrou da Nichol, e já está tendo que lidar com sapos. Pelo menos eles são mais bonitos e menos escorregadios. O que o senhor está lendo?

– Aqueles anuários que a agente Lacoste trouxe. Chá?

Beauvoir assentiu e esfregou os olhos.

– Imagino que ela não tenha trazido nenhuma revista *Sports Illustrated*, né?

– Sinto dizer que não, meu jovem. Mas eu achei uma coisa interessante neste aqui. A nossa líder de torcida misteriosa. Você não vai adivinhar.

– Jeanne?

Beauvoir se levantou e pegou o livro das mãos de Gamache. Ele correu os olhos pela página até encontrar a foto de Jeanne Potvin. Então tomou um gole do chá e olhou para Gamache.

– Ainda bem que o palpite foi seu, e não meu. Não foi exatamente digno de um empelicado.

Jeanne Potvin, a líder de torcida misteriosa, era negra.

– Bom, valeu a tentativa – declarou Beauvoir, sem disfarçar muito o ar brincalhão.

Ele pegou o *Dicionário de lugares mágicos* e começou a folheá-lo.

– Tem uma seção interessante sobre as cavernas da França aí.

– Ai, ai.

Beauvoir observou as fotos por um tempo: círculos de pedra, casas antigas e montanhas. Havia até uma árvore mágica. Uma árvore de ginkgo biloba.

– O senhor acredita nessas coisas?

Gamache olhou para Beauvoir por cima dos óculos meia-lua. O cabelo do homem mais jovem estava desgrenhado e a barba, por fazer. Ele levou a mão ao próprio rosto e sentiu os pelos ásperos. Depois a levou à cabeça e apalpou as pontas reveladoras. O pouco cabelo que tinha estava de pé. Devia parecer que eles tinham levado um susto.

– Os sapos também acordaram os senhores? – perguntou Jeanne Chauvet, entrando na sala de robe. – Ainda tem chá aí? – disse ela, apontando para o bule.

– Sempre tem – respondeu Gamache, sorrindo e a servindo do resto do chá.

Ela pegou a caneca e ficou surpresa ao descobrir que, mesmo às três da manhã, Gamache tinha um leve perfume de sândalo e água de rosas. Era reconfortante.

– Estávamos justamente falando de magia – comentou Gamache, sentando-se logo depois de Jeanne.

– Eu perguntei se ele acreditava nessas coisas – explicou Beauvoir, dando um tapinha no livro com que Myrna os havia presenteado.

– E o senhor não acredita? – perguntou Jeanne.

– Nem um pouco.

Ele olhou para o chefe, que riu soltando o ar pelo nariz.

– Desculpe – disse Gamache. – Escapou sem querer.

Beauvoir, que sabia que nada escapava sem querer do chefe, fez uma careta.

– Ah, fala sério – soltou Gamache, inclinando-se para a frente. – Quem tem um cinto da sorte? E uma moeda da sorte? Quem come sempre a mesma coisa da sorte antes de todo jogo de hóquei? – prosseguiu ele, virando-se para Jeanne. – Ele só come *poutine*, e com a mão esquerda.

– Nós vencemos o esquadrão antidrogas da polícia metropolitana de Montreal no hóquei. Eu fiz um *hat-trick*, e naquela noite tinha comido *poutine* com a mão esquerda.

– Faz todo o sentido para mim – comentou Jeanne.

– Sempre quando a gente pega um avião, você tem que sentar na poltrona 5A. E ouve todos os procedimentos de segurança do início ao fim. Se eu interromper, você nem me ouve.

– Isso não tem nada a ver com magia, e sim com bom senso.

– E a poltrona 5A?

– É um lugar confortável. Ok, é o meu favorito. Se eu sentar nele, o avião não cai.

– E os pilotos sabem disso? Talvez eles é que devessem sentar na 5A – disse Jeanne. – Se isso faz o senhor se sentir melhor, todo mundo tem as suas superstições. Isso se chama pensamento mágico. Se eu fizer isso, aquilo vai acontecer, ainda que as coisas não estejam ligadas. Se eu deixar um chinelo virado de cabeça para baixo, a minha mãe vai morrer. Se eu passar por baixo de uma escada, quebrar um espelho... Desde cedo, somos ensinados a acreditar em magia, depois passamos o resto da vida sendo punidos por isso. O senhor sabia que a maioria dos astronautas leva algum tipo de talismã para o espaço para não sentir medo? E estamos falando de cientistas.

Beauvoir se levantou.

– Eu vou tentar dormir um pouco. Quer ficar com o livro? – perguntou ele a Gamache, que balançou a cabeça.

– Já dei uma olhada. É bem interessante.

Beauvoir subiu as escadas a passos pesados. Quando ele desapareceu, Jeanne se virou para o inspetor-chefe.

– O senhor me perguntou por que eu vim para cá, e eu disse que foi para descansar, o que não deixa de ser verdade, embora não seja toda a verdade. Eu recebi um panfleto, mas só ontem, quando vi os outros que Gabri tinha, percebi que o meu era diferente. Olhe.

Ela tirou dois panfletos do bolso do robe e os entregou a Gamache. O inspetor-chefe olhou para eles. Na frente, havia fotos da pousada e de Three Pines. Os panfletos eram idênticos. Com exceção de um detalhe. Na parte superior do que tinha sido enviado a Jeanne Chauvet havia um papelzinho grampeado com a seguinte frase digitada: *Onde as linhas de Lay se encontram – Especial de Páscoa.*

– Eu já ouvi falar das linhas de Ley. Mas o que elas são?

– Quem quer que tenha escrito isto também não sabia direito. A pessoa escreveu errado. É L-e-y, não L-a-y – explicou Jeanne. – Elas foram descobertas nos anos 1920...

– São tão recentes assim? Pensei que fossem ancestrais. Stonehenge, esse tipo de coisa...

– Elas são, mas ninguém tinha notado até uns noventa anos atrás. Um cara da Inglaterra, eu esqueci o nome dele, olhou para círculos de pedra, menires e até catedrais antigas e percebeu que tudo isso estava alinhado. Coisas que ficam a quilômetros e quilômetros de distância uma das outras, mas, se você ligar os pontos, vê que estão alinhadas. Ele chegou à conclusão de que existia uma razão para isso.

– Que era...

– Energia. A Terra parece emitir mais energia ao longo dessas linhas. Algumas pessoas – disse ela, aproximando-se e olhando rápido para os lados para se certificar de que ninguém mais estava ouvindo – não acreditam nisso.

– Não – sussurrou ele de volta, depois pegou o panfleto. – Alguém conhecia a senhora bem o suficiente para saber como atraí-la para cá.

E alguém precisava de uma médium na Páscoa. Para falar com os mortos e até mesmo produzi-los.

RUTH ZARDO TAMBÉM ESTAVA ACORDADA, embora, na verdade, nem tivesse ido para a cama. Em vez disso, ela havia se sentado na mobília de jardim que chamava de "meu conjunto de jantar", observando o forno. Estava na temperatura mais baixa. Apenas o suficiente para manter Rosa e Lilium aquecidas.

O que Gabri dissera não era verdade. É claro que uma simples rachadura na casca do ovo não prejudicaria Lilium. Ela não tinha feito muita coisa, só uma pequena fissura, apenas o suficiente para dar a Lilium uma ideia.

Ruth se levantou, lutando contra o quadril e os joelhos, e mancou até o forno, instintivamente colocando dentro dele a mão enrugada e cheia de veias para se certificar de que ainda estava ligado, mas não muito quente.

Em seguida, se debruçou sobre as pequeninas para ver se elas estavam respirando. Lilium parecia bem. Na verdade, parecia até ter crescido. Ruth tinha certeza de que havia visto aquele pequeno peito subir e descer. Então ela voltou devagar para a cadeira branca. Ainda se deteve um pouco, olhando para a panela no forno antes de pegar um caderno.

Quando eles vieram ceifar meu cadáver
(abra a boca e feche os olhos),

cortar meu corpo da corda,
surpresa:
eu ainda respirava

Ela ainda conseguia ver a pele rosa e o bico amarelo atravessando a casca do ovo. Tinha certeza de que a pequenina havia olhado para ela e piado. Pedido ajuda. Ela tinha ouvido falar que os gansos criavam um laço com a primeira criatura que viam. O que ela não sabia era que isso valia para ambas as partes. Então ela havia estendido a mão, incapaz de só assistir à luta da pequenina. E tinha quebrado a casca. Libertando a pequena Lilium.

Como aquilo podia ser errado?

Ruth baixou a caneta e apoiou a cabeça nas mãos, agarrando o cabelo branco e curto. Tentando conter os pensamentos, tentando impedir que se tornassem sentimentos. Mas era tarde demais. Ela sabia.

Ela sabia que a bondade matava. A vida inteira, ela havia suspeitado disso e, por esse motivo, era sempre fria e cruel. Ela enfrentava a bondade com comentários cortantes. Olhava com desdém para rostos sorridentes. Encarava cada ato prestativo e atencioso como uma agressão. Rejeitava todos que eram legais, compreensivos e carinhosos com ela.

Porque os amava. Ela os amava com todo o coração e não queria que eles se machucassem. Porque, durante a vida inteira, ela soubera que a maneira mais certa de machucar, de mutilar ou prejudicar alguém, era ser boa. Quando as pessoas eram expostas, elas morriam. Era melhor ensiná-las a se proteger, mesmo que aquilo significasse que ela ficaria sozinha para sempre. Isolada do toque humano.

Mas, é claro, ela precisava extravasar os sentimentos de alguma maneira. Então, aos 60 e poucos anos, a série de palavras que ela havia mantido dentro de si ganhara o mundo. Sob a forma de poesia.

Jeanne está certa, é claro, pensou Ruth. *Eu acredito. Em Deus, na natureza, em magia. Nas pessoas.* Ruth tinha mais fé do que qualquer outra pessoa que conhecia. Acreditava em tudo. Ela olhou para o que havia escrito.

Tendo sido enforcada por algo
que eu nunca disse,
agora posso dizer o que quiser.

Ruth Zardo pegou a pequena ave, que já não precisava mais de sua manta nova e quente. A cabeça de Lilium pendeu para o lado, os olhos fixos na mãe. Ruth ergueu as asinhas, na esperança, talvez, de ver alguma vibração.

Mas Lilium tinha ido embora. Morta pela bondade.

Antes, eu não era uma bruxa.
Agora, eu sou.

CLARA ESTAVA NO ESTÚDIO DESDE A MEIA-NOITE. Pintando. Um sentimento a havia invadido desde a festa. Ainda não era uma ideia, nem sequer um pensamento. Mas um sentimento. Algo importante tinha acontecido. Não era o que havia sido dito, não só isso. Era mais. Um olhar, uma sensação.

Ela tinha saído da cama e praticamente corrido em direção à tela, a observado de longe por vários minutos, enxergando-a como era e como poderia ser.

Então tinha pegado o pincel.

Bendita hora em que Peter havia sugerido aquele jantar. Clara tinha certeza de que, se não fosse por isso, ainda estaria totalmente travada.

TRINTA E NOVE

A MANHÃ SEGUINTE FOI ESPLÊNDIDA, um dia ensolarado. Quando o sol atingiu a vila, tudo brilhou, renovado e limpo pela chuva do dia anterior. Apesar de ter ficado acordado por algumas horas no meio da noite, Gamache se levantou cedo e saiu para sua caminhada matinal, andando na ponta dos pés entre as minhocas espalhadas pela rua, outro sinal da primavera. Pelo menos elas não coaxavam. Após vinte minutos, Jean Guy Beauvoir se juntou a ele, correndo pela praça para acompanhá-lo.

– A gente devia encerrar o caso hoje – disse Beauvoir, observando Gamache, que parecia se afastar furtivamente pela rua.

– Você acha?

– Vamos receber o relatório sobre a efedrina e depois interrogar Sophie de novo. Ela vai falar tudo.

– Ela vai confessar? Você acha que foi ela?

– Como nada mudou, sim, eu acho. Pelo visto, o senhor, não.

– Eu acho que ela tinha motivação, oportunidade e provavelmente muita raiva.

– Então qual é o problema?

Gamache parou de andar na ponta dos pés e se virou para Beauvoir. Era como se o dia fosse deles. Ainda não havia ninguém se movendo pelo vilarejo. Por um instante, se entregou a uma fantasia. Em que ele dava aos camaradas de Arnot o que eles queriam. Seria facílimo dirigir até Montreal naquele dia e pedir demissão. Ele pegaria Reine-Marie na Biblioteca Nacional e voltaria de carro para Three Pines. Eles almoçariam na *terrasse* do bistrô que dava para o rio Bella Bella e depois sairiam para procurar uma casa. Encontrariam um lugar na vila e comprariam uma das belas cadeiras de balanço de Gilles, onde ele se sentaria para ler o jornal e tomar café todas as manhãs. Os moradores iriam até ele quando tivessem pequenos problemas. Uma meia faltando no varal. Uma receita de família misteriosamente reproduzida por um vizinho em uma festa. Reine-Marie se filiaria à galeria Arts Williamsburg e finalmente faria os cursos que queria.

Sem mais assassinatos. Sem Arnot.

Era tão tentador.

– Você deu uma olhada no *Dicionário de lugares mágicos*?

– Dei. O senhor foi bastante sutil ao me sugerir os lugares da França.

– Eu sou muito inteligente mesmo – concordou Gamache. – E você fez isso?

– Eu só vi um monte de cavernas descobertas há, sei lá, quinze anos. Com uns desenhos estranhos de animais. Parece que os homens das cavernas fizeram isso há milênios. Eu li um pouco, mas, sinceramente, não entendi por que isso é tão importante. Existem outras cavernas com desenhos. Essas não foram as primeiras encontradas.

– É verdade.

Gamache ainda podia ver as imagens. Bisões e cavalos elegantes e parrudos, não um de cada vez, mas uma manada vívida, que fluía pela superfície da rocha. Os arqueólogos tinham ficado perplexos quando as imagens foram descobertas, menos de vinte anos antes, por andarilhos nos bosques franceses. Os desenhos eram tão detalhados e vivos que os cientistas primeiro pensaram que aquilo só podia ser o auge da arte rupestre. O último estágio antes que o homem evoluísse ainda mais.

E então veio a surpreendente descoberta. Os desenhos eram, na verdade, vinte mil anos mais velhos que tudo o que eles tinham encontrado antes. Não eram nem os primeiros, nem os últimos.

Quem eram aquelas pessoas que tinham conseguido fazer o que seus descendentes não conseguiriam? Sombrear, criar imagens tridimensionais, representar tão graciosamente a potência e o movimento? Então veio a descoberta final e mais chocante.

Nos fundos de uma das cavernas, eles encontraram uma mão delineada em vermelho. Nunca antes, em nenhum desenho rupestre, havia aparecido uma imagem do artista ou de pessoas. Mas quem tinha criado aquela obra tinha senso de identidade. Do indivíduo.

Na noite anterior, ao folhear o *Dicionário de lugares mágicos*, Armand Gamache havia observado aquela imagem. A mão delineada em vermelho. Como se o artista declarasse que estava vivo 35 mil anos depois.

E Gamache tinha pensado em outra imagem, não tão antiga – a do livro que ele havia encontrado em uma casa maldita e decadente.

– O que diferencia esses desenhos dos outros é que eles parecem ser arte pelo prazer da arte. E mágicos. Os cientistas acreditam que eles foram criados para conjurar os animais de verdade.

– Mas como eles sabem disso? – perguntou Beauvoir. – A gente não diz que as coisas são mágicas sempre que não entende?

– Sim. Era disso que se tratava a caça às bruxas.

– Como foi mesmo que Jeanne chamou esse período? De "o tempo das fogueiras"?

– Eu não tenho tanta certeza de que esse período acabou – disse Gamache, olhando para a antiga casa dos Hadleys e depois se voltando para a vila adorável e tranquila. – Mas o que mais me interessou nesses desenhos rupestres foi o nome da caverna. Você lembra qual era?

Beauvoir pensou. Mas sabia que nenhuma resposta viria.

O chefe voltou a caminhar, ziguezagueando entre as minhocas. Beauvoir observou por um instante aquele homem alto, elegante e poderoso desviar dos vermes.

Então também começou a andar na ponta dos pés, de modo que, vistos de qualquer uma das janelas ao redor da praça, eles pareceriam dois homens adultos dançando um estranho porém conhecido balé.

– O senhor se lembra do nome? – perguntou Beauvoir, alcançando o chefe.

– Chauvet. Caverna de Chauvet.

QUANDO VOLTARAM PARA A POUSADA, eles foram recebidos pelo cheiro de *café au lait* fresco, bacon curado no xarope de bordo e ovos.

– Ovos beneditinos! – anunciou Gabri, apressando-se em cumprimentar os homens e pegar o casaco deles. – Deliciosos.

Gabri os empurrou até a sala de jantar, onde a mesa deles estava posta. Gamache e Beauvoir se sentaram, e Gabri colocou dois *bols* do espumoso café com leite na frente deles.

– *Patron*, o senhor viu uma pilha de livros na sala de estar quando desceu? – perguntou Gamache, tomando um gole da bebida.

– Livros? Não.

Gamache devolveu o *bol* à mesa e foi até a sala. Pelo arco que dividia os ambientes, Beauvoir observou o chefe dar voltas e voltas para, finalmente, retornar, recolocando o guardanapo de linho branco no colo.

– Sumiram – declarou ele, embora não parecesse chateado.

– Os anuários?

Gamache aquiesceu e sorriu. Ele não havia planejado, mas aquilo era bom. Alguém estava preocupado. Preocupado o suficiente para entrar furtivamente na pousada, que todos sabiam que nunca ficava trancada, e roubar anuários de 25 anos antes.

– Hum, que delícia – disse Gabri, colocando os pratos na frente dos convidados.

Em cada um deles havia dois ovos em uma grossa fatia de bacon canadense, que, por sua vez, repousava sobre um pãozinho dourado. Molho *hollandaise* regava os ovos e uma salada de frutas enfeitava a borda dos pratos.

– *Mangez* – disse Gabri.

Gamache segurou de leve o pulso de Gabri. Depois olhou para aquele homem desgrenhado. Gabri ficou imóvel, encarando o inspetor-chefe. Então baixou os olhos.

– O que foi? O que aconteceu? – quis saber Gamache.

– Coma. Por favor.

– Fale.

O garfo de Beauvoir, com um monte de ovos pingando molho, parou a meio caminho da boca. Ele fitava os dois homens.

– Tem mais. São os jornais, não são? – disse Beauvoir, de repente entendendo.

Os dois inspetores seguiram Gabri até a sala de estar. Ele tirou o jornal de trás de uma das almofadas do sofá, onde o havia escondido, o entregou a Gamache, foi até a TV e a ligou. Depois foi até o aparelho de som e ligou o rádio.

Em poucos segundos, a sala se encheu de acusações. Gritadas pelo aparelho de som, pelos noticiários matinais e pelas manchetes dos jornais.

Daniel Gamache sob investigação. Antecedentes criminais.

Annie Gamache afastada, com a licença de advogada cassada.

Armand Gamache suspeito de tudo, de assassinato à administração de um negócio ilegal de criação de animais.

Desta vez, a foto da capa não era de Gamache, mas de seu filho, em Paris, com a esposa logo atrás carregando a filha dos dois, Florence. Todos encurralados pelos repórteres. Daniel com uma expressão irritada e evasiva.

Gamache sentia o coração batendo forte no peito. Inspirou fundo e, ao notar que o ar saía de maneira irregular, percebeu que estava prendendo a respiração. Na TV, havia uma imagem ao vivo de uma jovem saindo de um prédio, escondendo o rosto atrás de uma pasta.

Annie.

– Ai, meu Deus – sussurrou Gamache.

Então ela abaixou a pasta e ficou parada. Isso pareceu atordoar os repórteres, que preferiam ver suas presas fugindo. Ela sorriu para eles.

– Não, não faça isso – murmurou Beauvoir.

Annie levantou o braço e mostrou o dedo médio para eles.

– Annie – tentou dizer Gamache, mas nenhum som saiu. – Eu preciso ir.

Ele correu escada acima e pegou o celular. Ficou surpreso ao ver o dedo tremer e notar que mal conseguia usar a discagem rápida. A ligação foi atendida no primeiro toque.

– Ai, Armand, você viu?

– Vi agora.

– Eu acabei de falar com Roslyn. Daniel está sob custódia em Paris. Ele é suspeito de tráfico de drogas.

– Ok – disse Gamache, recobrando alguma calma. – Ok. Deixa eu pensar.

– Eles não vão encontrar nada – disse Reine-Marie.

– Pode ser que encontrem.

– Mas isso foi há anos, Armand. Ele era um garoto, estava só experimentando…

– Alguém pode ter plantado alguma coisa – explicou Gamache. – Como Roslyn está?

– Nervosa.

Reine-Marie não disse mais nada, não queria aumentar o fardo do marido, mas Gamache sabia que ela estava preocupada com o bebê que a nora esperava. Um baque como aquele poderia provocar um aborto.

Os dois ficaram em silêncio.

Aquilo ia muito além do que Gamache havia sonhado que iria acontecer. E o que Brébeuf estava fazendo? Era assim que ele ia deter os jornais? Gamache se esforçou para parar de esbravejar mentalmente contra Brébeuf. Ele sabia que o amigo era apenas um alvo conveniente. Sabia que estava fazendo o que podia, mas que os adversários deles eram bem mais cruéis do que Gamache imaginava e do que Brébeuf era capaz de controlar.

Alguém tinha feito o dever de casa. Conhecia a família dele, sabia da condenação de Daniel anos antes por porte de drogas. Sabia que Daniel estava em Paris e talvez até soubesse da gravidez.

– Isso foi longe demais – disse Gamache, finalmente.

– O que você vai fazer?

– Eu vou fazer eles pararem.

Após um instante, Reine-Marie perguntou:

– Como?

– Eu me demito se for necessário. Eles ganharam. Eu não posso colocar a minha família em risco.

– Infelizmente, acho que eles não vão mais se contentar com a sua demissão, Armand.

Ele também já havia pensado nisso.

Gamache ligou para Michel Brébeuf e pediu a ele que convocasse uma reunião com o conselho sênior da Sûreté para aquela tarde.

– Não faça besteira, Armand – respondeu Brébeuf. – Isso é exatamente o que eles querem.

– Não é besteira, Michel. Eu sei o que estou fazendo.

Os dois desligaram, Gamache grato pela ajuda do amigo, e Brébeuf com a certeza de que Gamache era um idiota.

A REUNIÃO DA MANHÃ FOI BREVE E TENSA.

A agente Lacoste relatou a conversa que tivera com a médica de Madeleine. A vítima havia comparecido a uma consulta duas semanas antes de ser assassinada. A médica confirmara a Lacoste que o câncer de Madeleine tinha voltado e se espalhado para o fígado. Ela dera a notícia a Madeleine Favreau e havia providenciado tratamentos paliativos, que ainda não tinham começado quando a paciente foi morta.

Madeleine comparecera à consulta sozinha. E, sim, a médica tivera a impressão de que, embora o diagnóstico fosse devastador, a mulher não havia ficado completamente surpresa.

Como a agente Nichol ainda não tinha voltado de Kingston, não havia um laudo do laboratório sobre o conteúdo do frasco de efedrina, embora houvesse um das impressões digitais. Impressões digitais de Sophie, e apenas de Sophie.

– Bom, isso parece confirmar o que a gente já sabia – disse Lemieux. – Ela matou Madeleine Favreau por ciúme. Quando voltou para o vilarejo, viu a sessão espírita como uma oportunidade, colocou alguns comprimidos no jantar da vítima e esperou a antiga casa dos Hadleys fazer o resto do trabalho.

Todos assentiram. Pela janela da antiga estação ferroviária, Gamache viu Ruth e Gabri caminharem devagar pelo gramado da praça. Era cedo, e o frescor do início da manhã ainda envolvia a vila. Atrás de Ruth vinha uma bolinha saltitante, abrindo as asas. Sozinha.

– Senhor?

– Desculpa, desculpa.

Todos olharam para Gamache. Aquela era a coisa mais perturbadora que Beauvoir já tinha visto. Durante todos aqueles anos trabalhando com Gamache, o chefe nunca, jamais, havia desviado o olhar de uma conversa ou reunião. Ele os olhava nos olhos e fazia com que sentissem que eram as únicas pessoas da face da Terra. Ele fazia com que a equipe se sentisse preciosa e protegida.

Mas, naquele dia, a atenção do chefe oscilava.

– O que vocês estavam dizendo? – perguntou Gamache, virando-se para o grupo.

– Que parece claro que Sophie Smyth é a assassina. A gente convoca a suspeita?

– Vocês não podem fazer isso.

A voz veio de trás deles. Ali, ao lado do imenso caminhão de bombeiros vermelho, estava uma mulher muito pequena. Hazel. Embora quase irreconhecível. O luto finalmente a havia atingido. Agora ela parecia murcha, com olhos imensos e desesperados.

– Por favor. Por favor, não façam isso.

Gamache foi até ela, meneando a cabeça para Beauvoir, e juntos eles conduziram Hazel até a minúscula sala dos fundos usada para armazenar os equipamentos do Corpo de Bombeiros Voluntário de Three Pines.

– Hazel, a senhora sabe de alguma coisa que possa nos ajudar? – perguntou Gamache. – Algo que possa nos convencer que a sua filha não matou Madeleine? Porque com certeza é o que parece.

– Ela não fez isso. Eu sei que ela não fez. Não tem como.

– Alguém colocou efedrina no jantar de Madeleine. Sophie tinha efedrina e estava lá – disse Gamache devagar, embora suspeitasse que Hazel não estivesse assimilando nem metade daquelas palavras.

– Eu não vou aguentar isso por muito mais tempo – sussurrou ela. – E eu não posso perder Sophie também. Se os senhores prenderem a minha filha, eu vou morrer.

Gamache acreditava nela.

Jean Guy Beauvoir olhou para Hazel. Era exatamente da mesma idade que Madeleine, embora ninguém dissesse. Agora ela parecia um fóssil, algo expelido pelas montanhas que cercavam Three Pines. Uma das pedras murmurantes de Gilles Sandon. Não, não uma pedra. Elas eram fortes. A mulher estava mais para aquilo em que eles tinham evitado pisar enquanto caminhavam. E que estavam prestes a esmagar agora.

– Quando nós encontramos a efedrina de Sophie, a senhora falou "Sophie, você prometeu" – disse Beauvoir. – O que a senhora quis dizer?

– Eu falei isso? – perguntou Hazel, tentando se lembrar do que poderia estar por trás daquelas palavras. – É, eu falei. Madeleine encontrou um frasco de comprimidos de efedrina no banheiro de Sophie há uns dois anos. Isso foi logo depois de um daqueles atletas morrer, estava em todos os jornais. Provavelmente foi daí que Sophie tirou a ideia de usar remédios para emagrecer.

Parecia que Hazel tinha buscado aquela lembrança no fundo do mar e a arrancado de lá com um grande esforço.

– Ela tinha comprado em algum site. Madeleine encontrou o frasco e sumiu com ele.

– E como Sophie reagiu?

– Como qualquer garota de 19 anos. Ficou com raiva. Principalmente de a privacidade dela ter sido invadida, ela disse, mas eu acho que Sophie estava era envergonhada.

– Isso afetou o relacionamento das duas? – perguntou Gamache.

– Sophie amava Madeleine. Ela nunca mataria Ma – afirmou Hazel.

Ela havia ido até lá para entregar uma mensagem a eles e a repetiria infinitas vezes. A filha não era uma assassina.

– Nós não vamos conversar com Sophie ainda – disse Gamache, erguendo a cabeça de Hazel para que ela visse seus olhos. – A senhora entendeu?

Hazel fitou aqueles olhos castanho-escuros e desejou que Gamache nunca mais desviasse o olhar. Mas é claro que ele desviou. E ela voltou a estar sozinha.

Eles ligaram para Clara e pediram que ela fosse buscar Hazel, para fazer companhia à mulher durante o dia. Clara apareceu e a levou de volta à casa dos Morrows, onde a ouviu e perguntou se ela queria se deitar. Hazel nunca havia se sentido tão cansada e, agradecida, encostou a cabeça no sofá. Clara levantou as pernas dela, pegou um cobertor, a cobriu e a observou até ter certeza de que aquela mulher de repente velha, embora na verdade mais nova que ela, estava dormindo.

Então Clara voltou lentamente para o estúdio e recomeçou a pintar. Mais devagar agora, com linhas firmes e decididas. Uma imagem surgia, porém, mais do que feições, outra coisa ganhava vida na tela.

– Sophie Smyth é muito querida na Queens. É até voluntária na central de apoio. Ela trabalha meio período na livraria do campus e parece ser uma aluna normal.

Yvette Nichol tinha voltado. Estava sentada na mesa de reunião tomando o café com duas colheres de creme e duas de açúcar que havia trazido para si.

– Notas? – perguntou Beauvoir.

– Razoáveis, não fenomenais. Eu não peguei a secretaria aberta, mas conversei com colegas de quarto e de sala, e eles disseram que Sophie é uma boa aluna.

– Alguma doença? – quis saber Gamache.

Ele notou que o agente Lemieux estava estranhamente calado, os braços cruzados com força, quase com violência.

– Nenhuma – contou Nichol. – Não teve nenhuma dor de garganta, nenhum machucado, nem apareceu mancando. Nunca foi à enfermaria ou ao hospital da região. Até onde os amigos sabem, ela nunca faltava às aulas, a não ser quando matava por diversão.

– Cem por cento saudável – disse Gamache quase que para si mesmo.

– Pois é, a Sra. Landers estava certa – comentou Nichol. – Sophie fazia um teatro quando estava em casa para tentar desviar de Madeleine a atenção da mamãe.

– Você deixou o frasco de comprimidos no laboratório? – perguntou Beauvoir.

– Claro – respondeu Nichol, comendo seu donut recheado com creme, alheia aos olhares famintos ao redor.

– Você pode dar uma ligada para lá e ver se eles já estão com os resultados? – pediu Gamache a Beauvoir.

Enquanto ele fazia isso, Gamache delegou as tarefas e foi até a sua mesa. Todos os olhos estavam nele, ele sabia. Observando, deduziu, se ele explodiria ou se abateria. Em vez disso, Gamache olhou para eles. Lacoste, Lemieux e Nichol. Tão jovens. Tão impetuosos. Tão humanos. E sorriu.

Lemieux sorriu de volta. Lacoste acabou fazendo o mesmo, embora não tão feliz. Nichol o encarou como se tivesse sido insultada.

Gamache encontrou o que estava procurando. Quem quer que tivesse entrado na pousada e pegado os anuários não havia levado todos. O mais importante de todos ainda estava na sua mesa. Aquele que Nichol tinha encontrado na casa de Hazel. O anuário do ano em que Madeleine havia se formado. Ele o abriu e foi imediatamente para o fim do livro, onde estavam as fotos dos formandos. Mas não era Madeleine ou Hazel que ele queria ver. Era outra garota. Uma líder de torcida.

– Eu estou com os resultados – declarou Beauvoir, atirando-se em uma cadeira da mesa de reunião e batendo o caderno nela. – A efedrina dos comprimidos de Sophie provavelmente não foi a mesma que matou Madeleine.

Gamache se inclinou para a frente e baixou o anuário.

– Não?

– O laboratório ainda não tem certeza, os técnicos querem fazer uma análise completa, mas parece que os comprimidos de Sophie continham outro material, o que eles chamaram de agente de ligação. Como a efedrina é uma planta, uma espécie de erva, as empresas precisam destilar e depois colocar a substância em comprimidos. Empresas diferentes usam agentes de ligação diferentes. Os produtos químicos deste aqui são diferentes dos que foram encontrados no corpo de Madeleine.

Os olhos de Gamache brilhavam.

– Como eu fui idiota. Ela disse alguma coisa sobre os produtos químicos usados para matar Madeleine?

Ele esperou, quase prendendo a respiração.

– Ela disse que a efedrina era de uma geração atrás. Mais natural, menos estável.

Gamache aquiesceu.

– Mais natural. É claro.

Ele chamou Lemieux, fez algumas perguntas, depois se voltou para Beauvoir.

– Venha comigo.

ODILE MONTMAGNY ESTAVA ABRINDO A LOJA quando Beauvoir e Gamache chegaram.

– Vieram ouvir mais poesia?

Beauvoir não conseguiu identificar se ela estava falando sério. Ele ignorou a pergunta.

– A senhora já ouviu falar de efedrina?

– Não, nunca.

– Eu perguntei isso logo depois que Madeleine morreu. A senhora sabe que ela foi usada para matar a vítima – disse ele.

– Bom, é, eu ouvi falar pelo senhor, mas não conhecia antes.

Eles estavam dentro da loja almiscarada. O local cheirava a uma mistura intensa de chás e especiarias. E ervas.

Gamache foi até as latas com etiquetas como "Garra do diabo", "Erva-de--são-joão" e "Ginkgo biloba". Pegou uma sacola de plástico, mas, em vez de usar a colher disponível, tirou uma pinça do bolso. Com cuidado, colocou algumas folhas na sacola e a identificou com uma etiqueta.

– Eu gostaria de comprar isto aqui, *s'il vous plaît*.

Pela expressão de Odile, ela precisava de um drinque "tamanho Ruth".

– É tão pouco que o senhor pode levar de graça.

– Não, madame. Eu preciso pagar – disse Gamache, entregando a pequena amostra a ela para pesar.

A etiqueta dizia Ma Huang.

– A erva chinesa sobre a qual Lemieux comentou no primeiro dia – disse Beauvoir, quando eles já tinham voltado para o carro – é a efedrina.

– Usada por centenas, talvez milhares de anos para outros fins – completou Gamache. – Até ser descoberta pelas farmacêuticas e transformada em uma assassina. Ma Huang. A Sra. Harris, a legista, também me falou sobre ela. Todas as vezes que a gente conversava sobre a efedrina com alguém que realmente sabia alguma coisa sobre isso, a pessoa falava que é uma erva. Usada em remédios chineses e em outros medicamentos. Mas eu estava tão concentrado nos suplementos dietéticos que mal escutei. Estava na minha cara o tempo todo.

– Bom, o senhor percebeu antes de mim – comentou Beauvoir, manobrando o carro por causa de um sapo parado na estrada molhada, embora Gamache não soubesse se ele estava tentando desviar do bicho ou acertá--lo. – Eu tive umas visões de Gilles fazendo uma redução de uma árvore de ginkgo biloba.

– Parece que essa coisa de nascer empelicado nem sempre funciona.

– É, eu acho que a pelica cobriu os meus olhos – concordou Beauvoir. – O que essa Ma Huang significa? Odile usou isso para matar Madeleine? E a médium? Foi só uma coincidência ela ter o mesmo nome daquelas cavernas mágicas da França? Eu estou confuso.

– "Agora, pois, vemos apenas um reflexo obscuro, como em espelho" – citou Gamache. – "Mas então veremos face a face."

– Essa eu conheço! – exclamou Beauvoir, como se tivesse ganhado um concurso de TV. – Primeira Carta de São Paulo aos Coríntios. Nós lemos no nosso casamento. É a passagem que fala de amor. Mas não é a mesma que Ruth leu ontem à noite. O que a gente vai fazer com isto? – perguntou ele, apontando para o saquinho de Ma Huang.

– Eu vou levar para o laboratório quando for para Montreal – respondeu Gamache.

– Cuidado. Se o povo da mídia vir o senhor com isto, vai pensar que encontrou o melhor cliente do Daniel.

Beauvoir se calou, horrorizado por ter feito uma piada daquelas.

– Em um dia como este, eu adoraria que isso fosse verdade – disse Gamache, rindo.

– Eu sinto muito.

– Vai dar tudo certo.

– "Apenas um reflexo obscuro" – disse Beauvoir quase para si mesmo. – Que descrição precisa. O senhor acha que essa janela vai clarear logo?

– Acho – afirmou Gamache.

Mas ele também sabia que São Paulo estava falando não de uma janela, mas de um espelho.

QUARENTA

A SALA DE REUNIÃO NO ÚLTIMO ANDAR da sede da Sûreté era uma velha conhecida de Gamache. Quantos cafés tinham esfriado enquanto ele lutava contra os problemas éticos e morais que a instituição enfrentava? E encarava a constante enxurrada de perguntas que finalmente se reduziriam a uma só: até onde ir para proteger uma sociedade? Segurança versus liberdade.

Ele tinha um grande respeito pelas pessoas daquela sala. Com exceção de uma delas.

Uma parede envidraçada dava para o extremo leste de Montreal e para o braço que se projetava do estádio olímpico, como uma criatura pré-histórica ganhando vida penosamente. Lá dentro havia uma mesa de madeira e confortáveis cadeiras de costas curvas com assentos acolchoados. Todas iguais.

Aquela era a ideia.

Embora as cadeiras não fossem marcadas, cada um deles conhecia o seu lugar. Alguns dos policiais mais antigos olharam para Gamache, outros dois apertaram a mão dele, mas a maioria o ignorou. Ele não esperava nada além disso. Aquelas eram pessoas com quem tinha trabalhado a vida inteira, mas ele as havia traído. Tornado o caso Arnot público. Mesmo enquanto fazia aquilo, ele já sabia o que significava. Seria expulso. Chutado para fora da tribo.

Bom, ele estava de volta.

– *Alors* – começou o superintendente Paget, o líder titular. – Você nos chamou aqui, Armand, e nós viemos.

Ele falou aquilo com tanta naturalidade que parecia que o grupo estava prestes a debater quando cada um tiraria férias. Havia muito tempo Gamache já tinha vislumbrado aquele momento, como uma tempestade em alto-mar. Durante a espera, ele ficara ansioso no convés. Mas agora a espera finalmente havia chegado ao fim.

– O que você quer? – perguntou o superintendente Paget.

– Isso precisa parar. Os ataques à minha família precisam parar.

– Isso não tem nada a ver com a gente – disse o superintendente Desjardins.

– É claro que tem – argumentou Brébeuf, virando-se para o homem ao lado dele. – Não podemos ficar aqui parados enquanto um policial sênior é atacado.

– O inspetor-chefe sempre deixou claro que não precisa dos nossos conselhos nem da nossa ajuda.

A voz era grave e equilibrada. Até tranquilizadora. A maioria dos homens se virou para ver o interlocutor, enquanto alguns olhavam para as suas anotações.

O superintendente Francoeur estava sentado ao lado de Gamache. Como Gamache sabia que estaria. Afinal, aquele era o lugar dele, e o inspetor-chefe havia escolhido a cadeira bem ao lado. Não tinha chegado até ali para se esconder. Não ia se encolher em um canto ou atrás de Brébeuf.

Gamache havia se sentado bem ao lado do homem que queria que ele fosse embora. De preferência para outro planeta. O melhor amigo, confidente e protegido de Pierre Arnot. Sylvain Francoeur.

– Eu não vim aqui travar velhas batalhas – disse Gamache. – Eu vim para pedir que esses ataques parem.

– E o que o faz pensar que a gente pode impedir isso? A imprensa tem o direito de publicar o que quiser, e eu não acho que ela ia publicar alguma coisa que não tivesse sido minuciosamente investigada – afirmou o superintendente Francoeur. – Se eles fizeram algo errado, você devia processar os jornais.

Alguns deles caíram na risada. Brébeuf ficou furioso, mas Gamache sorriu.

– Talvez eu processe mesmo, mas acho que não. Todos nós sabemos que isso tudo é mentira...

– Como a gente vai saber? – perguntou Francoeur.

– *Voyons*, quais as chances de Armand Gamache ter prostituído a própria filha? – questionou Brébeuf.

– Quais eram as chances de Pierre Arnot ser um assassino? – rebateu Francoeur. – Mas, segundo o inspetor-chefe, ele é.

– Segundo os tribunais, você quer dizer – disse Gamache serenamente, inclinando-se e invadindo o espaço pessoal de Francoeur. – Mas talvez essa seja uma parte do nosso sistema que você não conheça muito bem.

– Como você se atreve?

– Como você se atreve a atacar a minha família?

Os dois homens se encararam. Então Gamache piscou e Francoeur sorriu, recostando-se confortavelmente na cadeira.

Gamache olhava fixamente para o outro.

– Eu peço desculpas, superintendente. Isso foi desnecessário.

Francoeur assentiu como um cavalheiro faria com um camponês.

– Eu não vim aqui para brigar com nenhum de vocês – continuou Gamache. – Todos vocês leram os jornais e viram as notícias na TV. E eu sei que isso só vai piorar. Como eu disse antes, é tudo mentira, mas eu não espero que vocês acreditem ou confiem em mim. Não depois do que eu fiz no caso Arnot. Eu atravessei o Rubicão. Isso não tem volta.

– Então o que você espera, inspetor-chefe? – perguntou o superintendente Paget.

– Eu gostaria que aceitassem a minha demissão.

Quem ainda não estava sentado se sentou. Todas as cadeiras se inclinaram para a frente, algumas tão depressa que quase derramaram seu distinto conteúdo na mesa. Agora todos os olhos estavam em Gamache. Era como se o Mont Royal estivesse desmoronando e sendo engolido pela terra. Algo extraordinário estava prestes a desaparecer. Armand Gamache. Até quem o odiava reconhecia que ele havia se tornado uma lenda, um herói tanto dentro quanto fora da Sûreté.

Mas às vezes os heróis caem.

E agora eles eram testemunhas disso.

– E por que deveríamos aceitar? – perguntou Francoeur.

Todos os olhos se voltaram para o superintendente.

– Isso não livraria a sua cara? É isso que você quer, não é? Fugir assim como fugiu da decisão tomada sobre Arnot. Sempre que as coisas ficam difíceis, é isso que você faz.

– Não é verdade – disse Brébeuf.

– Você acredita que um de nós é responsável por plantar essas histórias na mídia, não acredita? – disse Francoeur, relaxado e no comando, o líder natural do grupo, embora não o designado.

– Acredito.

– *Voilà*. Estão vendo o que ele pensa da gente?

– Não de todos, só de um – afirmou Gamache, voltando a encarar Francoeur.

– Como você se atreve?

– Esta já é a segunda vez que você me faz essa pergunta, e eu estou cansado disso. Eu me atrevo porque alguém precisa fazer isso – disse ele, olhando ao redor. – O caso Arnot não acabou, todos vocês sabem disso. Alguém desta sala está dando continuidade ao trabalho dele. Essa pessoa ainda não chegou ao estágio de assassinato, mas não vai demorar muito. Eu tenho certeza.

– Tem certeza? Tem certeza? Como você pode ter certeza? – esbravejou Francoeur, ficando de pé e inclinando-se para Gamache. – É ridículo a gente ter sequer parado para escutar você. Você não tem pensamentos, só sentimentos.

Algumas pessoas riram.

– Eu tenho as duas coisas, superintendente – disse Gamache.

Francoeur se debruçou sobre ele, colocando uma das mãos nas costas da cadeira de Gamache e a outra na mesa, como se quisesse aprisionar o homem.

– Seu arrogante de merda! – gritou Francoeur. – É o pior tipo de policial. Cheio de si. Você criou o seu próprio exército de subalternos. Pessoas que idolatram você. A gente escolhe os melhores graduados da polícia para a Sûreté, você escolhe os piores de propósito. Você é um homem perigoso, Gamache. Eu sempre soube disso.

Gamache também se levantou, forçando Francoeur a recuar.

– A minha equipe solucionou praticamente todos os assassinatos que investigou. São pessoas brilhantes, dedicadas e corajosas. Você se comporta como um juiz e joga fora os policiais que não se enquadram. Ótimo. Mas não me culpe por recolher o seu lixo e ver o quanto ele é valioso.

– Até a agente Nichol? – perguntou Francoeur, baixando a voz.

Os outros precisaram se esforçar para ouvir aquelas palavras, mas não Gamache. Para ele, tinham sido ditas em alto e bom som.

– Até a agente Nichol – respondeu ele, fitando aqueles olhos duros e frios.

– Você a jogou fora uma vez, se eu bem me lembro – rebateu Francoeur, quase sibilando. – Demitiu Nichol, e ela foi parar na minha divisão. Narcóticos. Ela aceitou.

– Então por que você mandou Nichol de volta para mim? – questionou Gamache.

– Como é mesmo que você gosta de dizer, inspetor-chefe? Para tudo existe um motivo? Bem profundo. Para tudo existe um motivo, Gamache. Tente descobrir. Agora eu tenho uma pergunta para você – continuou ele, com a voz ainda mais baixa. – O que tinha naquele envelope que você passou tão furtivamente para o seu filho? Daniel é o nome dele, eu acho. A filha, Florence. Esposa. Eu ouvi falar que ela está grávida.

As palavras foram ditas tão baixinho que ninguém mais na sala conseguiu ouvi-las. Gamache teve a estranha impressão de que Francoeur sequer dissera aquilo em voz alta, mas inserido as palavras diretamente na cabeça dele. Afiadas como uma faca, destinadas a ferir e alertar.

Ele respirou fundo e tentou se conter para não levantar a mão e esmagar aquele rosto malicioso, presunçoso e miserável.

– Vá em frente – sibilou Francoeur. – Para salvar a sua família, vá em frente.

Francoeur estava incitando o ataque? Assim, ele seria preso e condenado? Exposto aos "acidentes" que poderiam acontecer dentro de uma cela? Era aquele o preço que Francoeur estava propondo que ele pagasse para deixar a sua família em paz?

– Covarde de merda – disse Francoeur, sorrindo, dando um passo para trás e balançando a cabeça. – Acho que o mínimo que o inspetor-chefe Gamache deve fazer é se explicar – prosseguiu ele, em um tom de voz normal.

Os rostos, tensos e nervosos, relaxaram um pouco agora que podiam ouvi-lo novamente.

– Eu acho que, antes de a gente decidir se vai agir em seu nome ou aceitar a sua demissão, precisa saber algumas coisas. Como o que estava no envelope que ele passou para o filho. *Voyons*, inspetor-chefe, é uma pergunta razoável.

Acenos de concordância surgiram em volta da mesa de conferências.

Gamache olhou para Brébeuf, que ergueu a sobrancelha como se dissesse que aquele era um pedido tranquilo. Eles se livrariam facilmente daquilo, se fosse a única demanda do conselho.

Gamache continuou em silêncio por um instante, pensando. Então balançou a cabeça.

– Lamento. É pessoal. Eu não posso contar.

Estava tudo acabado, Gamache sabia. Ele se abaixou, guardou os papéis dentro da bolsa-carteiro e se dirigiu até a porta.

– Você é muito estúpido, inspetor-chefe – disse o superintendente Francoeur, com um sorriso largo. – Se sair daqui agora, vai arruinar a sua vida. A mídia vai continuar devorando vocês, até que não sobrem nem os ossos. Carreira, amigos, privacidade, dignidade, nada. Tudo por causa do seu orgulho. O que um dos seus poetas favoritos disse? Yeats? "Tudo desmorona. O centro não sustenta."

Gamache parou, se virou e, com um ar decidido, voltou a entrar na sala. A cada passo, ele parecia se expandir. Com os olhos arregalados, os policiais ao redor da mesa abriram caminho. Ele estava indo na direção de Francoeur, cujo sorriso havia desaparecido.

– Este centro aqui sustenta.

Gamache pronunciou cada palavra clara e lentamente, com uma voz séria, baixa e mais ameaçadora do que tudo que Francoeur já tinha ouvido. Ele tentou se recompor enquanto Gamache se virava e caminhava porta afora, mas era tarde demais. Todos da sala já tinham visto o medo estampado no rosto de Francoeur e mais de um deles se perguntava se tinha apoiado o homem errado.

Mas era tarde demais.

Conforme vencia o corredor a passos largos, diversas pessoas dos dois lados sorrindo e acenando para ele, Gamache esfriou a cabeça. Algo que Francoeur dissera tinha começado a desenrolar o fio da meada. Uma informação havia se retorcido naquele instante, e Gamache tivera a oportunidade de vê-la sob uma ótica diferente. Porém, no estresse do momento, ele a havia perdido. Tinha a ver com Arnot? Ou com o caso de Three Pines?

– Bom, a reunião correu bem. Para Francoeur – disse Brébeuf, enquanto os dois esperavam o elevador.

Gamache não disse nada. Ficou observando os números, tentando se lembrar daquilo que parecia tão importante. Quando o elevador chegou, os dois entraram, sozinhos.

– Você podia ter dito o que tinha naquele envelope, sabe? – comentou Brébeuf. – Não pode ser tão importante. O que tinha ali, afinal?

– Desculpa, Michel, o que foi que você disse? – perguntou Gamache, voltando ao presente.

– O envelope, Armand. O que tinha nele?

– Ah, nada de mais.

– Pelo amor de Deus, homem, por que você não falou para ele?

– Ele não pediu "por favor" – respondeu Gamache, sorrindo.

Brébeuf fez careta.

– Você está ouvindo o que diz? Todos esses conselhos que você dá para os outros, por acaso algum deles entra nessa sua cabeça dura? Por que você está guardando esse segredo? São os nossos segredos que nos deixam doentes. Não é o que você sempre diz?

– Existe uma diferença entre segredo e privacidade.

– Mera questão de semântica.

A porta do elevador se abriu e Brébeuf saiu. A reunião tinha sido melhor do que ele ousara sonhar. Gamache estava praticamente fora da Sûreté, porém, mais do que isso, ele havia sido humilhado, arruinado. Ou seria em breve.

Dentro do elevador, Armand Gamache tinha fincado raízes, como uma das árvores de Gilles Sandon. E, se Gilles estivesse ali, talvez tivesse ouvido o que ninguém mais conseguia: Armand Gamache gritando, como se tivesse sido derrubado.

EIS QUE VOS DIGO UM MISTÉRIO.

As assombrosas palavras da Primeira Carta de São Paulo aos Coríntios giravam na cabeça de Gamache. Tinham sido proféticas. Em um piscar de olhos, o mundo dele havia mudado. Ele vira claramente algo que antes estava escondido. Algo que nunca quisera ver.

Ele tinha passado na escola de Notre-Dame-de-Grâce e conseguido falar com a secretária bem quando ela estava saindo. Agora, sentado no estacionamento, ele olhava para as duas coisas que ela lhe entregara: uma lista dos ex-alunos e outro anuário. A secretária havia se perguntado por que cargas-d'água ele precisava de tantos anuários, mas Gamache tinha murmurado algumas desculpas e ela acabara cedendo. Ele pensou que ela fosse passar um castigo para ele: escrever dez vezes "Eu não vou perder mais um anuário".

Mas eles não tinham sido perdidos. Tinham sido roubados. Por alguém que havia estudado com Madeleine e Hazel. Alguém que tinha preferido manter a identidade em segredo. Agora, olhando para a lista de ex-alunos e para o anuário, Gamache sabia exatamente quem era.

Eis que vos digo um mistério. A voz falha de Ruth Zardo lendo aquela passagem magnífica surgiu na cabeça dele. E, logo depois, outra voz. A de Michel Brébeuf. Acusadora e irritada. *São os nossos segredos que nos deixam doentes*.

Era verdade, Gamache sabia. Dentre todas as coisas que guardamos, as piores são os segredos. As coisas das quais temos tanta vergonha, tanto medo, que precisamos esconder até de nós mesmos. Os segredos criam ilusões, as ilusões levam a mentiras, e as mentiras erguem um muro.

Nossos segredos nos deixam doentes porque nos separam das outras pessoas. Eles nos isolam. Eles nos transformam em pessoas medrosas, raivosas e amargas. Eles nos viram contra os outros e, por fim, contra nós mesmos.

Os assassinatos quase sempre começavam com um segredo. Os assassinatos eram segredos cultivados ao longo do tempo.

Gamache ligou para Reine-Marie, Daniel, Annie e, finalmente, para Jean Guy Beauvoir.

Então deu a partida no carro e dirigiu em direção ao interior. Durante o caminho, o sol se pôs e, quando o inspetor-chefe chegou a Three Pines, já estava escuro. Iluminada pela luz dos faróis, ele viu a rua de terra cheia de sapos saltitantes que tentavam atravessá-la por uma razão que, Gamache sabia, permaneceria um mistério para ele. Diminuiu a velocidade, tentando não atropelar os bichos. Eles pulavam na luz dos faróis como se o cumprimentassem. Eram exatamente iguais aos sapos desenhados nos pratos bobos de Olivier. Por um instante, Gamache se perguntou se poderia comprar alguns deles, para se lembrar da primavera e daqueles sapos dançarinos. Mas provavelmente não faria isso. Não queria guardar nada que o lembrasse do que havia acontecido naquele dia.

– Eu liguei para todo mundo – disse Beauvoir, assim que Gamache entrou na sala de investigação. – Eles vão estar lá. O senhor tem certeza que quer fazer assim?

– Tenho. Eu sei quem matou Madeleine Favreau, Jean Guy. Parece certo que algo que começou com um círculo termine com outro. A gente se encontra na antiga casa dos Hadleys hoje à noite. Para pegar um assassino.

QUARENTA E UM

O coração de Clara estava na garganta, nos pulsos, nas têmporas. Seu corpo todo pulsava no ritmo das batidas. Não conseguia acreditar que eles tinham voltado àquela casa.

No escuro, com exceção da débil luz da vela.

Quando o inspetor Beauvoir havia ligado e dito o que Gamache queria, Clara pensou que ele estivesse brincando ou bêbado. Com certeza delirando.

Mas era sério. Eles deveriam se encontrar às nove horas na antiga casa dos Hadleys. No quarto onde Madeleine tinha morrido.

A tarde inteira, ela havia observado o relógio avançar. No início, com uma lentidão torturante, mas depois aparentemente correndo. Clara não tinha conseguido comer, e Peter havia implorado a ela que não fosse. Finalmente, o pavor fizera morada na mulher, e ela acabara concordando em ficar. Em seu pequeno chalé, na frente da lareira, com um bom livro e uma taça de Merlot.

Escondida.

Mas Clara sabia que, se fizesse isso, carregaria aquela covardia pelo resto da vida. E, quando o relógio marcou cinco para as nove, ela se levantou, como se estivesse no corpo de outra pessoa, vestiu o casaco e saiu. Como um zumbi de um dos filmes em preto e branco de Peter.

E se viu em um mundo em preto e branco. Sem postes de rua ou sinais de trânsito, Three Pines foi tingida de preto quando o sol se pôs. Exceto pelos pontos luminosos no céu. E pelas luzes das casas em volta da praça, que naquela noite pareciam adverti-la, implorar a ela que não as deixasse, que não fizesse aquela bobagem.

No escuro, Clara se juntara aos outros. Myrna, Gabri, monsieur Béliveau, a bruxa Jeanne, todos se arrastavam em direção à casa mal-assombrada da colina, como se tivessem perdido a vontade própria.

Agora ela estava de volta àquele quarto. Olhou para aqueles rostos, todos fitando a vela bruxuleante no meio do círculo, cuja luz era refletida nos olhos deles, como a luz piloto do medo que carregavam. Clara percebeu como o simples oscilar de uma vela podia ser ameaçador quando aquilo era tudo o que se tinha.

Odile e Gilles estavam na frente dela, assim como Hazel e Sophie.

Monsieur Béliveau se sentou ao seu lado, e Jeanne Chauvet ocupou o lugar ao lado de Gabri, que estava coberto por crucifixos e estrelas de Davi, além de carregar um croissant no bolso. Myrna perguntou o que era, já que parecia outra coisa.

Ainda assim, o círculo não estava fechado. Uma cadeira jazia de lado, tombada no centro do círculo havia uma semana, como um monumento – embora, naquela luz, parecesse um esqueleto cujos braços e pernas de madeira e costas com nervuras lançavam sombras distorcidas na parede.

Fora da casa, fazia uma noite calma e sossegada. Mas lá dentro havia uma atmosfera própria, uma gravidade só sua. Aquele era um mundo de gemidos e rangidos, de sofrimento e suspiros. A casa havia tirado outra vida – duas, contando com o passarinho – e estava faminta de novo. Ela queria mais. Parecia um túmulo. Pior, pensou Clara, parecia um limbo. Ao pisar na casa, naquele quarto, eles tinham entrado em um submundo, em algum lugar entre a vida e a morte. Um mundo onde estavam prestes a ser julgados e separados.

Uma mão surgiu do escuro, entrou no círculo e pegou a cadeira-esqueleto. Então Armand Gamache se juntou a eles, sentando-se em silêncio, inclinando-se para a frente, os cotovelos sobre as pernas e as mãos unidas, os dedos entrelaçados. Seus olhos castanho-escuros estavam pensativos.

Ela ouviu alguém soltar o ar. A força do estresse liberado fez a chama da vela tremer violentamente.

Gamache olhou para eles. Ao passar por Clara, ele pareceu parar e sorrir, mas ela pensou que provavelmente todos haviam tido a mesma impressão. Ela se perguntou como ele conseguia fazer o tempo desobedecer às próprias regras. Embora soubesse que Three Pines em si era assim, uma vila onde o tempo parecia flexível.

– Esta é uma tragédia de segredos – disse Gamache. – Uma história de assombrações, de fantasmas e da maldade travestida de valor. É uma história de coisas escondidas e enterradas. Vivas. Quando algo que ainda não está morto é enterrado, acaba voltando – continuou ele, após uma pausa. – E abre caminho na terra, fétido. E faminto. Foi o que aconteceu aqui. Todo mundo neste quarto tem um segredo. Algo a esconder. Algo que voltou à vida alguns dias atrás. Quando a agente Lacoste me contou como foi o interrogatório com o marido de Madeleine, eu comecei a ter alguns insights sobre esse assassinato. Ele descreveu Madeleine como um sol. Revigorante, alegre, brilhante e entusiasmada.

Ao redor do círculo, os rostos iluminados assentiram.

– Mas o sol também escalda. Ele queima e cega – prosseguiu, olhando para cada um deles de novo. – E cria sombras fortes. Quem consegue viver perto do sol? Eu pensei em Ícaro, o garoto que, junto com o pai, construiu asas para voar. Mas o pai deu um aviso a ele: não se aproxime muito do sol. E, é claro, foi exatamente o que ele fez. Qualquer pessoa que tenha filhos vai se identificar aqui.

Ele deu uma olhada em Hazel. O rosto dela estava neutro. Vazio. Onde antes havia ansiedade, dor e raiva, agora já não havia mais nada. Os cavaleiros tinham conseguido passar e revirado tudo. Mas Gamache refletiu que talvez eles não tivessem trazido o luto. Os cavaleiros que Hazel queria desesperadamente manter à distância carregavam algo muito mais terrível. Seu fardo era a solidão.

– A suspeita mais óbvia é Sophie. Tadinha da Sophie, como costumam dizer. Sempre se machucando e ficando doente. Embora as coisas tenham começado a melhorar quando Madeleine chegou.

Sophie o encarou, franzindo as sobrancelhas em uma expressão furiosa.

– A casa que antes estava lotada de coisas, mas ao mesmo tempo tão vazia, de repente se encheu de vida. Dá para imaginar?

Subitamente, a imaginação deles os transportou para o dia em que a monótona casa de Hazel e Sophie tinha sido visitada pelo sol. Em que as cortinas haviam se aberto. Em que as risadas sacudiram a decadência daqueles cômodos e a enviaram, rodopiando, para os raios de luz.

– Mas o preço que você pagou foi que suas sombras foram reveladas. Você se apaixonou por Madeleine, não é verdade?

– O amor não é uma sombra – disse Sophie, num tom desafiador.

– Tem razão. O amor não é. Mas o apego é. Myrna, você me falou sobre os "inimigos próximos".

– Apego disfarçado de amor – confirmou Myrna, assentindo. – Mas eu não estava pensando em Sophie.

– Não, você estava pensando em outra pessoa. Mas isso se aplica aqui também – continuou ele, virando-se para Sophie. – Você queria Madeleine só para você. Foi para a universidade dela, a Queens, para impressionar a vítima. Para que ela prestasse mais atenção em você. Se já era ruim dividir Madeleine com a sua mãe, quando você voltou para casa recentemente e viu que ela estava em um relacionamento com monsieur Béliveau, aquilo foi demais.

– Como ela pôde? Quer dizer, olhe só para ele. Velho, feio e pobre. Pelo amor de Deus, ele só tem uma mercearia. Como ela pôde se apaixonar por ele? Eu fui até a droga da Queens por Madeleine e, quando voltei, ela não estava nem em casa. Estava numa sessão espírita com ele.

Ela apontou a muleta para Béliveau, que parecia ser superior àqueles insultos.

– Quando a segunda sessão espírita surgiu, você viu a sua chance. Você brigou contra o excesso de peso a vida inteira e chegou a tomar efedrina há alguns anos, até encontrarem a droga e a tirarem de você. Mas o peso acabou voltando, e você comprou mais comprimidos pela internet. Esta foto mostra uma garota gordinha, só dois anos atrás – disse Gamache, passando a foto tirada da geladeira.

Todos observaram a imagem. Parecia que tinha sido tirada em outro planeta. Um planeta onde as pessoas riam, amavam e celebravam. Um planeta onde Madeleine ainda estava viva.

– Você encontrou o frasco de comprimidos. Você sabia que a sua mãe não joga nada fora. O inspetor Beauvoir disse que o armário dela estava cheio de remédios antigos, a maioria fora da validade. Nós sabemos, pelo laboratório, que você não usou os seus comprimidos de efedrina atuais. Em vez disso, você encontrou os antigos. Você sabia que Madeleine tinha um problema no coração por causa da quimioterapia... – Um leve murmúrio percorreu o círculo. – ... e você sabia que uma dose alta combinada a um coração frágil podia matar. Você só precisava de um susto. Alguma coisa que agitasse o coração dela, que fizesse com que acelerasse. E essa oportunidade caiu no seu colo. Uma sessão espírita nesta casa.

– Isso é ridículo – replicou Sophie, embora não parecesse nada confiante.

– Você fez questão de sentar ao lado de Madeleine durante o jantar e colocou os comprimidos no jantar dela.

– Não coloquei. Mãe, fale para ele!

– Ela não colocou – disse Hazel, encontrando energia para sair fracamente em defesa da filha.

– É claro que tudo o que eu falei em relação a Sophie se aplica a Hazel também – prosseguiu Gamache, virando-se para a mulher ao lado de Sophie. – A senhora amava Madeleine. Nunca tentou esconder isso. Um amor platônico, é quase certo, mas profundo. A senhora provavelmente amava Madeleine desde a infância. Então, ela vem morar com vocês, se recupera da quimioterapia e a vida de vocês recomeça. A monotonia acaba. Assim como a solidão.

Hazel assentiu.

– Se Sophie podia encontrar a efedrina, a senhora também podia – continuou ele. – A senhora estava do outro lado de Madeleine no jantar. Pode ter colocado a efedrina no prato dela. Mas uma pergunta intrigante é: por que não matar Madeleine na primeira sessão espírita? Por que esperar?

Ele deixou a pergunta assentar. Agora, o mundo fora do círculo de luz parecia não existir. O mundo que conheciam tinha desaparecido na escuridão.

– Três fatores diferenciam as sessões espíritas – seguiu Gamache, enumerando-os nos dedos. – O jantar na casa de Peter e de Clara, a antiga casa dos Hadleys e as Smyths.

– Mas por que Hazel iria querer matar Madeleine? – perguntou Clara.

– Por ciúme. Nesta foto – disse ele, apontando para a imagem, agora na mão de Gabri –, Madeleine está olhando para Hazel com muito carinho, e Hazel demonstra um afeto maior ainda. Mas ela não está olhando para Madeleine, nem para Sophie. Está olhando para fora do quadro. Eu me lembrei de uma coisa que Olivier me disse. Ele me contou como Hazel foi boa para monsieur Béliveau depois que a esposa dele morreu. Ele passou a ser convidado para todas as festas, principalmente as grandes. O chapéu

350

que Hazel estava usando era branco e azul, e o bolo tinha glacê azul. Era o aniversário de um homem. O seu aniversário.

Ele se virou para Béliveau, que parecia perplexo. Gabri entregou a foto a ele, e o dono da mercearia a analisou por alguns instantes. Em meio ao silêncio, eles ouviram mais rangidos. Algo parecia estar subindo as escadas. Clara sabia que era tudo coisa da cabeça dela. Sabia que o que havia sentido antes tinha sido apenas o filhote de tordo, não o monstro de sua imaginação. O passarinho estava morto agora. Então nada podia estar subindo as escadas. Nada podia ter chegado àquele andar. E nada podia estar avançando pelo corredor, causando aqueles rangidos.

– Hazel sempre foi muito gentil – disse monsieur Béliveau, finalmente, olhando para a própria, que tinha quase desaparecido.

– A senhora se apaixonou por ele – afirmou Gamache. – Não foi?

Hazel balançou a cabeça de leve.

– Mãe? Isso é verdade?

– Eu o achei uma boa pessoa. Pensei que talvez...

A voz de Hazel foi sumindo.

– Até que Madeleine apareceu – continuou Gamache. – Ela não tinha a intenção e é quase certo que não fizesse ideia dos seus sentimentos por ele, mas roubou monsieur Béliveau da senhora.

– Ele não era meu para alguém roubar.

– A gente diz isso – argumentou Gamache –, mas dizer e sentir são coisas muito diferentes. A senhora e monsieur Béliveau eram duas pessoas solitárias. De muitas formas, um par bem mais natural. Mas Madeleine era esse ímã magnífico, adorável e risonho, e monsieur Béliveau ficou hipnotizado. Eu não quero sugerir que Madeleine fosse maliciosa ou má pessoa. Ela só estava sendo ela mesma. E era difícil não se apaixonar por ela. Não é verdade, monsieur Sandon?

– *Moi?*

Ao ouvir o próprio nome, Gilles levantou rapidamente a cabeça.

– O senhor também amava Madeleine. Profundamente. Tão profunda e completamente quanto o amor não correspondido pode ser. De muitas formas, ele é o mais profundo, já que nunca é testado. Ela permanecia idealizada. A mulher perfeita. Mas então a mulher perfeita vacilou. Ela se apaixonou por outra pessoa. E o pior: um homem que o senhor desprezava.

Monsieur Béliveau. O portador da morte. O homem que permitiu que um carvalho antigo e venerável agonizasse até a morte.

– Eu jamais poderia matar Madeleine. Eu não consigo nem cortar uma árvore. Não consigo pisar em uma flor ou esmagar uma lacraia. Não sou capaz de tirar nenhuma vida.

– O senhor é, sim, monsieur Sandon – afirmou Gamache, antes de ficar em silêncio e se inclinar para a frente de novo, encarando o imenso lenhador. – O senhor mesmo disse. É melhor acabar com o sofrimento de um ser vivo do que permitir que ele tenha uma morte longa e dolorosa. O senhor estava falando do carvalho. Mas estava preparado para matar a árvore. Acabar com o sofrimento dela. Se o senhor soubesse que Madeleine estava morrendo, talvez fizesse o mesmo por ela.

Gilles ficou sem palavras, com os olhos arregalados e a boca aberta.

– Eu amava Madeleine. Não seria capaz de matá-la.

– Gilles! – sussurrou Odile.

– E ela amava outra pessoa – disse Gamache, aproximando-se e aumentando o impacto de suas palavras. – Ela amava monsieur Béliveau. Todos os dias, o senhor via isso. Todos os dias, isso estava na sua cara, inegável até mesmo para o senhor. Ela não amava o senhor de jeito nenhum.

– Como ela pôde? – esbravejou ele, levantando-se da cadeira, as mãos enormes fechadas como duas marretas. – O senhor não sabe como foi vê-la com este cara – disse ele, virando-se para monsieur Béliveau. – Eu sabia que ela não podia amar alguém como eu, mas…

Ele vacilou.

– Mas se ela não podia amar o senhor, não podia amar mais ninguém? – sugeriu Gamache em voz baixa. – Deve ter sido horrível.

O lenhador desabou na cadeira. Eles esperavam ouvir um "crec" da madeira cedendo, mas, em vez disso, ela o segurou como uma mãe faria com um filho ferido.

– Mas o que causou a morte dela estava no armário de remédios das Smyths – argumentou Odile, do nada. – Ele não teria como pegar.

– A senhora está certa. Ele não tinha acesso à casa das duas – concordou Gamache, virando-se para Odile. – Eu mencionei o laudo do laboratório. Ele afirma que a efedrina que matou Madeleine não veio de um lote recente. Era muito mais natural. Eu fiz besteira. As pessoas me disseram várias vezes, mas eu não registrei. A efedrina é uma erva. Usada há séculos pela medicina chinesa. Talvez Gilles não precisasse ter acesso à casa delas. Talvez a senhora também não. Os senhores sabem o que eu comprei na sua loja?

Ele olhou para Odile, que o encarou, tensa e petrificada.

– Ma Huang. Uma erva chinesa antiga. A base do chá mórmon. E também conhecida como efedrina.

– Eu não fiz isso. Ele não fez isso. Ele não a amava. Ela era uma bruxa, uma pessoa horrível, horrível. Madeleine fazia as pessoas acreditarem que se importava com elas.

– A senhora falou com ela, advertiu Madeleine durante a caminhada daquela noite, não foi? Disse que ela podia ter qualquer um, mas que Gilles era o único homem que a senhora sempre quis. A senhora implorou para que ela ficasse longe dele.

– Ela disse para eu deixar de ser estúpida. Mas eu não sou estúpida.

– Só que era tarde demais. A efedrina já estava no corpo dela – disse Gamache, olhando para o círculo de rostos, que o encarava. – Todos vocês tinham motivos para matar Madeleine. Todos vocês tiveram a oportunidade de matá-la. Mas um terceiro ingrediente era necessário. O que matou Madeleine Favreau foi a efedrina e um susto. Alguém precisava providenciar o susto.

Todos se viraram para Jeanne Chauvet. Os olhos dela estavam escondidos no rosto, fundos e escuros.

– Todos vocês tentaram fazer com que eu considerasse Jeanne suspeita. Vocês me disseram que não confiavam nela e não gostavam dela. Que tinham medo dela. Eu atribuiria isso a uma espécie de histeria coletiva. Ela era a estranha entre vocês. A bruxa. Quem mais vocês iam querer que fosse o culpado?

Clara o encarou. Gamache tinha colocado a questão de maneira muito simples e objetiva. Eles realmente tinham jogado aquela mulher na fogueira da inquisição? Eles a haviam denunciado? Acendido a pira e se aquecido nela feito um bando de puritanos presunçosos, confiantes de que o monstro não era um deles? Sem pensar nenhuma vez na verdade, na mulher?

– Eu tinha praticamente descartado essa hipótese por ser muito óbvia. Mas o jantar de ontem à noite fez com que eu mudasse de ideia.

Clara pensou ter ouvido outro rangido, como se a casa tivesse acordado, pressentindo um assassinato. Seu coração acelerou, e a luz da vela começou a bruxulear como se ela própria estivesse tremendo. Havia algo naquela casa. Algo tinha ganhado vida. Gamache pareceu sentir a mesma coisa. Ele inclinou a cabeça para o lado, com uma expressão intrigada. Escutando.

– A senhora falou do "tempo das fogueiras" e foi chamada mais de uma vez de Joana D'Arc – disse ele a Jeanne. – E eu lembrei que Joana é Joan em inglês e Jeanne em francês. Jeanne D'Arc. Uma mulher queimada por ouvir vozes e ter visões. Uma bruxa.

– Uma santa – corrigiu Jeanne, com uma voz indiferente e distante.

– Como preferir – prosseguiu Gamache. – A senhora achou que aquela primeira sessão tinha sido uma brincadeira, mas levou a segunda a sério. A senhora se certificou de que o ambiente fosse o mais assustador possível.

– Eu não sou responsável pelo medo das pessoas.

– Ah, não? Se a senhora pular do escuro e gritar "bu!", não pode culpar a pessoa por se assustar. E foi o que a senhora fez. Deliberadamente.

– Ninguém forçou Ma a ir naquela noite – disse Jeanne, depois se calando abruptamente.

– Ma – repetiu Gamache em voz baixa. – Um apelido. Usado pelas pessoas que conheciam bem a vítima, não por alguém que só viu a mulher uma vez. A senhora conhecia Madeleine, não é?

Jeanne ficou em silêncio.

Gamache assentiu.

– A senhora conhecia a vítima. Eu vou voltar a esse ponto daqui a pouco. O último elemento necessário para o assassinato era a sessão espírita. Mas ninguém aqui faria uma, e quem poderia imaginar que uma médium apareceria bem na Páscoa? Seria muito estranho que isso acontecesse por acaso. E não aconteceu mesmo. O senhor enviou isto?

Gamache entregou o panfleto da pousada a Gabri.

– Eu nunca enviei isto – afirmou Gabri, mal olhando para o papel. – Eu só criei estes folhetos para agradar Olivier, que disse que a gente não fazia propaganda suficiente.

– O senhor nunca enviou nenhum deles? – insistiu Gamache.

– Para quê?

– Você tem uma pousada – sugeriu Myrna. – Um negócio.

– Foi exatamente o que Olivier disse, mas a gente já tem hóspedes suficientes. Por que eu iria querer mais trabalho?

– Ser o Gabri já dá trabalho demais – concordou Clara.

– É exaustivo – disse Gabri.

– Então o senhor não grampeou esse papelzinho no topo do panfleto – concluiu Gamache, apontando para a folha brilhante na mão grande de Gabri.

Gabri se aproximou da luz da vela, semicerrando os olhos para enxergar.

– "Onde as linhas de Lay se encontram – Especial de Páscoa" – leu ele. – Eu nunca escreveria isso. Nem sei o que significa – disse ele, devolvendo o panfleto a Gamache.

– O senhor não grampeou esse papel e não enviou o panfleto. Então quem fez isso?

Aquela era obviamente uma pergunta retórica.

– Alguém que queria atrair Jeanne para Three Pines – continuou ele. – Alguém que conhecia madame Chauvet bem o suficiente para saber que, ao mencionar as linhas de Ley, despertaria o interesse dela. Mas alguém que não sabia o suficiente sobre o assunto para escrever "linhas de Ley" corretamente.

– Eu tenho que dizer que isso inclui todos nós – afirmou Clara. – Exceto uma pessoa – completou, olhando para Jeanne.

– Você está achando que eu mesma fiz isso? Para parecer que alguém tentou me atrair até aqui? E até escrevi a palavra errado? Eu não sou tão esperta.

– Talvez – comentou Gamache.

– Naquela primeira sessão, Gabri – disse Clara –, você pregou uns cartazes falando que madame Blavatsky ia falar com os mortos. Você mentiu sobre o nome dela...

– Licença poética – explicou Gabri.

– Deve ser exaustivo ser ele – soltou Myrna.

– ... mas você sabia que Jeanne era médium. Como você sabia?

– Ela me contou.

– É verdade – disse Jeanne após um momento. – Eu vivo repetindo para mim mesma que não vou dizer nada, e é lógico que essa é a primeira coisa que sai da minha boca. Eu não sei por quê.

– Porque você quer se sentir especial – sugeriu Myrna, mas não de maneira indelicada. – Todos nós queremos. Você só é mais aberta em relação a isso.

– Bom – disse Gabri, com uma voz estranhamente baixa –, eu meio que persuadi Jeanne a me contar. Sempre pergunto o que os meus hóspedes fazem. As paixões deles. É interessante.

– E aí você os coloca para trabalhar – comentou Gilles, ainda irritado com a ocasião em que perdera duzentos dólares para o hóspede campeão de pôquer.

– Vilarejos às vezes acabam ficando muito parados – explicou Gabri a Gamache, com um ar altivo. – Eu trago cultura para Three Pines.

Ninguém quis mencionar a cantora de ópera estridente.

– Quando Jeanne fez check-in, ela leu minha mão – continuou Gabri. – Na minha última vida, eu era o Guardião da Luz da Acrópole, mas não contem para ninguém.

– Prometo – disse Clara.

– Mas, antes disso, eu andei pela vila – contou Jeanne. – Sentindo a energia do lugar. O engraçado é que quem quer que tenha escrito isto – disse ela, apontando para o panfleto na mão de Gamache – estava quase certo. Existem mesmo linhas de Ley aqui, só que paralelas a Three Pines. É raro ver essas linhas tão próximas. Mas elas não se encontram. Na verdade, nem é interessante que elas se encontrem. É muita energia. Isso é bom para lugares sagrados, mas reparem que ninguém mora em Stonehenge.

– Pelo menos, não que a gente consiga ver – disse Gamache, para a surpresa de todos. – Quem quer que tenha enviado o panfleto sabia que Gabri descobriria que a hóspede dele era uma médium e com certeza colocaria Jeanne para trabalhar. A sessão espírita era uma coisa certa – garantiu ele, depois se virou para Myrna. – Ontem à noite, na casa de Peter e de Clara, a senhora me deu um livro, Myrna. O *Dicionário de lugares mágicos*. Eu dei uma olhada nele, e sabem o que descobri?

Ninguém respondeu. Ele se voltou para Jeanne.

– Eu acho que a senhora sabe. A senhora pareceu chateada quando viu o livro, principalmente porque era a última edição. Olivier perguntou se eles tinham descoberto mais lugares mágicos. Ele estava brincando, claro, mas acabou que era verdade. Eles realmente descobriram um novo lugar mágico nos últimos vinte anos. Na França. Uma caverna batizada com o nome da região onde ela foi encontrada. A caverna de Chauvet.

Eles ouviram mais um rangido, e Gamache percebeu que o tempo estava se esgotando. Algo sombrio e pessoal se aproximava.

– Jeanne Chauvet. Uma médium e autoproclamada wiccana com o nome de uma mulher medieval queimada por bruxaria e sobrenome de caverna mágica. Esse com certeza não é o seu nome verdadeiro. Mas outra coisa aconteceu ontem à noite. O inspetor Beauvoir e eu não conseguimos dormir por causa dos sapos. Nós estávamos na sala de estar folheando os anuários do ensino médio de Hazel e de Madeleine, quando Jeanne apareceu. Hoje de manhã, eles tinham sumido. Só uma pessoa podia ter pegado os anuários. Por que a senhora fez isso, Jeanne?

Jeanne fitou a escuridão e, após um instante, falou:

– Tem alguma coisa vindo.

– *Pardon?* – perguntou Gamache.

Ela se virou para ele, seus olhos finalmente iluminados pela luz da vela. Estavam brilhando agora. Era algo estranho e desconcertante.

– Eu sei que o senhor está sentindo. É a coisa sobre a qual eu adverti o senhor naquele dia, na igreja. Ela chegou.

– Por que a senhora pegou os anuários, Jeanne?

Gamache precisava manter o foco, impedir que sua mente vagasse para a outra coisa. Mas ele sabia que o tempo era curto. Ele precisava terminar aquilo.

Ela olhou para a porta e ficou em silêncio.

– Esta tarde, voltando para cá, eu passei na escola e peguei duas coisas – continuou Gamache. – Outro anuário e uma lista de ex-alunos. Eu queria ler uma descrição que vi no anuário do ano em que Hazel e Madeleine se formaram.

Ele se abaixou e pegou um livro. Depois o abriu em uma página marcada com um post-it.

– "Joan Cummings. Líder de torcida. Joana D'Arc planeja botar fogo no mundo."

Ele fechou o anuário delicadamente.

– Você é Joan Cummings? – soltou Hazel, levantando-se. – Da escola?

– Você não me reconheceu, não foi? Ma também não.

– Você mudou – respondeu Hazel, gaguejando um pouco pela vergonha.

– Mas Ma não – disse Jeanne.

Gamache virou o anuário e mostrou a eles a foto das líderes de torcida. Àquela luz fraca, eles viram uma jovem com os braços tonificados erguidos para o céu e um sorriso imenso no rosto bonito.

– Isso foi há quase trinta anos. Apesar de toda a maquiagem e dos sorrisos, eles a chamavam de Joana D'Arc e falavam em queimá-la.

Os olhos de Jeanne voaram para a porta e depois voltaram ao círculo.

– Eu conheci Madeleine na equipe de líderes de torcida. O senhor estava certo sobre o sol, sabe? Ela era isso tudo e muito mais. Legal de verdade, o que piorava as coisas. Depois de anos sendo provocada e torturada por ser diferente, tudo o que eu queria era me encaixar. Passei a usar maquiagem, fiz o cabelo, aprendi a falar bobagens e, finalmente, entrei para a equipe de líderes de torcida. Eu queria ser amiga dela, mas ela me ignorava. Não era exatamente cruel, mas indiferente.

– Você odiava Madeleine? – perguntou Clara.

– Você provavelmente sempre foi popular – retrucou Jeanne. – Bonita, talentosa, alegre…

Clara ouviu aquelas palavras, mas não se reconheceu nelas.

– Eu nunca fui nada disso – continuou Jeanne. – Eu só queria uma amiga. Uma única amiga. Você faz ideia de como é horrível sempre ficar de fora? Então, finalmente, eu entrei para a equipe. O lugar onde todas as garotas legais estavam. E sabe como eu fiz isso? – Jeanne quase sibilava agora. – Eu traí tudo o que eu era. Eu me tornei boba e superficial. Eu literalmente maquiava quem eu era todos os dias. Eu tranquei todas as coisas com que eu me importava dentro de mim e virei as costas para as pessoas que poderiam ter sido minhas amigas. Tudo em busca da garota perfeita.

– Madeleine – disse Gamache.

– E ela era perfeita. O pior momento da minha vida foi quando eu percebi que tinha traído tudo com que eu me importava por nada.

– Então a senhora mudou o seu nome para Chauvet. Criou uma nova maquiagem.

– Não, eu finalmente me aceitei. Mudar o meu nome para Chauvet foi uma celebração, uma declaração. Pela primeira vez eu não estava escondendo quem era.

– Ela é uma bruxa – sussurrou Gabri para Myrna.

– Nós sabemos, *mon beau*. Eu também sou.

– Eu sabia quem eu era, mas não qual era o meu lugar – continuou Jeanne. – Eu me sentia uma estranha em todos os lugares aonde ia. Até que cheguei aqui. Assim que eu peguei a estrada que dá em Three Pines, entendi que tinha encontrado a minha casa.

– Mas a senhora também encontrou Madeleine – argumentou Gamache.

Jeanne assentiu.

– Na sessão espírita de sexta. E eu sabia que ela ia roubar a minha luz de novo. Não por ser gananciosa, mas porque eu ia entregá-la para ela. Eu conseguia sentir. Eu tinha me encontrado, encontrado um lar, e a única coisa que faltava era uma amiga. E, assim que eu vi Ma, eu soube que ia fazer tudo aquilo de novo. Tentar ficar amiga dela e ser rejeitada.

– Mas por que matar? – quis saber Clara.

– Eu não matei Ma.

Murmúrios de descrença se espalharam pelo círculo.

– Ela está falando a verdade mesmo – declarou Gamache. – Ela não matou Madeleine.

– Então quem matou?

Jeanne se levantou, fitando o negrume da porta.

– Senhor?

A voz que vinha de lá era jovem e hesitante, mas de alguma forma aquilo a tornava ainda mais assustadora. Era como descobrir que o diabo era um amigo da família.

Gamache se levantou e se virou para a porta. Ele não via nada além da escuridão, porém, aos poucos, um contorno foi surgindo. Seu tempo tinha acabado. Ele se voltou para o círculo. Todos os olhos estavam nele, os rostos redondos e claros como holofotes, em busca de segurança.

– Eu volto daqui a alguns minutos.

– O senhor vai deixar a gente aqui? – perguntou Clara.

– Desculpe. Eu preciso ir, mas nada de mau vai acontecer com vocês.

Gamache se virou e se afastou da luz bruxuleante, desaparecendo ao atravessar a fronteira do mundo.

QUARENTA E DOIS

O AGENTE LEMIEUX O CONDUZIU pelo corredor até um quarto escuro, onde alguém estava sentado de pernas cruzadas com uma lanterna no colo.

– Oi, Armand.

A voz era muito familiar. O corpo, mesmo sob a luz trêmula, imediatamente reconhecível. Amado por décadas. O mesmo corpo que ele vira se esgueirar para dentro de bares quando os dois ainda eram menores de idade, com quem havia saído em encontros duplos, estudado para provas e feito longas caminhadas na juventude, criticando os problemas do mundo. Para depois voltar a organizar o mundo, deixando-o perfeito. Eles tinham fumado juntos. Parado de fumar juntos. Foram padrinhos de casamento um do outro. Apoiaram-se, escolheram um ao outro como padrinho de uma criança preciosa e amada.

De repente, Armand Gamache estava em casa de novo, com o rosto encostado no sofá áspero e os olhos fixos na rua. Esperando que papai e mamãe voltassem. Todas as noites, eles voltavam. Porém, naquela noite, um carro estranho apareceu. Dois homens saíram dele. Alguém bateu na porta. Ele sentiu a mão da avó encontrar a dele e o cheiro forte e repentino de naftalina do suéter dela quando ela puxou a cabeça de Gamache para si, para protegê-lo das palavras. Mas ainda assim as palavras o encontraram, o envolveram e se agarraram a ele pelo resto da vida.

Um acidente horrível.

E seu amiguinho Michel Brébeuf estivera lá por ele. De alguma forma, tinha sido reconfortante crescer sabendo que era quase certo que nada nunca mais seria tão devastador.

Até aquele instante.

Ele estava diante do homem que mais amava no mundo. Os cavaleiros estavam livres, descendo rápido a colina, os cavalos relinchando alto, as armas em riste. Não haveria prisioneiros.

– *Bonjour*, Michel.

– Você sabia, não sabia? Eu vi na sua cara quando saí do elevador esta tarde.

Gamache assentiu.

– Como? – perguntou Brébeuf.

Gamache olhou em volta e viu o agente Lemieux parado à porta.

– Ele fica, Armand.

O inspetor-chefe olhou para Lemieux, analisando o rosto dele. Mas só viu um olhar frio e duro.

– Ainda não é tarde demais – disse Gamache.

– É bem tarde – disse o jovem. – Para nós dois.

– Eu não estava falando com você.

– Como você soube? – insistiu Brébeuf, levantando-se.

– Segredos – explicou Gamache, surpreso ao ouvir a própria voz soar tão normal.

Aquela parecia mais uma das conversas que ele sempre tinha com Michel: equilibrada, reflexiva e até gentil.

– São os nossos segredos que nos deixam doentes. Você me disse isso no elevador.

– E...?

– Você disse que é uma frase que eu sempre falo. Mas isso não é verdade. Eu só disse isso uma vez e foi aqui, nesta casa. Para o agente Lemieux.

Brébeuf pensou por um instante.

– Foi aí que você soube que ele estava trabalhando para mim?

– Eu já sabia que ele estava trabalhando para outra pessoa além de mim. Eu sabia que ele era o espião.

– Como? – perguntou Brébeuf, que não conseguia conter a curiosidade.

– Era assim que Arnot trabalhava. É simples e eficaz. Plantava alguém de confiança em uma situação e deixava que ele aprontasse o pior. *Un agent provocateur*. Eu percebi que, se o pessoal do Arnot fosse tentar me derrubar, seria de dentro para fora. Infiltrando alguém na minha equipe. Mas Arnot usava bandidos. Você é muito mais inteligente. Escolheu alguém envolvente, alguém com facilidade de se insinuar.

Gamache se virou para Lemieux.

– É fácil gostar de você. A equipe toda o adotou. Você é inteligente e se autodeprecia de uma maneira adorável. Você se encaixa. É muito mais traiçoeiro que um bandido. Você mata com um beijo.

Lemieux não desviou os olhos frios. Gamache o encarou de volta.

– Cuidado, meu jovem. Você está brincando com coisas que nem começou a entender.

– Você acha que não? – disse Lemieux, dando um passo à frente. – Você acha que eu sou o jovem agente ingênuo, pouco sofisticado e um tantinho estúpido? Acha que eu fui enganado, talvez com promessas extravagantes, pelo superintendente? Acha que eu fui seduzido?

Enquanto falava, Lemieux se aproximava de Gamache resolutamente, devagar, sua voz suave e doce, sedutora. Encantadora. Mas o frescor da juventude foi diminuindo, e o que avançava ficava mais velho e decadente a cada passo, até que ele parou a poucos centímetros do inspetor-chefe. Gamache teve a impressão de que aquela coisa ia lamber o seu rosto com uma língua rançosa e viscosa. Teve que se segurar para não cair para trás e vomitar.

– Você acha que eu vou me arrepender disso um dia, não é? – perguntou Lemieux, seu hálito fétido na bochecha de Gamache. – Você é previsível, inspetor-chefe. Precisa salvar as pessoas, assim como foi salvo. Assim como recebeu uma segunda chance. O superintendente aqui me contou dos seus pais. Isso teria marcado a maioria dos garotos, mas de alguma forma você sobreviveu e até desabrochou. Só que o acordo que você fez foi ajudar os outros. Ninguém se afoga com você por perto. Que fardo pesado, hein?

Gamache sentiu o coração acelerar.

– Ah, as coisas que os garotos compartilham uns com os outros... – continuou Lemieux. – Eu posso até ver você, Gamache. Um garoto firme, forte e sério contando para o melhor amigo a promessa solene de ajudar as pessoas. E o Brébeuf aqui se comprometeu a ajudar você, não foi? Como Lancelot e Artur. No fim das contas, um trai o outro. Qual foi mesmo o ensinamento do primeiro chefe de vocês? Mateus 10:36. Você achou que eu não estava prestando atenção, não é?

– Ah, eu sempre soube que você estava prestando atenção.

Gamache se virou para Brébeuf. Sentiu que estava perdendo o controle e, se isso acontecesse, tudo estaria perdido.

– Eu entendo que você tenha atacado a mim, mas a minha família, Michel? Por que Daniel? E Annie, sua própria afilhada?

– Eu tinha certeza que você ia descobrir que era eu quando isso acontecesse. Quem mais podia saber tanto sobre a sua família? Mas, mesmo assim, você permaneceu cego. Tão leal – comentou Brébeuf, balançando a cabeça. – Você nunca suspeitou, não foi? Continuava pensando que fosse o Francoeur.

Gamache tentou se aproximar de Brébeuf, mas Lemieux se interpôs entre eles. Não se lembrava de Lemieux ser tão grande. Ele parou, mas bem próximo do jovem, sem desgrudar os olhos de Brébeuf.

– Eu sabia que alguma coisa tinha mudado entre a gente – disse Gamache. – Você estava distante, educado, mas nada mais. Eram pequenas coisas, nada que eu conseguisse identificar. Nada que valesse a pena comentar, mas era uma coisinha atrás da outra. Um aniversário esquecido, uma festa perdida, uma observação leviana que parecia ter a intenção de ofender. Mas eu não conseguia acreditar. Eu escolhi não acreditar.

Eu tinha medo de acreditar, pensou Gamache. *Medo que fosse verdade e que eu tivesse perdido o meu melhor amigo. Como Hazel perdeu Madeleine.*

– Pensei que você estivesse preocupado com problemas familiares. Eu nunca sonhei…

Gamache ficou sem palavras. No entanto, duas últimas se formaram e se lançaram de sua boca:

– Por quê?

– Você lembra de como foi logo depois que Arnot e os outros foram sentenciados? O caso já tinha acabado, mas você estava arruinado. Tinha sido expulso do conselho. Catherine e eu convidamos você e Reine-Marie para jantar, supostamente para animar vocês. Mas você estava com um humor ótimo. Nós fomos até o meu escritório para tomar um conhaque, e você me disse que não estava nem ligando. Que tinha feito o que precisava fazer. A sua carreira em frangalhos, e você ali, feliz. Depois que vocês foram embora, eu sentei para ler. Algum livro obscuro que você provavelmente me deu. Nesse livro, eu vi uma citação que me deixou arrasado. Eu copiei a citação naquela noite e guardei na minha carteira, para nunca mais esquecer.

Ele pegou a carteira. Dela, tirou um pedaço de papel dobrado, surrado como uma carta de amor. Ele o abriu.

– A frase é de 960 d.C. Supostamente dita por Abderramão III, da Espanha.

Ele parecia um aluno nervoso em frente à turma. Gamache quase suspirou diante daquela tortura. Brébeuf pigarreou e leu em voz alta:

– *Já reinei cerca de cinquenta anos na vitória e na paz, amado pelos meus súditos, temido pelos meus inimigos e respeitado pelos meus aliados. Riquezas e honras, poder e prazer atenderam ao meu chamado, e nenhuma bênção terrena parece ter me faltado. Nessa situação, contei diligentemente os dias de felicidade pura e genuína que recaíram sobre mim: eles somam quatorze.*

Robert Lemieux riu. Mas Gamache estava de coração partido.

Brébeuf voltou a dobrar o papel cuidadosamente e o devolveu à carteira.

– A vida inteira, eu fui mais inteligente, mais rápido e melhor no tênis e no hóquei que você – disse Brébeuf. – Eu tirei as melhores notas e encontrei o amor primeiro. Tive três filhos. Cinco netos, e você só uma. Eu ganhei sete comendas. Quantas você ganhou? – Gamache balançou a cabeça. – Você nem sabe, não é? Eu venci você na disputa para superintendente e me tornei seu chefe. Eu vi você arruinar a sua carreira. Então por que você é que é feliz?

A pergunta atingiu Gamache, perfurou seu peito e seu coração e explodiu em sua cabeça, forçando-o a fechar os olhos. Quando ele os abriu de novo, pensou estar vendo coisas. De pé, um pouco atrás de Lemieux, estava outra pessoa. Nas sombras.

Então, uma das sombras se separou das outras e se tornou a agente Nichol, como um fantasma preso entre os mundos.

– O que você quer? – perguntou Gamache a Brébeuf.

– Ele quer que você se demita – afirmou Lemieux, que parecia ainda não ter visto Nichol. – Mas nós dois sabemos que isso não vai ser suficiente.

– É claro que vai ser suficiente – rebateu Brébeuf. – A gente ganhou.

– E depois, o quê? – perguntou Lemieux. – Você é um fraco, Brébeuf. Você prometeu promover a minha ascensão na hierarquia, mas como eu posso confiar em um homem que trai o melhor amigo? Não, a minha única garantia é ter algo tão terrível contra você que não vai ter volta – disse ele, sacando a arma e olhando para Gamache. – Você me disse, bem aqui nesta casa, para nunca sacar a arma a menos que eu pretenda usar. Essa lição eu aprendi. Mas eu não pretendo usar esta arma. Quem vai usar é você.

Ele empurrou o revólver para Brébeuf.

– Pega. – A voz juvenil de Lemieux era suave e equilibrada.

– Eu não vou fazer isso. Você está me dizendo para atirar no meu amigo?

– Seu amigo? Você já matou a relação. Por que não matar o homem? Ele não vai deixar você em paz, você sabe muito bem. Olha só o que ele fez com Arnot. Mesmo que ele se demita, não tem nenhuma chance de ele deixar isso de lado. Ele vai passar o resto da vida tentando te derrubar.

Brébeuf deixou os braços penderem ao lado do corpo. Lemieux suspirou e engatilhou a arma.

– Lemieux – chamou Gamache, começando a avançar, tentando manter os olhos tanto no agente quanto em Nichol, atrás dele.

Ele viu que Nichol aproximava a mão da cintura.

– Pare!

Uma arma nasceu da escuridão, com Jean Guy Beauvoir acoplado a ela. Ele a segurava firme, com os olhos duros e fixos em Lemieux. Nichol se dissolveu nas sombras.

– Você está bem? – perguntou ele a Gamache, sem perder o foco.

– Estou.

Como inimigos ancestrais, Beauvoir e Lemieux se entreolharam, com as armas apontadas para a frente: Beauvoir para Lemieux, e Lemieux para Gamache.

– Você sabe que eu não tenho nada a perder, inspetor – disse aquela voz jovem e sensata. – Não tem nenhuma chance de eu sair daqui como seu prisioneiro. Eu vou contar até cinco, e se você não baixar esta arma, eu mato Gamache. Se você sequer respirar, se eu tiver o menor indício de que você está se preparando para atirar, eu mato você primeiro. Aliás, dane-se – disse ele, virando a cabeça ligeiramente para Gamache.

– Não! Não, espere! – exclamou Beauvoir, largando o revólver.

– Fraco – disse ele, balançando a cabeça. – Todo o seu pessoal é fraco.

Ele se virou para Gamache e atirou.

QUARENTA E TRÊS

Clara Morrow se levantou com um salto ao som do disparo. Nos últimos quinze minutos, eles tinham ouvido vozes abafadas, que às vezes ficavam mais altas no calor da discussão – embora pelo menos fossem humanas. Mas aquele tiro tinha sido outra coisa. Era algo que a maioria dos canadenses nunca ouvia. Era grotesco e sinalizava que a morte estava à solta de novo na antiga casa dos Hadleys.

– Será que a gente devia ir lá ver? – perguntou ela.

– Você está louca? – disse Myrna, os olhos arregalados de pavor. – O que a gente vai fazer? Pelo amor de Deus, alguém está armado. A gente tem é que sair daqui.

– Eu estou com você – declarou Gabri, já de pé.

– A gente deve ficar – afirmou Jeanne. – O inspetor-chefe pediu.

– E daí? – perguntou Gilles. – Se ele lhe pedir para pular da janela, você pula?

– Ele não fez isso nem faria – disse Jeanne de repente. – A gente precisa ficar.

Armand Gamache estava no chão, arrastando-se para pegar a arma. Beauvoir estava de quatro tentando desesperadamente encontrar a própria arma enquanto chamava o chefe.

– O senhor está bem? O que aconteceu?

– Pegue a arma! – gritou Gamache, lutando contra Lemieux, que se contorcia para tentar fugir.

Na escuridão do chão, cada pé, mão e perna de cadeira parecia uma arma. A mão de Gamache se fechou ao redor de uma pedra.

– Vocês podem parar agora.

Acima deles, uma voz jovem falou. Os três homens, que se debatiam juntos no chão, olharam para cima. A agente Yvette Nichol estava de pé com uma arma na mão.

Devagar, eles se levantaram. Lemieux tocou a nuca. Sua mão voltou suja de sangue.

– Me dá isso! – ordenou ele, estendendo a mão para a arma dela.

– Ah, eu acho que não – respondeu Nichol.

– Sua vagabunda burra, me dá isso!

Mas Nichol se manteve imóvel, a arma firme. Lemieux desviou o olhar para Brébeuf, que tinha se esgueirado para as sombras.

– Qual é o seu jogo, Brébeuf? Manda ela parar!

– Eu não posso! – respondeu ele com uma voz aguda, quase um chiado, como se reprimisse a histeria.

– Eu estou avisando, Brébeuf!

Das sombras, veio uma breve explosão de riso, que logo foi contida.

– Ele não manda em mim – disse Nichol, com os olhos frios e duros.

– Francoeur – sibilou Lemieux para Brébeuf. – Eu achei que ele estivesse sob controle.

– Passe a arma, agente Nichol – ordenou Gamache, dando um passo à frente, a mão estendida.

– Atira! – gritou Lemieux. – Atira nele!

Naquele instante, o celular dela tocou. Para espanto de todos, ela atendeu, sem tirar os olhos deles em nenhum momento.

– Sim, eu entendi. Ele está comigo agora.

Ela passou o celular para Gamache. Ele hesitou, mas depois pegou o aparelho.

– *Oui, allô?*

– Inspetor-chefe Gamache? – perguntou a voz com sotaque forte.

– *Oui.*

– Aqui é Ari Nikolev. Pai da Yvette. Espero que o senhor esteja cuidando bem da minha filha. Toda vez que eu ligo, ela diz que está resolvendo um caso para o senhor. Isso é verdade?

– Ela é uma jovem notável, senhor – respondeu Gamache. – Eu preciso ir agora.

Ele devolveu o telefone a Nichol. Ela entregou a arma para ele. Lemieux observou, de queixo caído.

– O que significa isso? – questionou ele, virando-se de novo para Brébeuf, que se agitava nas sombras. – Você disse que ela estava com a gente!

– Eu disse que ela tinha uma função – disse Brébeuf com uma voz tensa, lutando para controlar a histeria que o dominava. – Quando Francoeur transferiu Nichol de volta para a Homicídios, eu sabia que Gamache ia suspeitar que ela fosse espiã dele. Por que mais ele a mandaria de volta? Mas Francoeur não passa de um idiota que adora fazer bullying. Ele abandonou Arnot assim que a coisa ficou feia. Nichol era nosso bode expiatório. A suspeita óbvia se Gamache desconfiasse de alguma coisa.

– Bom, parece que você estava errado pra caralho – rosnou Lemieux.

– Pode deixar, pai, acho que ele vai aceitar desta vez – disse ela, virando-se para Gamache. – Ele está insistindo para que eu convide o senhor para tomar chá com a gente um dia desses.

– Diga a seu pai que será uma honra.

– Oi, pai, ele aceitou. Não, eu não apontei uma arma para ele – continuou ela, erguendo as sobrancelhas para Gamache. – Eu não estraguei tudo, mas obrigada por perguntar.

– Você sabia disso? – perguntou Lemieux a Beauvoir, enquanto suas mãos eram puxadas para trás e algemadas.

– É claro que eu sabia – mentiu Beauvoir.

Ele não sabia até confrontar o chefe na beira da estrada. Até eles terem contado tudo um ao outro. Então a história tinha vindo à tona. Nichol estava trabalhando para eles. Ele ficou feliz de não ter jogado a agente nas volumosas águas do rio Bella Bella, como todos os seus instintos lhe disseram para fazer. Definitivamente, não dava para confiar naquela sua pelica.

– Eu sabia que ela não era espiã do Francoeur. Seria óbvio demais – afirmou Gamache, entregando a arma a Beauvoir. – Eu falei com ela há quase um ano, contei o meu plano, e Nichol concordou em participar. Ela é corajosa.

– Você não quer dizer psicótica? – perguntou Lemieux.

– Ela não é agradável, admito, mas era disso mesmo que eu precisava.

Se vocês pensassem que eu suspeitava dela, ficariam livres para fazer o que quisessem. E eu ficaria livre para observar vocês. Eu falei para Nichol ser o mais irritante possível com todo mundo, mas se concentrar principalmente em você. Para deixar você nervoso. Sua armadura é a simpatia. Se a gente conseguisse te desequilibrar, talvez você dissesse ou fizesse algo estúpido. E você fez. Naquele dia em que se esgueirou para perto de mim. Nenhum agente meu jamais apontaria a arma para mim. Você fez isso para me abalar. Em vez disso, acabou confirmando que era o espião. Mas eu cometi um grande erro – disse Gamache, virando-se para Brébeuf. – Eu achei que o inimigo fosse Francoeur. Nunca passou pela minha cabeça que fosse você.

– Mateus, 10:36: "Os inimigos do homem serão os da sua própria família" – citou Brébeuf, em voz baixa.

A histeria tinha ido embora, assim como a raiva e o medo. Tudo tinha ido embora.

– E os amigos dele também – disse Gamache, observando Beauvoir e Nichol conduzirem Brébeuf e Lemieux até a porta.

Quatorze dias, pensou Michel Brébeuf. *Quatorze dias de felicidade*. Era verdade. Mas o que ele havia esquecido até aquele instante era que grande parte deles tinha sido com aquele homem.

– Com que merda você me bateu? – perguntou Lemieux.

– Com uma pedra – respondeu Nichol, orgulhosa. – Ela caiu do casaco do inspetor Beauvoir outro dia, e eu peguei. E joguei na sua cabeça assim que você atirou.

ARMAND GAMACHE ATRAVESSOU O CORREDOR ESCURO. Algo estranho estava acontecendo com a antiga casa dos Hadleys. Estava se tornando familiar. Ele agora conseguira transitar por ali sem o auxílio da lanterna. Mesmo assim, parou no meio do caminho.

Algo imenso vinha na direção dele.

Ele enfiou a mão no casaco, pegou a lanterna e a acendeu. Na frente dele, estava uma criatura com várias cabeças.

– A gente veio salvar o senhor – disse Gabri, atrás de Myrna.

Jeanne estava na frente, seguida por Clara e os outros.

– Avante, soldados pagãos! – declarou Jeanne, com um sorriso aliviado.

A VELA ESTAVA QUASE NO FIM. Eles voltaram aos seus lugares, os mesmos de antes, como se aquele fosse um ritual antigo e relaxante, um rito de primavera.

– O senhor estava prestes a contar para a gente quem matou Madeleine – lembrou Odile.

Gamache esperou até que todos estivessem acomodados e falou:

– *Que coisa amarga é olhar para a felicidade pelos olhos de outro homem*.

Ele deixou que aquelas palavras terríveis assentassem.

– Alguém aqui ficou amargurado ao olhar para o mundo alegre que Madeleine criou para si mesma. Vocês sabem quem disse isso?

– Shakespeare – respondeu Jeanne. – É de *Como gostais*.

Gamache assentiu.

– Como a senhora sabia?

– Foi a peça da escola no nosso último ano. Você produziu – disse ela, virando-se para Hazel. – E Madeleine estrelou.

– Madeleine estrelou – repetiu Gamache. – Ela sempre estrelava. Não porque tentasse, mas porque não conseguia evitar.

– Ela era o sol – comentou Gilles, baixinho.

– E alguém voou muito perto dela – concordou Gamache. – Alguém aqui foi como Ícaro. Ficou perto demais do sol por muito tempo. Finalmente, o sol fez o que sempre faz. Jogou essa pessoa no chão. Mas demorou anos. Décadas, na verdade. O assassino tinha criado uma vida boa. Com amigos e um círculo social confortável. Foi uma época proveitosa e feliz. Mas os fantasmas do nosso passado sempre nos encontram. Nesse caso, o fantasma não era uma pessoa, mas uma emoção há muito tempo enterrada e esquecida. Porém potente. Uma inveja ofuscante, atordoante e abrasadora – continuou ele, virando-se para Jeanne. – Se a senhora achou difícil fazer parte da equipe de líderes de torcida com Madeleine, imagine ser a melhor amiga dela.

Todos os olhos se voltaram para Hazel.

– De acordo com os anuários, a senhora era uma excelente jogadora de basquete, Hazel, mas Ma era melhor. Ela era a capitã. Sempre a capitã. A senhora estava na equipe de debates, mas Ma era a capitã.

Ele pegou o anuário e foi até as fotos dos formandos.

– "Ela nunca conseguiu ser má" – disse ele, lendo a legenda abaixo da foto de Hazel e depois fechando o livro. – Nunca conseguiu ser má. Eu achei que isso queria dizer que a senhora era uma pessoa muito boa, mas a legenda tem um duplo sentido, não tem?

Hazel fitava as próprias mãos.

– Ela nunca conseguiu ser Madeleine. Nunca acompanhou o passo da amiga. A senhora vivia tentando, mas sempre falhava, porque começou a ver aquilo como uma competição, quando, para ela, nunca foi assim. A senhora foi perseguida por uma melhor amiga que era ligeiramente melhor em tudo. Quando o ensino médio acabou, a senhora se afastou e a amizade terminou. Mas anos depois, após enfrentar um câncer de mama, Madeleine resolveu reencontrar os velhos amigos. Naquela época, a senhora já havia construído uma vida boa. Tinha uma casa modesta em uma comunidade encantadora. Uma filha. Amigos. Um possível romance. A senhora estava envolvida na Associação de Mulheres da Igreja Anglicana. Mas tinha aprendido uma coisa no colégio. Hoje à tarde, em uma reunião em Montreal, um colega me disse algo. Era sobre... – Gamache hesitou por um instante – um outro caso.

Gamache ouviu aquela voz novamente, grave, imperiosa e autoritária. Que o acusava de só acolher os fracos, o resto, as pessoas que ninguém mais queria. Para sempre ser o melhor da equipe. Para inflar o próprio ego. Ele sabia que não era verdade. Não que não tivesse um ego, mas ele sabia que sua equipe contava com os melhores, não com os piores. Eles viviam provando isso.

Ainda assim, a acusação de Francoeur o tinha atingido fundo. No caminho de volta para Three Pines, a ficha havia caído. Aquilo não tinha a ver com o caso Arnot. Mas com aquele caso. Com Hazel.

– A senhora está sempre se cercando de pessoas feridas, com alguma limitação. Necessitadas. Faz amizade com pessoas doentes, presas em casamentos ruins, alcoólicas, obesas e problemáticas. Porque assim se sente superior. A senhora é boa para eles, mas de uma maneira condescendente. Os senhores já ouviram Hazel se referir a alguém sem incluir o adjetivo "pobre" antes do nome?

Eles se entreolharam e balançaram a cabeça. Era verdade: pobre Sophie, pobre Sra. Blanchard, pobre monsieur Béliveau...

– O inimigo próximo – disse Myrna.

– Exatamente. Pena mascarada de compaixão. Todo mundo achava que a senhora era uma santa, mas tudo isso servia a um propósito. Fazia a senhora se sentir necessária e melhor do que as pessoas que ajudava. Quando a senhora reencontrou Madeleine, ela ainda estava doente. A senhora adorou. Isso significava que poderia cuidar dela, ajudar Ma. Estar no comando. Ela estava doente e necessitada, e a senhora, não. Mas então ela fez uma coisa com a qual a senhora não contava. Ela se recuperou. E ficou melhor do que nunca. Uma Madeleine não só iluminada, brilhante e alegre, mas muito grata e com uma vontade danada de se agarrar à vida. Mas a vida a que ela se agarrou foi a sua. Pouco a pouco, ela foi se apossando de tudo mais uma vez. Dos seus amigos, do seu trabalho na associação da Igreja. A senhora já estava vendo tudo, ia acabar ofuscada por ela de novo. E aí Madeleine passou dos limites. Ela roubou as duas coisas que a senhora mais prezava: sua filha e monsieur Béliveau. Os dois se interessaram por ela. Sua inimiga estava de volta, morando na sua casa, comendo da sua comida e se alimentando da sua vida.

Hazel estava afundada na cadeira.

– Como a senhora se sentiu?

Ela olhou para cima.

– Como o senhor acha que eu me senti? Durante o ensino médio inteiro, eu fiquei em segundo lugar em tudo. Eu era a melhor jogadora de vôlei do time, até Ma entrar.

– Mas a segunda melhor ainda é ótimo – opinou Gabri, que adoraria ter figurado entre os dez primeiros em qualquer evento esportivo, até mesmo no arremesso de galochas na feira da vila.

– Você acha? Experimenta ficar em segundo lugar o tempo todo. E em tudo. Ouvindo pessoas como você dizerem exatamente isso, a vida inteira. Segunda melhor também é bom. Segunda melhor é ótimo. Não, não é. Foi assim até na peça da escola. Finalmente, eu estava no comando. Como produtora. Mas quem levou todo o crédito quando a peça foi um sucesso?

Ela não precisava nem dizer. Uma imagem, bem nítida e brutal, já estava se formando. Quantos sorrisos condescendentes uma pessoa era capaz de aguentar? Quantos olhares fugazes enquanto os outros procuravam a verdadeira estrela?

Madeleine.

Que coisa amarga, pensou Clara.

– Então, do nada, Madeleine me ligou. Ela estava doente e queria me ver. Eu vasculhei o meu coração, mas não encontrei nenhum resquício de ódio. E, quando a gente se encontrou, ela parecia tão cansada e patética...

Todos imaginaram o reencontro. Os papéis finalmente se invertendo. E Hazel cometendo um erro espetacular: convidando Madeleine para morar com ela.

– Madeleine era maravilhosa. Ela iluminava a casa – contou Hazel, sorrindo ao se lembrar. – A gente ria, conversava e fazia tudo juntas. Eu apresentei Ma para todo mundo e a envolvi nos comitês. Ela era a minha melhor amiga de novo, mas dessa vez em pé de igualdade. Eu comecei a me apaixonar por ela de novo. Foi uma época incrível. Vocês têm alguma ideia do que é isso? Eu nem sabia que era solitária até Ma reaparecer e, de repente, preencher o meu coração. Mas então as pessoas começaram a chamar só ela para os eventos, e Gabri pediu que ela assumisse o comando da Associação de Mulheres da Igreja Anglicana, sendo que *eu* era a vice-presidente.

– Mas você odiava o trabalho! – argumentou Gabri.

– É verdade. Mas odiava mais ainda ser deixada de fora. Todo mundo odeia, ou você não sabia disso?

Clara pensou em todos os convites de casamento que não havia recebido e em como se sentira. Em parte, aliviada por não precisar ir à festa e levar um presente pelo qual não podia pagar, mas principalmente ofendida por ter sido deixada de lado. Esquecida. Ou pior: lembrada, mas não incluída.

– E aí ela roubou monsieur Béliveau – comentou Gamache.

– Quando estava quase morrendo, Ginette vira e mexe dizia que a gente formaria um bom par. Faria companhia um para o outro. Eu comecei a ter esperanças, a pensar que talvez fosse verdade.

– Mas ele queria mais do que companhia – disse Myrna.

– Ele queria Madeleine – concluiu Hazel, sua amargura vindo à tona. – E eu comecei a entender que tinha cometido um grande erro. Mas não sabia como sair daquela situação.

– Quando a senhora decidiu matar Madeleine?

– Quando Sophie chegou em casa para o Natal e a beijou primeiro.

Aquele fato simples e devastador ocupou o círculo sagrado da mesma forma que o passarinho morto. Gamache se lembrou de uma coisa que as pessoas sempre diziam a ele: não entre no bosque na primavera. Você não vai querer ficar entre uma mãe e o bebê.

Madeleine tinha feito isso.

– A senhora guardou a efedrina de Sophie de alguns anos atrás – disse Gamache finalmente. – Não porque planejasse usar, mas porque não joga nada fora.

Nenhum móvel, nenhum livro, nenhuma emoção, pensou Gamache. Hazel não se desfazia de nada.

– Segundo o laboratório, os comprimidos usados eram puros demais para terem sido fabricados recentemente. No início, eu pensei que a efedrina viesse da sua loja – admitiu ele a Odile. – Mas depois eu lembrei que existia um outro frasco de comprimidos. De alguns anos atrás. Hazel contou que Madeleine encontrou e confiscou o frasco, mas não é verdade, certo, Sophie?

– Mãe? – disse Sophie, chocada, com os olhos arregalados.

Hazel tentou pegar na mão da filha, mas Sophie a retirou rapidamente. Hazel pareceu mais afetada por isso do que por qualquer outra coisa.

– Você encontrou o frasco. E usou os comprimidos em Madeleine por minha causa?

Clara tentou ignorar a inflexão da pergunta, a pitada de satisfação na voz de Sophie.

– Eu precisei. Ela estava tirando você de mim. Tirando tudo de mim.

– Primeiro, a senhora tentou matar Madeleine na sessão espírita de sexta à noite – deduziu Gamache –, mas a dose de efedrina que deu a ela não foi o suficiente.

– Mas ela nem estava lá – disse Gabri.

– Mas o ensopado dela estava – explicou Gamache, virando-se para monsieur Béliveau. – O senhor disse que não conseguiu dormir naquela noite e pensou que era porque tinha ficado perturbado com a sessão. Mas a sessão não foi tão assustadora. O senhor ficou acordado por causa da efedrina.

– *Est-ce que c'est vrai?* – perguntou o dono da mercearia a Hazel, perplexo. – Você colocou aquela droga no ensopado e deu para todos nós? Você podia ter me matado.

– Não, não – disse ela, estendendo a mão para ele, que se afastou.

Um por um, todos se afastaram de Hazel, deixando-a na posição que mais temia: sozinha.

– Eu nunca correria esse risco – continuou ela. – Eu tinha visto nas notícias que a efedrina só mata se você tiver um problema de coração, e eu sabia que você não tinha.

– E sabia que Madeleine tinha – completou Gamache.

– Madeleine tinha problema de coração? – perguntou Myrna.

– Consequência da quimioterapia – confirmou Gamache. – Ela contou para a senhora, não foi, Hazel?

– Ela não contou para ninguém porque não queria ser tratada como uma doente. Como o senhor soube?

– O relatório da legista apontou isso e nós confirmamos com a médica dela – explicou Gamache.

– Não, eu quis dizer como o senhor soube que eu sabia? Eu não contei para ninguém, nem mesmo para Sophie.

– Pela aspirina.

Hazel suspirou.

– Eu pensei que estava sendo esperta quando escondi os remédios de Ma no meio dos outros.

– O inspetor Beauvoir reparou nos comprimidos quando a senhora estava procurando alguma coisa para dar a Sophie por causa do tornozelo. A senhora tem um armário cheio de remédios. O que chamou a atenção do inspetor foi que a senhora não deu a aspirina para Sophie. Em vez disso, continuou procurando outro frasco.

– A efedrina estava escondida no frasco de aspirina? – perguntou Clara, perdida.

– Foi o que nós achamos. Por isso, mandamos o conteúdo para o laboratório analisar. Era aspirina.

– Então qual foi o problema? – quis saber Gabri.

– A dose – respondeu Gamache. – Era muito baixa. Bem abaixo do normal. Pessoas com problemas cardíacos costumam tomar uma dose baixa de aspirina uma vez por dia.

No círculo, algumas pessoas assentiram. Gamache olhou para Hazel.

– Madeleine guardava um segredo. Até da senhora. Talvez principalmente da senhora.

– Ela me contava tudo – retrucou Hazel, como se defendesse a melhor amiga.

– Não. Ela escondeu da senhora uma última coisa, uma coisa enorme. De todo mundo, na verdade. Madeleine estava morrendo. O câncer tinha se espalhado.

– *Mais, non* – soltou monsieur Béliveau.

– Mas isso é impossível! – reagiu Hazel. – Ela teria me dito.

– É estranho que ela não tenha dito. Acho que ela não falou nada porque sentia que tinha algo na senhora que se alimentava da fraqueza e enfraquecia as pessoas ainda mais. No entanto, se ela tivesse contado, a senhora não teria matado a sua amiga. Mas o plano já estava em curso. Ele começou com isto aqui.

Ele ergueu a lista de ex-alunos que havia recebido da escola naquela tarde.

– Madeleine estava na lista de ex-alunos da sua antiga escola. A senhora também – disse Gamache, virando-se para Jeanne, que assentiu. – Hazel pegou um dos panfletos de Gabri, grampeou o papel no topo e enviou para Jeanne pelo correio.

– Ela roubou um dos meus panfletos! – disse Gabri a Myrna.

– Pense no panorama geral, Gabri.

Com alguma dificuldade, ele aceitou que talvez não tivesse sido tão prejudicado quanto Madeleine. Ou Hazel.

– Pobre Hazel – disse ele, e todos assentiram.

Pobre Hazel.

QUARENTA E QUATRO

Na semana seguinte, uma espécie de estresse pós-traumático se abateu sobre Gamache. Ele não sentia o gosto da comida nem se interessava pelos jornais. Lia e relia a mesma frase no *Le Devoir*. Reine-Marie tentou animá-lo sugerindo uma viagem até o luxuoso hotel Manoir Bellechasse para comemorar o aniversário de 35 anos de casamento deles. Gamache respondeu, demonstrou interesse, mas as cores nítidas e fortes de sua vida tinham desbotado. Era como se, de repente, seu coração tivesse ficado pesado demais para as pernas aguentarem. Ele se arrastava pela vida, tentando não pensar no que havia acontecido. Mas uma noite, quando saiu para dar uma volta com Reine-Marie e Henri, o cão de repente se soltou e correu pelo parque em direção a um homem conhecido do outro lado. Gamache o chamou e Henri parou. Mas não antes que o tal homem também tivesse visto o cachorro. E o dono.

Michel Brébeuf e Armand Gamache se encararam pela última vez. Entre eles, a vida acontecia. Crianças brincavam, cachorros rolavam e buscavam bolinhas, jovens pais se maravilhavam diante do que tinham gerado. O ar entre os homens estava repleto de lilases e madressilvas, zumbidos de abelhas, cachorros latindo e crianças rindo. O mundo se interpunha entre Armand Gamache e seu melhor amigo.

E Gamache queria atravessar o mundo e abraçar aquele homem. Sentir aquela mão familiar no braço. O cheiro de Michel nas narinas: sabonete e tabaco. Ansiava pela companhia, pela voz e pelo olhar atencioso e bem-humorado dele.

Sentia saudades de seu melhor amigo.

E pensar que por anos Michel, na verdade, o havia odiado. Por quê? Porque ele era feliz.

Que coisa amarga é olhar para a felicidade pelos olhos de outro homem.

Mas, naquele dia, nenhuma felicidade seria encontrada ali, só tristeza e arrependimento. Gamache observou Michel Brébeuf levantar a mão, depois abaixá-la e ir embora. Gamache mal erguia a sua, e o amigo já se afastava. Reine-Marie tomou a mão do marido, ele segurou a coleira de Henri e os três voltaram a caminhar.

Robert Lemieux foi acusado de tentativa de lesão corporal e de homicídio. Enfrentaria uma longa sentença de prisão. Mas Armand Gamache não conseguia prestar queixa contra Michel Brébeuf. Sabia que deveria. Sabia que era um covarde por recuar. Mas todas as vezes que se aproximava da sala de Paget para fazer isso, se lembrava da mão do pequeno Michel Brébeuf em seu braço. Dizendo a ele, com aquela voz de menino, que tudo ia ficar bem. Que ele não estava sozinho.

E ele não conseguia. Seu amigo o havia salvado uma vez. E agora era a vez dele.

Mas Michel Brébeuf tinha se demitido da Sûreté, estava arruinado. Com a casa à venda, ele e Catherine estavam deixando Montreal e tudo o que conheciam e amavam. Brébeuf tinha passado de todos os limites.

ARMAND GAMACHE FOI CONVIDADO PARA TOMAR CHÁ com a agente Nichol e a família dela em um sábado à tarde. Ele parou o carro em frente à casinha minúscula e impecável. Gamache viu vários rostos na janela panorâmica que dava para a rua, mas eles desapareceram quando o inspetor-chefe se aproximou.

A porta foi aberta antes mesmo de ele bater.

Gamache viu Yvette Nichol pela primeira vez. A pessoa, não a agente. Ela vestia uma calça larga simples e um suéter, e ele percebeu que aquela era também a primeira vez que não notava nenhuma mancha em suas roupas. Ari Nikolev, pequeno, magro e preocupado, secou as mãos na calça antes de estender o braço para um cumprimento.

– Bem-vindo à nossa casa – disse ele, em um francês ruim.

– É uma honra – disse Gamache, em tcheco.

Os dois homens provavelmente tinham passado a manhã praticando a língua um do outro.

A hora seguinte se passou em meio a uma cacofonia de parentes que gritavam uns com os outros em línguas que Gamache sequer identificava. Uma tia velha, ele tinha certeza, estava criando palavras à medida que falava.

Comidas e bebidas não paravam de chegar. E depois vieram as músicas. Foi um evento alegre e um tanto tumultuado. Mesmo assim, sempre que olhava para Nichol, ele a via parada do lado de fora da sala de estar. Finalmente, ele se aproximou dela.

– Por que você não entra?

– Eu estou bem aqui, senhor.

Ele a observou por um instante.

– O que foi? Você nunca entra na sala? – perguntou ele, surpreso, parando ao lado dela na soleira da porta.

Ela balançou a cabeça.

– Eu nunca fui convidada.

– Mas a casa é sua.

– Eles pegaram todos os lugares. Não tem espaço.

– Quantos anos você tem?

– Vinte e seis – respondeu ela, mal-humorada.

– Já está na hora de pleitear o seu lugar. Insista. Não é culpa deles que você esteja de pé aqui, Yvette.

Ainda assim, ela hesitou. A verdade é que ali era confortável. Frio e solitário às vezes, mas confortável. O que ele sabia, afinal? Tudo era fácil para ele. Ele não era mulher, não era imigrante, a mãe dele não tinha morrido cedo e ele não era ridicularizado pela própria família. Ele não era um simples agente. Ele nunca entenderia como aquilo era difícil para ela.

Quando Gamache foi embora, entupido de doces e chá forte, pediu a Nichol que o acompanhasse até o carro.

– Eu queria lhe agradecer pelo que você fez. Sei como é difícil se excluir do grupo de propósito.

– Eu estou sempre de fora mesmo – respondeu ela.

– Acho que já está na hora de você entrar. Acho que isto aqui é seu.

Ele pegou algo do bolso e pressionou algo contra a mão dela. Ao abri-la, Nichol encontrou uma pedra quente.

– Obrigado – disse ele.

Nichol aquiesceu.

– Você sabia que, na fé judaica, quando alguém morre, os entes queridos colocam pedras em cima do túmulo? Eu lhe dei um conselho há mais ou menos um ano, quando a gente conversou sobre o caso Arnot pela primeira vez. Você lembra?

Nichol fingiu pensar, mas se lembrava perfeitamente.

– O senhor disse para eu enterrar meus mortos.

Gamache abriu a porta do carro.

– Pense sobre isso – disse ele, meneando a cabeça para a pedra na mão dela. – Mas é bom se certificar de que eles estão realmente mortos antes de enterrá-los. Caso contrário, você nunca vai se livrar deles.

Ao se afastar, ele pensou que talvez devesse seguir o próprio conselho.

ARMAND GAMACHE FOI ATÉ O ÚLTIMO ANDAR da sede da Sûreté e atravessou o corredor até aquela imponente porta de madeira. Bateu, torcendo para que não houvesse ninguém ali.

– Entre.

Ele abriu a porta e parou diante de Sylvain Francoeur. O superintendente não se mexeu. Olhou para Gamache com um ódio indisfarçável. O inspetor-chefe enfiou a mão no bolso da calça, instintivamente procurando o amuleto que havia carregado durante grande parte da vida. Mas o bolso estava vazio. Uma semana antes, ele havia colocado o crucifixo avariado do pai em um envelope branco simples com um pequeno bilhete e o entregado ao filho.

– O que você quer?

– Quero pedir desculpas. Eu estava errado quando acusei você de espalhar boatos sobre a minha família. Você não fez isso. Sinto muito.

Francoeur semicerrou os olhos e esperou o inevitável "mas". No entanto, ele não veio.

– Estou preparado para escrever um pedido de desculpas e enviar para todos os membros do conselho que estavam na reunião.

– Eu gostaria que você se demitisse.

Eles se entreolharam. Gamache sorriu, com um ar cansado.

– Vai ser assim a vida inteira? Você me ameaça e eu retalio? Eu acuso e você exige? Será que a gente precisa mesmo disso?

– Nada do que eu vi mudou a minha opinião sobre você, inspetor-chefe. Inclusive a maneira como você lidou com essa situação. O superintendente Brébeuf era um policial muito melhor do que você jamais vai ser. E agora, graças a você, ele também foi embora. Eu conheço você, Gamache. – Francoeur se levantou e se apoiou na mesa. – Você é arrogante e burro. Fraco. Confia nos seus instintos. Mas nunca notou que o seu melhor amigo estava agindo contra você. Onde estava o seu instinto, hein? O brilhante Gamache, herói do caso Arnot. Você se deixa cegar pelas emoções, pela sua necessidade de ajudar e salvar as pessoas. Você não trouxe à força nada além de desgraça desde o instante em que assumiu uma posição de liderança. E agora vem aqui puxar o meu saco. Ainda não acabou, Gamache. Nunca vai acabar.

A palavra respingou no rosto de Gamache, que já não sorria. Ele olhou para Francoeur, que tremia de raiva. Gamache assentiu, se virou e saiu. Algumas coisas, ele sabia, se recusavam a morrer.

Alguns dias depois, os Gamaches, inclusive Henri, foram convidados para uma festa em Three Pines. Era um ensolarado dia de primavera e as folhas novas tingiam as árvores com todos os tons de verde. Enquanto sacudiam pela rua de terra e o dossel verde-claro acima deles brilhava como os vitrais da Igreja de St. Thomas, eles notaram uma atividade próxima incomum. Embora ainda não pudessem vê-la, Gamache sabia que era na antiga casa dos Hadleys e se perguntou se os moradores do vilarejo estariam, finalmente, botando a construção abaixo. Um homem parou no meio da rua e acenou para eles, conduzindo-os para o lado. De macacão e boné de pintor, monsieur Béliveau sorria.

– *Bon*. A gente estava torcendo para que vocês viessem – disse o dono da mercearia, inclinando-se para a janela aberta e fazendo um carinho em Henri, que tinha escalado Gamache para ver quem estava do outro lado, dando a impressão de que era o cachorro quem dirigia o carro.

Gamache abriu a porta e Henri pulou para fora do carro diante dos entusiasmados gritos dos moradores, que não o viam desde que ele era filhote.

Em poucos minutos, Reine-Marie estava subindo uma escada e raspando a pintura descascada do velho casarão, enquanto Gamache fazia o mesmo com as molduras das janelas do térreo. Ele não gostava de altura e Reine-Marie não gostava de molduras.

Enquanto trabalhava, Gamache teve a impressão de que a casa gemia, como Henri fazia quando ele esfregava as suas orelhas. Com prazer. Anos de decadência, negligência e tristeza estavam sendo raspados. Ela estava sendo reduzida à sua verdadeira essência, perdendo as camadas de artifícios. Era aquele o gemido que eles escutavam o tempo todo? Será que a velha casa gemia de prazer quando finalmente tinha companhia? E eles haviam interpretado aquilo como algo sinistro?

Em vez de derrubá-la, os moradores de Three Pines tinham decidido dar uma nova chance à casa. Estavam restaurando o lugar para lhe dar uma nova vida.

O casarão já parecia se enfeitar ao sol, brilhando nos locais onde a pintura havia sido aplicada. Alguns grupos instalavam novas janelas e outros limpavam o interior.

– Que bela limpeza de primavera – disse a padeira Sarah, com o longo cabelo castanho-avermelhado caindo do coque.

Uma grelha de churrasco foi acesa, e os moradores fizeram uma pausa para tomar cerveja e limonada e comer hambúrguer e linguiça. Gamache pegou sua cerveja e olhou para Three Pines, do alto da colina. A vila parecia quieta. Todo mundo estava ali, os velhos e os jovens; até os doentes tinham recebido cadeiras dobráveis e pincéis, para que todas as almas do vilarejo tocassem na antiga casa dos Hadleys e quebrassem a maldição. A maldição de angústia e sofrimento.

Mas, principalmente, de solidão.

As únicas pessoas que não estavam lá eram Peter e Clara Morrow.

– Estou pronta! – gritou Clara do estúdio, com uma voz melodiosa.

O rosto dela estava todo manchado de tinta e ela limpava as mãos com um trapo velho, sujo demais para aquela função.

Peter estava do lado de fora do estúdio, se preparando. Respirando fundo e rezando. Implorando para que o quadro fosse verdadeiramente, inquestionavelmente e irremediavelmente horroroso.

Ele tinha desistido de lutar contra a coisa da qual havia fugido quando era criança, da qual havia se escondido enquanto as palavras o perseguiam dia após dia e dentro de seus sonhos. Seu pai desapontado exigindo que ele fosse o melhor e Peter sabendo que sempre falharia. Alguém sempre era melhor.

– Feche os olhos – pediu Clara, indo até a porta.

Ele obedeceu e sentiu a mão pequena dela conduzi-lo.

– Nós enterramos Lilium no gramado da praça – contou Ruth, aproximando-se de Gamache.

– Sinto muito – disse ele.

Ela se apoiou na bengala. Atrás dela estava Rosa, que já se revelava uma bela e robusta pata.

– Coitadinha – disse Ruth.

– Ela teve sorte de ter recebido tanto amor.

– O amor matou Lilium.

– O amor sustentou Lilium – corrigiu Gamache.

– Obrigada – disse a velha poeta, antes de se virar para encarar a casa dos Hadleys. – Coitada da Hazel. Ela realmente amava Madeleine, sabe? Até eu via isso.

Gamache assentiu.

– Acho que a inveja é a emoção mais cruel. Ela nos transforma em algo grotesco. Hazel foi consumida por esse sentimento. A inveja acabou com a felicidade, com a satisfação dela. Com a sanidade dela. No final, com tamanha amargura, ela não conseguiu enxergar que já tinha tudo que queria: amor e companheirismo.

– Ela amou de mais, com sabedoria de menos. Alguém devia escrever uma peça sobre isso – comentou Ruth, sorrindo com tristeza.

– Nunca funciona – disse Gamache.

Depois de um minuto de silêncio, ele engatou, quase para si mesmo:

– O inimigo próximo. Não é uma pessoa, certo? Somos nós mesmos.

Os dois olharam para a antiga casa dos Hadleys e para os moradores que a restauravam.

– Depende da pessoa – disse Ruth.

Então o rosto dela adquiriu uma expressão de surpresa. Ela apontou para o bosque atrás do casarão dos Hadleys.

– Meu Deus, eu estava errada! Fadas existem!

Gamache olhou ao redor. Bem no fundo do jardim, o mato se mexia. Então Olivier e Gabri surgiram, arrastando umas folhas de samambaia cortadas.

– Rá! – exclamou Ruth, rindo triunfante, mas a risada morrendo logo em seguida, deixando-a apenas com um sorrisinho no rosto duro. – *Eis que vos digo um mistério* – citou ela, meneando a cabeça para os moradores que trabalhavam no velho casarão. – *Os mortos ressuscitarão incorruptíveis e nós seremos transformados.*

– *Num abrir e fechar de olhos* – disse Gamache.

– Pronto? – perguntou Clara, sua voz quase esganiçada de tanta animação.

Ela havia trabalhado sem parar, correndo contra o tempo para terminar a tela antes da chegada de Fortin. Mas depois aquilo tinha se tornado outra coisa. Uma corrida para colocar na tela o que ela tinha visto e sentido.

E, finalmente, ela havia conseguido.

– Está bom, pode olhar.

Peter abriu os olhos. Ele levou um instante para assimilar o que estava vendo. Era um retrato enorme, de Ruth. Mas uma Ruth que ele nunca tinha visto. Não de verdade. Só que agora, enquanto fitava o quadro, percebia que, sim, tinha visto, mas só de relance, de ângulos estranhos, em momentos casuais.

Ela estava envolta em um tom de azul luminoso, e uma túnica vermelha era apenas sugerida logo abaixo. A pele, enrugada e cheia de veias, estava exposta no pescoço e nas clavículas salientes. Ela era velha, cansada e feia. Uma mão fraca segurava o xale azul, fechando-o, como se ela tivesse medo de se expor. E no rosto havia uma expressão de imensa amargura e angústia. Solidão e perda. Mas também havia outra coisa. Nos olhos, havia algo naqueles olhos.

Peter não tinha certeza se seria capaz de respirar novamente, ou se precisaria. O retrato parecia fazer isso por ele. O quadro tinha se arrastado para dentro de Peter e se transformado nele. Em seu medo, seu vazio e sua vergonha.

Mas havia outra coisa naqueles olhos.

Aquela era Ruth como Maria, a mãe de Deus. Maria como uma mulher velha e esquecida. Mas havia algo que aqueles olhos antigos estavam apenas começando a enxergar. Peter ficou parado e fez o que Clara sempre o aconselhava fazer mas ele geralmente ignorava. Deixou que a pintura fosse até ele.

Então ele viu.

Clara tinha capturado o momento em que o desespero se tornava esperança. Aquele instante em que o mundo mudava para sempre. Era isso que Ruth estava vendo. A esperança. A primeira sugestão de esperança, recém-nascida. Era uma obra-prima, Peter sabia. Como a *Capela Sistina* de Michelangelo. Mas se Michelangelo havia pintado o instante anterior àquele em que Deus traz o homem à vida, Clara havia pintado o momento em que os dedos se tocam.

– É brilhante – murmurou ele. – É o quadro mais incrível que eu já vi.

Todos os chavões usados para descrever obras de arte empalideciam diante daquele quadro. Todos os medos e inseguranças dele desapareceram. E o amor que ele sentia por Clara foi restaurado.

Ele a abraçou e, juntos, eles riram e choraram de alegria.

– Tive essa ideia na noite do jantar, quando eu vi Ruth falar da Lilium. Se você não tivesse sugerido aquele jantar, isso nunca teria acontecido. Obrigada, Peter – disse ela, dando um forte abraço e um beijo no marido.

Por uma hora ele ouviu a mulher falar a mil sobre o trabalho, e a animação dela o contagiou até os dois estarem elétricos e exaustos.

– Vamos lá – sugeriu ela, cutucando Peter. – Vamos para a antiga casa dos Hadleys. Pegue um engradado de cerveja na despensa, eles provavelmente vão precisar.

Ao sair, ele espiou o trabalho de Clara mais uma vez e ficou aliviado de sentir apenas um resquício, um eco da inveja paralisante de antes. Ela estava indo embora, ele sabia. Logo desapareceria completamente e, pela primeira vez na vida, ele poderia se sentir realmente feliz por outra pessoa.

Então Peter e Clara foram até o casarão dos Hadleys, ele carregando o engradado de cerveja e um resquício de inveja, que já começava a supurar.

– Feliz? – perguntou Reine-Marie, deslizando sua mão para dentro da de Gamache.

Ele a beijou e assentiu, apontando a cerveja para o gramado. Henri brincava de pegar bola com Myrna, exasperada, que tentava encontrar outra pessoa para interagir com o cachorro insaciável. Ela havia cometido o erro de dar a ele uma salsicha de cachorro-quente suja de terra e agora era a sua mais nova melhor amiga.

– *Mesdames et messieurs!*

A voz de monsieur Béliveau ressoou no meio do grupo. A comilança parou e todos se reuniram na varanda do casarão. Ao lado de monsieur Béliveau estava Odile Montmagny, que parecia muito nervosa, embora sóbria.

– Eu li *Sarah Binks* – sussurrou Gamache para Myrna, que tinha se juntado a eles assim que Ruth se aproximara. – É uma delícia – declarou, tirando o livro do bolso do blazer. – É uma suposta homenagem à poesia dessa fazendeira, só que os poemas dela são horríveis.

– A nossa Odile Montmagny aqui escreveu uma ode a este dia e a esta casa – disse monsieur Béliveau, observando Odile se remexer, como se estivesse apertada para ir ao banheiro.

– Mas este livro era meu. Eu ia dar para ela – disse Ruth, pegando o volume da mão de Gamache e apontando-o para Odile. – Onde você encontrou isto?

– Estava escondido na mesinha de cabeceira da Madeleine – contou Gamache.

– Da Madeleine? Ela roubou de mim? Eu pensei que tivesse perdido.

– Ela pegou quando percebeu o que você ia fazer com ele – sibilou Myrna. – Quando você falou para Odile que ela lembrava Sarah Binks, ela achou que fosse um elogio. Ela idolatra você. Madeleine não queria que você magoasse Odile, então escondeu o livro.

– Esta é uma coisinha que eu escrevi ontem à noite enquanto assistia à partida de hóquei – começou Odile.

As pessoas assentiram, reconhecendo aquela visão do processo criativo, a afinidade natural entre a poesia e as eliminatórias.

Ela pigarreou.

Um pato maldito arrancou sua orelha
E seu rosto ficou esquálido e pálido;
"Ah, que mulher vai me amar agora?"
Era seu lamento constante e solitário;
Mas uma mulher veio e amou o homem,
Com um amor sereno e transparente –
Ela o amou como só uma mulher pode amar
Um homem com uma orelha somente.

A última palavra foi recebida com um silêncio. Hesitante, Odile se manteve de pé na varanda. Então, para seu horror, Gamache viu Ruth avançar em meio à multidão, a mão em garra no livro *Sarah Binks* e Rosa grasnando logo atrás.

– Abram caminho para o pato e o saco! – gritou Gabri.

Ruth se arrastou até a varanda e parou ao lado de Odile, segurando a mão dela. Gamache e Myrna prenderam a respiração.

– Nunca um poema me comoveu tanto. Ele fala da solidão e da perda de uma maneira tão clara... Usar o homem como uma alegoria para a casa foi brilhante, querida.

Odile parecia confusa.

– E, como o homem arruinado, a antiga casa dos Hadleys será amada de novo – continuou Ruth. – Seu poema traz esperança a todos nós que somos velhos, feios e falhos. Bravo.

Ruth enfiou o livro no suéter carcomido enquanto abraçava Odile, que parecia ter encontrado o paraíso na varanda do casarão.

Peter e Clara chegaram, carregando um bem-vindo engradado de cerveja. Mas pararam bem diante da casa. Gamache os observou, perguntando-se o que o casal ia fazer. Aquele casarão os havia assombrado mais do que a qualquer um deles. E agora eles se mantinham de fora do burburinho, observando o movimento. Então Clara se abaixou e ergueu a placa de "Vende-se". Com a manga do suéter, ela limpou o grosso da lama e da sujeira da placa e a entregou a Peter, que a fincou no chão. Limpa e orgulhosa, a placa se firmou ali.

– Você acha que alguém vai comprar? – perguntou Clara, limpando as mãos na calça.

– Alguém não só vai comprar como vai amar esta casa – respondeu Gamache.

– "Mas uma mulher veio e amou o homem,/ Com um amor sereno e transparente –/ Ela o amou como só uma mulher pode amar/ Um homem com uma orelha somente" – citou Ruth, juntando-se a eles de novo. – Que poema ridículo. Mas...

Ela mancou em direção a Odile, dando uma nova chance à bondade. A pequena Rosa cambaleou atrás.

– Pelo menos Ruth agora tem uma desculpa para grasnar – disse Clara.

Debaixo do sol brilhante, Armand Gamache observou a antiga casa dos Hadleys ser trazida de volta à vida, depois deixou a cerveja de lado e se juntou a eles.

Leia um trecho de

É PROIBIDO MATAR

o próximo caso de Armand Gamache

PRÓLOGO

HÁ MAIS DE UM SÉCULO, OS CHAMADOS barões ladrões descobriram o lago Massawippi. Eles vieram decididos de Montreal, Boston e Nova York e construíram o grandioso hotel nas profundezas da mata canadense. É claro que não colocaram a mão na massa. Contrataram homens com nomes como Zoétique, Télesphore e Honoré para derrubar a mata densa e antiga. No início, tendo passado a vida inteira naquele local intocado, os quebequenses resistiram. Recusaram-se a destruir algo de tamanha beleza, e alguns mais intuitivos entenderam que a empreitada ocasionaria o fim de tudo aquilo. Mas o dinheiro falou mais alto, e pouco a pouco a floresta recuou e o magnífico Manoir Bellechasse surgiu. Depois de meses sendo cortados, descascados, girados e secos, os enormes troncos foram finalmente empilhados e tomaram forma. Era uma arte, a construção daquele imóvel de madeira. No entanto, o que guiava os olhos afiados e as mãos ásperas daqueles homens não era a estética, mas a certeza de que a ação cortante do inverno mataria quem estivesse lá dentro se eles não escolhessem os troncos com sabedoria. Um *coureur de bois*, um homem da floresta do imaginário canadense, poderia passar horas contemplando o tronco limpo de uma árvore maciça, como se o decifrasse. Dava voltas e mais voltas ao redor dele, sentando-se em um toco, enchendo seu cachimbo e analisando-o, até que finalmente percebia exatamente onde aquela árvore deveria ser assentada pelo resto da vida.

Levou anos, mas finalmente a grande obra foi concluída. O último homem subiu no magnífico telhado de cobre e ali, postado como um para-raios, observou, de uma altura que jamais voltaria a alcançar, as florestas e o sombrio lago. E se os olhos daquele homem conseguissem enxergar a uma distância ainda maior, teriam visto algo terrível se aproximando, como as veias elétricas dos relâmpagos de verão. Marchando na direção não apenas do hotel, mas do lugar exato em que ele estava, no brilhante telhado de metal. Algo terrível estava para acontecer bem ali.

Ele já havia instalado telhados de cobre antes, todos iguais. Mas dessa vez, quando todos pensavam que estava pronto, ele subiu de novo e acrescentou uma cumeeira, uma peça ao longo da linha de encontro das águas do telhado. Não tinha ideia do motivo, exceto que lhe pareceu bom e necessário. E havia cobre sobrando. Ele acabaria repetindo aquele modelo muitas vezes, em edifícios de grande porte por todo o território em expansão. Mas aquele foi o primeiro.

Após martelar o último prego, ele desceu devagar, com cuidado, atento.

Os homens receberam o pagamento que lhes era devido e partiram em canoas, o coração tão pesado quanto os bolsos. E, ao olhar para trás, o mais intuitivo deles notou que haviam criado algo um pouco semelhante a uma floresta tombada de lado, de uma forma nada natural.

Pois desde o início havia algo pouco natural no Manoir Bellechasse. Uma construção de beleza espantosa, com seus troncos de coloração dourada. Era feito de madeira e tabique e ficava bem à beira da água. A construção dominava o lago Massawippi, assim como os barões ladrões dominavam tudo. Exercer tal controle parecia inevitável a esses capitães da indústria.

Assim, uma vez por ano, homens com nomes como Andrew, Douglas e Charles deixavam seus impérios de ferrovias e uísque, trocavam as perneiras por mocassins de couro macio e iam de canoa até o hotel à margem do lago isolado. Estavam cansados de roubar e precisavam de outra distração.

O Manoir Bellechasse foi criado e concebido para permitir que esses homens praticassem uma única atividade. Matar.

A mudança foi bem-vinda.

Ao longo dos anos, a floresta foi desaparecendo. As raposas e os veados, os alces e os ursos, todas as criaturas selvagens caçadas pelos barões ladrões foram se afastando. Os abenakis, tomados pela repulsa, deixaram de transportar em suas canoas os industriais ricos até o grandioso hotel. Cidadezinhas e vilarejos surgiram. Os lagos próximos foram descobertos por visitantes, que aproveitavam ali as férias ou os finais de semana.

Mas o Bellechasse permaneceu. A direção mudou ao longo das gerações e, pouco a pouco, as cabeças assustadas e empalhadas de veados e alces mortos, até mesmo a de um raro puma, foram guardadas no sótão para nunca mais serem devolvidas às paredes.

À medida que a fortuna de seus criadores se desvanecia, o mesmo acontecia à construção. Grande demais para uma única família e afastado demais para um hotel, o local ficou abandonado por muitos anos. Quando a floresta começou a se sentir encorajada o suficiente para recuperar o que lhe pertencia, alguém comprou a propriedade. Uma estrada foi aberta, cortinas foram instaladas, aranhas e besouros e corujas foram expulsos dos cômodos e hóspedes pagantes foram convidados a entrar. E o Manoir Bellechasse se tornou um dos mais requintados *auberges* da província do Quebec.

No entanto, se em mais de um século o lago Massawippi havia mudado, o Quebec havia mudado, o Canadá havia mudado, quase tudo havia mudado, um elemento se repetiu.

Os barões ladrões. Eles voltaram ao Manoir Bellechasse, e voltaram para matar.

UM

No auge do verão, os visitantes desceram até o hotel isolado à beira do lago, convocados para o Manoir Bellechasse por convites idênticos em papel velino, os endereços escritos em uma caligrafia emaranhada que mais parecia uma teia de aranha. Enfiados em caixas de correio e nas fendas para correspondência das casas, o papel encorpado tinha ido parar em residências imponentes de Vancouver e Toronto, e em uma pequena casa de tijolinhos aparentes em Three Pines.

O carteiro atravessara a cidadezinha quebequense com o convite na bolsa, sem se apressar. Melhor não se esforçar muito naquele calor, dissera a si mesmo, parando para tirar o chapéu e secar o suor do rosto. Eram regras do sindicato. Mas a verdadeira razão para sua letargia não era o sol brilhante nem o calor intenso, mas algo mais pessoal. Ele sempre se demorava em Three Pines. Vagava lentamente pelos canteiros perenes de rosas, lírios e digitális. Ajudava as crianças a encontrar rãs no lago do parque. Sentava-se no muro quente de pedras e observava a rotina do antigo vilarejo. Isso acrescentava horas ao seu dia de trabalho e fazia com que fosse o último a voltar ao centro de distribuição. Ele era ridicularizado por ser tão lento e suspeitava que fosse essa a razão de nunca ter sido promovido. Por duas décadas ou mais, não tivera pressa. Em vez de acelerar, passeava por Three Pines, conversando com as pessoas que caminhavam com seus cachorros, muitas vezes ia com elas tomar uma limonada ou um *thé glacé* em frente ao bistrô. Ou, se fosse inverno, um *café au lait* junto à lareira crepitante. Os habitantes, sabendo que ele estava almoçando no bistrô, às vezes iam lá buscar a correspondência. E conversar um pouquinho. Ele trazia notícias de outros vilarejos em sua rota, como um menestrel viajante em tempos medievais, com relatos sobre pestes, guerras ou inundações em outros lugares. Mas nunca naquela bela e pacata vila. Ele sempre imaginava que Three Pines, aninhada entre as montanhas e cercada pela floresta canadense, era desconectada do mundo exterior. A impressão era exatamente essa. Dava um alívio.

Por isso ele seguia devagar. Naquele dia, carregava um maço de envelopes nas mãos suadas, torcendo para não estragar o papel grosso e perfeito do belo envelope no topo. Subitamente, a caligrafia chamou sua atenção, fazendo-o reduzir o ritmo ainda mais. Depois de décadas como carteiro, ele sabia que entregava mais do que apenas cartas. Sabia que, em seus anos de trabalho, lançara bombas ao longo de sua rota. Ótimas notícias: nascimentos, prêmios de loteria, mortes de tias distantes e ricas. Mas ele era um homem bom e sensível e sabia que também era o portador de más notícias. Partia seu coração pensar na dor que às vezes causava, especialmente naquela cidadezinha.

Ele sabia que o que tinha nas mãos agora era isso, e muito mais. Podia haver certo nível de telepatia que lhe dava essa certeza, mas também uma habilidade inconsciente de ler a escrita manual. Não apenas as palavras, mas o impulso por trás delas. O simples e banal endereço de três linhas no envelope lhe dizia mais do que onde deveria entregar a carta. Ele sabia dizer que a mão era velha e fraca. Debilitada não só pela idade, mas pela raiva. Nada de bom viria daquele objeto que tinha em mãos. De repente, desejou se livrar dele.

Sua intenção era ir até o bistrô, pedir uma cerveja gelada e um sanduíche, conversar com o dono, Olivier, e ver se alguém aparecia para buscar sua correspondência, porque ele também estava se sentindo um pouco preguiçoso. Mas, em um estalo, ficou energizado. Atônitos, os moradores viram algo completamente inusitado – o carteiro correndo. Ele parou, virou e se afastou rapidamente do bistrô, em direção a uma caixa de correio enferrujada, em frente a uma casa de tijolinhos com vista para a praça. A caixa rangeu ao ser aberta. Ele não podia culpá-la. Empurrou a carta e fechou bem rápido a portinhola barulhenta. Ficou surpreso quando a velha caixa de metal não se engasgou e cuspiu o desventurado envelope de volta. Ele se acostumara a ver suas cartas como seres vivos, e as caixas de correio, como animais de estimação. E tinha feito algo terrível àquela caixa em particular. E àquelas pessoas.

Mesmo se estivesse vendado, Armand Gamache saberia exatamente onde estava. Era o cheiro. Aquela combinação de madeira queimada, livros velhos e madressilva.

– *Monsieur et madame Gamache, quel plaisir.*

Clementine Dubois deu a volta no balcão da recepção do Manoir Bellechasse, a pele flácida dos braços estendidos balançando feito asas. Reine-Marie Gamache foi ao encontro dela. As duas se abraçaram e deram dois beijinhos na bochecha uma da outra. Depois de Gamache trocar abraços e beijos com madame Dubois, ela recuou um passo para examinar o casal.

Diante de si, viu Reine-Marie, baixa, nem gorda nem magra, cabelo grisalho e um rosto que revelava os anos de uma vida bem vivida. Ela era uma graça, embora não estivesse dentro do padrão típico de beleza. Era o que os franceses chamavam de *soignée*. Usava uma saia azul-escura até o meio da panturrilha e uma blusa branca bem passada. Simples, elegante, clássica. Já o homem era alto e forte. Com seus 50 e poucos anos, ainda mantendo a boa forma, mas mostrando evidências de uma vida permeada por bons livros, comidas maravilhosas e caminhadas tranquilas. Ele parecia um professor, embora Clementine Dubois soubesse que não era. Seu cabelo estava mais ralo – antes ondulado e escuro, agora se mostrava mais fino em cima e grisalho acima das orelhas e nas laterais, onde se enrolava um pouco sobre o colarinho. No rosto, havia apenas um bigode bem aparado. Vestia uma jaqueta azul-marinho, calça cáqui e uma camisa azul macia, com gravata. Sempre impecável, mesmo no calor daquele final de junho. Mas o mais impressionante eram seus olhos, de um castanho profundo. Ele emanava uma calma, da mesma forma que outros homens emanavam água-de-colônia.

– Mas vocês parecem cansados.

A maioria dos donos de hotel teria exclamado: "Mas vocês estão ótimos", "*Mais, voyons,* vocês nunca envelhecem". Ou mesmo "Vocês estão cada vez mais jovens", sabendo que ouvidos velhos nunca se cansam dessas palavras.

Embora os ouvidos dos Gamaches ainda não pudessem ser considerados velhos, eles estavam de fato cansados. Tinha sido um longo ano e seus ouvidos tinham escutado mais do que gostariam. E, como sempre, o casal havia se dirigido ao Manoir Bellechasse para deixar tudo isso para trás. Enquanto o resto do mundo celebrava a entrada de um novo ano em janeiro, os Gamaches a celebravam no auge do verão canadense, quando visitavam aquele lugar abençoado, se afastavam do mundo e recomeçavam.

– Estamos mesmo um pouco cansados – admitiu Reine-Marie, sentando-se agradecida na confortável poltrona próxima ao balcão da recepção.

– *Bon*, em breve vamos cuidar disso – garantiu madame Dubois, voltando graciosamente para o balcão em um movimento ensaiado.

Ela se sentou em sua cadeira confortável, puxou o livro de registros e colocou os óculos.

– Onde foi que colocamos vocês?

Armand Gamache sentou-se na poltrona ao lado da esposa e eles se entreolharam. Sabiam que, se procurassem naquele mesmo livro, encontrariam suas assinaturas, uma vez por ano, desde algum dia de junho mais de trinta anos antes, quando o jovem Armand havia economizado dinheiro e levado Reine-Marie até ali. Por uma noite. No menor dos quartos, na parte de trás do esplêndido e antigo hotel. Sem vista para as montanhas, o lago ou os exuberantes jardins perenes, com peônias frescas e rosas em sua primeira floração. Ele economizara por meses, querendo que a visita fosse especial. Querendo que Reine-Marie soubesse quanto ele a amava, como ela era preciosa em sua vida.

E assim eles ficaram juntos pela primeira vez, o doce aroma da floresta, do tomilho da cozinha e dos lilases flutuando através da janela de tela, de maneira quase visível. Mas o melhor cheiro de todos era o dela, jovem e quente em seus braços fortes. Ele escreveu um bilhete de amor naquela noite. Cobriu-a suavemente com o lençol branco e simples e então, sentado na cadeira de balanço apertada – não ousando balançá-la por medo de que batesse na parede atrás ou esbarrasse as canelas na cama à frente, perturbando Reine-Marie –, ele a observou respirar. No bloco do Manoir Bellechasse, escreveu:

O meu amor não tem...
Como pode um homem guardar tanto...
Meu coração e minha alma ganharam vida...
Meu amor por você...

Ele passou a noite escrevendo e, na manhã seguinte, colado no espelho do banheiro, Reine-Marie encontrou o bilhete.

Eu te amo.

Clementine Dubois estava lá naquela época, o corpo grande, um andar vacilante, um sorriso no rosto. Ela já era velha, e a cada ano Gamache temia ligar para fazer uma reserva e ouvir uma voz estranha e firme dizer: "*Bonjour, Manoir Bellechasse. Puis-je vous aider?*" Em vez disso, ele ouvia: "Monsieur Gamache, que prazer. Vocês vêm nos visitar de novo, certo?" Era como ir à casa da vovó.

E, enquanto Gamache e Reine-Marie haviam certamente mudado – se casaram, tiveram dois filhos, uma neta e agora havia outro neto a caminho –, Clementine Dubois nunca parecia diferente. Nem o seu grande amor, o Manoir. Era como se os dois fossem um só, gentis e amorosos, reconfortantes e acolhedores. E misteriosa e deliciosamente imutáveis, em um mundo que parecia se transformar tão depressa. Nem sempre para melhor.

– Algum problema? – perguntou Reine-Marie, percebendo a expressão de madame Dubois.

– Devo estar ficando velha – respondeu ela, erguendo seus olhos cor de violeta chateados.

Gamache sorriu de maneira tranquilizadora. Pelos seus cálculos, ela devia ter pelo menos 120 anos.

– Se você não tiver um quarto, não se preocupe. Podemos voltar numa outra semana – disse ele.

Eastern Townships ficava a apenas duas horas de viagem da casa deles, em Montreal.

– Ah, eu tenho um quarto, mas esperava ter algo melhor. Quando vocês ligaram para fazer as reservas, eu deveria ter guardado a Suíte do Lago para vocês, a mesma em que ficaram no ano passado. Mas o Manoir está cheio. Uma família, os Finneys, ocupou os outros cinco quartos. Eles estão aqui...

Ela parou de repente e deixou os olhos caírem sobre o livro, em um ato tão cauteloso e pouco característico que os Gamaches trocaram olhares.

– Eles estão aqui...? – repetiu Gamache, quando o silêncio se prolongou.

– Bem, não importa, tem bastante tempo para isso – disse ela, erguendo o olhar e sorrindo para tranquilizá-los. – Mas me desculpem por não ter guardado o melhor quarto para vocês.

– Se nós quiséssemos a Suíte do Lago, teríamos pedido – comentou Reine-Marie. – Você conhece Armand, essa é a única aposta dele na incerteza. Um aventureiro.

Clementine Dubois riu, sabendo que não era verdade. Ela sabia que o homem à sua frente vivia com grandes incertezas todos os dias de sua vida. Por isso ela queria tanto que a visita anual deles ao Manoir fosse repleta de luxo e conforto. E paz.

– Nós nunca especificamos o quarto, madame – disse Gamache, com aquela voz grave e gentil. – Sabe por quê?

Madame Dubois balançou a cabeça. Ela sempre tivera essa curiosidade, mas não achava certo interrogar seus hóspedes, especialmente aquele.

– Todo mundo especifica – disse ela. – Na verdade, essa família pediu até mais vantagens gratuitas. Eles chegaram em Mercedes e BMWs e fizeram um pedido desses.

Ela sorriu. Não irritada, mas um pouco perplexa que pessoas que já tinham tanto sempre quisessem muito mais.

– Nós gostamos de deixar isso para o destino decidir – explicou ele.

Ela examinou o rosto de Gamache para ver se ele estava brincando, mas achou que não.

– Ficamos felizes com o que conseguimos – concluiu o homem.

E Clementine Dubois sabia que era verdade. Ela sentia o mesmo. Todas as manhãs, quando acordava, ficava um pouco surpresa por ver um novo dia, por estar ali, naquele velho hotel, às margens cintilantes daquele lago de água doce, cercada por florestas, córregos, jardins e hóspedes. Era a casa dela, e os hóspedes eram como membros da família – embora madame Dubois soubesse, por algumas experiências amargas, que nem sempre dá para escolher, ou mesmo apreciar, a própria família.

– Aqui está – disse ela, pegando uma velha chave de bronze com um longo chaveiro. – A Suíte da Floresta. Infelizmente, fica na parte de trás.

Reine-Marie sorriu.

– Nós sabemos onde fica, *merci*.

CONHEÇA OS LIVROS DA SÉRIE

Natureza-morta
Graça fatal
O mais cruel dos meses

Para saber mais sobre os títulos e autores da Editora Arqueiro,
visite o nosso site e siga as nossas redes sociais.
Além de informações sobre os próximos lançamentos,
você terá acesso a conteúdos exclusivos
e poderá participar de promoções e sorteios.

editoraarqueiro.com.br